AF197667

APRIL DAWSON
Next to You

APRIL DAWSON

NEXT
TO
YOU

Roman

LYX in der Bastei Lübbe AG
Dieser Titel ist auch als E-Book erschienen.

Die Bastei Lübbe AG verfolgt eine nachhaltige Buchproduktion.
Wir verwenden Papiere aus nachhaltiger Forstwirtschaft und
verzichten darauf, Bücher einzeln in Folie zu verpacken. Wir
stellen unsere Bücher in Deutschland und Europa (EU) her und
arbeiten mit den Druckereien kontinuierlich
an einer positiven Ökobilanz.

Originalausgabe

Copyright © 2019 by Bastei Lübbe AG,
Schanzenstraße 6 – 20, 51063 Köln

Textredaktion: Susanne George
Covergestaltung: Sandra Taufer, München, unter Verwendung von
Motiven von Shutterstock (© Alinute Silzeviciute / © asharkyu)
Satz: Greiner & Reichel, Köln
Gesetzt aus der Adobe Caslon
Druck und Einband: GGP Media GmbH, Pößneck

Printed in Germany
ISBN 978-3-7363-1067-4

5   7   9   11   10   8   6

Weitere Informationen unter:
lyx-verlag.de
luebbe.de | lesejury.de

Für Nina Frost.
Weil ohne dich dieses Buch nicht das wäre, was es ist.

Playlist

5 Seconds of Summer feat. Julia Michaels – Lie to me
Ariana Grande – Bad Idea
Lily Allen – Fuck you
Liam Payne – Bedroom Floor
Anna Clendening – Boys like you
Alex Benjamin – Outrunning Karma
Julia Michaels – Hurt again
Dean Lewis – Stay awake
Miley Cyrus – Malibu
Maren Morris – Kingdom of One
Billie Eilish – Bad Guy
Ed Sheeran feat. Justin Bieber – I don't care
Why don't we – Big Plans
Sam Smith – Fire on Fire
Panic! At the Disco – Collar Full
Shawn Mendes fest. Camila Cabello – Señorita
Ariana Grande – Into you
Sam Smith – How do you Sleep?
Dean Lewis – Waves

Kapitel 1

Mood Song: Zayn – Talk to me

»Was fällt dir eigentlich ein? Du kannst doch nicht am hell-lichten Tag gegen meine Tür hämmern und einen Aufstand im Flur machen!«, keife ich aufgebracht, als ich die Tür aufreiße und Drake O'Hara in seiner Herrlichkeit vor mir steht. Verschwitzt, oben ohne und mit den blausten Augen unter Gottes Erde steht er da, die Arme auf dem Türrahmen abgestützt, und sieht mich mit diesem einen Blick an, der mir eine Gänsehaut beschert. Dieser Typ macht mich echt fertig!

»Du bist schuld, dass ich mein Workout beenden musste, also kann ich wenigstens einen starken Kaffee deinerseits erwarten.« Der Typ hat vielleicht Nerven! Das stimmt zwar, dass er uns beim Stalken erwischt hat, aber er hätte nicht rüberkommen müssen. Er wird allerhand Fragen haben, weil wir ihn jeden Dienstag beim Workout beobachten und er der Star unseres Hottie-Dienstags ist. Aber so weit soll es noch kommen, dass ich zugebe, dass er mich schwach macht.

»Du kannst einen Arschtritt erwarten. Den gibt's heute gratis inklusive Rausschmiss.« Ich will meinem Nachbarn schon die Tür vor der Nase zuknallen, doch er ist gewitzt, hat es kommen sehen und macht einen großen Schritt in unsere Wohnung, bevor sie sich schließt. »Rede ich etwa Chinesisch, oder was?«, knurre ich zähneknirschend. Mache aber ein paar Schritte weg von ihm, weil … na ja. Ich habe immer schon eine Schwäche für verschwitzte Männer gehabt, und Drake perlt gerade ein Schweißtropfen von den festen Bauchmuskeln genau in die verbotene Region.

»Ich habe dich schon verstanden. Du lädst mich zu Kaffee und Kuchen ein, damit wir darüber fachsimpeln können, wie heiß ich aussehe, wenn ich trainiere.« Grace, diese miese Verräterin, prustet los, doch ein vernichtender Blick meinerseits lässt sie verstummen und mit Tae das Weite suchen. Die Glücklichen! Mir fällt es hier schwerer, mich aus der Affäre zu ziehen. »Mich wundert es ja, wie du überhaupt durch die Tür kommen konntest, bei deinem aufgeblasenen Ego.« Ich gehe zur Küche, räume den Geschirrspüler ein, weil ich irgendetwas tun muss, um nicht auf seinen Oberkörper zu starren. Mit dem Rücken zu ihm zu stehen macht es mir leichter, meinen rasanten Puls zu beruhigen. Wenn er wüsste, dass er sehr wohl meine Libido zum Kochen bringt, würde ihm das noch mehr Munition liefern, und das will ich unbedingt vermeiden.

»Ganz einfach, also …«

»Drake! Warum genau bist du noch mal da?« Ich lasse den Teller klirrend wieder in den Geschirrkorb fallen und drehe mich energisch um. Diesmal bringe ich ihn ausnahmsweise zum Verstummen, aber nur, weil ich mich umgedreht habe und mit einem Brotmesser auf ihn zeige. »Whoa! Immer langsam, Addison. Du machst mir ja Angst«, scherzt er, was mich die Augen verdrehen lässt. Ich sehe ein, dass es hoffnungslos ist, mit ihm zu diskutieren, und räume weiter ein, diesmal vielleicht etwas energischer, sodass ich ihn fast nicht verstehe, als er sagt: »Ich wollte einfach nur wissen, ob euch der Workout-Dienstag auch gefällt? Immerhin beobachtet ihr mich jede Woche dabei.« Ich halte in der Bewegung inne, nur um eine

Sekunde später wieder weiterzumachen. Aber Drake hat leider schon gemerkt, dass er uns eiskalt erwischt hat.

»Versteh mich nicht falsch. Ich mag es, angehimmelt zu werden, ziehe auch immer eine Show für euch ab, die übrigens oscarverdächtig ist, aber dass gerade du den Anblick genießt, überrascht mich doch etwas, weil du mich ja anscheinend nicht ausstehen kannst.«

»Okay.« Ich knalle das Messer auf den Küchentresen und recke das Kinn. »Ich gebe ja zu, dass wir dich beobachtet haben, aber keine Sorge, das heute ist das letzte Mal gewesen.«

»Das beantwortet nicht meine Frage, Prinzessin.« Ich hasse es, wenn er mich so nennt, ich bin kein Girlie, das auf solche Kosenamen steht. Zu meinem Entsetzen setzt sich Drake in Bewegung und kommt auf mich zu. Ich schnappe mir einen Löffel und drohe ihm damit, was völlig bescheuert aussieht und definitiv seine Wirkung verfehlt. Wieso zum Teufel verhalte ich mich in Gegenwart dieses Mannes immer wie ein hoffnungsloser Teenager? Und wieso drohe ich ihm heute mit Besteck? Bei mir läuft definitiv etwas verkehrt.

»Wieso hasst du mich?«, fragt er nun, doch mein Blick klebt an den feinen Härchen, die unter dem Bauchnabel anfangen und immer weiter nach unten führen. Ich reiße mich von diesem Anblick los und sehe ihm ins Gesicht. Ich schlucke, als ich merke, dass er diesmal nicht lächelt, es ist reine Neugier, die ich in seinem Gesicht herauslese. Ich könnte jetzt die Wahrheit sagen, dass ich ihn attraktiv finde und ihn gerne kennenlernen würde. Aber Angst habe, dass ich mich in ihn verknallen könnte, je mehr Zeit wir miteinander verbringen, aber das tue ich selbstverständlich nicht. »Ich hasse dich nicht«, seufze ich und lege den Löffel beiseite, versuche von ihm Abstand zu gewinnen, aber hinter mir ist die Küchenzeile und weiter komme ich nicht. Dass ich ihn nicht verabscheue, das ist nicht gelogen. »Ich mag nur deine arrogante Art nicht.« Das ist eine fette Lüge, aber die erzähle ich aus reinem Selbstschutz. Ich mag selbstbewusste Männer, liebe es, wenn sie sagen, was sie denken, ohne ein Blatt vor den Mund zu nehmen, doch bei Drake ist das anders. Ich bin ihm vor Jahren schon einmal begegnet, und er hat sich nicht gerade beliebt bei mir gemacht. Nur dass unser Drakiboy sich nicht mehr daran erinnern kann.

»Dann muss ich mich wohl mehr anstrengen und den Gentleman mimen«, scherzt er halbherzig und kommt mir noch näher. Meine Hände beginnen zu zittern, und von meinem Herzen möchte ich gar nicht erst anfangen. Dieses scheint mir bis zum Hals zu klopfen. Ich lege meine Hände hinter mich, wo ich mich an der Arbeitsplatte festkralle.

»Du brauchst gar nichts zu tun. Oder warte, du kannst dich vom Acker machen. Na, wie wäre das?«, zische ich, weil ich nicht weiß, wie ich mich sonst verhalten soll. Wäre er jemand anderer, würde ich schon meine Lippen auf seine pressen und ihn in mein Zimmer zerren, aber das ist nicht drin. Weil zwischen Drake und mir niemals etwas passieren wird. Nicht passieren darf. Er ist wie ein herrlich saftiger Schokomuffin, während du aber auf Diät bist und nicht naschen darfst. Gucken erlaubt, aber nicht lecken. So, jetzt habe ich Lust auf Schokolade. Großartig! Wirklich großartig.

»Ich werde nicht eher gehen, bevor du mir sagst, wieso du so defensiv auf mich reagierst, wenn dein Körper doch das Gegenteil behauptet.«

»Geh einfach. Bitte.« Ich könnte die Mädels bitten, mir zu helfen und Drake vor die Tür setzen, aber beide haben das Weite gesucht, und da ist dieses Gefühl, diese Sicherheit, die ich spüre, wenn er bei mir ist. Drake würde mir nie etwas tun. Zumindest körperlich. Ein Herz brechen, darin könnte er vielleicht Erfahrung haben.

»Du enttäuschst mich, Prinzessin. Normalerweise gibst du nicht so leicht auf.«

»Ich hatte einfach einen turbulenten Vormittag, also …« Ich deute mit dem Kopf zur Tür und Drake folgt meinem Blick. Doch er bewegt sich nicht vom Fleck, ist mir noch immer zu nah. »Was ist das?«, fragt er schließlich, nimmt eine Haarsträhne von mir zwischen die Finger und streicht darüber, den Blick fest auf mich gerichtet.

»Was?«, frage ich eine Spur zu atemlos und sauge unbeabsichtigt seinen Geruch tief ein.

»Das zwischen uns? Dieses Feuer, das ich im Bauch spüre.« Ich kenne diese Stimmlage und dieses bestimmte Blinzeln von früheren Partnern, er ist kurz davor mich zu küssen. Doch das wird niemals wieder passieren. Er hat mich schon zu Silvester überrumpelt und um Mitternacht geküsst. Ob er das nun getan hat, um mich zum Schweigen zu bringen, weil wir uns damals auch gestritten haben, oder weil er mich wollte, weiß ich nicht. Aber es bringt nichts, sich solche Fragen zu stellen, denn das ist eine einmalige Sache gewesen, auch wenn ich noch immer von seinen Lippen träume. Das Kribbeln noch immer auf meinem Mund spüre, wenn ich an diesen Moment zurückdenke.

»Ich schätze, das nennt man Sodbrennen. Google mal, was man dagegen tun kann. Also wenn du mich entschuldigst, ich muss noch kochen.« Er hebt überrascht die Brauen. Ob es an meinem Kommentar oder an der Tatsache liegt, dass ich kochen kann, weiß ich nicht. Zu meinem Glück nickt er einmal, zwinkert mir zu und wendet sich zum Gehen. Sein Rücken ist ein wunderschönes Spiel aus sich an- und entspannenden Muskeln und besser als jeder Kinofilm. Und dieser Hintern. Ohne dass es mir bewusst ist, seufze ich und beiße mir sofort wieder auf die Lippen. Drake geht weiter, doch bevor er die Tür hinter sich schließt, dreht er sich in meine Richtung um.

»Wir sehen uns, Prinzessin. Früher als du glaubst.« Als er endlich gegangen ist, habe ich das Gefühl, dass meine Knie Pudding sind und muss mich erneut am Küchentresen abstützen. Verdammte Scheiße, dieser Typ ist heißer, als ich es ertragen kann. Ich brauche Ablenkung. Einen knackigen Arsch, der es mir so richtig besorgt und mir Drake O'Hara aus dem Kopf küsst.

Nachdem ich einen Eintopf gekocht, Musik gehört und nach neuen Urlaubszielen gegoogelt habe, gehe ich in mein Zimmer, suche mir frische Sportsachen raus und lege sie in meine Sporttasche. Auch wenn ich es versuche zu vermeiden, blicke ich aus dem Balkonterrassenfenster zu Drakes Wohnung, nur um sofort darüber den Kopf zu schütteln. Was ist nur los mit mir? Er ist nur ein Kerl! Die gibt's wie Sand am Meer! Verärgert über mich selbst schnappe ich meine Tasche und fahre in mein Fitnessstudio zwei Blocks weiter. Grace arbeitet heute länger, hat einen neue Auftrag an Land gezogen und darf einen Garten auf der Dachterrasse eines Prominenten anlegen. Mein Bruder ist bei der Arbeit, während seine Freundin Taylor im Café die Straße runter an ihrem neuen Blogeintrag arbeitet. Eine willkommene Abwechslung, denn sonst knutschen die zwei bei jeder Gelegenheit rum.

Die beiden sind so eklig verliebt, dass ich Ausschlag davon bekomme. Von Paaren bekomme ich grundsätzlich Pickel, und so entsetzlich süß die beiden sind, brauche ich täglich meine Auszeit von ihnen. Noch ein weiterer Grund für mich, das Weite zu suchen. Immerhin grenzt Taes Zimmer direkt an meins, und ich möchte definitiv nie wieder die Sexgeräusche meines Bruders vernehmen.

Meine Freundin Brooke und ich trainieren gemeinsam jeden zweiten Tag. Sie, Daniel, Grace und meine Freundin bei der Agentur Tamara sind die Einzigen, die wissen, womit ich neben meinem schlecht bezahlten Job beim Sportmagazin meine Brötchen verdiene. Meine Familie und Freunde denken, dass ich nur freiberuflich für ein Sportmagazin arbeite, mal Artikel schreibe, mal im Marketing aushelfe und so weiter. Aber das stimmt nicht ganz. »Da ist ja meine Göttin!«, schreit Brooke, als sie mich vor dem Gebäude entdeckt. Die Leute drehen sich nach uns um, und in siebzig Prozent der Fälle verurteilen mich die Menschen, sobald sie mich sehen. Sie sehen nur meine üppigen Kurven, die schnell als Übergewicht abgetan werden, für mich aber nicht mehr wegzudenken sind, weil ich stolz auf sie bin.

»Sag einfach Eure Majestät«, lache ich, weil ich einen Scheiß auf diese Blicke gebe. I'm curvy and I like it. Ich schwinge die Hüften und schlinge die Arme um meine Stylistin und Freundin.

»Ist klar. Du siehst wie immer gut aus.«

»Ach Quatsch. Ohne deine magischen Hände sehe ich nur gewöhnlich aus.«

»Ach, halt die Klappe und schwing deinen sexy Arsch ins Studio.« Lachend tue ich, was sie sagt und betrete mein zweites Zuhause. Darren am Empfang, ein attraktiver Kerl mit Glatze, der nur aus Muskeln besteht, begrüßt uns freundlich.

»Heute ist nicht viel los, also könnt ihr euch auspowern, Ladys.« Er lächelt mich an, doch sobald er sich meiner Freundin zuwendet, ist da ein Funkeln in seinen Augen.

»Das klingt ja himmlisch. Danke, Darren«, sagt Brooke freundlich und geht weiter in Richtung Umkleideräume. Ich nicke ihm zu, greife nach dem Arm meiner Freundin und ziehe sie in die Kabine.

»Was soll die Eile? Du kannst es wohl kaum erwarten, dass ich dich ausboote, oder?«, lacht Brooke.

»Nein«, sage ich ehrlich und gehe zu meinem Spind. »Du

weißt schon, dass Darren total auf dich steht, oder?«, frage ich geradeaus, weil ich das immer tue.

»Was? Quatsch. Er ist nur freundlich.«

»Glaub mir, in seinen Augen bist du eine Heilige, und er ist bereit, dein Sklave zu sein.«

»Hör doch auf. Du weißt ganz genau, dass ich mit Clive zusammen bin.« Ich nicke und lächle, aber innerlich verdrehe ich die Augen, weil dieser Mann ein Vollidiot ist, nur dass Brooke es nicht sehen will. Er baggert alles an, was ihm über den Weg läuft, aber sie glaubt felsenfest an seine Treue.

»Ich wollt dich nur warnen. Falls er dich um ein Date bittet, bring es ihm schonend bei.« Darren ist einer von den Guten, so wie mein Bruder. Heiratsmaterial der besten Sorte. Er würde den Boden anbeten, auf dem Brooke wandelt, aber wir Frauen stehen meist auf die Bad Boys und schieben die Good Guys in die Friendszone.

»Hey! Ich bin nicht die Femme fatale, der die Kerle reihenweise nachsabbern«, scherzt sie und zieht sich um. Ich tue es ihr gleich und ziehe meine Sportsachen an.

»Nur weil ich wieder Single bin und meinen Ex durch wilde Partys vergessen möchte, werde ich gleich abgestempelt.« Ich tue beleidigt, aber wir beide wissen, dass ich nicht sauer bin. Im Gegenteil. Ich bin stolz darauf, jemand zu sein, der sich in einer Menschenmenge wohlfühlt und auf Partys gerne gesehen ist.

»Und ob. Am Freitag ist das nächste Shooting, und da werde ich dich zu einer sinnlichen Göttin machen.«

»Wenn das eine schafft, dann du.«

»Für mein Lieblingsmodell doch immer. Immerhin bist du ein Topmodel, Baby.« Ich stemme die Hände in die Hüften. »So, jetzt genug über mich gequatscht. Lass uns etwas für unsere Körper tun.«

Gesagt, getan. Nach zwanzig Minuten Cardio und Crunches powere ich mich an der Beinpresse aus, um meinen Po straff zu halten. Danach lege ich beim Bauchtrainer los, dabei höre ich Linkin Park, und je mehr Chester sich die Seele aus dem Leib schreit, desto härter lege ich mich ins Zeug. Heute trainiere ich nur den Po und den Bauch, aber auch das ist genug und zerrt an meinen Kräften. Nach dem Workout schleppe ich mich in die Garderobe, um mir den Schweiß vom Körper zu waschen. Nach einer Dusche fühle ich mich ausgepowert, aber auf eine gute Art und Weise. Da Brooke etwas länger braucht, setze ich mich in den Empfangsbereich und checke mein Smartphone. Grace bedankt sich für das leckere Essen. Taylor will wissen, ob ich es am Freitag nach der Arbeit auch pünktlich in den Pub schaffe, wo wir gemeinsam mit Freunden jede Woche ausklingen lassen.

Ich antworte, dass ich mein Möglichstes versuchen werde, aber da ich an diesem Tag zwei Shootings habe, bin ich mir nicht sicher, ob ich es zeitlich schaffe. Ich kaue auf meiner Lippe herum, weil sich ein schlechtes Gewissen in mir ausbreitet. Ich habe meine Eltern, Taylor und die Jungs nicht darüber ins Bild gesetzt, dass ich mich für Magazine fotografieren lasse und auf Laufstegen zu finden bin. Ein kleiner Teil von mir ist sich nicht sicher, ob sie es gut aufnehmen würden. Ich bin stolz darauf, professionell zu modeln, aber es ist etwas, was ich als Hobby betrachte, und ich möchte ganz sicher sein, wohin mich dieser Zweitjob bringt, ehe ich es den anderen erzähle.

Kapitel 2

Mood Song: Pink – F**kin' Perfect

Ich liebe meine WG. Unsere Wohnung, meine Mitbewohner und Freunde. Wenn sie nicht wären, wäre ich ziemlich arm dran, denn sie fordern, ergänzen und lieben mich, wie ich bin. Das ist es, was ich an ihnen am meisten zu schätzen weiß, dass wir, obwohl jeder von uns grundverschieden ist, uns gut verstehen und uns nicht verurteilen. Luke hat lange Bedenken gehabt, ob er sich outen soll, hat Angst gehabt, dass wir ihn ausgrenzen würden, wobei aber das Gegenteil der Fall war. Dass er uns alles anvertraut hat, hat uns noch mehr zusammengeschweißt.

Ohne den Halt meiner Freunde wäre der Liebeskummer nach der Trennung von Vaughn unerträglich gewesen. Mit ihrer Hilfe ist es mir leichter gefallen, das Ende der Beziehung zu verarbeiten. Die Liebe zwischen Daniel und Taylor hat mir vor Augen geführt, dass zwischen Vaughn und mir die Zuneigung und das Feuer lange erloschen sind. Das hat es einfacher für mich gemacht, einen neuen Lebensabschnitt zu starten.

Zwei Tage sind nun vergangen seit dem Hottie-Dienstag-Fiasko, meinem letzten Zusammentreffen mit Drake und dem Herzrasen, das er mir allein durch seine Anwesenheit verschafft hat. Ich habe es schon länger aufgegeben, darüber nachzugrübeln, wieso ich so heftig auf ihn reagiere, sobald ich ihn sehe. Zuerst habe ich gedacht, dass es nur eine Schwärmerei ist, etwas, das schnell wieder vorbeigeht. Aber dieser Hottie-Dienstag geht schon über Monate, und ich habe jedes Mal die wildesten Fantasien von Drake und mir gehabt, wenn ich ihn beobachtet habe.

Die einzige logische Schlussfolgerung wird sein, ihm in Zukunft aus dem Weg zu gehen, und mit der Zeit wird diese Lust, die ich empfinde, hoffentlich wieder vergehen. Also schwinge ich die Beine aus dem Bett und schlurfe zum Kleiderschrank, um mir Yogahose und Sporttop anzuziehen. Erst dann öffne ich die elektrischen Rollläden und starre auf den wolkenlosen Himmel. Auch heute wird es ein heißer, schwüler Sommertag werden, aber da es früh am Morgen meistens schön frisch ist, öffne ich die Balkontür und lüfte mein Zimmer.

Dann gehe ich ins Wohnzimmer, schnappe mir meine Yogamatte und starte meine Session. In meinem Kopf herrscht meistens Chaos, zu viele Gefühle und Gedanken, einige davon verlassen meinen Mund, manche davon halte ich im Verborgenen. Wenn ich aber meditiere und meine Yogaübungen mache, dann ist es still um mich herum, meine Gedanken wandern zwar öfter hin und her, aber im Großen und Ganzen bin ich in Ruhe eingehüllt. Mein Tag ist meistens voller Energie, Tatendrang oder Vorbereitungen, sodass der Morgen mein Ruhepol ist.

Normalerweise wacht Grace nach mir auf, mein Bruder kommt kurz nach ihr runter und als Schlusslicht Taylor, aber heute ist es ausnahmsweise Tae, die gähnend den Raum betritt.

»Morgen«, murmelt sie mehr schlafend als wach. Ihre brünetten Haare sind zerzaust, und sie kann kaum die Augen offen halten.

»Also an dir ist auf alle Fälle ein Dornröschen verloren gegangen«, kichere ich und streiche mir eine Strähne von meiner schweißnassen Stirn.

»Die hätte sich noch etwas von mir abschauen können«, murmelt sie und startet die Kaffeemaschine.

»Wieso bist du überhaupt so früh aufgestanden? Du bist doch eine Langschläferin.«

»Ich habe heute ein Gespräch mit einem Modelabel. Sie wünschen ein persönliches Kennenlernen, und da werden wir über eine mögliche Kooperation sprechen.«

»Das klingt nach Spaß.«

»Natürlich ist es aufregend, aber auch schwierig.«

»Wie meinst du das?«, frage ich, als ich meine Matte zusammenrolle und wieder in der Schublade verstaue.

»Ich kann mich nicht Hals über Kopf für ein Label entscheiden. Da gibt es viele Dinge, die ich beachten muss.«

»Wieso denn nicht? Ich dachte, dass du ausflippst, wenn eine mögliche Zusammenarbeit mit einem Label im Raum steht.« Sie holt zwei Tassen aus dem Küchenschrank und stellt eine davon unter unsere Kaffeemaschine.

»Ich möchte das Ganze zuerst unter die Lupe nehmen, ehe ich Werbung für sie mache. Wäre doch schlimm, wenn ich zusage und dann rauskommt, dass sie echten Pelz verwenden oder ihre Arbeiter ausnehmen. Ich vertraue da auf mein Bauchgefühl.«

»Das klingt vernünftig. Manche würden da nicht zweimal überlegen und gleich zusagen.«

»Das kann aber auch nach hinten losgehen, deshalb warte ich das heutige Gespräch ab. Wie es sich so entwickelt.«

»Und was, wenn sie miesen Kaffee haben? Wie stehen die Chancen«? Taylor macht ein erschrockenes Gesicht, doch ihre Mundwinkel zucken.

»Dann wird das nichts mit der Kooperation. Da muss schon eine richtige Crema her«, scherzt sie, ehe sie mir eine Tasse voll herrlich duftenden Kaffees reicht und sich ebenfalls eine Tasse füllt. Wir setzen uns an den Frühstückstisch und genießen die Ruhe in der sonst eher lauten WG. Es herrscht ein angenehmes Schweigen, das wir beide brauchen, um in die Gänge zu kommen. Erst als Grace ein paar Minuten später in die Küche kommt und den Wasserkocher befüllt, entfaltet der Kaffee seine Wirkung, und ich fühle mich energiegeladen.

»Was ist denn mit euch los?«, fragt sie mit hochgezogenen Brauen, ehe sie sich für ihren Tee eine Kanne mit Wasser füllt.

»Müde. Unmotiviert. Wollen wieder ins Bett«, murmelt Tae und nimmt noch einen Schluck.

»Leute. Aufwachen! Es ist fast Wochenende. Morgen werden wir ausgehen und Spaß haben.« Ihre Motivation ist beneidenswert. Ich brauche noch eine Weile.

»Ja, aber vorher müssen wir den Donnerstag noch überleben.« Grace schüttelt bei Taes Worten den Kopf.

»So dramatisch kenne ich euch zwei gar nicht.«

»Ich denke, ich habe einfach nicht viel Schlaf bekommen«, meint die Freundin meines Bruders, ehe sie in ihre Tasse grinst.

»Wenn du jetzt sagst, dass du deshalb nicht schlafen konntest, weil es dir mein Bruder besorgt hat, werde ich dir wehtun.«

»Brauche ich gar nicht. Denn das hast du ja schon«, kichert sie, worauf ich eine Serviette schnappe und nach ihr werfe.

»Bitte keinen Sextalk vor meinem ersten Tee«, stöhnt Grace.

»Sorry. Hab vergessen, dass du schon lange auf dem Trockenen bist«, murmle ich entschuldigend.

»Ach was, das ist doch ein Grund mehr, um auszugehen und zu sehen, was die Junggesellen New Yorks so zu bieten haben.«

»Darauf trinke ich.« Ich hebe meine Tasse, und die Mädels tun es mir gleich.

Es ist schon merkwürdig, wie unsicher ich mich an manchen Tagen fühle. Wie schwer es mir in solchen Momenten fällt, gleichmäßig zu atmen, und der Drang, mich zu bedecken, so groß ist, dass ich die Hände zu Fäusten ballen muss. In Momenten wie diesen, wo ich in waldgrüner Spitzenunterwäsche vor dem Ganzkörperspiegel stehe, bin ich die Addison von früher. Das unsichere, mollige Ding aus der Highschool, das fast jeden Tag gemobbt wurde. Das Mädchen, das sich die Seitenhiebe und Blicke zu sehr zu Herzen genommen hat. Das sich in den Schlaf geweint hat, weil ihr Schwarm mit ihrer besten Freundin zusammen gewesen ist und niemand außer ihrem Bruder mit ihr im Speisesaal an einem Tisch zusammensitzen wollte.

Ich habe dieses Mädchen gehasst, weil es so schwach gewesen ist, und doch habe ich Respekt vor ihr gehabt, weil sie sich vor den anderen nie etwas hat anmerken lassen. Weil sie die Leute, die etwas an ihren Kurven auszusetzen hatten, ignoriert und ihr Ding durchgezogen hat. Erst langsam klärt sich meine verschwommene Sicht, und ich sehe mich wieder. Die Addy, die ich jetzt bin. Mein Körper kann keine Größe 36 vorweisen, aber ich schäme mich nicht mehr dafür. Nie wieder werde ich mir von anderen einreden lassen, ich sei nicht sexy, denn sie haben unrecht.

Jeder Mensch ist wunderschön auf seine eigene Art, jedoch sind es die Medien und Magazine, die uns meiner Meinung nach ein eintöniges Körperbild vermitteln wollen. Früher sind kurvige Frauen als Sexsymbol verehrt worden und wurden heiß begehrt, heute ist es genau umgekehrt. Aber davon lasse ich mich nicht abschrecken, denn ich weiß, wer und vor allem wieso ich hier bin. Vor drei Jahren bin ich in einer Mall entdeckt worden, seitdem bin ich bei einer bekannten Modelagentur unter Vertrag und eines der Fotomodelle für eine neue Bademodenkollektion.

Zwar ist Modeln nur ein Hobby von mir, und ich bin nicht gerade diejenige, um die sich große Designer reißen würden, aber es gefällt mir, und ich verdiene mir ein wenig Geld dazu. Mein langes Haar fällt mir in üppigen Locken bis zur Brust und umschmeichelt meine Oberweite. Mein Make-up ist heute auch kräftiger als sonst, passt sich an die waldgrüne Farbe der Unterwäsche an. Ich sehe gut aus, fühle mich einfach unwiderstehlich und kann das Shooting kaum erwarten. Ich lächle mein Spiegelbild frech an, zwinkere mir selbst zu, ehe ich mich schwungvoll umdrehe und selbstbewusst die Garderobe verlasse.

Überall schwirren Menschen herum, die Assistenten des Fotografen kümmern sich um die Belichtung des Sets und das Equipment. Gegenstände werden hin und her gerückt, um sie auch richtig auszuleuchten. Die Assistenten laufen hektisch von einem Ort zum anderen, und jeder wirkt auf eine aufregende Art gehetzt, aber ich bin die Ruhe selbst, denn der Moment der Unsicherheit ist vorbei, nun bin ich wieder ich selbst. Addison Grant oder besser gesagt das Model A. Cameron.

»Addy, Darling, du siehst wie immer umwerfend aus.« Meine Freundin Tamara, bei deren Modelagentur ich unter Vertrag bin, kommt energischen Schrittes auf mich zu. Ihr blondes Haar hat sie wie immer zurückgekämmt und zu einem strengen Dutt frisiert. Und sie trägt Jumpsuit. Keinen Rock. Niemals ein Kleid. »Danke dir. Du siehst auch gut aus. Selbst in diesem Ding da.« Sie hebt die Brauen und mustert ihr Outfit. »Was hast du immer gegen meine Hosenanzüge.«

»Hast du ihn dir angesehen?«

»Ja. Und?«

»Er hat Nadelstreifen, Herrgott.«

»Was? Bist du etwa die Kleiderpolizei?«

»Ich wünschte, ich wäre es«, seufze ich, kann mir aber ein

Lächeln nicht verkneifen. Tam und ich kabbeln uns ständig, egal worüber, wir finden immer etwas, das wir zu Tode diskutieren können. »So, genug von meinem hervorragendem Kleidergeschmack.«

»Pff«, schnaube ich belustigt, aber sie ignoriert meinen Seitenhieb und fährt fort. »Jose wird die Aufnahmen im Bett hier machen, danach fahren wir zum Indoorpool-Shooting.«

»Ist gut.«

»Das Set wird gerade vorbereitet, und ich habe darauf bestanden, dass das Wasser diesmal nicht eiskalt ist.«

»Das hoffe ich doch.« Das letzte Mal, als ich dort fotografiert worden bin, ist die Heizung defekt gewesen, und ich musste im eiskalten Wasser sinnlich aussehen und lächeln. Da habe ich wirklich gezeigt, dass ich ein Profi sein kann, denn auf keinem der Fotos habe ich ausgesehen, als würde ich mir den Arsch abfrieren.

»Keine Panik, ich springe persönlich rein, um die Temperatur zu prüfen, wenn du willst.«

»Das klingt nach einem Deal«, erwidere ich, doch sie bleibt stehen und sieht mich wissend an.

»Natürlich mit meinen Klamotten, damit du sie nicht verbrennen kannst.«

»Mist! Du hast mich durchschaut«, sage ich amüsiert und gehe mit ihr ein paar Schritte. Tamara ist eine echt gute Freundin geworden und mein Guide in der chaotischen Welt der Modebranche.

»Na los, meine Schöne. Geh und zeig ihnen, was du draufhast.«

Es erfordert einiges an Vorstellungskraft, so zu tun, als wäre man alleine mit dem Fotografen in einem Raum, während man sich in Unterwäsche auf einem Bett räkelt. Denn das ist

Wunschdenken. Ständig schwirrt jemand um mich herum, um meine Haare so zu drapieren, dass es perfekt aussieht. Brooke frischt mein Make-up auf, welches nach Stunden der Arbeit verblasst ist. Die Belichtung wird abgestimmt auf meine Position, und ich habe das Gefühl, als hätten wir über eintausend Fotos gemacht.

Aber egal wie anstrengend die Shootings sind, ich liebe jede Sekunde davon. Seit ich zu modeln angefangen habe, arbeite ich am liebsten mit Jose zusammen. Die Harmonie zwischen uns stimmte von Anfang an, und er weiß ganz genau, wie er mich ins richtige Licht rücken kann. Ich habe bis jetzt mit einigen Fotografen zusammengearbeitet, den meisten hat mein Körperbau nichts ausgemacht, bei anderen habe ich gleich gemerkt, dass sie mich nicht für Modelmaterial halten. Sie haben mich fotografiert, weil sie es mussten, aber Jose hier ist ein herzensguter Mensch, der über niemanden vorschnell urteilt, und er ist ein Künstler. Er ist älter als ich, sein Haar ist an den Schläfen ergraut, aber auf eine sexy Art und Weise. Er trainiert jeden Tag, und seinen gestählten Körper verzieren einige Tattoos, und er sieht aus wie die heißen, bärtigen Hotties in eng anliegenden Hemden auf Pinterest.

»So, meine Schöne. Ich denke, wir sind hier fertig«, sagt er schließlich, legt die Kamera zur Seite und hilft mir vom Bett auf.

»Schon? Die Zeit ist wie im Flug vergangen.« Tatsächlich hatte ich viel Spaß heute, was die Zusammenarbeit viel leichter macht.

»Ja, das denke ich mir bei dir jedes Mal. Du hast es echt drauf.«

»Danke schön. Du machst es einem auch leicht, sich zu entspannen, obwohl man halb nackt in einem Bett liegt und alle Augen auf einen gerichtet sind.«

»Das höre ich doch gerne. Wann bist du bereit weiterzumachen?«

»Eigentlich sofort. Muss mich nur noch anziehen.«

»Trink noch in Ruhe einen Kaffee. Ich muss sowieso noch einiges vorbereiten, und dann lass uns ins Schwimmbad fahren. Du siehst aus, als wärst du scharf darauf, dich im Wasser auszutoben.« Der Sarkasmus in seiner Stimme ist nicht zu überhören, denn er weiß genau, dass ich, obwohl ich für mein Leben gerne schwimmen gehe, Wassershootings nicht mag. Nach einem dreifachen Espresso bin ich froh, mich umziehen zu können, denn wie so oft ist die Temperatur in den Hallen immer kühler, und ich laufe häufig in einem Hauch von Nichts durch die Gegend. Ich binde meine Haare zu einem Pferdeschwanz zusammen und ziehe eine lockere Haremshose und ein weites T-Shirt an. Danach checke ich mein Handy, um eine Nachricht von Grace vorzufinden.

Grace: Sieh zu, dass du heute nicht zu lange machst. Wir gehen in den Pub. Die Jungs kommen auch, und du weißt, was das heißt.

Addison: Dass wir einiges zu lachen haben?

Grace: Worauf du dich verlassen kannst. Wetten wir um zehn Dollar, dass Zayn noch in der ersten Stunde jemanden findet, den er vernaschen kann.

Addison: Ich erhöhe um fünfzig, dass es nur eine halbe Stunde braucht. Die Ladys sind heutzutage nicht gerade wählerisch.

Grace: Deal!

Ich schüttle lächelnd den Kopf und schnappe mir meine Tasche, ehe ich mit Jose zu unserem Wagen eile, der uns zur nächsten Location bringt.

Da ich eine richtige Wasserratte bin, hat der typische Geruch von Chlor eine wohltuende Wirkung auf mich, als ich das Schwimmbad betrete. Ich bin schon öfter mit Dan und Grace hier gewesen; auch als keine Stoßzeiten gewesen sind, waren viele Besucher da, aber nun ist das Hallenbad geschlossen, wegen unseres Shootings. Heute werde ich die neue Übergrößen-Bademode von Forever 21 tragen und unter Wasser hoffentlich eine gute Figur abgeben.

Auch wenn ich vom letzten Shooting noch geschminkt bin, entfernt Brooke mein gesamtes Make-up, um es durch ein wasserdichtes, etwas knalligeres zu ersetzen. Während sie sich mit mir unterhält und ihr Bestes gibt, um mich in eine Göttin zu verwandeln, gehe ich live auf meinem Social-Media-Kanal und verbringe etwas Zeit mit den Menschen, die meinem Account folgen. Insgesamt folgen mir einhunderttausend Menschen, kommentieren fleißig, und die meisten sind seit Jahren an meiner Seite. Bis jetzt hat mich unter meinem A.-Cameron-Profil niemand als Addison Grant entlarvt, aber ich denke, dass das mit der Zeit unvermeidlich sein wird. Noch ein Grund mehr, alle einzuweihen. Als ich merke, dass ich mich wieder einmal auf Social Media verliere, lege ich das Smartphone bewusst weg, um mich wieder mit meiner Freundin unterhalten zu können. Da diesmal meine Haare nicht frisiert werden müssen, sind wir relativ schnell fertig für den Shoot. Wieder atme ich tief durch, ehe ich aus meiner Garderobe hinaustrete und zu der Menschenansammlung zurückkehre, die auf mich wartet.

Normalerweise werden Bademoden meistens am Strand präsentiert und die Models dort fotografiert, aber das Label wollte aus der Menge herausstechen und hat sich für ein Göttinnenshooting unter Wasser entschieden. Zu jedem Badeanzug gibt es den passenden Umhang, der den mystischen Hauch verleihen soll. Unterwassershootings sind ziemlich schwierig, weil vieles einfach perfekt abgestimmt werden muss. Aber was soll ich sagen? Auch wenn ich so viel Chlorwasser geschluckt habe wie noch nie, kann ich mich an den Bildern, die er heute von mir gemacht hat, nicht sattsehen.

Die anderen Crewmitglieder sind schon längst im Spa, wo die nächste Location für meine Kollegin Ashley vorbereitet wird, die bei derselben Agentur unter Vertrag ist. Nur Jose und ich sind noch neben dem Pool, beide in Bademäntel eingewickelt und auf eine Weise aufgeregt, wie es nur Künstler sein können. Mein Favorit ist das Foto von mir mit einem dunklen Umhang, der genauso fällt wie meine Haare, und in dem ich wirklich wie eine griechische Göttin aussehe. Die Bilder sehen wundervoll aus, und ich kann es kaum erwarten zu erfahren, welches von ihnen im neuen Katalog erscheinen wird.

Nach Wassershootings fühle ich mich generell schlapp und ausgelaugt, deshalb stapfe ich die Stufen hinauf zu unserem Apartment und sehne mich nach meinem Bett, viel Musik und einem Glas Wein. Aber es ist Freitagabend, und wie jede Woche treffen wir uns in unserem Stammpub. Als ich die Wohnung betrete und der herrliche Duft von Essen in meine Nase dringt, beginnt mein Magen laut zu knurren. Sogar Grace und Taylor hören es, obwohl sie ein paar Schritte entfernt auf der Couch sitzen. »Harter Tag?«, fragt Grace und sieht mich mitfühlend an. Sie ist neben Dan die Einzige, die von meinem außergewöhnlichen Nebenjob weiß. Da ich das Modeln nur als Hobby betrachte, habe ich den anderen noch nichts davon erzählt. Einerseits weil ich selbst noch nicht weiß, wie sich das Modeln weiterentwickeln wird, zum anderen habe ich etwas Bammel vor den Reaktionen meiner Freunde.

»Es hat sich in Grenzen gehalten, aber erst jetzt merke ich, wie hungrig ich bin.« Tatsächlich habe ich nur ein Porridge zum Frühstück gegessen. Ich habe im Stress vergessen, etwas zu mir zu nehmen.

»Ich habe uns Lasagne gemacht, die Hälfte hat Grace hier verputzt, aber weil ich es ja geahnt habe, habe ich uns zwei Formen gemacht, den Rest können wir dann einfrieren für harte Zeiten.«

»Rest? Du glaubst ernsthaft, es wird noch etwas davon übrig bleiben, sobald ich angefangen habe zu essen?«

»Keine Ahnung«, kichert Tae und zuckt mit der Schulter. »Ich bin auf jeden Fall froh, wenn alles weg ist.«

»Danke dir fürs Kochen. Ich hatte heute viel zu tun, weshalb ich nicht mal zu Hause war.«

»Kein Ding. Ich verzeihe dir, wenn du wieder diese leckeren Geheimkekse machst.« Diese kleine Naschkatze, sie ist verrückt nach Grandmas Keksen.

»Wir haben einen Deal, aber jetzt kann ich nicht mehr sprechen. Muss essen, dann ins Bett.« Ich dachte, ich sei davongekommen, als Grace auch schon nach mir ruft.

»Bett? Vergiss es! Es ist Freitag und wir gehen aus. Luke will uns heute seinen Freund vorstellen, also musst du dabei sein. Wir müssen ihn uns doch genau ansehen, ob er auch gut genug für unseren Lucky Luke ist.«

»Ja, ja. Keine Panik, Kleine. Ich komme ja mit.« Ich habe ja gewusst, dass mich meine beste Freundin so schnell nicht vom Haken lässt. Früher ist sie eher der *Kevin-allein-zu-Haus*-Typ gewesen, hat es geliebt, wenn wir alleine einen Serienmarathon veranstaltet haben. Das ist vor Taylors Einzug gewesen und bevor mein Bruder seine besten Freunde öfter zu uns in die Wohnung eingeladen hat. Mit jedem Treffen haben sich Zayn, Pacey und Luke in unser Herz geschlichen, und so sind unsere gemeinsamen Wochenenden ein kleines Highlight für Grace und mich. Wir sind zu einer Familie zusammengewachsen.

Nachdem ich mich umgezogen habe, checke ich ein letztes Mal mein Outfit, bevor ich zu den anderen stoße. Ich trage ein kurzärmeliges, bodenlanges Maxikleid, das einen tiefen Ausschnitt hat und einen seitlichen Schlitz, der bis zu den Oberschenkeln reicht. Es ist tiefburgunderrot, was perfekt zu meiner natürlichen Bräune passt. Dazu trage ich Riemchensandalen und habe meinen vom Wassershooting noch feuchten Haaren nach dem Föhnen mit einem Lockenstab ein zusätzliches Volumen verpasst.

Die Schlafzimmer unseres riesigen zweistöckigen Apartments sind oben. Das Wohnzimmer, die Küche und das zweite Bad sind im unteren Stock. Ich gehe gerade die Stufen hinab, als ich einen Rumms höre und aufsehe. Pacey liegt auf dem Boden, die Hand über seinem Herzen und die Augen weit aufgerissen. »Frau! Willst du mich umbringen?« Er deutet auf mein Outfit und jammert, als hätte ihn eine Kugel getroffen.

»Mach mal halblang. Es ist nur ein Kleid, und man sieht nicht mal viel Haut.« Seufzend steht er auf und ignoriert das genervte Aufstöhnen der anderen. Die sind unsere Zankereien gewohnt. »Schönste, du brauchst keine Haut zu zeigen, um einem die Sprache zu verschlagen.« Pacey greift nach meiner Hand, um sie zu küssen, doch ich entziehe sie ihm lachend. »Danke für die Blumen, aber wir kommen zu spät. Also husch husch, sonst zeige ich mich von meiner aggressiveren Seite.«

»Das würde ich nur zu gerne sehen«, flüstert er und wackelt mit den Augenbrauen.

»Heute nicht, Casanova. Ich habe schon gegessen und kann nicht riskieren, dass es mir hochkommt, wenn du mich anbaggerst.«

»So bissig. Ich mag das«, sagt er grinsend und zwinkert mir zu. Ich schüttle den Kopf, gehe an ihm vorbei und folge den anderen nach draußen.

Kapitel 3

Mood Song: Ariana Grande – Bad Idea

Mittlerweile hat der Besitzer des Pubs gemerkt, dass wir zu seinen besten Kunden gehören, und reserviert aus diesem Grund jeden Freitag unseren Stammplatz. Eine Sitzecke, die genau für acht Personen Platz bietet. Sie liegt eher im hinteren Teil der Bar, dahinter die Wand mit den Bildern der Stars, die den Pub besucht haben. Von unserem Sitzplatz aus haben wir einen hervorragenden Blick auf die gesamte Bar und durch die Lage trotzdem etwas Privatsphäre. Der Umstand, dass sie alles überschauen können, kommt Pacey und Zayn nur gelegen, da sie stets nach weiblichem Frischfleisch Ausschau halten. Wir sind zwar zu siebt, aber Zayn reißt immer in Rekordzeit eine Frau auf, sodass wir meistens den Tisch vollbekommen, bevor die beiden nach ein paar Drinks abziehen.

Wie jede Woche erzählen wir uns, was sich in unserem Leben getan hat. Grace erzählt von ihrem neuen Kunden, einem berühmten Eishockeyspieler aus Vermont, der ein kleines Stückchen grüner Heimat auf seiner überteuerten Dachterrasse haben möchte.

Taylor teilt uns daraufhin voller Stolz mit, dass sie für einen Award aufgrund ihres Modeblogs nominiert wurde. Wir jubeln, freuen uns für unsere Freundin, und Zayn bestellt sofort zur Feier des Tages eine Flasche Champagner. Tae bloggt seit Kurzem professionell über Mode, die sie trägt, und teilt der Welt ihre Sicht der Dinge mit, womit sie ziemlich erfolgreich ist. Auf Social Media könnte sie mein Profil entdecken und so über meine Tätigkeit als Model erfahren, weshalb ich mir etwas überlegen muss, wie und vor allem wann ich es den anderen erzählen kann. Heute ist kein guter Zeitpunkt, weil ich Taylors gute Neuigkeiten nicht mit meiner Bombe platzen lassen möchte. Den Moment, wenn ich es ihnen erzähle, möchte ich gut durchplanen.

Mein Blick bleibt etwas länger an der Freundin meines Bruders hängen, an ihren Augen, den schönen Gesichtszügen und dem herzlichen Lächeln. Taylor hat es im letzten Jahr nicht leicht gehabt, wurde betrogen und ihre Trennung öffentlich, weil ihr Ex ein berühmter Sänger ist. Jetzt hat sie die Krise überstanden und sich in meinen Bruder verliebt, der Taylor seit dem Kindergarten liebt. Dass sie jetzt endlich privat wie beruflich Erfolg hat, freut uns umso mehr. Jahrelang habe ich durch ein Missverständnis unsere Freundschaft aufgegeben und bin mittlerweile der Meinung, dass uns das Schicksal wieder zusammengeführt hat. Denn keine Frau auf der Welt könnte meinen Bruder glücklicher machen als seine Jugendliebe und beste Freundin.

Als das Thema auf mich gelenkt wird, erzähle ich meinen Freunden, dass es beim Magazin eine entspannte Woche gewesen ist, ich aber heute viel arbeiten musste. Es ist auch nicht gelogen, nur dass ich die Art meiner Arbeit noch für mich behalte. Bald werde ich meinen besten Freunden reinen Wein einschenken, auch wenn ich etwas nervös angesichts ihrer Reaktionen bin. Immerhin ist das eine Riesensache, und keiner garantiert mir, dass sie es gut aufnehmen werden.

Gleich als ich mein erstes Shooting hinter mich gebracht

habe, habe ich es meiner damaligen Affäre Corey erzählt, und es hat kein schönes Ende genommen. Grace ist mir als Erste auf die Schliche gekommen. Sie wollte mich in meinem vermeintlichen Büro besuchen, nur um zu erfahren, dass ich frei habe, obwohl ich ihr gegenüber das Gegenteil behauptet habe. Danach ist sie mir gefolgt und hat es herausgefunden. Sie hat cool reagiert und ist stolz auf mich, dass ich meinen Traum lebe. Grace findet es zwar schade, dass ich aus meiner Karriere ein Geheimnis mache, respektiert aber meinen Wunsch.

Nach einer Weile werde ich durstig und klinke mich aus der Gruppe aus, um eine neue Runde zu bestellen und um etwas Ruhe zu haben. Seit sechs Uhr früh bin ich unter Menschen, hatte keine Minute für mich selbst, deshalb bin ich froh, etwas durchatmen zu können. Ich schlängle mich durch die Menschenmenge, gehe zu meinem Lieblingsbarkeeper Ron und gebe meine Bestellung auf. Plötzlich dringt aus den Boxen der Bar mein aktuelles Lieblingslied. Ein rockiger Sound, hart und doch weich. Etwas, das nur diese eine Band schafft.

Ich schließe die Augen, genieße die Musik und lasse den Tag Revue passieren. Ich habe heute ein größeres Shooting gehabt, was aufregend und motivierend zugleich ist. In letzter Zeit habe ich gemerkt, dass einige Labels sich immer mehr auf das Thema Plus Size fokussieren, was ich wunderbar finde, nicht nur weil ich so mehr Aufträge bekommen könnte, sondern weil ich immer der Meinung gewesen bin, dass es viel mehr fülligere Models geben sollte. Weil es den weiblichen Körper in so vielen schönen Formen gibt und ich die Kleider meines Lieblingsdesigners gerne an allen Körperformen sehen würde.

Beflügelt vom Beat und der Melodie beginne ich mich zu bewegen, will gerade die Augen öffnen, als ich eine bekannte Stimme vernehme.

»Na, wen haben wir denn da? Die Wildkatze höchstpersönlich«, flüstert Drake O'Hara dicht an meinem Ohr und erwischt mich eiskalt. Seine tiefe Stimme streichelt mich, geht dabei unter die Haut, sodass sich eine Gänsehaut auf meinem Körper ausbreitet. Ich öffne die Augen und blicke in stechende türkisblaue Augen. Eine Augenfarbe, die ich noch nie gesehen habe und mich fasziniert wie ein seltenes Kunstwerk. Aber darin zu versinken habe ich mir selbst verboten. »Du bist schon wieder hier? Ich habe gedacht, du suchst dir eine andere Location, um deinen Mitmenschen auf die Nerven zu gehen?« Dieser breit gebaute Mann mit der karamellfarbenen Haut und diesen außergewöhnlichen Augen hebt amüsiert eine Braue und muss das Lächeln sichtlich zurückhalten. »Ich weiß nicht, was du hast, keiner hier scheint mich für einen Störfaktor zu halten. Außer dir. Hat das denn einen bestimmten Grund?«

»Ich kann Besserwisser wie dich nicht ausstehen.«

»Ach, geht es jetzt um das, was ich auf deiner Silvesterparty gesagt habe?« Unsere erste Diskussion ist mir noch immer gut im Gedächtnis geblieben, auch wenn es ein paar Monate her ist. Er hat sich über meine Partyplanung beschwert und mich bewusst zur Weißglut gebracht. Dann hat er mich um Mitternacht geküsst – einfach so, und mir damit sprichwörtlich den Atem geraubt. Niemals würde ich zugeben, dass ich diesen Moment, als er mich um Mitternacht geküsst hat, in meinem Kopf öfter abgespielt habe, als mir lieb ist. Aber es ist die Wahrheit. Als würde Drake genau wissen, woran ich gedacht habe, kommt er mir näher. Ich weiche zurück so gut ich kann, aber leider sitzt jemand hinter mir auf einem Barhocker.

»Oder denkst du an den Kuss?«

»Kuss? Ich erinnere mich an ein Geschlabber deinerseits, aber es war keineswegs angenehm.«

»Ach ja?«, fragt er ungläubig, was mich noch mehr auf die Palme bringt.

»Natürlich!« Ich lüge ungern, aber ich kann diesem Typen nicht sagen, was seine bloße Anwesenheit mit mir anstellt. Sonst werde ich ihn nie mehr los.

»Wieso hast du ihn dann erwidert?«, raunt er verführerisch und sieht mir tief in die Augen. Kurz, nur ganz kurz, weiß ich nicht, was ich darauf antworten soll, doch Drake nutzt die längere Sprechpause, um meine Drinks zu bezahlen und mir einen schönen Abend zu wünschen. Als er geht, zeige ich seinem Rücken den Mittelfinger. »Das habe ich gesehen«, brummt er und geht zu einem anderen Tisch, wo eine scharfe Blondine sitzt. War ja sonnenklar.

Ich seufze und schüttle den Kopf, ehe ich das Tablett mit den Getränken nehme und zu unserem Tisch balanciere. »Wieso hat das so lange gedauert, wir verdursten hier«, beschwert sich Zayn lauthals und greift nach seinem Scotch. Ich hebe den Blick, um ihm eine schnippische Bemerkung an den Hals zu werfen, doch halte inne, als ich die hübsche Frau mit den schwarzen Haaren auf seinem Schoß sehe. Ich schaue auf die Uhr auf meinem Smartphone und muss feststellen, dass fast eine Stunde vergangen ist, seitdem wir die Bar betreten haben, somit hat Grace die Wette gewonnen. Ich schulde ihr fünfzig Dollar. Ich blicke zu ihr, und sie grinst mich breit an, denn sie weiß ganz genau, dass sie gewonnen hat, ohne auf die Uhr zu sehen. Verdammter Mist.

Ich setze mich neben Pacey, der sofort das Gespräch sucht. »Alles in Ordnung? Hat dieser Drake irgendetwas gesagt?«, fragt er im Flüsterton und streicht mir freundschaftlich über die Schulter. Ich hebe überrascht die Brauen. *Hat er uns gesehen?* »Er hat nur wieder einmal seine Weisheiten vom Stapel gelassen.«

»Wenn er dir dumm kommt, sagst du es deinem Pacey, oder?« Dieser kleine Spinner. Er ist so lieb mit seiner brüderlichen Fürsorge.

»Natürlich würde ich es dir sagen, aber es wird nie dazu kommen, weil ich ihm vorher den Kopf abreißen würde.«

»Das ist mein Mädchen. Oh entschuldige, es ist gerade Frischfleisch angekommen.« Ich blicke zur Bar, wo drei junge Mädels Drinks bestellen.

»Da Luke ja auf Männer steht und Zayn seine Lady für heute schon gefunden hat, muss ich mich nun ranhalten.«

»Wird dir das ewige Flirten nie zuwider? Immerhin läuft das Kennenlernen immer wieder gleich ab.«

»Jede Frau ist unterschiedlich und, ob du es mir glaubst oder nicht: Ich erinnere mich an jede Partnerin, mit der ich das Bett geteilt habe.«

»Und aus keiner ist eine feste Freundin geworden?«

»Ich habe es noch nie so weit kommen lassen. Weil ich nach keiner Beziehung suche. Aber wenn ich eines Tages die Eine finde, dann lasse ich sie nicht mehr los.«

»Pace! So romantisch veranlagt kenne ich dich gar nicht.«

»Gewöhn dich mal nicht daran. Das ist nur ein schwacher Moment.«

»Okay, wenn du meinst.«

»Sieh zu und lerne, wie man flirtet.« Er zwinkert mir zu und geht selbstsicher und galant auf die Mädels zu. Und tatsächlich. Es dauert nicht lange, bis eines der Mädels ihm näherkommt. Anfangs ist es nur eine flüchtige Berührung, danach wird es immer intimer. Auch ich sehe mich um, ob vielleicht jemand in der Bar ist, den ich abschleppen könnte, wobei ich den einen Tisch hinter mir auslasse, weil ich genau weiß, wer dort sitzt. Aber leider ist heute nicht wirklich viel Auswahl für mich dabei, also wende ich mich wieder meinen Freunden zu.

Während ich mich mit den anderen unterhalte, spüre ich ein Kribbeln in meinem Nacken. Ich versuche es mit aller Kraft zu ignorieren. Aber je länger ich dasitze, desto intensiver scheint es zu werden, und als ich dann laut über einen Witz von Zayn lache, wird das Kribbeln noch stärker. Ich blicke hinter mich und sehe Drake, der zwar so tut, als würde er seiner Begleiterin zuhören, doch er hat den Blick auf mich gerichtet.

Er erwischt mich beim Starren, schenkt mir sein verführerisches Lächeln und hebt sein Glas mit einer braunen Flüssigkeit darin, um mir zuzuprosten. Ich hebe mein leeres Martiniglas und zucke mit den Schultern. Um mir nicht anmerken zu lassen, dass mich sein Lächeln aus dem Konzept bringt, drehe ich mich wieder um und konzentriere mich auf das Gespräch zwischen Zayn und Dan, die über das letzte Basketballspiel diskutieren, das die Lakers in den Sand gesetzt haben. Als ich schon aufstehen will, um Tae zu einer Partie Billard herauszufordern, stellt die Kellnerin Lainy ein Glas Martini vor mich auf den Tisch.

»Den hat der heiße Typ von Tisch zwei für dich bestellt, bevor er mit der Blondine abgezogen ist.« Ich blicke zu Drakes Tisch, der nun leer ist und unterdrücke ein Seufzen.

»Der kann sich seine Drinks sonst wohin stecken.«

Daraufhin fängt Lainy an zu lachen. »Er hat gesagt, dass du so etwas sagen würdest, deshalb hat er diese Nachricht für dich hinterlassen.« Sie reicht mir einen kleinen Notizzettel.

Sei nicht immer so bissig. Denn ich werde mir diesen Drink sicher nicht in meinen Allerwertesten stecken. Also Mund zu, lächeln und den Abend genießen. D.

Dieser miese, fiese Idiot! Wie kann er es mit einer Nachricht schaffen, dass ich ihn am liebsten schlagen und auch küssen will. Dieser Typ ist unglaublich gut in dem, was er tut, und das ist, mich mit seinem sexy Grinsen und diesen unglaublichen Augen in den Wahnsinn zu treiben. Etwas später als sonst kommt auch Luke im Pub an – mit einem attraktiven Mann an seiner Seite –, und jeder Gedanke an meinen eingebildeten, aber heißen Nachbarn ist verflogen. »Leute, das ist Ronan. Ronan, das ist meine Familie.« Mein Herz schmilzt aufgrund seiner Aussage, denn es rührt mich, dass Luke uns für die wichtigsten Personen in seinem Leben hält.

»Freut mich.« Ronan reicht jedem die Hand und setzt sich zu uns. »Hier ist es toll.«

»Ach, ihn mag ich jetzt schon«, meint mein Bruder, weil er diese Bar liebt, und wenn Lukes Freund sie ebenfalls mag, dann hat er bei Dan schon einen Stein im Brett.

»Also Ronan«, setze ich an. »Wir sind alle hier, um dich kennenzulernen und abzuwägen, ob du auch gut genug für unseren Lucky Luke bist.«

Sein Lachen spricht schon für ihn. Er hat auf jeden Fall Sinn für Humor. »Dann lasst das Verhör beginnen.« Nach einigen Minuten haben wir erfahren, dass Ronan Programmierer bei einem großen Smartphone-Hersteller ist, zarte dreißig ist, zwei Labradore hat und Lukas mit solch einem liebevollen Blick ansieht, dass ich aufseufze, obwohl ich das gar nicht gewollt habe. Ich, die Romantik eigentlich nicht viel Beachtung schenkt.

»Und wie sieht dein Urteil aus?«, fragt Lukes Freund nach einer Weile und sieht mir tief in die Augen. Er hält meinem Blick stand, ist sympathisch, erfolgreich in seinem Job, und auch Grace, unser gefühlter FBI-Profiler, nickt zustimmend. »Ich würde sagen«, ich hebe das Glas, das Drake mir spendiert hat, und proste ihm zu, »willkommen in der Familie.« Die anderen stimmen mit ein, doch es ist Grace, die uns wieder mal überrascht. »Und wenn du ihm das Herz brichst, werden wir dich jagen und töten.«

Daraufhin muss ich so heftig lachen, dass mir die Tränen über die Wange perlen. Danach kommt die Müdigkeit schneller, als ich es für möglich gehalten habe, und überrollt mich. Ich liebe die Tatsache, dass wir jeden Freitag gemeinsam das Wochenende einläuten und eine harte Woche mit ein paar Drinks ausklingen lassen. Normalerweise bin ich auch immer die Erste, die auf der improvisierten Tanzfläche glänzt, aber es ist ein langer Tag für mich gewesen und ich kann kaum noch die Augen offen halten. Grace merkt, dass ich dabei bin, auf dem Tisch einzuschlafen, und stupst mich an.

»Komm schon, Dornröschen. Gehen wir, bevor du mit dem Kopf auf den Tisch knallst.«

»So schlimm?«

»Du hast in einer Minute dreimal gegähnt.«

»Oh.«

»Los, Schnecke. Ab mit dir.« Ich lächle müde, wir verabschieden uns von den anderen und treten hinaus in eine angenehm kühle Sommernacht. Vor der Bar erwischen wir zum Glück ein Taxi und steigen ein. Grace nennt unsere Adresse, ich lehne meine Stirn an die kühle Scheibe und starre ins Nichts, bin mit meinen Gedanken für mich alleine. Während der Fahrt schweigen wir, bis Grace sich zu mir umdreht und das Wort ergreift.

»Unser Star des Hottie-Dienstags war also auch da.« Sie fühlt mir auf den Zahn, das weiß ich, denn sie fragt nicht einfach beiläufig. Hinter jeder Frage und Aussage versteckt sich ein tieferer Sinn. »Ja, war er.« Ich lasse mir nicht in die Karten schauen, denn seien wir ehrlich. Da gibt es nichts, was wir bereden müssten. Es ist ein Genuss, ihn beim Trainieren zu beobachten, heiße Fantasien über ihn zu haben, aber das ist es schon gewesen. Ich kann ihn und sein Gehabe nicht ausstehen. Nicht nach unserer ersten Begegnung, die mir sein wahres

Gesicht gezeigt hat. Außerdem weiß ich, auf was für Frauen er steht. Ich folge ihm auf Social Media und sehe, mit welchem Typ Frau er es sonst zu tun hat. So wie heute Abend.

Genau das Gegenteil von mir. Blond, schlank und eher gekünstelt. Es ist sein Beuteschema, und ich passe da bestimmt nicht rein, will es auch gar nicht. Er scheint Gefallen daran zu finden, mich zu nerven, deshalb schwirrt er immer um mich herum. »Ich mag ihn nicht«, sage ich und durchbreche das Schweigen.

»Ich weiß«, antwortet Grace, greift nach meiner Hand und drückt sie sanft. »Aber irgendetwas ist da zwischen euch, das nicht mal ich verstehe.« Und das soll etwas heißen.

Kapitel 4

Mood Song: Khalid – Saturday Nights

Ich fühle mich wie ein verdammter Zauberer, weil ich es durch die Eingangstür des Wohnhauses die Treppe raufschaffe und die Tür aufschließen kann, ohne die Lippen von Moniques Mund zu nehmen. Sie schmilzt dahin, wird butterweich in meinen Armen, was nicht anders zu erwarten ist. Während unsere Lippen sich aufeinanderpressen, öffne ich den Reißverschluss ihres Kleides, das auf den Boden gleitet. Nach ein paar geschickten Handgriffen folgt auch ihre Unterwäsche.

Ich ziehe sie in mein Schlafzimmer, wo ich die Tür hinter uns schließe und mich zum ersten Mal von ihr löse. Unser Keuchen erfüllt den Raum, und mit Blicken verschlingen wir den jeweils anderen. Monique ist schon nackt gewesen, bevor wir es überhaupt in dieses Zimmer geschafft haben, ich bin allerdings noch bekleidet. Als hätte sie meine Gedanken gelesen, kommt sie wie eine Wildkatze auf mich zu und küsst mich erneut.

Während sie großartige Sachen mit ihrer Zunge anstellt, knöpft sie mit geschickten Fingern mein Hemd auf und streift es von meiner erhitzten Haut, daraufhin folgen meine Hose, die Unterwäsche und Socken. Als ich nackt vor ihr stehe, kniet sie sich mit einem lasziven Grinsen hin und legt sich richtig ins

Zeug, saugt an meinem Schwanz, als wäre es ihr erster Lollipop. Es dauert nicht lange, bis ich nicht mehr zu bremsen bin. Ich packe sie an den Hüften und werfe sie aufs Bett, ehe ich mich gierig über sie beuge und ihre Brüste mit meinen Händen knete. Sie sind nicht echt, das habe ich schon geahnt, aber leider auch nicht gut gemacht. Etwas zu hart für meinen Geschmack, aber dafür konzentriere ich mich auf ihre Mitte und gebe ihr etwas von der Wonne zurück, die sie mir vorhin beschert hat.

Das, was mit einem Stöhnen angefangen hat, wird zu einem hohen Keuchen, doch als ich ein Kondom überziehe und in sie eindringe, beginnt der Albtraum. Sie kreischt übertrieben, wie ein schlechter Pornostar, so laut, dass ich befürchte, dass es meine Mom hören könnte, die in der Wohnung zwei Stockwerke unter mir wohnt. Sex ist für mich nicht gleich Sex. Ich genieße ihn, deute Zeichen meiner Partnerin und versuche ihr eine schöne Zeit zu schenken, aber bei Monique bin ich einfach nur überfordert. Maßlos.

»Mehr! Ja! Gibs mir, Drake!« Und so geht es munter weiter, bis sie endlich kommt und ich fast vor ihr flüchte. Auch wenn ich mir einen heißen Superstar vorstellen würde, könnte ich aufgrund ihrer Stöhnerei nicht kommen. Sie scheint es nicht zu bemerken, sondern fährt sich außer Atem durchs Haar und grinst mich selig an. Selbst ihre Zähne sind künstlich weiß, und ich frage mich nun, was an ihr überhaupt noch Natur ist.

»Das war unglaublich«, schnurrt sie schließlich, doch ich wage es zu bezweifeln. So übertrieben wie sie getan hat, glaube ich eher, dass sie mir etwas vorgemacht hat. Jetzt könnte mein Ego natürlich angekratzt sein, ist es aber nicht, denn für mich ist es ebenfalls nicht wirklich prickelnd gewesen.

»Alles in Ordnung?«, will sie wissen und kuschelt sich in mein Kissen. Macht es sich gefährlich gemütlich. Alarmstufe Rot!

»Klar doch.« Ich ziehe meine Boxershorts an, gehe ins Bad und entsorge das leere Kondom, ehe ich wieder zu ihr zurückkomme in der Hoffnung, dass sie mein abweisendes Verhalten durschaut und Leine zieht. Aber so viel Glück habe ich nicht.

»Wer war die Frau vorhin?«, will Monique wissen und schenkt mir dieses bestimmte, kalte Lächeln, das Frauen immer draufhaben, wenn ihnen etwas gegen den Strich geht. Ich weiß, dass sie auf Addison anspielt, weil sie die einzige Frau gewesen ist, mit der ich mich außer Miss Pornostar unterhalten habe.

»Meine Nachbarin. Wieso fragst du?«

»Weil ihr so vertraut miteinander ausgesehen habt, auch wenn sie optisch überhaupt nicht zu dir passen würde.«

»Wie bitte? Was hat das eine mit dem anderen zu tun?«

»Na ja, du siehst so heiß aus. Stark, attraktiv, gebildet, und sie sieht … nun ja. Sie ist einfach dick.« Das wäre der Moment gewesen, der mich abgetörnt hätte, hätten wir dieses Gespräch vor dem Sex geführt. Sie kennt Addison nicht, und doch hat sie etwas gegen sie und ihren Körperbau.

»Addy ist wunderschön!« Ihre Worte machen mich wütend, denn sie sind nicht wahr. Sie ist attraktiv, eine Wucht, wenn ich ehrlich bin. Langes Haar, natürliche Ausstrahlung und ein warmes Lächeln. Dann ist da auch noch dieses Selbstbewusstsein, das mich fasziniert, seit unserer ersten Begegnung. Es macht sie unwiderstehlich. Ihre Kleidergröße spielt hier für mich absolut keine Rolle.

»Ach, läuft da doch etwas zwischen euch?« Diese Eifersucht geht mir gehörig gegen den Strich. Ich bin genervt, unbefriedigt, und ihre Worte machen mich einfach nur wütend. Da kommt sie mir auch noch mit ihrer Eifersüchtelei? Das ist einfach zu viel für mich. Ich gehe in den Flur, greife nach ihrem Kleid und werfe es ihr zu. Ihr Mund öffnet sich empört, aber bevor sie etwas sagen kann, komme ich ihr zuvor, denn ich bin der Boss und sage was und vor allem wie es läuft.

»Du warst doch vorhin in der Bar dabei, als ich gesagt habe, dass ich Lust auf dich habe, oder?«

»Ja aber ...«

»Und du hast auch eingewilligt, dass, egal was zwischen uns läuft, es nicht auf eine Beziehung hinausläuft.«

»Natürlich, doch ...«

»Dir war klar, dass wir uns in einen One-Night-Stand stürzen würden, ehe wir danach wieder getrennte Wege gehen. Mit danach meine ich sofort. Jetzt auf der Stelle.«

»Ja«, haucht sie resigniert, und Enttäuschung blitzt in ihren blauen Augen auf.

»Dann verstehe ich nicht, wieso du mir mit deinem Verhalten auf die Nerven gehst.«

»Das, was ich vorhin gesagt habe, ist nach wie vor meine Einstellung. Es hat mich einfach nur überrascht, dass ein Mann wie du etwas mit diesem Brocken anfängt.«

»Ein Mann wie ich?« Wie habe ich es mit dieser Frau überhaupt eine Stunde ausgehalten, ohne zu erkennen, was für ein kaltes Miststück sie ist.

»Egal. Vergiss es.« Sie verschränkt genervt die Arme vor ihren Brüsten.

»Du hast recht. Lassen wir das. Man sieht sich.« Oder auch nicht. Ich drehe mich um und gehe ins Wohnzimmer, ohne mich umzudrehen. Bis jetzt bin ich noch nie so forsch oder unhöflich gewesen, habe meine Bettgespielinnen auch zur Tür gebracht, aber diese Frau hier scheint das perfekte Beispiel für einen schlechten One-Night-Stand zu sein.

Ihr Wüten und Toben ignoriere ich, ebenso wie die Schimpfwörter, die sie mir an den Kopf knallt, denn ich bin schon Schlimmeres genannt worden. Erst als die Wohnungstür zugeknallt wird, gehe ich zur offenen Küche und trinke eine Flasche Wasser in einem Zug aus. Danach werfe ich die Flasche etwas energischer als beabsichtigt in den Mülleimer, aber ich kann nichts dagegen tun. Ich bin aufgebracht und ärgere mich über mich selbst, kann nicht verstehen, wie ich auf diese eingebildete Frau reinfallen konnte. Ich meine, meine bisherigen Gespielinnen waren nicht gerade die hellsten Kerzen auf der Torte, aber fürs Vögeln braucht man auch keine Intelligenzbestie zu sein.

Ich sollte duschen, mir dabei einen runterholen und dann in mein Arbeitszimmer gehen, um zu arbeiten, auch wenn ich es hasse, am Wochenende alleine zu sein. Diese Stille in dieser Wohnung ist erdrückend und manchmal zu laut für mich. Ich stoße mich von der Küchenanrichte ab und will ins Schlafzimmer gehen, als das Licht im Nebengebäude angeht, und zwar genau im Schlafzimmer von Addison. Durch die bodentiefen Fenster und eine gläserne Terrassentür, die zu meinem Balkon führt, habe ich einen hervorragenden Blick zum Apartmenthaus gegenüber.

Normalerweise lässt sie spät abends die Jalousien runter, um ihre Privatsphäre zu schützen, aber diesmal scheint sie es vergessen zu haben. Nur mit Boxershorts bekleidet öffne ich die Terrassentür, gehe auf den Balkon, in die angenehme Kühle einer Sommernacht. Ich bin kein Spanner oder Stalker, aber Addison heimlich zu beobachten ist immerhin besser, als alleine vor dem Laptop zu sitzen, wenn das Wochenende doch die Zeit ist, wo ich mir Besuch einplane.

Sie trägt noch immer dieses lange Kleid, das ihr hervorragend steht, dazu das gewellte Haar, das ihr bis zu den Hüften reicht. Ich kenne mich in Frauendingen nicht aus, aber ich frage mich, ob das Extensions sind oder ihr Naturhaar. Aber was mir an Addison am meisten gefällt, ist, dass sie nicht viel

Make-up nötig hat, um gut auszusehen. Sie gähnt, ehe sie aus meinem Sichtfeld verschwindet.

Mein Blick auf ihr Zimmer ist unverstellt, ich kann fast jeden Winkel sehen. Alles, bis auf den Teil, wo ihr Kleiderschrank steht und sich die prickelnden Sachen abspielen. Im Pyjama und mit einem Zeichenblock bewaffnet setzt sie sich auf ihr Bett und beginnt etwas zu zeichnen. Es ist das erste Mal, dass ich sie tatsächlich beobachte, obwohl wir schon länger Nachbarn sind. Ihre Finger sind flink und geschickt, aber leider kann ich von hier aus nicht erkennen, was sie kreiert. Sind es Porträts, Landschaften oder etwas anderes? Eine frische Brise holt mich aus den Gedanken, und mir wird klar, dass ich meine Nachbarin doch gerade beobachte wie ein Perverser.

Also gehe ich kopfschüttelnd wieder in die Wohnung, schnappe mir meinen Laptop und setze mich in mein Arbeitszimmer, um meine Mails abzuarbeiten. Auch wenn mir Sex lieber wäre, muss ich mich mit dem Geschäftlichen begnügen.

Nach nur drei Stunden unruhigem Schlaf wache ich auf, noch bevor der Wecker um fünf Uhr morgens klingelt. Im Normalfall stehe ich gleich auf, gehe ins Badezimmer, ehe ich mich anziehe, aber heute starre ich an die dunkle Decke und seufze auf. Meine Flamme von Samstagnacht, deren Namen ich mir nicht mal gemerkt habe, war auch nicht besser als Monique die Nacht zuvor. Vielleicht liegt es an mir, aber ich habe das Gefühl, als würden mir die Frauen allesamt etwas vormachen. Als würden sie sich verstellen, damit sie mir gefallen. Aber ich könnte mich auch täuschen. Generell blicke ich bei Frauen nur selten durch. Unsicherheit gehört nicht gerade zu meinem Repertoire, trotzdem kann mein Kopf nicht aufhören zu arbeiten.

Um nicht mehr Zeit zu verlieren, stehe ich auf und öffne in der ganzen Wohnung die Fenster, damit die frische Luft etwas von der Hitze vertreibt, die sich übers Wochenende aufgestaut hat. Nachdem ich mich angezogen und fertig gemacht habe, trinke ich einen Espresso und blättere nebenbei in der *New York Times*. Der Morgen ist die einzige Zeit am Tag, die ich ohne mein Smartphone verbringe. Denn so gerne ich auch immer beschäftigt bin, brauche ich frühmorgens meine Ruhe.

Ich bin gerade dabei, die Fenster im Wohnzimmer zu schließen, als mein Blick auf Addisons Schlafzimmer fällt. Sie macht gerade Yoga, scheint völlig in der Session gefangen zu sein. Sie trägt eine Leggins und den dazu passenden Sport-BH, die langen Haare hat sie zu einem Pferdeschwanz zusammengebunden. Ich sehe nur ihren Rücken, doch es reicht, um zu sehen, dass sie tiefenentspannt ist. Wieder ertappe ich mich dabei, wie ich meine Nachbarin beobachte. Diese Frau hat etwas an sich, das mich fasziniert. Vielleicht ist es aber auch die Tatsache, dass sie mir als einzige Frau, die nicht zur Familie gehört, die Meinung direkt ins Gesicht sagt und nicht versucht, mir in den Arsch zu kriechen.

Mein Fahrer wartet wie jeden Tag um Punkt sechs Uhr vor meiner Wohnung. Zwar könnte ich auch mit meinem Wagen ins Büro fahren, aber ich habe festgestellt, dass ich viel produktiver bin, wenn ich eine halbe Stunde Zeit zum Arbeiten habe, als mich selbst durch die Staus zu quälen. Zwar ist das ein kostspieliges Unterfangen, was ich aber in Kauf nehme.

Ich steige ein, begrüße Bruno, meinen Fahrer, und blicke auf mein Handy, auf dem ich einen Vertragsentwurf durchlese, bis der Wagen hält und ich aussteigen kann. Mein Büro liegt im dritten Stock eines Gebäudes, in dem verschiedene Kleinfirmen Büroräume anmieten können und Ärzte ihre Praxen haben. Die Lage ist zwar nicht gerade zentral, da wir uns am Rand von Hell's Kitchen befinden, aber Kunden kommen auch selten zu mir ins Büro. Wenn, dann fahre ich zu ihnen, was ein spezieller Service meinerseits ist. Außerdem ist die Miete günstiger als bei den Räumen, die zentraler liegen.

Kaum habe ich den Fahrstuhl verlassen, höre ich schon Serenas Stimme, obwohl die Bürotür ein paar Schritte von mir entfernt ist. Diese Frau hat ein Organ, das nicht von dieser Welt ist. Sie bräuchte kein Megafon, um in der Menge auf sich aufmerksam zu machen. Ich schüttle den Kopf, lege das Headset an und betrete mein Reich, das mir mehr Zuhause ist, als meine Wohnung es je sein könnte.

»Guten Morgen, Mister O'Hara«, höre ich das verängstigte Stimmchen von Joan, meiner neuen Assistentin, die neben der Eingangstür schon auf mich gewartet hat. Und mit neu meine ich brandneu. Sie und die anderen zwei Assistenten sind erst seit zwei Wochen bei mir angestellt. Die vorigen drei haben es nur eine Woche ausgehalten. »Hier ist ihr doppelter Espresso, Sir.« Sie reicht mir mit zittrigen Fingern meinen Becher, der ebenso schwarz ist wie mein Anzug und das Hemd darunter.

»Danke. Hat sich Matthews schon gemeldet?« Ich warte seit Stunden auf die neuen Verträge von einem Veranstalter in Australien. Ich gehe einfach weiter, und sie folgt mir auf ihren lächerlich hohen Heels. Die sind alles andere als bürotauglich, also beschleunige ich meine Schritte. Ich weiß, ich bin ein Arschloch, aber dieses Verhalten hat mich auch an die Spitze befördert, weshalb ich mit Genuss den Arsch gebe. Wer kuscht, hat gleich verloren. Außerdem frage ich mich, wie sie ihre Arbeit verrichten soll, wenn sie ständig aufpassen muss, nicht über ihre teuren Schuhe zu stolpern.

»Nein, Sir. Aber ich erwarte seinen Anruf jeden Moment.«

»Kingston!«, brülle ich durch den Raum, wo mein viel zu jung aussehender Assistent ängstlich den Kopf hebt und mich ansieht, als wäre ich der böse Wolf und meine drei Assistenten die drei kleinen Schweinchen.

»Ja, Sir. Was kann ich für Sie tun?« Dieses Geschleime ist mir jetzt schon zuwider, dabei sind sie erst seit ein paar Tagen in meinem Unternehmen.

»Rufen Sie diesen Lahmarsch Matthews an und erinnern Sie ihn daran, wer seine Hallen stets gefüllt hat. Ich will ihn in zehn Minuten in der Leitung haben, verstanden?« Er nickt etwas atemlos und verschwindet an seinen Tisch. »Mund zu, Joan! Weiter gehts. Teilen Sie mir mit, was heute noch ansteht, und zwar heute noch, wenn's geht.« Ihr Blick verweilt etwas zu lange auf Kingston, ehe sie sich wieder fängt und mich etwas unterkühlt auf den neuesten Stand bringt. Kingston und auch mein dritter Assistent Frederic sind Joans Konkurrenten, eifern um den Job als Leiter meines Innendienstes. Deshalb passt es dieser jungen Dame so gar nicht, dass jemand anderes ihre Aufgabe bekommen hat.

»Dann ist ein Päckchen von einer Addison Grant gekommen. Ich habe es Ihnen auf Ihren Tisch gelegt.« Ich bleibe so abrupt stehen, dass Joan in mich hineinläuft und erschrocken aufkeucht. Sie weicht so schnell vor mir zurück, als hätte ich Lepra und wäre hoch ansteckend.

»Sind Sie sicher, dass sie der Absender ist?«

»Ja, Sir.«

»Haben Sie reingehört? Tickt es in dem Karton?« Ihre Augen weiten sich erschrocken, als ihr langsam dämmert, worauf ich hinauswill.

»Oh mein Gott! Glauben Sie, da könnte eine Bombe drin sein!?« Ihre Hände beginnen noch heftiger als ohnehin zu zittern, sodass ich um das Firmen-Tablet fürchte. »Regen Sie sich ab, Joan. Das war nur ein Scherz.« Jetzt schon erschöpft lege ich Daumen und Zeigefinger auf meinen Nasenrücken und atme tief durch. »Danke für das Update, und nun verschwinden Sie.«

»Natürlich, Sir«, haucht sie atemlos und flieht vor mir.

»Du bist so ein Arschloch«, tut Serena ihre Meinung kund, und das noch so laut, dass Kingston sie hören kann.

»Ach wirklich?«

»Ja. Du hast Joan fast zu Tode erschreckt.«

»Reg dich ab. Ich kann nichts dafür, dass sie keinen Spaß versteht.«

»Na ja, deine Art von Spaß ist etwas makaber, findest du nicht?«

»Oh Mann! Das ist vielleicht ein Montag«, seufze ich und frage mich, ob ich nicht kehrtmachen und weiter von zu Hause aus arbeiten soll.

»Jetzt schon überfordert, Boss?«, fragt sie kokett und grinst mich schadenfroh an.

»Solltest du nicht zu Hause sein und meinen Bruder um den Verstand vögeln?«

»Das hebe ich mir für die Mittagspause auf.« Sie zwinkert mir zu und mein Magen rebelliert.

»Igitt. Ich geh ja schon.« Niemand darf so mit mir reden, nicht mal mein Bruder, aber Serena ist seine Verlobte und meine Sekretärin vom ersten Tag an. Ich habe die beiden einander vorgestellt, und nun wird sie meine Schwägerin. Verdammt! Dabei bin ich dafür, Privates strikt von Beruflichem zu trennen. Nun sehe ich sie bei jedem Sonntagessen und Familientreffen, sodass ich selbst in der wenigen Freizeit, die ich mir erlaube, an die Arbeit denken muss. Ich gehe weiter in mein Büro, dessen Jalousien ich heute mal geöffnet lasse, da ich keine Videokonferenz geplant habe.

Ich checke meine neu eingegangenen Mails, sehe mir Gebäudepläne an und gehe den Bericht der Gewerbeaufsicht durch, die einen der Veranstaltungsorte überprüft und Mängel festgestellt hat. Ich bin gerade in das Dokument vertieft, als sich Kingston über das Headset meldet.

»Sir, Mr Matthews ist für Sie am Apparat, Sir.«

»Danke. Stell ihn durch und maile mir dann die Arbeitsverträge von euch dreien. So lahmarschig wie ihr drauf seid, muss ich euch wohl das Gehalt kürzen«, belle ich in mein Headset. Immerhin musste ich fast eine halbe Stunde warten, bis mein Befehl ausgeführt worden ist. Ich lege einfach auf, will schon den weitergeleiteten Anruf entgegennehmen, als mein Blick auf das Päckchen auf meinem Tisch fällt. In meinem Arbeitsmodus, dem ich meistens verfalle, wenn ich im Büro bin, habe ich vergessen, dass meine Nachbarin mir etwas hat zukommen lassen. Und ohne Scheiß, ich nähere mich tatsächlich langsam und mit dem Ohr voran, um zu hören, ob das Paket tickt. Bei dieser Frau weiß man ja nie. Ich öffne es und finde darin ein schwarzes, langärmeliges Workout-Shirt aus einem leichten und atmungsaktiven Stoff. Es hat genau meine Größe, und das ist noch nicht alles. Ich finde eine Karte mit einer handgeschriebenen Notiz drauf.

Wie ich gesehen habe, scheinst du kein Geld für ein Trainings-Shirt zu haben. Deshalb dachte ich mir, ich kümmere mich darum. Nicht dass du dich erkältest.

Kapitel 5

Mood Song: Sia – Never give up

Ein paar Tage später habe ich schon um zehn Uhr vormittags mein Workout beendet, fühle mich zwar am Ende meiner Kräfte, aber auch wunderbar. Heute habe ich mich auf den Oberkörper konzentriert, Gewichte gestemmt und eine Stunde Cardio hinter mir. Der Schweiß rinnt an meinem Körper herunter, durchnässt meine Sportklamotten, weshalb ich mich nach einer heißen Dusche sehne. Heute trainiere ich alleine, weil Tamara einen Termin hat und einem anderen Model mit Rat und Tat zur Seite steht. Brooke arbeitet, stylt einen neuen Stern am Musikhimmel für sein neuestes Musikvideo, und mein Personal Trainer, den ich ab und zu zur Unterstützung buche, erholt sich gerade von einer Erkältung.

Auch wenn ich gerne in Gesellschaft trainiere, genieße ich heute die Musik und den Umstand, alleine mit meinen Gedanken zu sein. Ich trinke noch mal einen großen Schluck Wasser, ehe ich mir meine Sachen schnappe und in die Garderobe gehe. Ich bin jeden zweiten Tag in diesem Studio, und die meisten Mitglieder kennen mich hier, aber heute entdecke ich zwei neue Gesichter in der der Umkleide. Ich lächle ihnen freundlich zu, gehe an ihnen vorbei, um mir aus meinem Spind Wechselklamotten und Duschgel zu holen, als ich ihr

Kichern höre. Das Murmeln, das zu laut ist, um als Flüstern zu gelten.

Sie geben sich nicht wirklich sonderlich Mühe, leise über mich zu reden. Ich kann jedes Wort verstehen. »Hast du diese Cellulite gesehen? Sogar durch die Leggins ist es zu erkennen.«

»Ja, und dann diese breiten Oberschenkel ... wie bei einem Pferd.«

»Also mit der möchte ich mich nicht im Bett wälzen müssen. Meine Leiche würde man ja nie wiederfinden«, kichert eins der Mädels, was mir den Rest gibt.

So, das reicht! Ich knalle meine Spindtür laut zu, worauf diese Schnepfen vor Überraschung zusammenzucken und die Augen aufreißen. Ich gehe auf sie zu, baue mich vor ihnen auf. Ja, es ist wahr. Ich habe etwas mehr auf den Rippen als sie, aber ich habe auch mehr Anstand in meinem kleinen Finger, als sie jemals in ihrem Leben gehabt haben. »Habt ihr ein Problem?«, knurre ich und erwische sie eiskalt. Sie haben gedacht, ich würde ihre Beschimpfungen über mich ergehen lassen ohne mich zu wehren, aber da haben sie sich mit der Falschen angelegt.

»Ähm, ich habe ... ich meine, wir wollten ...«

Wie immer. Große Klappe, nichts dahinter. Manche Menschen können zwar austeilen, aber nicht einstecken. Mir will einfach nicht in den Kopf, wie man jemanden kritisieren kann, ohne die Person zu kennen. Ich bin auch schon auf meinen Social-Media-Accounts Opfer von Cybermobbing geworden. Es wurde online über mich gelästert, genau wie jetzt gerade, aber mir würde selbst deswegen nicht im Traum einfallen, andere zu verurteilen. Die zwei jungen Frauen sehen mich mit großen Augen an und machen mich noch wütender. »Was ihr gemeint habt, interessiert mich einen feuchten Dreck. Ihr habt kein Recht, über mich zu urteilen, so wie ich mich nicht auf euer Niveau herablassen und schlecht über euch reden würde. Aber zwischen uns sind Welten, und ich will kein Teil von eurer sein. Also zischt ab, bevor ich euch zeige, wie es sich anfühlt, wenn ich mich auf euch stürze und man eure Leichen finden muss.« Wie verängstigte Hühner flüchten sie vor mir, und ich wünschte, ich könnte sagen, dass ich Genugtuung empfinde, aber ich fühle mich einfach nur mies.

Nach all den Jahren sollte man meinen, dass diese Sprüche über meinen Körperbau an mir abprallen würden, aber etwas bleibt davon in meinem Unterbewusstsein und schürt diese Unsicherheit, die ich um keinen Preis an die Oberfläche lassen möchte. Ich versuche den Kopf unter heißem Wasser wieder frei zu bekommen, aber es hilft nicht wirklich etwas. Selbst als ich mich energischer einseife als sonst, kann ich diese Niedergeschlagenheit nicht abstreifen. Schließlich gebe ich es auf, trockne mich ab und ziehe mir ein mit Zitronen bedrucktes luftiges, weißes Sommerkleid an, von dem ich mir erhoffe, dass mir diese New Yorker Hitze darin nicht viel anhaben kann. Da die Sonne wie in den letzten Tagen auch heute unerbittlich auf die Stadt herabscheint, spare ich mir das Föhnen und fliehe geradezu nach draußen.

Kaum bin ich draußen, schnappe ich mir meinen iPod und die Kopfhörer, die ich mir ins Ohr stöpsle. Ich höre bewusst nicht übers Smartphone Musik, da ich es nicht ertragen kann, wenn eine ankommende Nachricht mich vom Hörgenuss ablenkt. Mein Motto ist schon seit meiner Kindheit: Musik an, Welt aus. So ist es früher gewesen und so ist es noch heute. Ich habe zu jedem wichtigen Moment in meiner Vergangenheit, zu jedem Gefühl einen Mood Song parat. Meine Teeniejahre wären ohne meine CDs, die mich stets mein ganzes Taschengeld gekostet haben, die Hölle für mich gewesen. Ich bin auf mehr Konzerten gewesen, als ich zählen kann und habe auch eine

Leidenschaft für Musicals entwickelt. Musik ist mein Heilmittel für alles, es kommt nur auf den richtigen Song an.

Ich könnte mir jetzt ein Taxi schnappen und so schnell wie möglich nach Hause fahren, aber ich beschließe, mich doch zu Fuß auf den Weg zu machen. Ich will in der frischen Luft den Kopf frei bekommen. Sia singt sich mit ihren Songs in mein Herz, und ich lasse all die Anspannung und Unsicherheit sein und genieße nur ihre außergewöhnliche Stimme. Mit jedem Schritt, mit jedem Song bessert sich meine Laune, und diese Schwere, die auf mir gelastet hat, verzieht sich langsam. Langsam, aber immerhin.

Die Sonne scheint unablässig, und die vierzig Grad haben mein Haar in null Komma nichts getrocknet. Meine Naturwellen sind nun um einiges üppiger, da ich sie nicht glätten konnte, aber es ist mir egal. Ich trage meine Haare auch gerne lockig, es kommt immer ganz auf meine Laune an. Während ich so die Straße entlanggehe, denke ich an die bevorstehenden Wochen, in denen ich hoffentlich für ein paar Shootings gebucht werde. Der Job beim Magazin ist nicht gerade gut bezahlt, und wenn man in New York leben will, braucht man auf jeden Fall noch mehr Geld als woanders, um über die Runden zu kommen.

Eigentlich wollte ich in ein paar Wochen den Mann heiraten, von dem ich gedacht habe, dass er meine große Liebe ist, und zu ihm ziehen. Vaughn und ich hatten eine Herbsthochzeit in Connecticut im Sinn, zumindest war das der anfängliche Plan, bis alles den Bach runtergegangen ist und wir die Hochzeit absagen mussten. Uns schwebte etwas im engsten Familienkreis vor, aber seine Eltern hatten da einiges mitzureden, was mir gegen den Strich ging. Vaughns Vater, ein Kandidat fürs Bürgermeisteramt von New York, wollte eine große Feier für seinen einzigen Sprössling schmeißen. Schließlich sollte Vaughn eines Tages in Papas Fußstapfen treten und in der Politik mitmischen. Doch diese Feier wird nun nicht stattfinden. Sie wollten eine andere Frau an seiner Seite, eine, die vorzeigbarer wäre als ich. Sie haben es nie offen gesagt, aber ich habe immer gewusst, dass sie mich nicht für die *Richtige* für Vaughn gehalten haben.

Wir sind verliebt gewesen, haben gedacht, dass es nur uns beide braucht, um glücklich zu sein. Aber der Alltag, die Lebensumstände und seine Familie haben uns deutlich gemacht, dass es keine Zukunft für uns geben kann. Es ist ein paar Wochen her, seit wir uns getrennt haben, und ich könnte nun sagen, dass ich leide wie ein Hund, aber das wäre gelogen. Ich vermisse ihn, den Mann, in den ich mich verliebt habe, aber dieser ist schon lange einer Kopie seines Vaters gewichen. Grace hat mir immer prophezeit, dass sie keine gemeinsame Zukunft für uns sieht, aber ich war zu blauäugig und habe es nicht wahrhaben wollen. Vielleicht habe ich mich in die Vorstellung verliebt, dass meine erste ernste Beziehung auch diejenige ist, die für immer hält. Zum Glück haben wir diesen großen Schritt nicht gewagt, denn es wäre ein großer Fehler gewesen. Für uns beide. Während Sia *Helium* singt und mein Herz wieder schwer wird, blicke ich auf meinen Verlobungsring und drehe ihn im Sonnenlicht hin und her, sodass der Diamant funkelt. Ich kann ein Seufzen nicht verhindern, denn nun kommen die guten Erinnerungen an unsere Beziehung zurück. Unsere ersten Dates, das erste Mal miteinander, der Moment, als er vor ein paar Monaten am Strand von Barbados vor mir auf die Knie gegangen ist und mich gefragt hat, ob ich seine Frau werden möchte.

Damals, das weiß ich, sind unsere Gefühle füreinander stark gewesen, und ich habe ihm geglaubt, als er gesagt hat, dass er für immer der Mann an meiner Seite sein möchte. Ein Schatten legt sich über mich und den Diamanten an meinem Ringfinger. Also sehe ich auf und erschrecke, als ich einen schwitzenden und keuchenden Drake erblicke, der mich angrinst. Und selbstverständlich joggt er obenrum nackt. Wie immer, was mich die Augen verdrehen lässt.

»Herrgott noch mal!«, stöhne ich und ziehe mir die Kopfhörer aus dem Ohr. »Du bist ein CEO, verdammt! Kannst du dir kein Shirt leisten?«

Sein Grinsen wird noch breiter, denn wie erwartet fasst er meine Worte als Flirterei auf, was aber überhaupt nicht stimmt. Ich kann sagen, dass er ein aufgepumpter Esel ist, den ich hasse. Drake würde nur eines verstehen: Du bist ein heißer Hengst und ich kann es kaum erwarten, dass du es mir besorgst. Mehrmals.

»Ich habe zwar ein tolles Shirt von einer hübschen Unbekannten geschenkt bekommen, aber Prinzessin, wir haben vierzig Grad hier draußen. Willst du, dass ich vor lauter Hitze in Ohnmacht falle?« Ich öffne den Mund, um zu antworten, aber er kommt mir zuvor. »Vergiss, was ich gesagt habe. So wie ich dich kenne, würdest du mich einfach liegen lassen und an mir vorbeigehen.«

»Autsch, das war hart.« Ich tue so, als wäre ich gekränkt, was natürlich Blödsinn ist. Aber gerade wegen der vorherigen Melancholie genieße ich das Gekabbel mit meinem Nachbarn.

»Ist alles okay bei dir?«, fragt er nun und nimmt mir den Wind aus den Segeln. Verdammt! Dabei bin ich so schön abgelenkt gewesen.

»Klar, wieso fragst du?« Ich verdränge meine negativen Gedanken und die Erinnerungen an meinen Ex-Freund, weil ich Drake nicht gut genug kenne, um mit ihm über Privates zu sprechen. Ich lasse auch ungern jemanden in meine Karten schauen.

»Na ja, weil du deinen Verlobungsring so traurig angesehen hast, und da dachte ich, du willst vielleicht reden.«

»Mit dir?«, frage ich überrascht, denn er kann das nicht ernst meinen. Er könnte jetzt beleidigt sein, weil ich jedes seiner Worte als Scherz oder Provokation ansehe, ist er aber nicht.

»Ja. Auch wenn ich weiß, dass ich dich ganz nervös und wuschig mache, kannst du jederzeit mit mir über ernste Themen reden, wenn du Bedarf hast.«

»Das ist nett von dir, aber ich passe.«

»Das dachte ich mir schon. Aber hey, wozu sind gute Nachbarn denn da?«

»Keine Ahnung. Ich werde ihn fragen, wenn ich einen sehe«, kichere ich. Na toll. Ich bin schon so weit gesunken, dass ich über meine eigenen Witze lache. Drakes Miene erhellt sich allerdings.

»Da ist es ja«, sagt er plötzlich mit seiner rauchigen Stimme.

»Was denn?«

Drake kommt mir näher, seine große Hand nähert sich meinem Gesicht, und ich halte den Atem an, als sein Daumen über meine Unterlippe streicht. Sanft, zärtlich, als wäre es keine Berührung selbst, sondern nur ein Traum. »Dein Lächeln, das deine trüben Gedanken fast weggewischt hätte.« Mein Mund klappt auf, weil ich einfach nichts erwidern kann, nichts erwidern könnte, weil ich noch immer seine Finger auf meiner Haut spüre, selbst als er ein dumpfes Lachen ausstößt.

»Wir sehen uns, Prinzessin«, sagt er schließlich, zwinkert mir zu und ist genauso schnell verschwunden, wie er aufgetaucht ist. Das Summen, das meinen Körper erfasst hat, als Drake O'Hara mich berührt hat, hält mich fest im Griff, auch wenn ich mir diese Anziehungskraft nicht erklären kann. Aber ich fühle sie. Zu stark. Überall.

»Holy Shit«, murmle ich zu mir selbst und lecke unbewusst über die Stelle, wo Drake mich gerade berührt hat.

Kapitel 6

Mood Song: Lily Allen – Fuck you

Das muss aufhören! Drake ist nicht nur mein Nachbar, sondern auch der Typ Mann, der die Macht hätte, mein Herz zu brechen, das schon längst angeknackst ist. Ihn heimlich zu beobachten ist eine Sache, aber dass der Hottie-Dienstag aufgeflogen ist, verändert natürlich alles. Nun weiß er, dass ich ihn beobachtet habe, was meiner Aussage widerspricht, dass ich ihn nicht attraktiv fände. Ich habe vielleicht die falschen Signale gesendet, obwohl meine Worte immer defensiv sind und ich ihm eigentlich aus dem Weg gehe. Diesen Mann muss ich mir aus dem Kopf schlagen, denn er beherrscht meine Gedanken jetzt schon zu oft, und genau das habe ich befürchtet.

Es ist beschlossene Sache, ich brauche unbedingt Ablenkung. Ich sollte einen über den Durst trinken und mir einen hübschen One-Night-Stand anlachen. Jemanden, der genau dasselbe will wie ich. Ich beschließe spontan, dass ich genau das tun werde. Es ist zwar Montag, aber es gibt immer irgendwo eine Bar, die zum Bersten gefüllt ist, immerhin sind wir in New York City. Dort werde ich nach einem Mann Ausschau halten, der mich ablenken kann, und das am besten die ganze Nacht lang. Ich beschließe noch in der Drogerie vorbeizuschauen und mich nach neuen Lippenstiften umzusehen.

Selbst als ich die Tür zu unserer Wohnung aufschließe, sind meine Knie aufgrund der Begegnung mit der Vorlage für meine wildesten Fantasien butterweich. Außerdem höre ich immer noch Drakes Stimme in meinem Kopf, was ich wirklich besorgniserregend finde, wenn ihr mich fragt. Aber als ich reinkomme und zur Küche spähe, weiß ich, dass ich nicht verrückt werde, sondern, dass der Hauptdarsteller meines Hottie-Dienstags in meiner Küche steht und so tut, als würde er meinem Bruder zuhören, aber in Wirklichkeit hat er mich entdeckt und zwinkert mir zu.

»Ähm? Hallo?«, frage ich wie eine Blöde, weil ich mir nicht erklären kann, wie Drake so schnell vor mir und geduscht und umgezogen in meiner Wohnung sein konnte.

»Hey Schwesterherz.« Freundlich wie immer begrüßt mich mein Bruder, doch es ist Drake, den ich wütend anfunkle.

»Was tust du in meiner Wohnung?«

»Ich bin geschäftlich hier.« Darauf erntet er einen Lacher von mir.

»Wer's glaubt.«

»Nein, es stimmt tatsächlich. Ein Freund von mir tritt heute Abend in einer Late-Night-Show auf, und sein Bodyguard ist krank geworden, deshalb hat er mich gebeten, einen guten Ersatz zu finden.«

»Du verarschst mich doch.«

»Nicht im Geringsten. Ich scherze nicht, wenn es um meine Arbeit geht«, antwortet Drake kühl, und diesmal ist seine Miene ernst, als hätte ich einen wunden Punkt getroffen, weil ich seinen Worten keinen Glauben schenke. Diese Unterkühltheit kann mir nur recht sein, immerhin will ich ja, dass er Abstand zu mir nimmt und Land gewinnt, damit ich nicht ständig seine Gegenwart ertragen muss. Zufrieden, dass er zum ersten Mal keine anzügliche Bemerkung hat fallen lassen, gehe ich in mein

Zimmer, leere meine Sporttasche und verstaue zwei neue matte Lippenstifte in den neuen Sommerfarben.

Da ich die Tür zu meinem Zimmer offen gelassen habe, höre ich, wie jemand die Eingangstür auf- und wieder zumacht und freue mich, endlich wieder durchatmen zu können. Erneut fällt mein Blick auf meinen Verlobungsring, und ich frage mich langsam, wieso ich ihn immer noch trage, immerhin sind ein paar Wochen vergangen, seitdem wir uns getrennt haben. Ich beschließe, den Ring abzulegen und ihn in eine Schublade zu legen. Danach fühle ich mich nicht wirklich besser, also beschließe ich, etwas gegen die schlechte Laune zu tun. Ich poste ein Foto von meinem letzten Shooting auf Instagram und in den Stories meine neue Tasche, die ich von einem bekannten Designer bekommen habe, ehe ich Tanktop und Shorts anziehe. Ich möchte das Mittagessen zubereiten sowie Nanas Kekse backen. Ich habe es Taylor versprochen, und auch ich habe Lust auf eine große Portion Schokolade. Wenn ich in der Küche hantieren kann, dann entspanne ich, was nach dem heutigen Tag bitternötig ist.

Ich binde meine Locken zu einem unordentlichen Dutt zusammen und eile die Treppenstufen runter. Ich setze mir Kopfhörer auf, schnappe mir meinen iPod und spiele die Cook-it-up-Playlist ab, die ich selbst zusammengestellt habe. Eine bunte Mischung aus verschiedensten Genres, aber mit einem gewissen Beat, bei dem einem das Kochen noch leichter von der Hand geht. Ich bin dabei, die Zutaten zusammenzusuchen, summe einen Gute-Laune-Popsong mit und schwinge mit den Hüften.

Die Leidenschaft fürs Kochen und backen wurde mir von meiner Mutter vererbt. Als ich klein gewesen bin, habe ich sie stets beobachtet, wie sie ein leckeres Mahl nach dem anderen gezaubert hat und wollte unbedingt genauso kochen können

wie sie. Mittlerweile mache ich bessere Fajitas als sie selbst.
Das ist neben dem Modeln und der Musik mein Hobby. Wenn
ich die zufriedenen Gesichter sehe, wenn sie den ersten Bissen
eines von mir zubereiteten Essens probieren, ist das ein kleines
Highlight für mich.

Nachdem ich das Hühnchen Hawaii fertig zubereitet habe,
mache ich mich daran, die Kekse zu backen. Ich will gerade
die Zutaten für den Keksteig verrühren, als mir jemand auf die
Schulter tippt. Erschrocken keuche ich auf, drehe mich um und
funkle meine beste Freundin böse an. Ich hasse es, erschreckt
zu werden, vor allem wenn ich tief in Gedanken versunken
bin. Grace deutet auf meine Kopfhörer, also nehme ich sie
ab. »Ich will dich nicht stören, während du Beyoncé Konkurrenz machst, aber dein Handy hat geklingelt.« Ich greife danach, doch sie zieht die Hand wieder weg, um mich eindringlich anzusehen. »Eigentlich will ich dir das Smartphone auch
gar nicht geben, wenn ich sehe, wer der Anrufer ist.« An ihrer
Miene lese ich natürlich heraus, dass es Vaughn gewesen sein
muss, der mich versucht hat zu erreichen. Sie hat ihn noch nie
ausstehen können, sich aber nie in meine Beziehung einge-
mischt.

»Wie oft hat er es versucht?«

»Fünf Mal innerhalb von fünfzehn Minuten.«

»Das schreit nach einem Notfall.«

»Du musst aber nicht mehr abheben, nur weil er sich nach
Wochen erinnert, dass er das Beste hat gehen lassen, was ihm
passieren konnte.«

»Du bist ja süß, aber vielleicht hat er einfach noch ein paar
meiner Sachen gefunden, die er mir zurückgeben möchte.«

»Aber ...«

»Gib schon her.« Ich strecke die Hand aus, aber nur widerwillig gibt sie mir mein Handy zurück.

»Mach ihm für mich die Hölle heiß, ja?«

»Klar doch«, antworte ich grinsend, sehe ihr kopfschüttelnd nach, wie sie zur Couch geht, und wische über das Display, um ihn zurückzurufen.

»Addy. Hey.« Die Stimme meines Ex-Freundes wieder-zuhören wühlt keine Gefühle in mir auf, eher Erinnerungen. Die guten wie die schlechten, und beide sind sehr intensiv gewesen, sodass ich schlucken muss. Ich räuspere mich, ehe ich antworte, und versuche neutral zu klingen.

»Hey, Vaughn. Was gibt's?«

»Nicht viel. Hör zu.« Okay, er kommt schnell zur Sache und klingt unsicher, etwas, das man bei meinem Ex-Freund nur selten erlebt, deshalb halte ich inne und horche auf.

»Ich muss mit dir reden. Es geht um unsere Verlobung. Ich weiß, ich war ein Idiot und habe mich nicht gemeldet, aber nach der Trennung hat es nicht wirklich den Eindruck auf mich gemacht, als würdest du mich vermissen. Aber es ist doch einiges passiert, seitdem du weg bist. Etwas, mit dem ich sicher nicht gerechnet hätte. Ich brauche dich ganz dringend und vor allem …«

»Willst du heute Abend vorbeikommen?«, frage ich etwas außer Atem, schneide ihm das Wort ab, denn es klingt so, als würde Vaughn noch eine zweite Chance wollen. Ob ich dasselbe will, weiß ich noch nicht, aber mein nervöses Herz will ihn unbedingt sehen. Er atmet erleichtert aus, was meine Vermutung nur bestätigt. Er will mich zurück.

»Klar. Ich komme so um neunzehn Uhr vorbei.«

Ich lege auf und starre auf die Zutaten, die ich verrühren sollte, doch ich kann an nichts anderes denken als daran, dass ich mich umziehen sollte, um auch gut auszusehen, wenn Vaughn später vorbeikommt. Doch meine Euphorie bekommt einen Dämpfer, als mein Blick zu Grace gleitet, die die Arme vor der Brust verschränkt hat und mich ansieht, als hätte ich den Verstand verloren. Da das Wohnzimmer und die Küche nur ein paar Schritte trennen, muss sie wohl jedes Wort gehört haben, das ich von mir gegeben habe.

»Er kommt vorbei?«, fragt sie nur, und in ihrer Stimme lässt sich keine Emotion ausmachen.

»Ja, er möchte wegen der Verlobung mit mir sprechen.«

»Du meinst der geplatzten Verlobung.«

»Natürlich. Ich weiß es selbst nicht. Ich habe gedacht, dass ich über ihn hinweg bin, dass ich nichts mehr für ihn empfinde, aber was ist, wenn ich ihn zurückweise und es später bereue? Ich will ihn auf jeden Fall anhören, dann kann ich die Entscheidung treffen.«

»Das ist mir bewusst, ich möchte nur nicht, dass du verletzt wirst. Er ist nicht gerade von der zuverlässigen Sorte.«

»Ich weiß, aber ich möchte mir anhören, was er zu sagen hat.« Ich habe noch das Gefühl, als würde er mir etwas bedeuten, aber ob das romantische oder freundschaftliche Gefühle sind, weiß ich nicht. Ich erwähne diese Gefühle nicht, doch an Grace' Blick erkenne ich, dass sie es sehr wohl weiß. Diese Frau durchschaut einen aber auch immer. »Na schön. Ich muss zu einer Baustelle fahren, aber wenn du mich brauchst, bin ich immer zu erreichen.«

»Das weiß ich und ich danke dir dafür.« Ich nehme sie kurz in den Arm, ehe ich auf die Uhr sehe. »Ich werde schnell die Kekse vorbereiten und in den Ofen schieben und mich umziehen.«

»Okay. Mach das, aber lass nicht zu, dass Taylor alle verschlingt. Heb mir ein paar auf.«

»Ich kann nichts versprechen. Du weißt, es ist gefährlich, sich zwischen Tae und Kekse zu stellen. Ich könnte verletzt werden.«

»Das kann ich verschmerzen«, meint meine beste Freundin, schnappt sich ihre Schlüssel und verabschiedet sich, um zur Arbeit zu fahren. In Windeseile habe ich die Chocolate-Cookies aufs Blech gelegt und sie in den Ofen geschoben. Dann laufe ich in mein Zimmer und stelle mich vor meinen Kleiderschrank. In kurzer Zeit entscheide ich mich für ein mit verschiedenen Blumen bedrucktes Sommerkleid, das ärmellos ist und das sich ab den Hüften in sanften Wellen bis unter meine Knie ergießt. Dann öffne ich die obere Schublade meiner Kommode, in die ich vorhin den Verlobungsring gelegt habe, und nehme ihn wieder in die Hand. Zuerst überlege ich, ob ich ihn mir an den Ringfinger stecken soll, verwerfe den Gedanken aber wieder. Ich will schon aus dem Zimmer gehen, doch dann halte ich inne. Ich weiß zwar, dass die Liebe zwischen Vaughn und mir eher in den Alltag übergegangen ist, aber ich habe diesen Ring immer mit Stolz getragen, also gehe ich wieder zur Kommode und stecke den Verlobungsring zurück an seinen rechtmäßigen Platz.

Die Haare lasse ich offen, weil ich genau weiß, wie sehr Vaughn meine gewellten Haare gefallen. Es ist total untypisch für mich, so emotional zu reagieren, selbst während unserer Beziehung war ich eher der coole Typ, aber seit ein paar Monaten hat sich etwas verändert. Ich kann es zwar nicht benennen, aber ich nehme vieles intensiver wahr. Als es später an der Tür klingelt, laufe ich die Stufen runter, an meinem Bruder und Taylor vorbei, die miteinander auf der Couch kuscheln und sich einen Film ansehen.

Mit einem strahlenden Lächeln öffne ich die Tür und stehe meinem Ex-Freund gegenüber. Er trägt wie immer einen Anzug, sein Lächeln ist schwach, aber ich sehe echte Freude in seinen Augen. »Hey. Komm doch rein.« Ich öffne die Tür noch weiter, damit er eintreten kann, und schließe sie hinter uns. Taylor und Dan stehen auf und sehen etwas unsicher zwischen uns beiden hin und her. Die beiden haben sicher nicht mit Vaughn gerechnet, den beide nicht wirklich leiden können.

»Hey Leute. Wie gehts?«, fragt er und kratzt sich etwas verlegen am Nacken.

»Danke, gut«, lautet die knappe Antwort der beiden, dann tritt wieder peinliches Schweigen ein.

»Komm, lass uns in mein Zimmer gehen«, schlage ich vor, damit wir etwas Privatsphäre haben und in Ruhe miteinander sprechen können. Vaughn flieht so schnell er kann in mein Zimmer. Ich folge ihm mit etwas Abstand und kann die Blicke meiner Mitbewohner spüren. Sie hoffen, dass ich weiß, was ich tue, wenn ich meinen Ex wieder in mein Leben lasse. Und ich hoffe es auch.

Kapitel 7

Mood Song: Liam Payne – Bedroom Floor

Vaughns Aftershave ist immer eine Spur zu stark, zu intensiv gewesen. Heute ist es keine Ausnahme. Sollte er einmal gekidnappt werden, kann ich ihn anhand seiner Duftspur wiederfinden, aber ich sehe darüber hinweg und konzentriere mich auf mein Inneres, auf das, was ich fühle, als ich in mein Zimmer komme und ihn auf dem Balkon ausmache. Seine Statur ist sportlich, das ist sie schon immer gewesen. Sein kurzes, dunkelblondes Haar ist perfekt zur Seite gegelt wie immer, aber am besten gefallen mir seine Haare am Morgen, wenn sie wild verwuschelt sind und natürlich aussehen.

Er blickt mich nicht an, sondern starrt auf seine glänzenden Anzugschuhe. Etwas ist an dieser Sache merkwürdig. Nicht nur, dass diese Schmetterlinge, die ich erwartet habe, wenn wir zwei alleine sind, ausbleiben, auch seine Haltung ist etwas zu steif. Zwar ist Vaughn in einem konservativen Haus aufgewachsen, aber bei mir hat er früher immer er selbst sein können. Doch das scheint inzwischen nicht mehr der Fall zu sein.

Unsicher mache ich einen Schritt auf ihn zu, und mir kommen zum ersten Mal Zweifel, seitdem ich ihn vorschnell zu mir eingeladen habe. Ich habe das merkwürdige Gefühl, dass hier etwas nicht so läuft, wie ich es erwartet habe. Ich trete in die warme Sommerluft und bin froh, dass mein Balkon mittlerweile im Schatten liegt.

»Danke, dass du mich hierher eingeladen hast, Addy. Du siehst wirklich gut aus.« Er meint das zwar ernst, aber freundschaftlich, da ist kein gefühlvoller Unterton. Keine Begierde in seinem Blick. Er sagt das als guter Freund.

»Danke, du siehst auch gut aus«, sage ich, um höflich zu bleiben. Aber das Unbehagen wächst mit jeder Sekunde.

»Also Vaughn. Wieso wolltest du mich sehen?«, frage ich und komme gleich zur Sache, denn etwas sagt mir, dass ich die Mauern um mein Herz, die seinetwegen gefallen sind, schnell wieder aufbauen sollte.

»Direkt wie eh und je«, lautet seine Antwort, und er lächelt mich schwach an. »Das habe ich immer an dir gemocht.« Gemocht! Nicht mag. Er redet von uns in der Vergangenheitsform. »Die Sache ist die …« Als sein Blick meine Hand streift, hält er inne und schluckt schwer. Ich folge seinem Blick auf meinen Verlobungsring, der nun wie Feuer auf meiner Haut brennt. Ich hätte ihn niemals anlegen sollen. Das alles ist eine schlechte Idee gewesen. Mein Ex nimmt einen tiefen Atemzug, ehe er anfängt zu sprechen. »Ich will ehrlich sein, Addy. Du und ich, das war eine tolle Zeit, du warst meine erste große Liebe, ich habe dich wirklich geliebt. Aber ich habe letztes Jahr einfach gemerkt, dass wir uns immer weiter voneinander entfernt haben, bis unsere Beziehung einfach keine mehr war.«

Jedes seiner Worte entspricht der Wahrheit, denn auch ich habe gemerkt, dass wir uns entfremdet haben. Auch ich habe Fehler gemacht, vor allem, als ich ihm meine Modelkarriere verheimlicht habe. Ich bin im Begriff gewesen, diesen Mann zu heiraten und habe etwas so Wichtiges verschwiegen.

»Ich weiß, dass es auch meine Schuld gewesen ist, dass es nicht mit uns funktioniert hat.«

»Was es auch gewesen ist, wir sollten es hinter uns lassen und nach vorne schauen. Und genau deswegen bin ich hier.«

»Ach ja?«, frage ich nun und verstecke den Ring hinter dem Rücken. Es ist mir unendlich peinlich, dass ich ihn überhaupt so lange getragen habe. Ich hätte ihn nach der Trennung sofort verstauen sollen.

»Ja. Hör zu. Es fällt mir nicht leicht, das zu sagen, aber ich will, dass du es von mir erfährst, bevor es an die Presse geht.«
Na, das kann ja interessant werden.

»Ich bin ganz Ohr.« Ich weiß jetzt schon, dass mir die Antwort nicht wirklich gefallen wird.

»Ich werde heiraten.«

»Wie bitte?« Ich neige ungläubig den Kopf, denn ich kann mich nur verhört haben. Ich *muss* mich verhört haben.

»Ich werde in zwei Monaten heiraten.«

»Was?« Ich bin eine Frau vieler Worte, ich bin auch auf die meisten Situationen vorbereitet, doch das hier sprengt all meine Vorstellungskraft.

»Wen?« Mein Wortschatz hat sich wohl nur auf Wörter mit drei Buchstaben beschränkt.

»Meine Eltern wollten mich schon seit meiner Kindheit mit Anne Barrows zusammenbringen, und nach unserer Trennung habe ich viel Zeit mit ihr verbracht. Den Segen unserer Eltern haben wir schon. Jetzt fehlt mir nur noch der Ring meiner Großmutter.« Blitzschnell sehe ich auf den Ring an meinem Finger und habe das Gefühl, mich übergeben zu müssen.

»Deshalb bist du gekommen. Du wolltest dich nicht einfach mit mir unterhalten oder treffen. Du wolltest mir sagen, dass du mich betrogen hast, noch während wir zusammen gewesen sind, und nun wirst du deine Affäre auch noch heiraten?«

»Ich habe dich niemals betrogen!«, erwidert er empört, doch bei mir reißen alle Geduldsfäden, und ich bin nicht mehr zu bremsen. Ich werde laut. Ziemlich laut.

»Verarsch mich doch nicht. Wer verlobt sich denn mit jemandem nach nur einem Monat Beziehung?«

»Wie gesagt, meine Eltern …«

»Hast du denn keine eigene Meinung? Tust du immer nur das, was sie von dir verlangen?«

»Ja, das gedenke ich zu tun. Sie meinen es gut, und das mit uns ist schon länger nicht mehr das gewesen, was es einmal war.«

»Und wieso, glaubst du, war das so? Du wolltest mich nicht einmal bei dir übernachten lassen! Was willst du dann mit Anne machen? Getrennte Schlafzimmer oder was?«

Ertappt sieht Vaughn wieder auf seine Schuhe, und ich weiß, dass er es genauso geplant hat. *Das kann doch nicht wahr sein!* So wäre es dann auch bei uns abgelaufen? Das wäre ein absolutes No-Go für mich in einer Ehe. Und jetzt frage ich mich, wie ich es überhaupt so lange mit ihm ausgehalten habe, wenn er doch andere Dinge im Leben will als ich. Das Ganze hat keinen Sinn mehr.

»Hör zu.« Ich nehme den Ring von meinem Finger und reiche ihn ihm. Mein erhitztes Gemüt wird mir hier nicht weiterhelfen, also sollte ich endgültig einen Schlussstrich ziehen und es hinter mich bringen.

»Das mit uns wäre niemals gut gegangen, aus so vielerlei Gründen, aber unsere Beziehung gehört nun der Vergangenheit an. Du sollst wissen, dass ich dich wirklich geliebt habe. Außerdem habe ich gehofft, dass der Einfluss deiner Eltern dich nicht zu jemandem macht, der du nicht bist. Aber ich glaube, diesmal haben sie ihren Willen bekommen. Ich wünsche dir alles Glück der Welt, Vaughn.«

Klar könnte ich noch weiter an die Decke gehen, aber seien wir ehrlich. Dieser Mann passt einfach nicht in mein Leben, hat es vielleicht auch nie, aber das tut jetzt nichts mehr zur Sache. Ich will einfach, dass er verschwindet. Es ist nicht gelogen, dass ich ihm das Beste wünsche. Vaughn ist kein schlechter Kerl, aber leider ist er zu einer Marionette seiner Eltern geworden. Und mit einem Mann, der nicht für sich einstehen kann, könnte ich sowieso nicht zusammen sein, nicht mehr.

Er macht Anstalten auf mich zuzugehen und mich zu umarmen, überlegt es sich jedoch anders. Schließlich wünscht auch er mir alles Gute und winkt mir, ehe er aus meinem Zimmer verschwindet. Ein Winken. Das war es. Zwei Jahre Beziehung sind einfach die Toilette runtergespült worden. Einerseits kann ich froh sein, dass es so geendet ist, aber etwas in mir ist auch traurig. Etwas in mir will einfach nur vergessen. Es dauert nicht lange, bis Taylor mir auf dem Balkon Gesellschaft leistet. Sie steht einfach neben mir, ist für mich da, ob ich nun reden möchte oder nicht. Aber ich weiß nun genau, was ich brauche.

Die Sonne ist noch nicht untergegangen, als ich in schwarzem Lederrock, türkisfarbenem ärmellosen Shirt, dessen Stoff wie ein Wasserfall fällt, und dunkler Lederjacke aus der Wohnung trete. Heute trage ich Louboutins in Lackoptik und sehe selbst ohne dunklen Lidschatten um meine Augen gefährlich aus.

»Warte auf mich«, höre ich Tae rufen und schaue schnell zurück, um sofort aufzustöhnen: Auch sie hat sich in Schale geworfen. Ein Etuikleid, das ihre schlanke Statur umschmeichelt, und Riemchensandalen, dazu ein Bolero, der eher wie eine Federboa aussieht. Könnte jetzt kitschig aussehen, tut es aber nicht. Es passt zum Outfit meiner modebewussten Mitbewohnerin.

»Was glaubst du, wohin du gehst?«

»Ich werde mit dir um die Häuser ziehen, was sonst?«

»Sei mir nicht böse, aber ich will alleine sein.«

»Beim Ausgehen?«

»Ja. Man kann sich auch in einer Gruppe alleine fühlen.«

»Okay, aber wo bleibt der Spaß? Lass uns einfach gemeinsam alleine sein.«

»Ich werde dich nicht mehr los, oder?«

»Nope«, erwidert sie nüchtern und zuckt mit den Schultern. Ich atme schwer aus und nehme die Sache einfach hin. Ich habe nicht die Kraft zu streiten. Nicht heute. Wir nehmen uns ein Taxi und fahren in einen Club in Lower Manhattan, der vor ein paar Wochen eröffnet worden ist. Taylor und ich amüsieren uns prächtig, während wir noch in der Schlange am Eingang stehen. Unterhalten uns über den neuen Bachelor und könnten stundenlang über die Dramen und unsere Favoriten diskutieren. Es dauert nicht lange, bis wir endlich hineinkönnen.

Die Bässe des neuesten Hip-Hop-Chartstürmers, den ich gerne beim Workout höre, lassen unsere Körper vibrieren, und ich bekomme Gänsehaut. Das ist es, was ich an Musik so schätze. Nur ein paar Sekunden eines guten Songs reichen aus, um mich in seinen Bann zu ziehen. Wir gehen direkt an die Bar, wo ich Taylor eine Margarita bestelle und mir ein Bier genehmige.

»Es ist komisch ohne Grace oder die Jungs unterwegs zu sein, aber ich genieße auch die Zeit alleine mit dir«, meint Taylor lachend, und tatsächlich, wir sind noch nie alleine unterwegs gewesen.

Meistens gehen wir als Gruppe aus, aber ich freue mich auf die Ladies Night mit meiner Freundin. Es hat eine Zeit gegeben, in der ich Tae nicht ausstehen konnte und kein Wort mit ihr gewechselt habe. Ich hätte beinahe zugelassen, dass ein Missverständnis unsere Freundschaft zerstört hätte. Daniel ist schon sein ganzes Leben lang verliebt in sie gewesen, hat es ihr aber nie gesagt. Seine Liebe ist sogar so weit gegangen, dass er vor Monaten behauptet hat, homosexuell zu sein, nur damit Taylor bei uns einzieht. Unwillkürlich muss ich lächeln, als ich an dieses Hin und Her denken muss.

»Was ist?«, fragt Tae und muss ebenfalls grinsen.

»Ich denke gerade an die Zeit, als du so naiv gewesen bist und nicht sehen konntest, dass mein Bruder den Boden vergöttert, auf dem du gewandelt bist.« Ihre Augen bekommen einen verträumten Ausdruck, wenn sie an meinen Bruder denkt. »Du nennst es naiv. Ich war einfach nur vorsichtig und gebrochen damals. Ich musste erst heilen, bevor ich mich in Dan verlieben konnte.«

»Das stimmt vielleicht, aber es war ganz schön frustrierend, euch zuzusehen. Ich wollte euch am liebsten anschreien, dass ihr endlich mal in die Gänge kommen sollt, wie bei einem Buch, in dem die Hauptfiguren ewig umeinander herumschleichen, ohne sich an die Wäsche zu gehen.«

»Ich hoffe doch, dass wir nicht *so* schlimm waren.«

»Ihr wart auf dem besten Weg dahin, bis ihr es endlich geschafft habt.«

»Oh ja, das war echt ein Bombenerlebnis. Dein Bruder, also der kann ...« In Blitzgeschwindigkeit lege ich die Handflächen über meine Ohren, um ja nichts zu hören.

»Verschone mich bitte mit Details. Ich will nicht wissen, wie mein Bruder im Bett ist.« Tae hält sich vor Lachen den Bauch.

»Dabei bist du ja diejenige, die bei solchen Themen immer mitreden möchte.«

»Alles, was mit dem Intimbereich meines Bruders zu tun hat, will ich nicht wissen, klar?«

»Okay, okay«, meint sie beschwichtigend, und auch ich lächle wieder, weil ich es ihr natürlich nicht übel nehme.

»Wie dem auch sei, ich habe eine Weile gebraucht um zu

heilen, und vielleicht wird das bei dir genauso sein.« Mein Lächeln verblasst ein wenig.

»Ich weiß sehr wohl, wieso du unter der Woche hierher wolltest.«

»Ach was, Sherlock? Hast du mich durchschaut?«

»Du wolltest dir heute die Kante geben und idealerweise jemanden abschleppen.«

»Und ist das etwas Schlechtes?«

»Ganz und gar nicht. Aber niemand sollte alleine trinken. Da kann alles Mögliche passieren.«

»Willst du mich beschützen?«

»Worauf du dich verlassen kannst. Ich bin zwar klein und unscheinbar, aber ich kann auch austeilen. Immerhin ist mein Freund Bodyguard und hat mir einige Tricks gezeigt.«

»Na, dann bin ich ja beruhigt«, kichere ich.

»Ich werde so lange über dich wachen, bis du wieder einen Freund hast, der mich dann ablöst.«

»Da kannst du lange warten. Ich will keine Beziehung mehr. Diese Herzensangelegenheiten sind einfach nichts für mich. Vielleicht werde ich die Queen der lockeren Affären. Vielleicht ist das meine Bestimmung.«

»Na, wenn das so ist«, sie bezahlt unsere Drinks und schiebt mir meine Bierflasche zu, »sehe ich da jemanden, der deine Affäre Numero Uno sein möchte.« Sie deutet mit dem Kinn an das Ende der Bar, und ich drehe mich schon lächelnd in dessen Richtung. Heute ist ein guter Abend, denn der Mann, der mir gerade zuzwinkert, sieht ziemlich heiß aus. Bärtig, tätowiert, gebräunte Haut und ein attraktives Lächeln.

»Oh, là, là. Den nehme ich.«

»Soll ich ihn dir einpacken lassen?«

»Oh nein, Schätzchen. Dieses Prachtexemplar wird heute eher ausgepackt.«

Ein Lächeln hier, ein Zwinkern da, und es dauert nicht lange, da kommt das Objekt meiner heutigen Begierde auf mich zu. Ich bin vielleicht kein Magermodel, das die Cover jeder Zeitschrift ziert, aber ich habe eine große Portion Selbstbewusstsein, und das zieht einen Mann schneller an als eine Wespentaille.

Kapitel 8

Mood Song: Drake – Gods Plan

Diese ganze Montag-ist-so-ein-mieser-Tag-Sache habe ich nie wirklich verstanden. Ich mag Montage, weil ich auch meinen Job liebe, also ist jeder Montag für mich ein guter Tag. Erstens, weil ich am Wochenende Frauen vernasche, und zweitens, weil ich da meistens mit vollem Elan in einen neuen erfolgreichen Arbeitstag starte. Bis heute. Ich bin Eventmanager, das heißt, ich verdiene mein Geld damit, unvergessliche Momente zu planen und umzusetzen. Ob es nun um private Geburtstagsfeiern, Wohltätigkeitsveranstaltungen oder einen vollen Konzertsaal geht, ich schaffe es immer, dass mein Kunde zufrieden ist und sich bei Bedarf wieder für mein Unternehmen entscheidet.

Um diese Events zu einem Erfolg zu machen, braucht es nicht nur mich, sondern hier ist Teamwork gefragt. Und auch wenn meine Assistenten ständig wechseln, haben sie es noch nie geschafft, einen Auftrag in den Sand zu setzen. Bis jetzt. Ein VIP unter meinen Kunden, ein berühmter und sehr talentierter Rockmusiker, der sich seit Jahrzehnten im Musikgeschäft hält, hat von mir persönlich die Zusage bekommen, dass er in einer alten leer stehenden Kirche sein Konzert halten und gleichzeitig sein Unplugged-Album aufnehmen kann.

Dieser Deal droht nun zu platzen, weil meine unfähigen Assistenten es nicht geschafft haben, sich ein Telefon zu schnappen und eine Genehmigung bei den Behörden für die Nutzung der Räumlichkeiten anzufordern. Vielleicht hätte der gröbste Schaden verhindert werden können, hätten sie den Mumm gehabt, mir ihren Fehler zu gestehen. Sie hatten Angst vor meinem Zorn, und das zu Recht. Denn ich habe sie so lange angeschrien, bis ich keine Stimme mehr hatte. Dann habe ich Kingston aufgefordert, mir einen Kräutertee mit Honig zu besorgen, ehe ich ihn vor den Augen aller gefeuert habe.

Nachdem das Kratzen in meinem Hals etwas abgeklungen ist, rufe ich selbst bei der Behörde an und beiße auf Granit. Mir wird vorgeworfen, dass ich nicht zuverlässig arbeite und sie ihre Bedenken haben. Nach geschlagenen zwanzig Minuten, dem Einsatz meines gesamten Charmes und einer Einladung zum Konzert für meine Gesprächspartnerin und ihren Mann habe ich endlich grünes Licht bekommen. Ich bin so erleichtert, dass ich in meinem Bürostuhl zusammensacke.

Mir ist gar nicht bewusst gewesen, dass ich die Luft angehalten und die Muskeln angespannt habe. Mittlerweile arbeite ich drei Jahre in der Eventbranche. Ich habe mich hochgearbeitet, musste für meinen Erfolg sogar nächtelang durchmachen, um meinen Kundenstock aufzubauen, aber ich habe nun meine eigene Firma gegründet und bin erfolgreich in dem, was ich tue. Ich habe ein Auge fürs Detail, kenne meine Kunden und ihren Freundeskreis sehr gut, und es fällt mir leicht, neue Kontakte zu knüpfen.

Aber all das hilft mir nicht viel, wenn ich mich nicht auf meine Mitarbeiter verlassen kann. Ich bin ein strenger Vorgesetzter, verlange so einiges an Engagement von meinen Mitarbeitern. Ich will, dass sie alles geben, weil wir uns nur dann von der Konkurrenz abheben können. Viele ruhen sich auf ihren Lorbeeren aus und ziehen nicht in Betracht, dass dies eine hart umkämpfte Branche ist. Wer schläft, verliert, deshalb kann ich es mir nicht leisten, dass Assistenten beinahe einen Auftrag versauen, nur weil sie Angst vor mir haben.

Es ist gespenstisch still im Büro, die berühmte Ruhe vor dem Sturm, denn der wird kommen, und er wird so heftig, dass sie diesen Montag nie wieder vergessen werden. Nachdem ich den Auftrag gerettet habe, beschließe ich, dass ich eine Pause brauche. Also trete ich aus meinem Büro, ignoriere die unfähigen Idioten und will zu unserem büroeigenen Balkon gehen, der meist von den Rauchern benutzt wird. Als ich an Serenas Platz vorbeikomme, stelle ich fest, dass sie nicht da ist. Das ist mir bis jetzt gar nicht aufgefallen.

»Wo ist Baker?«, zische ich in die Stille, und es ist Joan, die den Mund aufmacht. »Die hat heute einen Arzttermin und kommt erst später.«

»Und wieso weiß ich nichts davon?«

»Das wissen wir leider nicht, Sir.« Nichts kriegen die gebacken!

»Wenn sie kommt, will ich sie sofort in meinem Büro sprechen!« Ein ängstliches Nicken ihrerseits, doch ich ignoriere es und gehe hinaus in die Hitze New Yorks. Es tut gut, in der frischen Luft durchzuatmen, es klärt den Kopf. Ich werde Joan und Frederic ebenfalls feuern müssen. Nicht weil sie einen Fehler gemacht haben, sondern weil sie sich von ihrer Angst haben bremsen lassen. Als ich noch Praktikant bei einer Eventagentur war, habe ich ständig Furcht gespürt, wenn ich meinen Vorgesetzten einen Fehler beichten musste, aber die Angst hat mich nicht daran gehindert, zu meinem Fehler zu stehen.

Denn du kannst es in dieser Branche nur zu etwas bringen, wenn du deine Furcht wie ein Schutzschild trägst. Dann kannst du dich zu jemandem hocharbeiten, der diesem Job auch gewachsen ist. Wie oft habe ich Serena vorgeschlagen, dass sie, anstatt allgemeine Bürotätigkeiten zu verrichten, meine persönliche Assistentin wird. Aber sie hat abgelehnt. Aus vielerlei Gründen, wie sie sagt, aber ich akzeptiere ihre Entscheidung. Als ich vor drei Jahren eine Sekretärin gesucht habe, haben sich einige gemeldet, aber sie haben den Test nicht bestanden.

Wenn ich daran denke, muss ich lächeln. Ich habe jede Bewerberin auf die Probe gestellt. Ich habe bewusst mit ihnen geflirtet, weil ich wissen wollte, ob sie auch darauf einsteigen würden. Das Ergebnis ist erschreckend gewesen. Fast alle hätten die Beine breitgemacht, wenn ich es gewollt hätte, alle bis auf Serena. Sie hat mir eine Ohrfeige verpasst und mich gefragt, ob ich noch alle Tassen im Schrank habe. Für mich ist die Trennung von Privatem und Geschäftlichem sehr wichtig. Ich würde niemals mit einer Angestellten flirten oder sie gar vögeln. Ich als ihr Boss sollte ihre Respektsperson sein, jemand, der sie ausbildet und das Beste aus ihr herausholt. Und genau das gedenke ich bei meinen Mitarbeiterinnen zu tun. Ich würde meinen Job nicht in den Schmutz ziehen, nur weil ich meinen Schwanz nicht unter Kontrolle habe.

Als mir Serena eine gescheuert hat, habe ich gewusst, dass mir diese Frau durch ihr Selbstbewusstsein und Talent beim Aufbau meines Unternehmens eine große Hilfe sein wird. Und das ist sie auch bis heute. Jetzt kann ich um die Welt reisen, die Früchte meiner Arbeit live mitverfolgen, weil ich weiß, dass sie im Büro alles im Griff hat. Doch das mit der Trennung von Job und Privatleben hat nicht gerade so funktioniert, wie ich dachte. Denn als mein Bruder mich vor zwei Jahren im Büro besucht hat, hat er sich Hals über Kopf in sie verliebt. Er hat Himmel und Hölle in Bewegung setzen müssen, um sie zu einem Date zu überreden, weil sie dachte, dass Brody wie ich jedes Wochenende eine neue Eroberung abschleppt. Aber nach dem ersten Date hat sie gewusst, dass wir außer dem Nachnamen nichts gemeinsam haben.

Jetzt sind sie verlobt und werden im Herbst heiraten, was Mom und mich sehr glücklich macht. Sie kann es kaum erwarten, endlich Großmutter zu werden und die Enkel zu vergöttern, auf die sie so lange wartet. Da sie weiß, dass ich von Beziehungen nichts halte und keine Kinder bekommen werde, ist Brody das Pferd, auf das sie ihr ganzes Geld gesetzt hat. Ein Windstoß holt mich wieder in die Gegenwart zurück, und mir wird bewusst, dass ich im Anzug bei vierzig Grad auf einem nicht überdachten Balkon stehe. Ich habe meine Arme am Geländer abgestützt und ins Nichts gestarrt. Die Hitze ist fast unerträglich, also beschließe ich, wieder in mein kühles Büro zurückzukehren, als mein Blick auf das Nebengebäude fällt. Genauer gesagt ins Fitnessstudio, wo mir eine Frau vor der Fensterfront auffällt. Sie hat einen dieser schweren Lederbälle in den Händen, die so groß sind wie eine Wassermelone, und trainiert Beine und Po. Sie steht mit dem Rücken zu mir, und genau dieser pralle Hintern kommt mir bekannt vor.

Neben ihr erscheint ein Typ, wahrscheinlich ihr Personal Trainer, und redet auf sie ein. Sie wird schneller, motivierter, und ich bewundere ihren Ehrgeiz. Ich kann meinen Blick nicht von ihr lösen – aus welchem Grund auch immer. Ich sehe von hier aus, dass der Schweiß ihren Rücken hinunterläuft, und als sie den Ball ablegt, ihrem Trainer ein High Five gibt und sich umdreht, erkenne ich sie. Addison. Diese Frau scheint mich überall zu verfolgen, ob nun im Privatleben, in meinen Gedanken und nun auch während meiner Arbeitszeit, wo ich mich normalerweise durch nichts und niemanden ablenken lasse. Sie steht nicht auf mich, das ist mir mittlerweile klar. Sie will mich, das verrät ihr ganzes Verhalten, aber das ist nur körperlich. Denn man kann jemanden scharf finden, ohne ihn leiden zu können, und genau das scheint bei dieser unglaublichen Frau und mir zuzutreffen.

Ich könnte jetzt in die Vollen gehen, sie um ein Date bitten, auch wenn ich das noch nie wirklich getan habe. Aber ich fürchte um meine Eier, denn ihre Reaktion wäre mir nicht wohlgesonnen, da bin ich mir sicher. Ich könnte die ganze Sache jetzt vergessen und weiterziehen, immerhin gibt es viele Frauen, die ohne Zögern mit mir nach Hause gehen würden, aber dann sehe ich wieder diese Frau im Fitnessstudio, die nicht nur attraktiv ist, sondern auch ein Feuer in sich trägt, dem ich nicht widerstehen kann. Plötzlich erscheint Serena neben mir, folgt meinem Blick und sieht ebenfalls rüber ins Fitnessstudio. »Du weißt schon, dass es nicht okay ist, fremde Frauen in Fitnessstudios zu begaffen, oder?«

»Ach was? Du stehst doch drauf, oder?«, erwidere ich und wende mich ihr zu.

Sie verdreht die Augen und meint sarkastisch: »Klar doch. Das ist so romantisch, wenn ich als Masturbationsvorlage diene. Werd erwachsen, Drake«, meint sie, blickt kurz zum Studio und sieht mir dann ernst in die Augen. »Was ist denn da drin los? Da ist ja eine Friedhofstimmung«, stellt sie fest und deutet mit dem Kopf in Richtung des Büros.

»Sie haben Mist gebaut.«

»Oh, oh.«

»Wo ist Kingston? Ich hoffe doch, dass du ihn nicht umgebracht hast und ich deinen Arsch auch noch vor den Bullen verstecken muss.« Der kurze Moment der Ruhe ist vorbei, denn nun muss ich mich wieder meinen Problemen stellen.

»Nein, er ist nicht tot, aber gefeuert.« Dann erzähle ich ihr alles, wie ich mich ins Zeug gelegt habe, die Behörden zu beschwichtigen, aber der Schaden ist angerichtet. Wir sind in ein schlechtes Licht gerückt worden, wirken unprofessionell. Das ist bis jetzt noch nie passiert, und es ärgert mich, weil ich der Beste sein möchte, jemand, dem keine Fehler passieren.

»Diese Idioten haben den Rauswurf verdient.« Ich erwarte, dass Serena mir zustimmt, aber sie sieht nachdenklich an sich herunter, blickt nicht auf ihre Schuhe, eher auf ihren Bauch. »Drake, jetzt mal Spaß beiseite. Du weißt, dass ich deine Arbeit schätze und deinen Ehrgeiz bewundere.«

»Aber?«

»Aber du kannst nicht wegen einem Fehler deinen ganzen Mitarbeitern kündigen. Die Sommersaison ist bald vorbei, und die lukrativen Geschäfte stehen wieder an. Du wirst reisen, und ich werde auch nicht immer für dich da sein können.«

»Natürlich kann ich sie feuern, sie haben es verdient, weil sie nicht stark genug gewesen sind, mir ihren Fehler zu gestehen. Ich weiß auch, dass ich jetzt viel reisen und vorher noch Ersatz finden muss, aber wir haben das bis jetzt immer geschafft. Weil wir ein verdammt gutes Team sind und … Moment mal! Was heißt das, du wirst nicht immer für mich da sein?« Erst jetzt fällt mir auf, dass Joan vorhin erwähnt hat, dass Serena beim Arzt gewesen ist.

»Was ist los? Geht es dir gut?« Die Sorge kann ich nicht verbergen, obwohl ich nicht den Teufel an die Wand malen will. Es könnte ja auch eine Kontrolluntersuchung gewesen sein, aber neben Brody und Mom ist Serena die Einzige, die ich als Familie, als Freund ansehe. Sie atmet laut ein und aus, ehe sich ein Lächeln auf ihrem Gesicht ausbreitet. »Ich wollte es Brody eigentlich als Erstes sagen, aber ich sehe, dass du kurz vor einer Panikattacke stehst, also wirst du es als Erster erfahren.«

Sie legt eine Hand auf den Bauch und strahlt mich dann an. Das ist keine Untertreibung, sie glüht so hell vor Glück, dass die Sonne nur wie eine billige Glühbirne wirkt. »Ich bin schwanger«, flüstert sie glücklich, als könnte sie es selbst noch nicht glauben und muss erst die Worte auf der Zunge ausprobieren. Ich bin ein Mann, der immer die richtigen Worte parat hat, mein Job hängt von Timing, Charme und Verhandlungsgeschick ab, aber jetzt … Jetzt fehlen mir die Worte. Ein Baby, ein Kind. Etwas, mit dem ich nichts anfangen kann, und etwas, von dem ich nicht weiß, wie ich damit umgehen soll.

»Du wirst Onkel«, trällert sie happy, und mir werden ein paar Dinge bewusst. Mom wird Großmutter, etwas, was sie schon herbeigesehnt hat, als die beiden zusammengekommen sind; mein Bruder wird vor Freude ausflippen, und ich werde bald die beste Sekretärin der Welt verlieren.

»Ich sehe, du hast daran zu knabbern, aber du wolltest wissen, wieso ich beim Arzt war. Jetzt weißt du es, und ich hoffe, du hältst dicht. Brody darf nichts ahnen. Ich will ihn überraschen.«

»Okay, ich halte dicht, und ich freue mich natürlich für dich. Euch beide. Komm her.« Ich drücke sie kurz, ehe ich mich von ihr löse und zu den andern sehe, die so tun, als würden sie uns nicht beobachten. Auch ein Grund zu kündigen. »Ich werde diese Spanner feuern.«

»Das würde ich an deiner Stelle nicht tun.«

»Nicht?«

»Nein. Denn das Vermittlungsbüro, das uns die neuen Mitarbeiter vermittelt hat, hat uns schon auf eine schwarzen Liste gesetzt, weil wir mehr Mitarbeiter vergraulen als jedes andere Büro.«

»Ich kann nichts dafür, dass die uns nur unfähige Speichellecker und Jasager schicken.«

»Drake. Du hast in einem Jahr neun qualifizierte und geschulte Leute verloren, weil du ein Arschloch bist. Sie hatten Angst vor dir. Wenn du sie nicht gefeuert hättest, wären sie mit der Zeit von selbst gegangen. Wie gesagt, ich respektiere deine Arbeit, aber dein Führungsgeschick lässt zu wünschen übrig.«

»Ich bin streng, aber nur, weil ich will, dass sie sich anstrengen, doch sobald etwas nicht läuft, wie sie es wollen, stecken sie den Kopf in den Sand.«

»Sobald das Baby da ist, kann ich das Büro nicht mehr leiten. Du brauchst jemanden, der verlässlich ist, sich bei Partyangelegenheiten auskennt und der keine Angst vor dir hat. Die da drinnen schlottern vor Furcht, weil du ihnen nicht mal eine Chance gibst. So kann das nicht weitergehen.« Vielleicht hat sie recht, vielleicht habe ich erwartet, dass jeder meiner Mitarbeiter genauso verbissen und ehrgeizig ist wie ich, aber ich will keine Kopie von mir. Ich will, dass sich jeder selbst einbringt und hoffe, dass ich ein Mentor für sie sein kann.

Ich beschließe, die strengen Zügel zu lockern und ihnen eine Chance zu geben. Ich bespreche auf dem Weg zurück den neuesten Termin mit Serena. Ein Verein möchte sein fünfzigjähriges Bestehen feiern. Serena erklärt mir, um welche Gruppe es sich handelt, als ich das Klingeln des Telefons höre. Normalerweise hebt Joan nach dem zweiten Klingeln ab, aber diesmal hört es nicht auf.

»Hebt jetzt mal jemand den verdammten Hörer ab!« Also das mit dem Lockern muss ich noch üben. »Wo sind die beiden denn, Herrgott!«, knurre ich, als ich niemanden ausmachen kann. Serena ist schon an mir vorbei zu ihrem Arbeitsplatz gegangen, um abzuheben, doch da hört das Gebimmel auch schon auf. »Shit«, höre ich sie zischen und sehe auf. Sie hält ein Blatt Papier in den Händen und sieht nicht gerade glücklich aus.

»Was ist los?« Ich gehe auf sie zu und erkenne die schön geschwungene Schrift von Joan. »Sie haben gekündigt. Fristlos. Beide.«

Kapitel 9

ADDISON

Mood Song: Rihanna – Love on the brain

Der Mann mit den Tattoos und dem Bart ist anders, als ich gedacht habe. Ich habe einen Biker erwartet, einen gefährlichen Typen, der mich gegen die Wand drückt und mich so stürmisch küsst, dass ich nicht mehr weiß, wo er anfängt und ich aufhöre, aber ich habe mich getäuscht. Dieser Typ ist ein Energetiker und nur auf mich zugegangen, weil ihm meine negativen Schwingungen aufgefallen sind, die er unbedingt näher studieren wollte. Ich habe ihn schneller zum Teufel geschickt, als er das Wort Energien aussprechen könnte.

Frustriert habe ich mehr getrunken, als ich ursprünglich vorgehabt habe. Das einzig Gute an der Sache ist, dass ich einiges an Hochprozentigem ertrage und nicht befürchten muss, in meinen hohen Heels auf die Nase zu fallen. Den Plan, jemanden aufzureißen, habe ich schon vor zwei Drinks aufgegeben, denn auch wenn ich jemanden kennenlernen würde, hätte ich doch keine Lust auf die Gespräche, und von Sex ganz zu schweigen. Taylor lässt mir meinen Freiraum, tanzt ausgelassen, behält mich aber immer im Auge. Ich tue so, als würde ich es nicht merken, aber ich sehe es und bin ihr auch dankbar dafür.

Ich bestelle noch eine Runde und blicke gedankenverloren auf den Tresen, als sich jemand zu mir gesellt. Ich sehe auf und muss den Kopf recken, denn der Typ ist einen Kopf größer als ich. Er trägt ein Poloshirt zu Chinos und Converse, und seine blonden Haare kann man fast als weiß bezeichnen. »Entschuldige die Störung, aber ich beobachte dich schon eine Weile und wollte dich nur fragen …«

»Sorry, kein Interesse«, murmle ich und greife nach meinem Drink, um zu Taylor zu gehen. Ich habe plötzlich den Wunsch, nach Hause zu fahren.

»Okay.« Es klingt mehr wie eine Frage als eine Feststellung. »Ich wollte dir nicht zu nahetreten, sondern nur fragen, ob du vielleicht A. Cameron bist. Du siehst ihr verdammt ähnlich.« Ich erstarre und blicke panisch in sein Gesicht. Ich habe mit vielem gerechnet heute, aber nicht damit, dass mich jemand erkennen könnte. Kurz weiß ich nicht, wie ich mich verhalten soll, geschweige denn, was ich sagen soll.

»Nein. Tut mir leid, ich heiße Addison und bin nur eine Büroangestellte.«

»Oh, verstehe. Kein Problem, schönen Abend noch.«

»Danke, dir auch.« Ich versuche zu lächeln, aber das wirkt eher wie ein zittriger Versuch so zu tun, als wäre alles okay. Diesmal trinke ich die Margarita, die eigentlich für Taylor geplant gewesen ist, in einem Zug aus, um das nervöse Flattern in meinem Inneren zu beruhigen. Kurz blicke ich zu Tae, die zum Glück noch immer zum Beat auf und ab hüpft und von meiner Panik nichts mitbekommt. Ich atme tief durch und frage mich, was ich hier eigentlich tue. Dieses Treffen mit Vaughn ist von Anfang an zum Scheitern verurteilt gewesen, denn wenn ich ehrlich zu mir selbst bin, habe ich versucht, etwas zu fühlen, was nicht mehr da ist. Ich habe mich an eine Illusion geklammert, dass ich Vaughn noch liebe, aber das ist schon lange vorbei. Ich durfte nicht mal bei ihm übernachten. Herrgott! Da hätte es mir klar sein müssen. Trotzdem bin ich enttäuscht, dass er jemanden gefunden hat, oder besser gesagt, ich bin neidisch. Ich fühle mich einsam, und das schon lange, selbst als ich noch mit ihm zusammen gewesen bin.

Etwas in mir sehnt sich nach jemandem, der mich fordert, mich respektiert, mich liebt, aber mich wild bleiben lässt. Jemand, der das Feuer in mir zu würdigen weiß. Es gibt da schon einen Mann, der zumindest den letzten Punkt erfüllt: Drake. Mein Untergang. Ich bin mir sicher, dass er genau das ist, was ich mir im Bett wünsche: feurig, aufmerksam und leidenschaftlich. Und sein Humor, seine Schlagfertigkeit und diese Augen sind etwas, was sich leicht in mein Herz schleichen könnte, obwohl es da nichts verloren hat.

Ich greife nach meinem Bier und nehme frustriert einen großen Schluck. Ich lege den Kopf in den Nacken und schließe die Augen, genieße die Kühle auf meiner Zunge, da es im Club stickig ist und die Hitze immer schlimmer wird. Als ich die Augen öffne, verschlucke ich mich fast und hätte Drake beinahe mein Bier ins Gesicht gehustet.

»Addison, also wenn ich dich noch nicht schon seit Langem scharf finden würde, wäre es spätestens jetzt um mich geschehen.«

»Wie bitte?« Entweder bin ich noch betrunken, oder die Worte ergeben keinerlei Sinn.

»Ich habe viele Frauen kennengelernt, aber keine hat bis jetzt so genüsslich ein Bier getrunken wie du.«

»Ach, bis zu den Drinks seid ihr doch meistens nicht gekommen. Ich habe gehört, du hältst den Rekord in diesem Club, so viele wie du auf der Toilette vernascht hast.« Das ist natürlich gelogen, aber meine Abneigung gegen ihn scheint eine Gewohnheit zu sein. Drake wäre doch schockiert, wenn ich nicht mit einem bissigen Kommentar antworten würde, und ich will ihn ja nicht enttäuschen. Hust. Sarkasmus.

»Ach, woher weißt du das denn? Warst du nicht die Nummer zweiunddreißig?«

»Ja genau, und du warst so gut, dass ich es sofort wieder vergessen habe. Tja, das war dann wohl nix.« Ich will gerade gehen, weil er wieder einmal verdammt gut aussieht und ich seinen Anblick kaum ertragen kann, aber er greift nach meinem Ellbogen und nagelt mich fest. Oder so ähnlich. »Alles in Ordnung?«

»Was sollte denn nicht stimmen? Ich bin in einem Club und habe eine tolle Zeit, also kannst du wieder in die Tiefen der Hölle zurückkehren, Luzifer.«

Drake grinst mich schief an und schüttelt amüsiert den Kopf. Meine Knie werden butterweich, aber ich bleibe standhaft. »Du bist unglaublich.«

»Ach, den Anmachspruch habe ich schon öfter gehört. Wirkt aber nicht bei mir. Sorry für die verschwendete Mühe.« Ein echt toller Song von Rihanna erklingt, und ich will schon auf die Tanzfläche flüchten, als Drake mich ohne Mühe an sich zieht, sodass ich mit dem Rücken gegen seine harte Brust pralle. Ich keuche erschrocken auf, nicht weil ich Angst habe, sondern weil ich überrascht bin. Drakes Hand ist aufgrund des Aufpralls an meinen Hüften, seine Nase in meinem Haar vergraben, und obwohl ich mich von ihm lösen sollte, kann ich es nicht. Mein Atem geht in ein Keuchen über, als mir bewusst wird, dass ich jeden seiner harten Muskeln spüren kann.

»Das ist kein Spruch«, raunt er mir ins Ohr, reibt seine Nase an meinem Hals, ehe er wieder höher wandert. »Du bist eine Powerfrau, Addison. Und als ich vorhin die Panik in deinen Augen gesehen habe, als dieser Typ mit dir gesprochen hat, wollte ich dir wie ein Ritter in strahlender Rüstung zu Hilfe eilen, aber du schaffst alles und brauchst niemanden, der für dich kämpft. Denn du kannst alles schaffen.«

»Wieso?«, flüstere ich, vielleicht ist es aber auch der Alkohol, der aus mir spricht. »Wieso glaubst du so sehr an mich?« Eine Gänsehaut breitet sich auf meinem ganzen Körper aus, als sein Griff um meine Hüften fester wird und er mich gegen seine Erektion drückt. Verdammte Scheiße!

»Weil ich ein Feuer in dir sehe, das ich unwiderstehlich finde.«

Mein Herz macht einen Sprung aufgrund seiner Worte, weil er, ohne mit der Wimper zu zucken, mein angeknackstes Selbstwertgefühl wieder in die Höhe pusht. Ich drehe mich in seinem Griff um, und er lässt es geschehen. Nun stehe ich ihm gegenüber, meine Brust an seine geschmiegt, und fühle mich, als würde ich schweben. Auch wieder eine Reaktion auf den Alkohol, zumindest versuche ich, mir das einzureden. So stehen wir da, sehen uns in die Augen und haben vergessen, dass Hunderte Menschen um uns herum sind. Wenn ich in seine türkisblauen Augen sehe, sehe ich auch mich, und das jagt mir eine Heidenangst ein. Drakes Blick hat sich verdunkelt, als er auf meinen Lippen schaut, und ich sehe ihm genau an, was er vorhat. Er will mich küssen. Wie damals an Silvester. Und dann erinnere ich mich wieder. Diese Trance, mit der er mich wie ein Vampir gefangen gehalten hat, verschwindet, und ich sehe den Drake von damals beziehungsweise höre ihn wieder in meinem Ohr. *Ich stehe nicht auf diesen Typ von Frau, was soll ich denn mit der da anfangen.*

Ich löse mich von ihm, drücke ihn von mir weg. Drake sieht überrascht aus, aber ich habe keine Lust und Zeit, ihm zu erklären, dass er sich vor Jahren bei mir ins Aus manövriert hat. Also flüchte ich vor ihm, denn er irrt sich, ich bin nicht so stark, wie er glaubt. Ich komme nicht weit, denn er greift nach meiner Hand und dreht mich energisch zu sich um, sodass meine Haare herumwirbeln. Nun stehen wir mitten in der tanzenden

Menge und sehen uns schwer atmend an. Dieses Knistern ist elektrisierend. Ich spüre es um uns herum.

»Wieso läufst du immer vor mir weg?«

»Weil du mir nicht guttust, Drake.«

»Ach ja? Was habe ich getan, dass du das Bedürfnis hast, vor mir zu flüchten?«

»Du hast gesagt, dass ich nicht dein Typ bin, und trotzdem läufst du mir nach, als würdest du mich attraktiv finden! Du bist ein Widerspruch auf zwei Beinen!« Der Alkohol bewirkt bei mir nicht, dass ich nicht mehr gerade laufen kann, aber er macht meine ohnehin lockere Zunge redseliger. Drake sieht mich ungläubig an. Er weiß natürlich nicht, worauf ich hinauswill, aber ich will gar nicht darüber reden, sondern einfach nur nach Hause gehen, doch Drakes Griff ist eisern, auch wenn er mir nicht wehtut.

»Wann soll ich das gesagt haben?«

»Das ist egal. Vergiss es einfach, ich habe gelogen, nur damit du weggehst.«

»Bullshit! Das war keine Lüge.« Ich keuche schwer atmend und halte seinem intensiven Blick stand. Wenn er glaubt, dass ich nachgebe und ihm meine Unsicherheit auf dem silbernen Tablett serviere, hat er sich geschnitten. »Ich verstehe dich nicht. Auf der einen Seite willst du mich, aber auf der anderen stößt du mich von dir.«

»Das ist reiner Selbstschutz, Drake. Ich möchte einfach nichts mehr mit einem Player zu tun haben. Ich habe mich erst vor Kurzem von meinem Verlobten getrennt.« Aufsteigende Tränen lassen meine Sicht verschwimmen, aber durch gezieltes Blinzeln sind sie verschwunden, aber Drake hat sie gesehen, denn sein Blick wird weicher.

»Willst du nach Hause?«, fragt er plötzlich, und kurz weiß ich nicht, was genau er damit meint. Die meisten seiner Worte sind anzüglich gemeint. »Ich meine, ob ich dich nach Hause begleiten darf.«

»Nein, lassen wir das. Außerdem bin ich mit Tae hier.«

»Im Ernst, Addison. Jetzt mal Spaß und Flirterei beiseite. Ich sehe, dass es dir nicht gut geht, deshalb bin ich ausnahmsweise mal der nette Nachbar und frage dich, ob du nach Hause in dein Bett möchtest?« Zum ersten Mal gibt er sich nicht als der frauenverschlingende CEO, sondern fast menschlich. Es ist beinahe unheimlich – und gefährlich.

»Ich danke dir, Drake. Ganz im Ernst. Aber mir geht es gut. Du brauchst nicht den Helden spielen.« Ich will mich von ihm entfernen und glaube schon, dass er lockerlässt, doch als ich ein paar Schritte mache, zieht er mich wieder an sich. So nah, dass nicht mal eine Hand zwischen uns Platz hätte.

»Ich will nicht den Helden spielen, Prinzessin. Ich will der Held sein«, meint er, streicht mir eine Strähne hinters Ohr, ehe er seine Hände an meine Hüften legt und sich zu bewegen beginnt.

Ich bin so schockiert, dass ich mich keinen Zentimeter bewegen kann, starre auf diesen heißen Kerl, der nicht nur ein Unternehmen leitet, sondern auch tanzen kann. Und der sich nicht nur ein wenig hin und her bewegt, sondern richtig in die Vollen geht. Bewegt die Hüften wie einer dieser RnB-Stars in den Musikvideos. Es ist hypnotisierend. Die Clublichter tauchen seine karamellfarbene Haut in verschiedene Farben und mit jedem Beat, mit jedem Atemzug und Lächeln seinerseits löst sich auch meine Anspannung. Seine Worte aus der Vergangenheit sind nun nicht wichtig, dafür aber dieser Moment.

Ich habe von meiner Mom die Liebe zur Musik und zum Tanzen geerbt, während Daniel eher der ruhige Typ ist wie Dad, der alles im Blick behält. Meine rechte Hand liegt an Drakes Schulter, während seine Hände meine Hüfte nicht verlassen. Wir schwingen im Takt, ehe ich mich löse, um herumzuwirbeln, meine Hände durch meine Haare gleiten zu lassen und mich zu drehen.

Ich tue es ganz bewusst, um etwas Freiraum zu bekommen, denn mit Drake so eng umschlungen zu tanzen fühlt sich an, als würden wir angezogen miteinander schlafen. Es ist verrucht und ich liebe es. Aber Drake macht auch alleine auf der Tanzfläche eine gute Figur, ohne sich an einer Frau zu reiben. Egal was er tut, er macht es mit Stil. Das ist echt unfair. Schließlich kommt auch Taylor angetanzt, begrüßt unseren Nachbarn und wirft mir einen wissenden Blick zu, doch ich schüttle den Kopf und tanze weiter, bis ich das Gefühl habe, meine Sorgen vertrieben zu haben.

Kapitel 10

Mood Song: Rihanna feat. Drake – What's my name

»Keine Widerrede, ihr kommt jetzt mit«, raunt mir Drake ins Ohr und streift mit dem Finger über meine nackte Schulter. Natürlich ganz unabsichtlich. Taylor, die Verräterin, findet die Idee toll, sich zu Drakes Tisch zu gesellen, weil unsere Plätze an der Bar schon längst wieder besetzt sind und wir keine andere Sitzmöglichkeit haben. Also gebe ich mich geschlagen und folge ihm und meiner Freundin.

»Du siehst aus, als würdest du zu deiner Hinrichtung gehen«, flüstert mir Taylor ins Ohr und kann sich ein breites Grinsen nicht verkneifen.

»Es fühlt sich ein wenig so an«, übertreibe ich, doch Taylor weiß ganz genau, dass ich das nicht ernst meine. Wir quetschen uns durch die Menschenmenge, vorbei an zwei Frauen, die Drake heiße Blicke zuwerfen und sich etwas zuflüstern. Sie sehen aus wie das Gegenteil von mir. Blonde Haare, zu viel Make-up und eine schlanke Statur. Genau mit solchen Häschen habe ich Drake immer gesehen, falls wir uns beim Ausgehen getroffen haben. Mit diesem Typ Frau ist er nach Hause gegangen, weshalb ich nicht anders kann, als genervt aufzuseufzen. Frauen wie sie haben mir meine Highschool-Zeit zur Hölle gemacht.

Als würde Drake es spüren, dass ich ihm entgleite, greift er nach meiner Hand und drückt sie sanft. Überrascht sehe ich zu ihm auf und bemerke ein zögerliches, fast schüchternes Lächeln. Er neigt den Kopf, um mir etwas ins Ohr zu flüstern. »Nicht dass du mir verloren gehst.« Ich nicke ihm freundlich zu, aber ein Lächeln bringe ich nicht zustande, da ich das Gefühl habe, es ist eher umgekehrt. Sobald er in meiner Nähe ist, fühle ich mich, als wäre ich verloren. Weil ich nicht weiß, was ich empfinden soll.

Wir erreichen einen runden Tisch im VIP-Bereich, wo eine Blondine und ein zweiter Drake sitzen. Die Ähnlichkeit ist unverkennbar. Derselbe Hautton, die ähnlichen Gesichtszüge, die gleiche Haltung. Als wäre ein Drake-Verschnitt nicht schon genug.

»Leute, darf ich euch Taylor und Addison vorstellen. Das sind mein Bruder Brody und seine Verlobte Serena.« Wir begrüßen sie freundlich, ehe ich mich neben Serena setze. Mein arroganter Nachbar macht Anstalten, sich neben mich zu setzen, doch ich greife schnell nach Taylors Hand und ziehe sie auf den Stuhl neben mir. Dafür ernte ich ein Zwinkern von Drake sowie ein wissendes Grinsen. Idiot! Ich werfe ihm in Gedanken ein Schimpfwort entgegen, auch wenn ich es nicht so meine. Aber ich muss Abstand zwischen ihm und meine Gefühle bringen.

»Was darf ich euch zu trinken bringen?«, fragt er uns freundlich.

»Für mich eine Margarita, danke«, meint Taylor und sieht dann zu mir.

»Ich nehme ein Corona.«

»Das dachte ich mir schon«, sagt er und geht zur Bar, aber nicht ohne mir vorher ein neckisches Grinsen zuzuwerfen. Ich stöhne aber nur genervt auf und verdrehe fast die Augen. Das scheine ich in seiner Gegenwart öfter zu tun, als mir lieb ist.

»Woher kennt ihr meinen zukünftigen Schwager?«, fragt Serena uns freundlich.

»Wir sind sozusagen Nachbarn, und auch wenn New York City ziemlich groß ist, scheinen wir uns ständig über den Weg zu laufen.«

»Was sie damit sagen will, ist, dass wir im Nebengebäude leben«, sagt Tae und kann nicht anders, als über meine Wortwahl zu lachen.

»Kein großer Fan von ihm?«, fragt Brody amüsiert. Anscheinend bin ich so etwas wie eine Rarität, so erstaunt wie sie mich ansehen.

»Ich bin nicht gerade ein Fan seines Egos. Es ist so groß, dass es locker diesen Raum füllen könnte.«

»Ach was, ganz Manhattan wäre versorgt.« Sein Bruder ist mir jetzt schon sympathisch.

»Und er ist ziemlich hartnäckig, scheint die Zeichen nicht richtig deuten zu können.«

»Welche Zeichen?« Schneller als gedacht taucht Drake mit unseren Getränken in der Hand auf und blickt zwischen uns hin und her.

»Dass ich kein Interesse habe.« Ich sehe ihn ernst an, aber er ignoriert meine Worte.

»Aber du hast durchaus Interesse«, stellt er klar, und ich hätte mir am liebsten die Haare gerauft.

»Seht ihr?« Daraufhin müssen wir alle lachen, wobei mein Frust durchaus ernst gemeint ist.

»Mylady«, säuselt er und stellt das Bier vor mir ab, geht aber nicht weiter auf das Thema ein.

»Danke«, murmle ich.

»Für dich doch immer.« Ich schüttle den Kopf, dieser Typ kann es einfach nicht lassen, selbst vor seiner Familie. »Taylor, macht es dir was aus, dich neben Brody zu setzen?«

»Was? Wieso?«, frage ich etwas panisch und verrate mich somit selbst.

»Ich würde mich gerne mit dir unterhalten.«

»Sorry, aber ich brauche Tae an meiner Seite, sie ist mein Backup-Plan bei Typen wie dir.«

»Backup-Plan?«

»Wenn mich jemand anbaggert und ich ihn nicht loswerde, ist Tae da und tut so, als ob ihr total schlecht sei und sie sich gleich auf den Kerl übergeben müsste.«

»Charmant«, sagt Drake und rümpft die Nase, was irgendwie süß aussieht.

»Und äußert wirksam.« Das hat uns bis jetzt immer vor aufdringlichen Kerlen gerettet.

»Genau, deshalb sorry, Drakiboy.« Ein erneutes Lachen seiner zukünftigen Schwägerin.

»Also, Addison. Ich mag dich jetzt schon.« Serena ist definitiv auf meiner Seite.

»Judas! Du Verräter«, meint Drake lächelnd, setzt sich aber neben seinen Bruder.

»Ach was. Es ist mal eine willkommene Ausnahme, dass nicht alle Mädels sabbern, wenn du deine Weisheiten von dir gibst.«

»Addison ist da definitiv eine Ausnahme, sie knurrt eher, als dass sie auf meine Flirtversuche eingehen würde.«

»Da hat er aber recht.« Ich greife nach meinem Bier und nehme einen Schluck.

»Ich finde es trotzdem toll. Darf ich fragen, was ihr beruflich macht?« Diesmal ist es Taylor, die das Wort ergreift, wofür ich sehr dankbar bin.

»Ich habe einen Modeblog, was jetzt kein richtiger Beruf ist, aber ich liebe es und vergrößere meine Reichweite immer mehr«, fängt Taylor zu erzählen an, und alle hängen an ihren

Lippen. Voller Stolz erzählt sie von ihrem Werdegang, wie aus dem schlimmsten Tag ihres Lebens etwas neues Wunderbares entstehen konnte, und wenn ich ihr so zuhöre, kann ich nicht verhindern, dass sich ein klein wenig Neid in mir ausbreitet. Außer vor Grace und Daniel muss ich allen meine Modeltätigkeit verheimlichen, was meinen Job anbelangt. Ich wünschte, ich müsste es nicht tun, aber die Vergangenheit hat mich gelehrt, vorsichtig zu sein. Selbst bei den Menschen, die ich liebe.

»Und was machst du, um deine Brötchen zu verdienen, A.«, fragt mich Serena und nimmt mir somit den Wind aus den Segeln. Ach Quatsch, es fühlt sich an wie ein Faustschlag in die Magengrube, der mir all die Luft raubt. Ich mache ein langes Gesicht und bringe keinen Ton raus. *Weiß sie, wer ich bin?* »Sie arbeitet bei einem Sportmagazin. Freiberuflich. Wobei sie nicht nur schreibt, sondern einfach alles macht, was gerade im Büro anfällt.« Taylor rettet mir den Arsch und lügt stattdessen für mich. Ich sage nichts, sondern trinke mein Corona in einem Zug aus.

Tae und Serena unterhalten sich über irgendetwas, doch ich höre nicht wirklich hin. Dieser Abend ist wirklich anders verlaufen, als ich es geplant hatte. Ich habe heiße Küsse, leckere Drinks und lockere Stimmung erwartet. Doch nun sitze ich am Tisch mit meinem Nachbarn samt seiner Familie und fühle mich nicht betrunken genug, um das schreckliche Gespräch mit Vaughn zu vergessen.

»Ach wirklich?«, fragt nun Serena und sieht mich neugierig an. Ich versuche, aus meiner Gedankenblase zu entfliehen und mich wieder auf die Gespräche zu konzentrieren, aber ich weiß beim besten Willen nicht, worum es gerade geht. »Taylor hat mir gerade erzählt, dass du ein Organisationstalent bist und deine geplanten Partys legendär sind.«

»Na ja, sie übertreibt vielleicht ein wenig, aber ich plane gerne Events im privaten Bereich. Wieso siehst du mich an, als wäre ich ein heißes und saftiges Steak?«, frage ich mit einem Blick in die Runde vielleicht eine Spur zu panisch.

»Brody und ich müssen unbedingt eine längst überfällige Verlobungsparty machen, und da könnte ich deine Hilfe brauchen,« sagt Serena und überrascht mich mit diesen Worten. Ich sehe verwirrt zwischen ihr und Drake hin und her, doch dieser schweigt mal ausnahmsweise und mustert mich aufmerksam. »Ähm, versteh mich jetzt nicht falsch, aber da steht ein erfolgreicher Eventmanager, wäre es da nicht klüger, ihn alles planen zu lassen?«

»Herrgott, nein! Keiner will seine Hochzeitsangelegenheiten von seinem Boss geplant bekommen. Das ist doch Frauensache.«

»Boss?«, frage ich nun etwas verwirrt.

»Ja, ich bin seine Sekretärin und einzige Mitarbeiterin.« Die letzten Worte knurrt sie fast und sieht Drake vernichtend an.

»Deshalb würde ich dich gerne mal anrufen, wenn ich darf.«

»Sicher doch.« Sie reicht mir ihr Smartphone, damit ich meine Nummer einspeichern kann, und ich lasse es ein Mal bei mir klingeln, damit auch ich ihre eintragen kann.

»Ich freue mich schon auf deine Ideen.« Ihre Begeisterung färbt etwas auf mich ab, und auch wenn ich nicht wirklich verstehe, warum sie mit einer Fremden ihre Party planen möchte, bin ich gespannt, ob sie mich tatsächlich anrufen wird.

»Genug von der Arbeit. Wir sind hier, um etwas zu feiern, also möchte ich ein paar Worte sagen«, sagt mein heimlicher Schwarm.

»Langweilig!«, brüllt Brody lachend und hört sich fast wie Homer Simpson an.

»Klappe auf den billigen Plätzen! Also«, er räuspert sich, ehe er sein Glas mit einer braunen Flüssigkeit schnappt und das Wort an seine Familie richtet. »Ich war gar nicht begeistert, dass du meine Sekretärin scharf gefunden hast. Weil es nichts Gutes mit sich bringt, wenn man Privates mit Geschäftlichem verbindet. Und doch seid ihr zwei nun hier. Zusammen. Zwei Jahre sind vergangen, aber ich habe das Gefühl, es wäre erst gestern gewesen, dass du mich angefleht hast, ob du mit ihr ausgehen darfst. Ihr werdet bald heiraten, ihr bekommt ein Baby, und als künftiger Onkel möchte ich dem Kleinen jetzt schon etwas sagen.« Er beugt sich etwas vor, als würde er mit Serenas Bauch sprechen. »Wenn die beiden mal wieder die strengsten Eltern der Welt mimen, hast du noch immer den coolen Onkel Drake. Er wird schon die Beweise vernichten und dich rausboxen, egal, in welchen Schwierigkeiten du auch stecken wirst. Weil ich immer da sein werde, Kleiner.« Er blickt kurz zu Brody, der seinerseits mit ernster Miene nickt.

»Sehr rührend.« Serena versucht es sarkastisch klingen zu lassen, aber ihre feuchten Augen sprechen eine andere Sprache.

»Aber wir wissen doch gar nicht, ob es ein Junge oder ein Mädchen wird«, meint sein Bruder ebenfalls mit einem Kloß im Hals.

»Wenn es ein Mädchen wird, dann werde ich ihr zehn Ponys kaufen und jeden Typen zum Teufel jagen, der es nur wagt, sie anzusprechen.« Daraufhin müssen wir alle schmunzeln. Wer hätte gedacht, dass Drake O'Hara solch eine beschützerische Ader hat.

»Wie dem auch sei«, spricht er weiter. »Ich wünsche euch alles erdenklich Gute für euren gemeinsamen Lebensweg. Heute feiern wir die Familie, neue Herausforderungen und neue Freunde.« Dann gleiten seine türkisblauen Augen zu mir, halten meinem Blick stand. »Auf euch.« Selbst als er seinen Drink austrinkt, kann er den Blick nicht von mir wenden, aber ich tue es. Diesmal gebe ich nach, weil ich anfange, ihn immer mehr zu mögen, und das ist keine Option.

Gegen zwei Uhr morgens, als Taylor und Drake eine Runde Dart spielen und außer Hörweite sind, lehnt sich Serena etwas vor, um mit mir sprechen zu können, da die Musik etwas lauter geworden ist. »Sie weiß es nicht, oder?«

»Was meinst du?« Ich kann ihr beim besten Willen nicht folgen.

»Dass du A. Cameron bist.« Ich blicke panisch zu Taylor, obwohl ich weiß, dass sie uns nicht hören kann.

»Nein. Sie weiß es noch nicht, aber das möchte ich so bald wie möglich nachholen.«

»Es ist mir nur aufgefallen, dass du nicht über deine Tätigkeit als Model gesprochen hast. Immerhin kannst du stolz auf dich sein.« Meine Panik lässt langsam nach, weil es tatsächlich verwunderlich ist, dass eine meiner Freundinnen nichts von meinem Nebenberuf weiß.

»Anfangs ist es nur ein Hobby gewesen, aber ich bekomme seit den letzten Shootings immer mehr Aufmerksamkeit.«

»Das habe ich auch gemerkt«, sagt sie, was mich etwas überrascht. Woran will sie das gemerkt haben, wenn wir uns doch gerade kennengelernt haben. »Oh. Ich bin keine Stalkerin, aber ich folge dir schon von Anfang an und liebe deinen Feed und deine Ausstrahlung.«

»Danke, das freut mich zu hören.« Ich bin noch nie einem Follower persönlich begegnet, weil sie in der ganzen Welt verteilt sind.

»Von mir wird es niemand erfahren. Versprochen.«

»Danke.«

»Und jetzt, da ich endlich die Gewissheit habe, möchte ich dich um etwas bitten.«

»Klar.«

»Kann ich ein Selfie mit dir machen? Immerhin treffe ich meine Lieblingsinfluencerin endlich persönlich.« Diesen Wunsch kann ich ihr natürlich nicht ausschlagen, also lege ich den Arm um ihre Schultern und lächele in die Kamera.

Kapitel 11

Mood Song: Billie Eilish – When the Party is over

Nach dieser feuchtfröhlichen Nacht sehe ich Drake mit anderen Augen. Er ist zwar noch immer der arrogante Womanizer, aber nachdem ich seinen Bruder und seine künftige Schwägerin kennengelernt habe, habe ich auch eine andere Seite an ihm kennenlernen dürfen. Er freut sich für seinen Bruder, und man hat ihm auch angesehen, dass Serena ihm sehr viel bedeutet. Mir gegenüber zeigt er sich von der verspielten und flirtenden Seite, aber hier hat man den Familienmenschen kennenlernen dürfen.

Taylor und ich haben eine schöne Zeit gehabt, und es hat sogar Spaß gemacht mit Drake herumzualbern. Er hat am meisten dazu beigetragen, dass ich dieses peinliche Treffen mit Vaughn vergessen konnte. Natürlich habe ich in einem schwachen Moment seine Verlobte gegoogelt und festgestellt, dass sie wunderschön ist. Eine attraktive Frau, die selbst auf den Fotos eine Prise Charisma aufweist. Ihr braunes Haar ist schulterlang, fällt in leichten Wellen, aber es ist ihr freundliches Lächeln, was mir auf Anhieb gefällt. Rein optisch passen die beiden perfekt zusammen. Wie eins dieser elegant angezogenen Paare, die man auf Pinterest findet.

Eigentlich weiß ich, dass ich mit diesem Mann nicht lange

hätte zusammen sein können, weil er nicht zu mir gestanden und zugelassen hat, dass seine Eltern sich zwischen uns drängen. Auch seine Sicht auf manche Dinge hat sich verändert, ebenso wie meine. Ich lebe mein Leben, habe zwei großartige Jobs, und vor allem bin ich mein eigener Herr. Vaughns Eltern bestimmen jetzt sein Leben, und ich hoffe einfach, dass er trotz dieses Umstandes glücklich werden kann.

Mein Herz wird schwer, denn in Momenten wie diesen, nach einer Party, wenn man alleine im Bett liegt und es zu still ist, dann kommen Wünsche und Fragen auf, die man sich sonst nicht stellen würde.

Hätte ich mich früher von Vaughn trennen sollen?

Wann ist der richtige Moment, um meine Familie einzuweihen?

Könnte ich Drake eine Chance geben?

Die Trennung, so traurig es auch ist, ist genau zur richtigen Zeit passiert. Denn auch wenn diese Erinnerung negativ ist, wird sie mich prägen und mich zu einem stärkeren Menschen machen.

Was meine Familie anbelangt, weiß ich selbst nicht genau, was ich sagen soll. Je länger ich es verheimliche, desto übler werden sie es mir nehmen, dass ich ihnen meinen Modeljob verschwiegen habe. Denn ich fühle mich noch nicht bereit dazu. Aber ich beschließe für mich selbst, dass ich es bald allen erzählen muss, denn ich kann mich nicht ewig verstecken. Das hätte ich vielleicht von Anfang an nicht tun, sondern meinen Stolz auf diese Chance mit meiner Familie teilen sollen.

Der letzte Punkt.

Drake.

Ich seufze auf, als sein Bild sich vor meinem inneren Auge verfestigt. Natürlich wäre es einfach, schwach zu werden, ihn in mein Herz zu lassen, aber die Worte von damals, als wir uns auf einer Wohltätigkeitsveranstaltung kennengelernt haben, hindern mich daran. Die Erinnerung, als er gesagt hat, dass ich nicht sein Typ sei, als er die Wahl zwischen mir und einer schlanken Kopie von mir gehabt hatte, ist intensiv. Er weiß nicht, dass ich zufällig gehört habe, was er zu seinem Freund gesagt hat, aber seine Worte haben Wunden hinterlassen, vor allem weil er mir auf den ersten Blick gefallen hat. Er hat einen schwarzen Smoking getragen, sein Hemd war ebenfalls schwarz. Er hat dabei so sündhaft gut ausgesehen, dass ich Herzklopfen gehabt habe. Aber ich habe mich davon nicht unterkriegen lassen, denn wenn er schon A. Cameron nicht will, hat er Addison Grant erst recht nicht verdient.

Am nächsten Donnerstagmorgen schlafe ich aus, überspringe meine Yoga-Session und versuche etwas Energie zu tanken für den morgigen Arbeitstag. Mein Job beim *Sports Finest Magazin* ist unspektakulär. Ich arbeite nur jeden zweiten Tag und bin eher das Mädchen für alles. Habe keinen festen Sitzplatz und gehe dorthin, wo ich eingeteilt werde. Anfangs habe ich das super gefunden und habe mich darauf gefreut, in jeder Abteilung arbeiten zu können, aber nach drei Jahren sehne ich mich nach etwas anderem. Was genau ich suche, kann ich nicht sagen, aber ich gehe abends die Stellenausschreibungen durch und hoffe, eine Anzeige für einen Job zu finden, der genau zu mir passt.

So toll das Modeln auch ist, ist es eher ein Nebenjob, der mir noch nicht genug einbringt, um sagen zu können, dass ich es hauptberuflich machen kann. Aber wer weiß, vielleicht werde ich eines Tages mehr Aufmerksamkeit bekommen, aber bis dahin suche ich nach einem Job, der mich ergänzt und auch gut bezahlt wird.

Nachdem ich nach Mittag aufgestanden bin, gehe ich hinunter in die Küche, vorbei an Taylor, die gerade unser Bücherregal umsortiert. Zu ihren Füßen liegen überall fein gestapelt Bücher. Es sieht so aus, als würde sie heute nach Farben sortieren. Alle paar Tage überkommt sie Lust, die Bücherwand neu zu gestalten. Das ist für sie wie für mich das Kochen. Entspannend und eine Möglichkeit, den Kopf frei zu bekommen. Also begrüße ich sie kurz und gehe zu meinem Lieblingsplatz in der Wohnung. Heute koche ich Hühnerfilets in Zitronencreme mit Couscous. Dazu einen knackigen Salat. Ich koche gern Gerichte, die in meinem Speiseplan nicht erlaubt sind, auch wenn ich davon nicht kosten werde. An manchen Tagen esse ich alles Mögliche, weil ich mir bewusst etwas gönnen möchte.

Ich bin ein Plus-Size-Model, will gar nicht abnehmen; meine Kurven machen mich aus und ich verdiene Geld damit. Aber ich habe mir von meinem Personaltrainer einen Plan ausarbeiten lassen, der zu mir passt. Im Vordergrund steht für mich, meine Haut durch Training zu straffen und mich gesund zu ernähren. Während ich das Fleisch anbrate, erinnere ich mich an meine Anfänge als Model, wo ich jeden Kommentar, jeden Artikel über mich gelesen habe. Die meisten sind durchaus positiv gewesen, aber ein paar Hater waren auch dabei, die geglaubt haben, dass sie einen Kommentar über mein Gewicht ablassen können. Es hat wehgetan, von Leuten öffentlich verurteilt zu werden, aber ich habe früh gelernt, diese Kommentare nicht zu nah an mich heranzulassen. Das ist eine schlimme Zeit gewesen, bis ich mich gezwungen habe, es zu lassen und mich auf die Arbeit und mich selbst zu konzentrieren.

»Alles okay?«, fragt Taylor und gesellt sich zu mir.

»Klar. Bin nur etwas nachdenklich.«

»Darf ich fragen, worüber du grübelst?«

»Ich sehne mich nach etwas Neuem. Abwechslung im Job kann man sagen.«

»Bist du nicht mehr glücklich beim Magazin?«

»Nicht wirklich. Ich habe das Gefühl, ich bin das Mädchen für alles und habe keinen festen Platz im Unternehmen. Es gehen auch Gerüchte um, dass das Magazin von der *Sports Illustrated* ausgebootet wird und verkauft werden soll.«

»Das klingt nicht gut.«

»Ist es auch nicht.«

»Suchst du schon nach einem anderen Arbeitsplatz?«, fragt meine Freundin interessiert. Ich weiß nicht woran es liegt, dass ich meine Meinung plötzlich ändere, vielleicht ist es ihre Sorge um mich oder die Tatsache, dass ich nichts mehr verheimlichen, sondern alle einweihen möchte, aber ich beschließe reinen Tisch zu machen, und bei Taylor fange ich an.

»Weil ich schon seit Längerem einem Nebenjob nachgehe.«

»Ach ja?«, fragt sie überrascht und hebt die Brauen. Jetzt oder nie, Grant!

»Ich arbeite nebenbei als Model.« So, jetzt ist es raus, und es fühlt sich gut an, die Worte laut auszusprechen.

»Anfangs war es nur ein Hobby, dem ich nachgegangen bin, aber in letzter Zeit werden die Buchungen mehr, und nun kann ich sagen, dass es ein erfolgreicher Nebenjob geworden ist.« Ich erwarte, dass sie mich böse anfunkelt, mich zur Schnecke macht oder mir schlichtweg nicht glaubt. Doch sie tut nichts dergleichen, sondern atmet aus und lächelt. Sie lächelt?

»Danke«, sagt sie schließlich nach einer ewig dauernden Minute.

»Danke?«, hake ich nach, die Anspannung in meinem Körper nimmt zu. Das kann doch nur die Ruhe vor dem Sturm sein.

»Ich weiß es schon seit einer Weile, habe dich aber nicht darauf angesprochen, weil ich mir gedacht habe, dass es sicher einen Grund gibt, wieso du es verheimlichst.«

Mein Mund klappt auf, und das ist nicht nur so dahingesagt. Ich bin dermaßen überrascht, dass ich kurz keine Worte finde. »Du weißt es?«, frage ich, nachdem ich endlich meine Sprache wiedergefunden habe.

»Ich bin eine Modebloggerin, Addy, und A. Cameron ist mir schon vor Wochen aufgefallen.«

»Nicht zu fassen«, hauche ich, sehe kurz auf die Küchentheke und suche nervös ihren Blick. »Hasst du mich jetzt?«, frage ich unsicher, weil ich keine Wut in ihrer Miene ausmache. Sie lächelt noch immer schwach und schüttelt schließlich den Kopf.

»Nein, wieso sollte ich? Ich frage mich zwar, wieso du so etwas Großartiges vor deinen Freunden verheimlichst, aber du wirst schon deine Gründe gehabt haben.«

»Die hatte ich, aber es wird Zeit, dass ihr es von mir erfahrt.« Ich möchte jetzt nicht über Corey sprechen, aber Tae hakt zum Glück auch nicht nach.

»Egal was es ist, ich bin froh, dass du so erfolgreich bist. In Modekreisen wirst du als aufgehender Stern am Modehimmel beschrieben.«

»Tatsächlich? Ich versuche, nicht zu viel auf Social Media abzudriften.«

»Auf alle Fälle.« Sie steht plötzlich auf, holt eine Flasche Wein aus der Vorratskammer und gesellt sich wieder zu mir.

»Ähm, es ist erst Mittag. Was hast du vor?«

»Ich möchte dich jetzt feiern.«

»Schon wieder? Haben wir gestern nicht genug getrunken?«

»Das vielleicht, aber du hast mir die Wahrheit gesagt, und das würde ich gerne feiern, außerdem hast du hunderttausend Follower, bist erfolgreich, siehst toll aus und bist eine wunderbare Freundin.« Sie stellt die Flasche Rotwein auf die Theke und dreht sich um, um zwei Weingläser aus dem Küchenschrank zu holen.

»Du überraschst mich immer wieder, Taylor.«

»Weil ich mittags schon den Alkohol raushole?«

»Nein, weil du mir das Verheimlichen nicht übel nimmst. Ich habe gedacht, du wirst sauer sein. Ich weiß ja, wie sauer du auf Daniel gewesen bist, als er gelogen hat.«

»Natürlich hätte ich es lieber von dir, als aus dem Internet erfahren, aber ich kenne dich schon eine Weile, Addison. Wenn du so eine große Sache verheimlichst, dann aus einem bestimmten Grund, den ich respektieren werde. Bei Daniel war es etwas anderes. Vielleicht habe ich damals etwas übertrieben, aber es hat mir zu der Zeit das Herz gebrochen.«

»Und jetzt seid ihr glücklicher als je zuvor.«

Dann strahlt sie wieder, wie es nur eine verliebte Frau tun kann. »Das bin ich. Aber ich bin nicht nur glücklich, weil wir endlich zueinandergefunden haben, sondern weil ich euch dank der Lüge kennen und lieben lernen durfte.«

»Ja, es ist schon sonderbar. Wenn Daniel nicht gelogen hätte, als er behauptet hat, auf Männer zu stehen, damit du bei uns einziehst, hätten wir niemals so eine innige Freundschaft wie jetzt.«

»Das stimmt«, sagt sie, als sie die Gläser füllt.

»Ich finde, alles hat im Leben seinen Grund, den wir nicht verstehen. Ich meine, dein berühmter Rockstar-Ex hat dich betrogen, aber durch ihn hattest du schon zum Start deines Blogs hunderttausend Follower.«

»Das stimmt. Er war doch für etwas zu gebrauchen, nach all den Jahren.«

»Zum Glück.«

Wir stoßen an und nehmen einen Schluck, als Grace die Tür öffnet und ihre Tasche auf dem Boden abstellt. Sie kommt langsam auf uns zu und blickt uns beide an, ehe sie sich mir zuwendet. »Sie weiß es, oder?« Sie deutet mit dem Kinn auf Tae, und diese lacht auf.

»Wie schaffst du das immer? Du scheinst in uns lesen zu können wie in einem Buch.«

»Keine Ahnung, ich weiß es selbst nicht. Aber ich habe die Erleichterung in Addisons Gesicht erkannt. Dass sie euch belügen muss, hat ihr immer schon zugesetzt.«

»Das kann ich mir vorstellen. Wie hast du es erfahren?«

»Ich wollte sie anfangs bei diesem Magazin besuchen, doch die haben gesagt, dass sie frei hat, obwohl sie mir versichert hat, dass sie arbeiten muss. Da bin ich ihr eines Tages nachgegangen und habe gesehen, dass sie bei einer Modelagentur reingegangen ist. Dann habe ich sie darauf angesprochen.«

»Ich bin auf jeden Fall froh, dass Grace es gewusst hat, denn es wäre schlimm für mich gewesen, wenn ich mit niemandem über die aufregenden Erlebnisse, Reisen und Shootings reden hätte können.«

»Nun sind es zwei Freundinnen, mit denen du über all deine Abenteuer reden kannst«, sagt Taylor und nimmt noch einen Schluck, ehe sie wieder das Wort ergreift. »Und außerdem erwarte ich, dass du mich auf die Fashion Week im Februar mitnimmst. Ich muss da hin, und wie ich deinem Social-Media-Profil entnommen habe, warst du letztes Jahr in der zweiten Reihe. Hinter Kim Kardashian.«

»Da hat jemand aber Recherche betrieben, was?«, frage ich amüsiert.

»Na klar, was glaubst du denn? Ich habe eine berühmte Modelfreundin!«

»Ach was. Ich bin immer noch ich.«

»Und genau diese Einstellung macht dich auch sympathisch, Süße«, meint Grace und schenkt sich selbst ein Glas ein.

»Dann lass uns anstoßen«, sagt Tae und erhebt ihr Weinglas.

»Auf Addison. Weil du eine unglaubliche Frau bist, bodenständig, selbstbewusst und liebenswert. Auf deinen sexy Arsch, Baby.«

Kapitel 12

Mood Song: Alec Benjamin – Outrunning Karma

»Es ist Sonntag, da können Sie nicht erwarten, dass ich Ihnen geschulte Mitarbeiter aus dem Ärmel zaubere«, meint Paul Badgers übers Telefon und beraubt mich meiner letzten Hoffnung, noch auf die Schnelle ein neues Team geschweige denn einen fähigen Mitarbeiter aufzutreiben. »Sie müssen nicht mal geschult sein, jemand, der sich mit Eventplanung auskennt, wäre schon ausreichend, die anderen Mitarbeiter könnte ich mit der Zeit einstellen.« Dass ich fast betteln muss ist ein Umstand, den ich kaum ertragen kann, denn ich musste noch nie jemanden um etwas anflehen. Und nun ist es passiert. Seit zwei Wochen hat niemand auf meine Anzeige geantwortet. Keine Anrufe und auch keine schriftlichen Bewerbungen sind bei mir eingegangen. Selbst Serena hat sich in ihrem Freundeskreis umgehört, aber da ist auch Fehlanzeige.

Bei den Vermittlungsagenturen habe ich ebenso wenig Glück. Meine Endstation ist der gute Paul hier am Ende der Leitung, der mir aber anscheinend nicht weiterhelfen kann. Ich kenne ihn von einer Party, die ich organisiert habe. In unserem Gespräch habe ich herausgehört, dass er Leiter einer kleinen Vermittlungsagentur in Manhattan ist. Deshalb habe ich nicht gezögert und ihn angerufen, ihm meine Lage geschildert, aber auch er wird mir so schnell nicht weiterhelfen zu können.

»Es tut mir leid, aber es scheint so, als würde sich absichtlich keiner bei Ihnen melden wollen. So eine Situation ist selbst uns neu. Ich werde mein Bestes tun und versuchen Ihnen ein paar Bewerber zuzuweisen, aber das braucht Zeit.«

»Und genau diese habe ich nicht. In zwei Wochen muss ich zu Klienten fahren, große Events planen, und das kann ich nicht alleine.« Meine Stimme hat einen weinerlichen Unterton, aber mittlerweile habe ich meine Egogrenze überschritten, und es ist mir verdammt egal, solange ich nur jemanden finde, den ich einstellen kann.

»Wie gesagt. Ich werde sehen, was ich machen kann. Sie werden von mir hören.« Ich unterdrücke ein Seufzen und fahre mir über das Gesicht.

»Okay. Danke.« Ohne zu warten, ob Paul aufgelegt hat, werfe ich mein Smartphone auf den Tisch und fluche vor mich hin. Ich gehe im Wohnzimmer auf und ab und fluche noch mehr. Mir will nicht in den Kopf, wie ich es schaffen konnte, ganz New York gegen mich aufzubringen, ohne dass sich ein verdammter Bewerber gemeldet hat. Mein Mailpostfach quillt über vor Eventanfragen, Serena kommt mit dem Schreiben der Angebote nicht hinterher, und da ist noch diese Morgenübelkeit, die ihr zu schaffen macht. Einige meiner besten Kunden haben private Partys geplant, und da ich mich persönlich darum kümmern möchte, brauche ich einen Assistenten oder eine Assistentin, die mich auf diesen Reisen begleitet. Nun habe ich noch zwei Wochen Zeit, bis ich für ein Event nach Abu Dhabi reisen muss, und ich habe bisher weder den Flug noch das Hotel gebucht. Wie ich es auch drehe und wende, ich bin am Arsch.

In meiner Branche ist Teamwork gefragt, was aber ohne ein

Team ziemlich schwer umzusetzen ist. Als ich damals meine Mitarbeiter gekündigt habe, bin ich mir sicher gewesen, ich tue das Richtige, weil sie nicht so leidenschaftlich an den Job rangegangen sind. Aber mittlerweile sehe ich ein, dass ich einfach übertrieben habe und Gründe gesucht habe, um Mitarbeiter zu feuern. Nicht gerade meine klügste Entscheidung, denn nun bekomme ich die Quittung für mein Verhalten.

Ein Blick auf die Uhr verrät mir, dass ich fast zu spät zum wöchentlichen Sonntagsessen bei meiner Mom komme. Ich schlucke meinen Ärger runter, schnappe mir die Schlüssel und den Blumenstrauß und gehe runter ins Erdgeschoss. Denn wenn es um meine Mutter geht, dann möchte ich meinen Kopf frei haben und mich auf sie konzentrieren.

»Da ist ja mein Goldjunge«, begrüßt sie mich überschwänglich und strahlt mich an, als wäre ich alles, was sie braucht im Leben.

»Ach, Mom. Ein kurzes ›Hallo‹ hätte schon gereicht«, ziehe ich sie auf und drücke sie kurz, ehe ich ihr einen Kuss auf die Wange gebe. Denn auch wenn ich ihre Zuneigungen als Mann etwas albern finde, freut sich das Kind in mir über die Aufmerksamkeit. Früher wie heute.

»Hallo‹ sagen, kann jeder.«

Ihr Lächeln wird schwächer, als sie mich mustert und beide Handflächen an meine Wange legt. Sie sieht mich prüfend an.

»Stimmt etwas nicht? Deine Augenringe werden ja immer größer.« Wie immer erkennt meine Mom, wenn es mir schlecht geht, egal wie gut ich es verstecke. Sie scheint ein Radar dafür zu haben, denn im Gegensatz zu Brody, der sein Herz auf der Zunge trägt, bin ich eher der stille Typ, wenn es um Gefühle und Sorgen geht.

»Lass mich mal richtig reinkommen, ehe du mit der Fragerei anfängst.« Ich schüttle lächelnd den Kopf und reiche ihr die Blumen. Heute ist es ein Strauß mit verschiedenen lila-farbenen Blumen und passender Dekoration. Letzten Sonntag sind es gelbe gewesen und die Woche davor rote. Jede Woche schenke ich ihr eine neue Farbe, weil ich weiß, dass sie Blumen liebt und früher nie welche bekommen hat. »Die sind wie immer wunderschön. Danke, mein Schatz, und nun komm mit in die Küche.« Ich folge der kleinen Frau vor mir in die Küche, gehe am Wohnzimmer und an meinem alten Zimmer vorbei.

Mit dieser Wohnung verbinde ich gute wie schlechte Erinnerungen aus meiner Kindheit, doch je älter ich geworden bin, haben die guten mehr Gewicht bekommen als die negativen. Seit der Arsch, der sich mein Vater schimpft, weggeholt wur-de, wurden wir erst zu einer richtigen Familie. Mom hat Brody und mich nicht nur alleine großgezogen, sondern mit der Zeit auch jedes Möbelstück, jede Erinnerung an unseren Erzeuger verschwinden lassen, und diese dunkle und trostlos wirkende Wohnung zu einem Zuhause gemacht.

Die grauen Tapeten hat sie entfernt und alles in einem Pas-tellgrün gestrichen, was perfekt zur hellen Einrichtung passt, die in einem skandinavischen Stil gehalten ist. Bei der Deko-ration steht sie auf knallige Farben, egal ob Vase, Kissen oder Bilder. Eine Zeit lang hat sie auch versucht meiner Wohnung Farbe zu verpassen, aber das kommt nicht infrage.

Der herrliche Geruch von gebratenem Fleisch dringt in meine Nase, als ich die Küche und das Esszimmer betrete. Frü-her war die Küche ein dunkles Zimmer, ohne wirklich Platz zum Essen. Meine Mutter hat dann, als ich in die obere Woh-nung gezogen bin, die Wand von meinem Zimmer weggeris-sen und die Küche vergrößert. Natürlich wäre es einfacher ge-wesen, die schlimme Vergangenheit hinter mir zu lassen und woanders hinzuziehen, aber ich habe das mit meiner Mutter besprochen, und sie ist der gleichen Meinung wie ich. Wir sollten nicht vergessen, wo wir herkommen, und aus dem Chaos, das mein angeblicher Vater hinterlassen hat, das Beste machen.

Der Esstisch ist schon gedeckt, als ich mich auf den Stuhl setze und Mom beim Arbeiten in der Küche zusehe.

»Wo bleiben Brody und Serena?« Ich weiß ja, dass Mom es nicht mag, wenn wir zu spät zum Sonntagsessen kommen.

»Die sind noch unterwegs, weil ein langer Spaziergang gegen Serenas Übelkeit helfen soll. Viel frische Luft und Bewegung.« Ich verdrehe die Augen und seufze lauter auf als beabsichtigt.

»Was ist denn?«

»Wird sich jetzt alles um das Thema Baby drehen?«

»Aber natürlich. Weißt du, wie lange ich schon auf ein Enkelkind warte?«

»Seit wir in den Stimmbruch gekommen sind?«, scherze ich.

»So ungefähr«, meint sie lachend und rührt im köchelnden Kochtopf herum.

»Deshalb werde ich alle Babyläden leer kaufen nach der Arbeit.« Sie schneidet gerade das Baguette, als sie mit dem Messer auf mich deutet. »Apropos Arbeit – wie läuft es bei dir? Serena hat mir erzählt, dass du mit deinem Verhalten alle Mitarbeiter vergrault hast.«

»Kann sie denn nie etwas für sich behalten? Ich sollte sie mal auf die Verschwiegenheitsklausel im Arbeitsvertrag hinweisen.«

»Ach sei doch still, wenn sie nicht gewesen wäre, hättest du mir doch nie Bescheid gegeben, dass es dir nicht gut geht, also spuck es schon aus und friss nicht alles in dich rein.«

»Ich finde keine neuen Mitarbeiter, brauche aber dringend Unterstützung, weil ja Serena bald ausfällt. Die Vermittlungsagenturen helfen mir nicht weiter, und auf das Jobinserat, das ich aufgegeben habe, hat sich auch niemand gemeldet, was ich mir nicht erklären kann.«

»Hättest du dich nicht wie ein Tyrann aufgeführt, hättest du nicht so viele gute Leute verscheucht, jetzt trägt deine Arbeit eben Früchte.«

»Ich habe eher auf eine Motivationsrede von dir gehofft.«

»Du brauchst keine Rede von mir, sondern eher Rüge, mein Freund.«

»Ach ja?«

»Keine Frage. Du hast dich hochgearbeitet, dir aus dem Nichts ein erfolgreiches Unternehmen aufgebaut, aber du bist teilweise über Leichen gegangen und hast deinen Stress und Frust an deinen Mitarbeitern ausgelassen.«

»Wie sollen sie beweisen, was sie können, wenn ich sie nicht fordere.«

»Na ja, als ich dich das letzte Mal im Büro angerufen habe, hast du gerade die nette Kelsea angeschrien, weil dein Kaffee kalt geworden ist.«

»Das Erste, was du in einem Bürojob lernst, sollte Kaffee kochen sein.« Wieso versteht das niemand?

»Ich meine es ernst, Drake O'Hara. So kannst du keine Mitarbeiter behandeln und vor allem nicht halten.«

»Serena ist geblieben«, stelle ich klar, ehe ich Schritte höre.

»Und das nur, weil ich mich von dir nicht einschüchtern lasse«, ruft sie vom Wohnzimmer aus, ehe sie und Brody die Küche betreten. Meine Mutter begrüßt meinen Bruder kurz, drückt aber Serena an ihre Brust, als wäre sie ihr leibliches Kind. Dann dreht sich natürlich alles wieder um das Thema Kinder, was mich gerade nicht stört, da ich nicht mit Mom darüber reden möchte, was ich als Boss angeblich falsch gemacht habe. Augenblicklich stehe ich auf, hole zwei Biere aus dem Kühlschrank und deute meinem Bruder an, mir zu folgen. Wir setzen uns ins Wohnzimmer und stoßen an, ehe wir einen großen Schluck nehmen.

»Wie geht es dir?«, fragt mein Bruder mit einem traurigen Unterton, worauf ich mir ein Knurren verkneife.

»Willst du mich auch anschnauzen, dass ich nicht zum besten Boss des Jahres gekürt wurde?«

»Ach, ich sehe schon, dass Mom schneller war als ich«, sagt er sarkastisch und wischt das Kondenswasser vom Flaschenhals.

»Ja, weil deine Frau sich nicht zurückhalten konnte.«

»Sie macht sich Sorgen.«

»Um mich?«, frage ich sarkastisch.

»Eher um die Zukunft des Büros. Immerhin hat sie mitgeholfen, das Unternehmen aufzubauen.«

»Ihr braucht euch alle keine Sorgen zu machen. Ich werde das schon wieder in Ordnung bringen.«

»Und wie?«

»Ich habe keine verdammte Ahnung, aber ich weiß definitiv, dass ich nicht darüber sprechen möchte.«

Viel Zeit um uns anzuschweigen haben wir nicht, denn Mom ruft schon alle zum Tisch. Heute gibt es Brathähnchen mit Kartoffelpüree und grünen Bohnen, was mir das Wasser im Mund zusammenlaufen lässt. Da ich unter der Woche immer nur arbeite und mich meistens von Restaurants beliefern lasse, ist das die erste und einzige selbst gekochte Mahlzeit der Woche. Mom und Serena quatschen wieder, wie sollte es auch anders sein ... über das Baby, während Brody und ich uns über Football und das letzte Spiel der Patriots unterhalten. Wie immer schmeckt das Essen köstlich. Ich genieße jeden Bissen, bis Serena sich mir plötzlich zuwendet.

»Was ist eigentlich mit Addison?«, fragt sie mich direkt und ohne die Miene zu verziehen.

»Was soll mit ihr sein?« Wir haben uns seit der Nacht im Club vor Tagen nicht mehr gesehen, was aber nicht heißt, dass ich nicht an sie gedacht hätte. Öfter als mir lieb ist, habe ich zu ihrem Balkon gelinst, um einen Blick auf sie zu erhaschen, aber ich habe selten das Vergnügen gehabt.

»Sie ist organisiert, plant privat gerne Partys, und sie lässt sich nicht von dir einschüchtern.« Es dauert eine Weile, bis ihre Worte zu mir durchdringen und ich endlich verstehe, worauf sie hinauswill.

»Du willst allen Ernstes vorschlagen, dass ich Addison Grant fragen soll, ob sie für mich arbeitet?«

»Ja, was wäre daran verkehrt?«

»Na ja, mir sind meine Eier wichtig, und ich möchte nicht, dass Addy sie mir ausreißt, wenn ich sie frage.« Brody lacht auf und deutet mit der Gabel auf mich.

»Ich habe sie zwar erst kennengelernt, aber ich glaube, das würde sie tatsächlich tun«, kichert er und grinst mich breit an.

»Sorry Serena, aber wir müssen einen anderen Weg finden.« Ich könnte nicht mit Addison zusammenarbeiten, denn dann wäre sie für mich tabu, weil ich niemals etwas mit Angestellten anfangen würde. Denn mittlerweile bin ich mir sicher, dass ich meine Nachbarin begehre, sie in meinem Leben haben will, aber sollte es so weit kommen, dass sie für mich arbeiten würde, wäre sie tabu. Weil meine oberste Priorität meine Familie und mein Unternehmen sein werden.

»Es gibt keinen anderen Weg. Ich mache jetzt schon Überstunden, suche sogar in meiner Freizeit nach Mitarbeitern, und du bist in zwei Wochen unterwegs, um dich um die Kundentermine zu kümmern. Wir sind unterbesetzt, Drake, und brauchen Hilfe.«

»Das weiß ich, aber Addison hat keine Ausbildung und wird sicher keine Lust haben, für mich zu arbeiten.«

»Frag sie doch mal, biete ihr ein Gehalt an, das sie nicht ablehnen kann, und dann sehen wir weiter.« Serena hat absolut recht, Addison könnte sich tatsächlich schnell einarbeiten, und ich traue ihr zu, dass sie eine gute rechte Hand wäre. Und der größte Vorteil wäre, dass, wenn ich ihr das doppelte Gehalt von den letzten Assistenten anbieten würde, das dritte einsparen könnte, bis ich ein neues Team aufgebaut habe.

»Da wäre immer noch das Problem, dass sie mich nicht ausstehen kann.«

»Ich mag meinen Boss auch nicht, da hätten wir schon mal was gemeinsam«, meint Serena sarkastisch und zwinkert mir frech zu.

Es ist Freitagabend, und auch wenn ich Addison noch nicht näher kennengelernt habe, weiß ich, wo sie sich um diese Uhrzeit aufhält. Im Irish Pub, dem Stammlokal ihrer Clique. Wie immer trage ich heute Abend schwarze Jeans zu weißem Hemd, was ich meistens trage, wenn ich ausgehe. Es ist einfach meine Lieblingskombi. Ich begrüße Nate, den Besitzer des Pubs und gehe in den hinteren Teil der Bar. Die Gruppe ist schon beisammen, lacht gerade über etwas, das Daniel gesagt hat, doch ich kann Addison nirgendwo entdecken.

»Drake! Hey!« Daniel hat mich entdeckt und winkt mich zu sich. Der Bodyguard und Bruder von Addison war der Erste, den ich damals aus Addisons Clique kennengelernt habe. Als ich vor Jahren auf der Suche nach dem richtigen Fitnessstudio gewesen bin, habe ich beim Studio von seinem Boss reingeschnuppert und ihn so kennengelernt. Er ist immer derjenige gewesen, der offen auf einen zugeht und sich gerne unterhält. Dan ist unkompliziert, ganz im Gegenteil zu seiner Schwester. Ich habe keine Freunde, die Arbeit ist neben meiner Familie das Einzige, was ich brauche, aber wenn ich jemals einen

Freundeskreis aufbauen sollte, wäre mein Nachbar der Erste, bei dem ich mich melden würde.

»Schon lange nicht mehr gesehen. Möchtest du dich setzen?« Daniel klopft Zayn auf die Schulter, worauf dieser seine Begleitung auf seinen Schoß setzt, sodass neben Dan ein Platz für mich frei wird.

»Danke für das Angebot, aber ich bin auf der Suche nach deiner Schwester.«

»Tatsächlich?« Er sieht mich ungläubig an, so als würde ich Selbstmordgedanken hegen, aber ich nicke nur, denn ich weiß ganz genau, worauf ich mich einlasse. Plötzlich höre ich ein männliches Wimmern und drehe mich in die Richtung, aus der es kommt. Dort sehe ich Addison Grant, die gerade einem Typen den Arm verdreht.

Kapitel 13

Mood Song: Julia Michaels – Heaven

»Du siehst mal wieder heiß aus, Addy. Wie schaffst du das immer«, ruft mir Nate entgegen, als ich auf die Bartheke zugehe. Ich blicke an mir runter, da mich seine Aussage etwas verwundert, weil ich heute ganz leger gekleidet bin. Jeans, Sneaker und mein *Friends*-T-Shirt, auf dem die Schauspieler meiner Lieblingsserie abgebildet sind. Das Einzige, was anders ist als sonst, ist mein etwas stärkeres Make-up. Dunkle Smokey Eyes und ein tiefroter Lippenstift. In den letzten Wochen habe ich eine innige Liebe zu Lippenstiften in allen möglichen Farben und Arten entwickelt. Dabei wechsle ich nach Lust und Laune, ob es ein matter oder glänzender sein darf.

»Danke für die Blumen, aber ich glaube, du brauchst eine neue Brille, denn heute sehe ich eher langweilig als heiß aus.«

»In meinen Augen bist du in jeder Hülle eine Augenweide, Darling.« Nate hat den Pub vor ein paar Jahren von seinem irischen Großvater geerbt. Mit sechsundzwanzig Jahren hat Nathaniel die Ärmel hochgekrempelt und den ganzen Innenbereich renoviert. Damals war er jung und voller Tatendrang. Jetzt ist er Familienvater, und die einjährigen Zwillinge halten seine Frau und ihn ziemlich auf Trab. Es ist öfter vorgekommen, dass er im Lager beim Umsortieren eingeschlafen ist.

»Du alter Charmeur«, ziehe ich ihn auf, denn das ist keine Flirterei seinerseits, sondern er ist einfach freundlich. Seine Frau Katelyn ist sein Ein und Alles, und er würde niemals auf die Idee kommen, eine andere Frau anzubaggern.

»Ich geb dir gleich alt!«, meint er sarkastisch und ballt die Hand zur Faust.

»Okay, ich sehe, ich bewege mich hier auf dünnem Eis.«

»Und wie du das tust. Also gib schnell deine Getränkebestellung auf, bevor ich dir Salz in deinen Cocktail schütte.«

»Das würdest du nicht wagen!«, sage ich lachend und kann einfach nicht aufhören.

»Lass es darauf ankommen.« Er tut so, als würde er es ernst meinen, aber wir wissen beide, dass Nate kein guter Lügner ist. Ich lasse das Gekabbel sein und teile ihm mit, was wir gerne zu trinken hätten. Während er die Getränke zubereitet, vibriert mein Handy in meiner hinteren Jeanstasche. Ich nehme es in die Hand und blicke aufs Display, wo ich erneut eine Benachrichtigung bekommen habe, dass ein Follower meinen Beitrag kommentiert hat. Da ich die Markierungen auf Social Media nur ein Mal am Tag bearbeite, ignoriere ich sie jetzt und gehe in den Chat-Verlauf, wo mich eine Nachricht von Tamara erwartet.

»Hallo, meine Schöne. Darf ich dir einen Drink spendieren?«, höre ich eine mir unbekannte Stimme sagen und sehe von meinem Smartphone auf. Neben mir lehnt ein Fremder, den ich noch nie zuvor gesehen habe. Er ist mir definitiv zu nah für jemanden, den ich nicht kenne, und sieht mich aus dunklen Augen an.

»Nein danke, meiner wird gerade zubereitet.« Ich deute auf Nate und die Getränke, die ich für meine Freunde mitnehmen möchte. Nathaniel verfolgt unser Gespräch nicht wirklich, aber ich weiß, dass er mit einem Ohr immer zuhört. Er würde mir zu Hilfe eilen, wenn ich ihn brauchen würde, aber davon kann gerade noch keine Rede sein.

»Dann vielleicht den nächsten Drink?« Generell habe ich nichts dagegen, mit neuen Bekanntschaften zu flirten, aber dieser durchaus attraktive Typ hat etwas an sich, was mir nicht gefällt. Ob es das schwarze, zu lang wirkende Haar ist oder die Art, wie er mich ansieht, kann ich nicht benennen.

»Das ist ja sehr nett von dir, aber ich bin mit jemandem hier«, sage ich freundlich, da ich den Typen nicht harsch abservieren möchte. Das würde ich selbst ja auch nicht wollen. Manchmal passt die Chemie einfach nicht.

»Ich bin aber besser als er.« Wow, da ist aber jemand sehr von sich überzeugt.

»Ach ja?« Jetzt wird's aber interessant. Der Typ scheint eine übergroße Portion an Selbstvertrauen zu haben.

»Natürlich. Ich kann dich in den Himmel vögeln, Baby.«

»Ach, da war ich schon. Ist langweilig. In der Hölle ist es mir viel lieber, und die Menschen sind viel interessanter. Außerdem bin ich eher der Sommertyp und mag es heiß.« Er blinzelt verwirrt, weil er mit meiner Antwort nicht gerechnet hat. Ich sehe ihm aber an, dass er beschließt, meine Worte zu ignorieren und noch tiefer in meine Komfortzone einzudringen.

»Komm, lass uns einfach abhauen.«

»Echt jetzt? Du versprichst mir die Himmelvögelnummer, und dann willst du gleich dein Pulver verschießen?« Was glaubt denn der Typ, was ich für eine Frau bin? Wir Frauen haben gerne lockere Affären und vielleicht One-Night-Stands, aber wir entscheiden noch immer selbst, wann und vor allem mit wem wir es tun wollen.

»Komm, hab dich nicht so.« Ich nehme einen tiefen Atemzug, um ihn zum Teufel zu schicken, denn so freundlich, wie ich vor ein paar Minuten gewesen bin, bin ich sicher nicht mehr. Dieser Kerl scheint die Abfuhr auf die harte Tour zu wollen. Dann macht er etwas, was mich rot sehen lässt. Er hebt die Hand und kneift mir in den Po. Einfach so, ohne die Miene zu verziehen, als wäre es so neutral wie jemandem die Hand zu schütteln. Ich reagiere sofort, greife nach seiner Hand und drehe sie kraftvoll so, dass es wehtut. Danach drücke ich sie gegen seinen Rücken und genieße die Schmerzensrufe und das Wimmern. Dann drücke ich ihn gegen die Bartheke und hoffe, dass die eine oder andere Rippe daran glauben muss.

»Niemand!«, knurre ich bedrohlich, ganz nah an seinem Ohr, und ich bin mir sicher, dass in meinen Augen ein Feuer lodert, so ängstlich wie mich dieser Arsch gerade ansieht. »Niemand fasst mich ohne meine Zustimmung an.«

»Ich ... aber ... du ...« Das Stottern wird immer schlimmer, je fester ich zudrücke, aber ich bin noch lange nicht fertig.

»Typen wie du sind der Grund, wieso ich langsam den Glauben an die guten Kerle in dieser Welt verliere, und nun zisch ab, bevor ich dir die Hand breche.« Sobald ich ihn loslasse, dreht er sich zu mir um und will etwas sagen, aber plötzlich sieht er hinter mich und dann wieder in meine Augen. Ein paar schwere Atemzüge seinerseits später wendet er sich ohne ein Wort ab und geht. Nate geht ihm sofort hinterher, vermutlich um ihn rausschmeißen zu lassen, aber ich sehe ihm nicht nach, sondern blicke auf meine zitternden Hände.

Es ist nicht das erste Mal, dass ich jemandem drohen oder ihm zeigen musste, was passiert, wenn jemand Hand an mich legt, ohne dass ich es erlaube. Aber jedes Mal wünschte ich mir, dass ich es nie wieder tun muss. Ich würde mir wünschen, dass Männer Frauen nicht als Spielzeug ansehen, das sie benutzen können, wie sie möchten. Ich werde sicher nicht alle Männer in einen Topf werfen, aber in letzter Zeit habe ich einfach kein

Glück mit dem anderen Geschlecht. Nicht nur romantisch gesehen, sondern im Allgemeinen.

Ich will mir schon die Getränke schnappen, als sich eine Hand auf meine legt und mich daran hindert, nach dem Tablett zu greifen. Bereit wieder in die Defensive zu gehen, wende ich mich der Person zu und halte inne. Es ist Drake, wie immer scheint er ein Radar zu besitzen, mich in Situationen zu treffen, in denen ich mich nach etwas Ruhe sehne. Aber in seinen Augen sehe ich nicht das gewohnte belustigte Funkeln, sondern Sorge und Wut. Eine explosive Mischung, denn er sieht Furcht einflößend aus, sodass es mir kalt den Rücken hinabläuft.

»Drake?«, frage ich vorsichtig, weil er noch immer kein Wort gesagt hat, sondern meine Hand sanft umschlungen hält. Dann blinzelt er, doch es scheint so, als wäre er meilenweit entfernt, als er erst mich ansieht und dann in die Richtung blickt, in die Nate und dieses Arschloch verschwunden sind.

»Geht es dir gut?«

»Ach was, du kennst mich doch, ich lasse mich nicht von egomanischen Schweinen einschüchtern«, sage ich, bemüht locker zu klingen, aber Drake scheint mir nicht glauben zu wollen, denn seine Brauen wandern in die Höhe.

»Ich meine es hier ernst, Addison.« Ach, wie ich es liebe, ihn meinen Namen sagen zu hören. Er hat diese Art von Stimme, die wie reiner Sex klingt. Es ist schwer in Worte zu fassen, aber er könnte Millionär werden, indem er in erotischen Filmen die männliche Synchronstimme übernimmt. Aber er hat ja recht, ich bin noch immer aufgewühlt, egal wie locker ich mich gebe. Solche Begegnungen gehen mir nah.

»Mir geht es gut. Mein Bruder ist Bodyguard und hat mir schon früh gezeigt, wie ich mit solchen Kerlen umgehen und vor allem wie ich mich verteidigen muss.«

»Das habe ich gesehen. Wirklich beeindruckend.«

»Siehst du. Ich an deiner Stelle würde aufpassen, wenn du mich das nächste Mal anbaggerst.«

»Ich werde es mir merken.« Dann lächelt er schief und sieht auf seine Schuhe, ehe er sich wieder mir zuwendet. »Darf ich?« Er deutet auf die Getränke, und ich nicke nur, denn ich weiß beim besten Willen nicht, was er vorhat, bin aber so überrascht, dass ich ihm einfach zu meinem Tisch nachgehe. Meine Freunde schnappen sich die Getränke, und Pacey öffnet schon den Mund, mit Sicherheit, um nachzufragen, was vorhin an der Bar geschehen ist, aber Drake ist schneller. »Habt ihr was dagegen, wenn ich euch Addison kurz entführe?«, fragt er in die Runde und sieht dann mich an. Er hat die anderen aus reiner Höflichkeit gefragt, aber es ist meine Antwort, die er hören will.

»Wenn du deine Weichteile riskieren willst, nur zu«, meint Pacey und lacht zu laut über seinen eigenen Witz.

»Ja, du hast ja gesehen, was sie mit Typen macht, die ihr dumm kommen«, stimmt Zayn seinem Freund zu.

»Wie stehen die Wetten, dass ich überlebe?«, fragt nun Drake selbstbewusst wie immer und zwinkert mir zu. Meine Freunde rücken zusammen und flüstern etwas, bevor sie sich wieder Drake und mir zuwenden. »Die Chancen stehen fünf zu eins, mein Freund. Wir wünschen dir viel Glück.« Ich wende mich meinem Nachbarn zu. »Du willst es tatsächlich riskieren?«

»Aber natürlich. Diese Art von Gesprächen ist doch die beste.«

»Na schön. Du hast es so gewollt.«

Die Antwort ist ein Schmunzeln seinerseits, ehe er mir den Vortritt lässt, die Hand aber an meinen unteren Rücken legt, um mich zu einem Tisch zu dirigieren, der frei geworden ist. Im Gegensatz zu uns hat er keinen festen Sitzplatz, sondern wechselt den Tisch, je nachdem, welcher verfügbar ist. Heute sitzen wir eher in der Nähe des Eingangs, wo meinen Freunden die Sicht verwehrt bleibt, was vielleicht auch gut so ist, denn ich will gar nicht wissen, um wie viel Geld sie wetten, ob ich Drake die Nase breche oder nicht, wenn er frech wird.

Kaum haben wir uns gesetzt, kommt Lainey vorbei und bringt uns zwei Biere.

»Ich möchte mit dir reden.«

»Wenn es wieder um ein mögliches Date geht, muss ich gleich stoppen.« Er hebt beide Hände und bringt mich zum Verstummen. »Ich will kein Date mit dir, Addison, es geht hier um etwas ganz anderes.« Erleichtert, dass sich nicht das ewige Rad wiederholt, nicke ich, um ihn weitersprechen zu lassen.

»Damals an Silvester hatte ich einen miesen Tag, und was ich damals über deine Party gesagt habe, war gelogen. Ich mochte deine Art, wie du einen alten Fabrikraum in ein cooles Event umgestaltet hast, tatsächlich.«

»Wieso dann die Kritik?«

»Ich habe gleich gesehen, dass du leicht auf die Palme zu bringen bist, und als du dich da in Rage geredet hattest, fand ich das total süß.«

»Und hast mich geküsst.«

»Ich konnte einfach nicht anders.« Ich finde es süß, dass er das offen zugibt, doch er ist noch nicht fertig. »Und es war die einzige Möglichkeit, dich zum Schweigen zu bringen.« Ich schnaube und verschränke die Arme vor der Brust. Ich gebe ihm noch zehn Sekunden, ehe ich aufstehe und gehe.

»Wie gesagt, ich finde, du hast das Zeug zu einer guten Eventmanagerin. Du bist intelligent, hast ein Auge fürs Detail und bist ein sympathischer Mensch.« Das sind die nettesten Worte, die wir jemals miteinander gewechselt haben, und ich würde gerne irgendetwas darauf antworten, aber ich weiß nicht, was ich erwidern soll. Mit Komplimenten kann ich gut umgehen, wenn sie ernst gemeint sind, aber das hier ist ein ganz anderes Level.

»Danke?«, sage ich verwirrt, aber es klingt eher wie eine Frage.

»Worauf ich hinauswill ...« Er nimmt ein paar tiefe Atemzüge, wirkt auf einmal sehr nervös.

»Ich würde mich sehr freuen, wenn du als meine persönliche Assistentin für mich arbeiten würdest. Du würdest mich im Eventmanagment unterstützen. Ich zahle dir so viel du willst, du bekommst einen eigenen Schreibtisch, Firmenhandy und Tablet. Du wirst krankenversichert und erhältst einen kleinen Bonus zum ...«

»Moment mal!« Ich muss Drake stoppen, denn seine Worte ergeben für mich keinen Sinn. Ich soll für ihn arbeiten? Wie stellt er sich das vor? Wir würden uns nach einer Stunde in die Haare kriegen. »Wie viel verdienst du beim Magazin?«, fragt er nicht gerade diskret, aber ich sage es ihm trotzdem. Da ich freiberuflich beim *Sports Finest* arbeite und der Job derzeit auf der Kippe steht, möchte ich mir anhören, was Drake zu sagen hat.

»Ich biete dir das Doppelte.«

»Was?«

»Nein, ich zahle dir das Dreifache deines jetzigen Gehalts, und du wirst mich rund um die Welt als meine Assistenz begleiten. Sämtliche Kosten übernehme ich.«

»Aber das ist doch zu viel.«

»Nein, ist es nicht. Vielleicht ist es sogar zu wenig. Denn niemand will mit mir zusammenarbeiten. Ich stecke ziemlich in der Klemme.« Wieder dieses traurige Seufzen.

»Ich verstehe nicht ...«

»Geh mit mir essen.« Dieser Mann hat anscheinend mehr als nur Stimmungsschwankungen, er ist nicht ganz dicht.

»Ruhig, Drake. Jetzt atme mal tief durch, bevor du mir noch deinen Erstgeborenen versprichst.« Und tatsächlich verstummt er, atmet tief durch und fährt sich über die kurzen Haare. Ich greife nach meinem Bier und nehme einen Schluck, und auch er greift nach der Flasche. Dann schweigen wir ein paar Augenblicke, und jeder ist mit seinen Gedanken für sich. Ich habe Drake angesehen, dass er angespannt ist, aber ich habe eher gedacht, dass er sauer auf den Kerl ist, der mich begrapscht hat. Aber er wirkt müde und überarbeitet. Als mich die Erkenntnis trifft, ist es vorbei mit den Wortgefechten. Etwas in mir möchte wissen, was ihn bedrückt, auch wenn wir keine Freunde sind.

»Also du willst, dass ich für dich arbeite?« Drake sieht auf und sucht meinen Blick.

»Das will ich. Aber nicht nur, weil ich verzweifelt bin, denn glaub mir, das bin ich.« Er lächelt traurig, ehe er fortfährt. »Du bist gut in dem was du tust, ob es nun Party planen, Artikel schreiben oder modeln ist. Du bist unglaublich.«

»Da haut aber jemand mit Komplimenten um sich«, antworte ich und lehne mich etwas vor. Bis dann die Tatsache zu mir durchdringt, dass er weiß, dass ich A. Cameron bin.

»Warte mal! Woher weißt du es? Das mit dem Modeln?«

»Schon eine Weile.«

»Und wie soll ich nebenbei modeln, wenn ich mit dir unterwegs bin?« Auch darauf scheint er eine Antwort zu haben.

»Du musst nicht bei jeder Reise dabei sein. Nur bei meinen besten Kunden hätte ich dich gerne an meiner Seite. Wir können uns absprechen, und ich kann meine Termine so legen, dass du deine ebenfalls schaffst und auch für mich arbeitest.«

»Das hast du dir aber gut überlegt.« Seine Miene wird ernst, und sämtliche Verspieltheit ist verflogen. »Ich überlege mir alles tausendfach, wenn es um mein Unternehmen geht. Ich bin auf dem Weg, der beste Eventmanager New Yorks zu werden.

Ich brauche nur noch die richtige Person an meiner Seite, die mir unter die Arme greift.«

»Und andere Kollegen?«

»Werden wir mit der Zeit bekommen, es dauert ein wenig, bis ich die richtigen Mitarbeiter finde, die zu uns und dem Unternehmen passen.«

»Wow, das ist ne ganz schöne Menge an Informationen«, seufze ich und reibe mir die Schläfen in kreisenden Bewegungen. Plötzlich habe ich heftige Kopfschmerzen bekommen. »Ich erwarte heute Nacht keine Antwort von dir. Denke in Ruhe darüber nach und sag mir Bescheid, wie du dich entschieden hast.«

»Das werde ich machen.« Ich stehe auf und will mich verabschieden, will flüchten, weil ich sonst vor ihm ausflippen würde, doch dann halte ich inne und wende mich ihm wieder zu.

»Falls ich anfangen sollte, bei dir zu arbeiten, möchte ich eine Bedingung im Vorhinein stellen.«

»Natürlich.« Er nickt verständnisvoll. Vielleicht hat er eh schon mit einem Einwand meinerseits gerechnet.

»Kein Flirten, keine anzüglichen Bemerkungen und keine Küsse mehr. Verstanden?« Drake grinst, aber seine Augen sehen enttäuscht aus.

»Du hast mein Wort.«

Kapitel 14

Mood Song: Dean Lewis – Stay awake

Die Sonne geht gerade auf und wirft ihre Strahlen auf meine Bettdecke. Im Hintergrund läuft das neue Album von Dean Lewis, das ich in letzter Zeit rauf und runter höre. Ich wünschte, ich könnte sagen, dass mich der Sonnenschein gerade erst aufgeweckt hat und ich mit voller Energie meine Yoga-Session starten kann, aber ich habe kein Auge zugetan. Stundenlang habe ich mich hin und her gewälzt, bin sogar auf die Dachterrasse gegangen, um die Kühle der Nacht auf der Haut zu spüren, und habe auch gehofft, so meine Gedanken ordnen zu können. Aber nichts dergleichen ist passiert. Nicht einmal zeichnen hat mir geholfen, dabei ist das Designen von Klamotten meine Antwort auf alle Sorgen oder wirren Gedanken.

Drake, mein Dienstags-Hottie, möchte, dass ich für ihn arbeite. Er bietet mir einen aufregenden Job, einen guten Verdienst, die Möglichkeit, die Welt zu bereisen und interessante Persönlichkeiten zu treffen. Gedanklich setze ich diese Punkte auf die Pro-Seite meiner Liste. Dann wäre das schwerwiegende Kontra, dass der Typ, den ich unglaublich attraktiv finde, mein neuer Boss wäre. Er hat mir zwar versichert, dass er mich nicht mehr anbaggern wird und sich zurückhält, aber wer sagt mir, dass er sich auch daran halten wird?

Dass ich mich leicht in ihn verlieben könnte, je mehr Zeit ich mit ihm verbringe, macht die Sache nicht leichter. Seit Monaten ist er mein heimlicher Schwarm, und ich weiß gar nicht, ob ich mit ihm arbeiten oder mit dem Job im Allgemeinen zurechtkommen könnte. Ich habe versprochen, Drake diese Woche noch eine Antwort zukommen zu lassen, aber ich bin noch immer hin- und hergerissen. In meinem jetzigen Job habe ich wenig Aufstiegsmöglichkeiten, und auch wenn ich schon lange zum Team gehöre, steht keine Beförderung im Raum. Ich muss allerdings auch sagen, dass ich das selbst nie angestrebt habe. Mir ist es am wichtigsten, dass die Arbeit Spaß macht, das gilt auch für das Modeln. Aber ich werde bald dreißig und wohne in einer WG mit einem Pärchen und meiner besten Freundin. Ich sollte langsam auf eine eigene Wohnung sparen, denn ich plane eines Tages eine Familie zu gründen, und das geht schlecht in einer WG.

Unsere unglaubliche Wohnung gehört Grace. Sie hat sie von ihrer Großmutter geerbt, aber auch meine beste Freundin möchte eines Tages Kinder und ihre Wohnung für sich haben. Daniel hat auch schon einmal darüber gesprochen, ein Haus außerhalb der Stadt zu mieten. Über kurz oder lang brauche ich mehr Geld, und da würde Drakes Job einen guten Start zur Selbstständigkeit liefern.

Mein Telefon klingelt und holt mich aus den Gedanken. *Killer Queen* von Queen ist der Klingelton, den ich Grace zugewiesen habe. Wir sind beide seit unserer Jugend Queen-Fans. Wissen fast alles über die Band, rocken mit unseren Versionen von ihren Songs jede Karaokebar und können die Songtexte alle auswendig. Die Liebe zu unserer Lieblingsband hat uns im College schon zu besten Freundinnen gemacht.

»Guten Morgen«, grummle ich in den Hörer, denn erst jetzt, wo es Zeit wäre aufzustehen, bin ich total müde. »Da ist aber jemand gut gelaunt.« Ich höre Stimmen im Hintergrund, aber auch Schritte, als würde Grace von irgendeinem Trubel weggehen.

»Hab kein Auge zugetan.«

»Hat das etwas mit dem zu tun, was du gestern mit Drake besprochen hast?« Ich habe den anderen gar nicht erzählt, dass Drake mir einen Job angeboten hat oder worüber wir generell gesprochen haben. Meine Freunde haben wohl gemerkt, dass ich nachdenklich gewesen bin, haben aber nicht nachgefragt. Auch ich selbst war zu verwirrt, um mit den anderen zu reden. »Er hat mir eine Stelle in seinem Unternehmen angeboten.«

»Tatsächlich? Wow, damit habe ich nicht gerechnet.« Und das will bei Grace etwas heißen.

»Ich auch nicht. Ich weiß zwar von Serena, dass sie Probleme mit den Mitarbeitern gehabt haben, aber dass Drake ausgerechnet mich fragt, überrascht mich.«

»Mich nicht, um ehrlich zu sein.«

»Ach ja?«

»Du bist schon lange nicht mehr glücklich beim Magazin und hast dir Veränderung gewünscht. Nun ist sie zum Greifen nah.« Da hat sie recht, aber trotz allem ist da etwas, was mich zurückhält. Ich kuschle mich ins Kissen und lausche dem Rat meiner Freundin.

»Du hast Angst vor deinen Gefühlen für ihn, oder?«

»Ja, schon ein wenig.«

»Was, wenn sie unbegründet ist?«

»Wie meinst du das?«

»Bis jetzt habt ihr nur miteinander gestritten, vielleicht kennst du den echten Drake noch gar nicht. Vielleicht verschwinden die Gefühle, wenn du ihn besser kennenlernst, weil du dann weißt, dass ihr nicht zusammenpasst oder so.«

»Ich weiß es nicht.«

»Meiner Meinung nach solltest du es versuchen. Kündigen kannst du immer noch, wenn es dir zu viel wird.«

»Er scheint wirklich Hilfe zu brauchen. Ich habe ihn noch nie so ernst erlebt, und auch wenn ich ihn nicht lange kenne, habe ich gespürt, dass er mich braucht.«

»Dann lass es darauf ankommen. Spring ins kalte Wasser, vielleicht geschieht ja noch ein Wunder, und ihr kommt gut miteinander aus und versucht euch nicht gegenseitig an die Gurgel zu gehen.« Ich lache über ihren Witz, denn etwas sagt mir, dass sich die Spannung zwischen Drake und mir nicht legen wird.

»Wann kommst du von der Arbeit nach Hause?«, frage ich Grace, die heute Vormittag arbeitet und eine neue mögliche Baustelle ausmisst.

»Das könnte noch ein Weilchen dauern, weil sich die Kunden nicht einigen können, in welche Richtung die Gestaltung gehen soll.«

»Oh je. Sind sie anstrengend?«

»Na ja, wenn hier gleich mit Tellern geworfen wird, würde es mich nicht wundern.«

»Dann geh lieber in Deckung. Deine Reaktionszeit ist ja nicht die beste.«

»Ich werde es versuchen! Wenn ich dich später anrufe und aus dem Krankenhaus abgeholt werden muss, weißt du dann ja Bescheid.«

»Ich denke, eine Gefahrenzulage wäre nicht schlecht in deinem Job.«

»Da könntest du recht haben, denn die oberen Zehntausend drehen gerade echt am Rad.«

»Na schön, dann geh wieder an die Arbeit. Wir sehen uns später.«

»Bye.«

Ich danke Gott, dass heute Samstag ist, denn wenn ich in die Redaktion trotten müsste, würde ich am Schreibtisch einschlafen. Da mir sowohl Lust als auch Kraft für Yoga fehlen, drehe ich mich zur Seite und schlafe erneut ein.

Es ist früher Nachmittag, als ich aufwache. Ich fühle mich zwar noch immer etwas müde, aber es ist erträglich. Im Wohnzimmer treffe ich auf Taylor, die auf der Couch chillt und fernsieht. Ich überlege gerade, was ich heute kochen könnte, doch als ich die Küche betrete, stelle ich fest, dass Taylor ein Kartoffelgratin gemacht und einen Apfelkuchen gebacken hat. Auch wenn ich froh bin, ohne lange Zubereitung zu einem Mittagessen zu kommen, bin ich etwas enttäuscht, da das Kochen mir dabei hilft, meine Gedanken zu sortieren. Also drehe ich wieder um und setze mich neben Taylor, die ihre Kaffeetasse umschlungen hält, auf die Couch.

»Dass ich mal den Tag erlebe, an dem ich früher aufstehe als du«, sagt Taylor kichernd und sieht mich mit einem amüsierten Funkeln in den Augen an. Ich muss selbst lächeln, denn sie hat ja recht, normalerweise bin ich eine der Ersten, die wach ist.

»Konnte nicht schlafen.«

»Ich auch nicht«, sagt sie und lächelt in ihre Tasse, ehe sie einen Schluck trinkt.

»Oh, bitte nicht! Was habe ich über Sextalk gesagt?«

»Dass du es liebst, darüber zu sprechen.«

»Ja, das war früher, als du dir meinen Bruder noch nicht geangelt hattest. Nun möchte ich bitte kein Sterbenswörtchen über seine Qualitäten im Bett hören. Okay?«

»Du verdirbst einem auch jeden Spaß«, murrt sie und stellt die Tasse auf dem Couchtisch ab.

»Ups. Sorry«, antworte ich sarkastisch und sehe auf den Fernseher, wo eine Wiederholung von *Charmed* läuft. »Möchtest du über deine Schlaflosigkeit reden?«

»Es schwirrt mir gerade viel im Kopf herum, und die Hitze macht mir auch zu schaffen.«

»Wem nicht! Es hat seit zwei Wochen nicht geregnet, und ich habe das Gefühl, dass wir auf den Straßen Spiegeleier braten könnten.«

»Da ist noch das Angebot von Drake, das er mir gestern unterbreitet hat.« Meine Freundin lehnt sich gespannt nach vorne, als ich ihr alles erzähle. Sie ist der gleichen Meinung wie Grace und rät mir ebenfalls, die Chance zu nutzen und einen neuen Berufsweg einzuschlagen. Nachdem ich all meine Sorgen und Ängste mit meinen Freundinnen geteilt habe, habe ich nicht mehr das Gefühl, als würde mein Kopf vor lauter Gedanken explodieren.

Ein paar Stunden später mache ich mich fertig. Serena hat mir geschrieben und mich gefragt, ob ich mit ihr auf einen Cocktail ausgehen möchte, um uns besser kennenzulernen. Ich habe nicht gezögert, denn ich finde sie sehr sympathisch, mag ihren schwarzen Humor und ihre lockere Zunge. Grace will heute Abend mit Luke ausgehen, und Daniel hat etwas mit Taylor vor, so passt es ganz gut, sich auch neuen Freunden zu widmen. Bevor ich mir meine Tasche schnappe, überprüfe ich mein Outfit noch mal in meinem großen Spiegel.

Kleines Schwarzes – check.

Farbiger Schmuck – check.

Mörderisch hohe Heels – check.

Lust auf Party – check.

Bereit jemanden kennenzulernen – Doppel-check.

Ich hatte seit Wochen keinen Sex mehr, und gegen Ende der Beziehung mit Vaughn ist es auch nicht mehr besonders prickelnd gewesen. Ich vermisse das warme Gefühl von Haut auf Haut, die Leidenschaft und die Küsse. Nach dem Gefühlschaos der letzten Tage möchte ich einfach nur eine gute Zeit mit meiner Bekannten verbringen. Als ich mein Zimmer verlasse, höre ich Stimmengewirr, das vor einer Stunde noch nicht vernehmbar gewesen ist.

Als ich die Stufen hinabgehe, werde ich schon von den Jungs überschwänglich begrüßt. Pacey, Luke und Zayn sitzen mit meinen Mitbewohnern auf der Couch. Pfiffe erklingen, und wie immer ist es Pacey, der seinen Mund nicht halten kann. »Da hat sich aber jemand fein gemacht, um seinen Liebsten zu treffen.« Daraufhin spitzt er die Lippen in der Hoffnung auf einen Kuss. Der Spinner!

»Natürlich. Er wird gleich da sein«, kichere ich und zwinkere ihm zu.

»Ich habe mich wohl verhört«, protestiert Pacey lautstark, aber ich gehe an ihm vorbei und fahre ihm durch das lockige Haar. Pacey mit seinen großen braunen Augen, dem gepflegten Bart und der kräftig gebauten Statur. Durch seinen Beruf als Koch duftet er stets nach den verschiedensten Gewürzen, die sich mit seinem maskulinen Geruch vermischen.

»Mach das noch mal, dann schnurre ich wie eine Katze.«

»Schön für dich. Hallo Leute.« Ich winke ein Mal in die Runde, um alle zu begrüßen, aber das Gelächter wegen Pacey und mir hält an.

»Ihr könntet echt ein Stück über eure Streitereien schreiben, es wäre eine Dramedy vom Feinsten, gemischt mit einem Horrorteil als Schluss«, sagt Zayn grinsend und sieht Pacey belustigt an.

»Horror?«, fragt nun Pace und sieht seinen Freund verwundert an.

»Na ja, wenn Addison dich dann in Stücke reißt, weil du sie ständig angräbst, stelle ich mir das eben blutig vor.«

»Da könntest du recht haben«, sage ich lachend und steckte mir noch die Ohrringe an, als es klingelt.

»Das wird wohl mein Lover sein«, ziehe ich Pacey auf, weil ich ja ganz genau weiß, dass Serena gerade hochkommt, um mich abzuholen. Als es dann klopft, öffne ich mit einem strahlenden Lächeln die Tür und halte inne, als ich nicht sie erblicke, sondern Drake O'Hara.

»Du bist nicht Serena«, sage ich dümmlich und könnte mir selbst in den Hintern treten für diese doofe Aussage.

»Was hat mich verraten?« Drake legt sich die Hand an die Brust und tut so, als wäre er total geschockt.

»Witzbold. Wo ist deine Schwägerin?« Ich sehe an ihm vorbei, aber da steht niemand.

»Sie ist leider krank geworden und schickt mich als würdigen Ersatz.«

»Na ja, ich würde ihr mal raten, sich die Augen operieren zu lassen.«

»So bissig heute. I like it.«

»Das kann ich mir vorstellen. Möchtest du reinkommen?« All meine Freunde sind da, und ich will nicht unhöflich sein und ihm die Tür vor der Nase zuknallen. Zumindest ist mir gerade nicht danach. Hätte er mich auf dem falschen Fuß erwischt, wäre er schon auf dem Heimweg.

»Ich habe eher gehofft, dass ich dich zum Essen ausführen könnte.« Verwundert blicke ich ihn an, denn damit habe ich nicht gerechnet.

»Du willst ein Date?«

»Nein. Keine Verabredung. Eher ein gemeinsames Abendessen, wo ich dir mehr über mein Unternehmen erzählen kann, um dir die Entscheidung leichter zu machen, ob du bei mir arbeiten möchtest oder nicht.«

»Ich weiß nicht, Drake«, seufze ich und lehne mich mit meiner Schläfe an den Türrahmen.

»Wie gesagt. Ich werde dich nicht anbaggern oder etwas

anderes tun, was dir unangenehm sein könnte.« Seine Worte klingen so ehrlich, eine Spur verzweifelt, aber er scheint es ernst zu meinen, also überlege ich es mir anders, weil ich ohnehin gute Laune habe, und einen Abend lang Drake O'Hara anzustarren klingt himmlisch.

»Ich hätte tatsächlich ein paar Fragen und bin schon fertig gestylt, also spricht nichts dagegen.«

»Perfekt«, flüstert Drake und lässt kurz den Blick über mein Outfit schweifen.

»Einfach perfekt.«

Kapitel 15

Mood Song: Miley Cyrus – Malibu

Ich bin ein Mensch, der versucht, eine Person nicht nach ihrem Äußeren zu beurteilen, aber als wir hinausgehen und ich ein Ford Mustang Cabrio erblicke, erkenne ich, dass ich Drake in eine Schublade gesteckt habe, ohne es zu wollen. »Nicht das, was du erwartet hast, oder?«, fragt er, als er meinen Gesichtsausdruck sieht, und trifft damit den Nagel auf den Kopf.

»Nein, nicht im Geringsten«, gebe ich ehrlich zu.

»Ich habe gedacht, du fährst eins dieser protzigen Junggesellenautos, mit dem du die Ladys reihenweise beeindrucken kannst. Wusste nicht, dass du ein Herz für Oldtimer hast.«

»Ich brauche kein Auto, damit Frauen auf mich aufmerksam werden, da habe ich mehr zu bieten.« Drake zwinkert mir zu, ehe er mir die Beifahrertür öffnet, damit ich einsteigen kann. Ich bedanke mich und sehe mich erstaunt um, ehe auch er Platz nimmt. Das Armaturenbrett ist in einem ungewöhnlichen Dunkelgrau gehalten, die Tachos sind mit schönem Holz umrandet, und auch das Lenkrad sowie der Schaltknüppel haben Holzoptik. Es sieht aus, als wäre es noch im Originalzustand, auch wenn die Innenfarbe sicher modernisiert wurde. Die Autositze sind aus weichem, grauem Leder, sehen aber ebenfalls neu aus.

»Hast du dieses Auto restauriert oder in diesem Zustand gekauft?«

»Ich habe dieses Auto an meinem achtzehnten Geburtstag gekauft. Es ist in einem schlechten Zustand gewesen, aber mein Kumpel Noah ist Mechaniker und hat mir geholfen, es wieder in Schuss zu bringen.« Zu wissen, dass dieses Auto über zehn Jahre repariert und restauriert wurde, um so auszusehen, flößt mir Respekt ein.

»Es sieht wirklich gut aus.«

»Es klingt sogar noch besser.« Ich will schon fragen, was er damit meint, aber dann startet er den Wagen, und das Dröhnen des Motors gepaart mit dem Vibrieren des Wagens beschert mir eine Gänsehaut am ganzen Körper. Als Drake losfährt und ich leicht in den weichen Sitz gedrückt werde, genieße ich den Fahrtwind, der mir durchs offene Haar weht. Ich hatte bis jetzt noch nie etwas für Autos übrig, aber dieses hier ist wirklich ein Blickfang und der Inbegriff von Freiheit. Meine Frisur wird nach der Fahrt eine Katastrophe sein, aber wen schert es? Es ist ja nicht so, als ginge ich auf ein Date.

»Was möchtest du hören?«, fragt Drake und deutet auf sein Smartphone.

»Du hast tatsächlich einen AUX-Anschluss in einem Oldtimer?«

»Ohne die richtige Musik kann ich nicht fahren, und ich mag keine CDs.«

»Ich dachte, das wäre technisch gar nicht möglich.«

»Wie gesagt, Noah ist Mechaniker und noch dazu ein Technikfreak.«

»Ich bin beeindruckt.«

»Ich werde es ihm ausrichten. Also, wie sieht es aus, Addison?« Ich habe gemerkt, dass er mich noch nicht Prinzessen oder Ähnliches genannt hat, was eine willkommene

Abwechslung ist und zeigt, dass er tatsächlich auf meine Bedingung eingegangen ist. »Gib mal her.« Ich nehme ihm das Smartphone ab und scrolle seine Spotify-Playlisten durch. Bei einer Miley-Cyrus-Playlist bleibe ich hängen.

»Miley? Echt?« Drake sieht kurz zu mir, ehe er sich wieder auf die Straße konzentriert, ein breites Grinsen auf den Lippen.

»Sie hat gute Songs, und ich bin Manns genug, das auch zuzugeben.«

»Lieblingssong von ihr?«

»Wrecking Ball.« Ich verdrehe die Augen und habe das Musikvideo mit der nackten Miley auf einer Abrissbirne im Kopf.

»Und das nicht wegen des Videos«, ruft Drake eindringlich, als ich den Song starte.

»Ich mag den Text und die Message.«

»Und Miley, oder?«, ziehe ich ihn auf und ernte ein Lächeln.

»Sie ist nicht wirklich mein Typ, aber sie singt ziemlich gut.« Ich beiße mir auf die Unterlippe, nicht weil ich angetörnt bin, sondern weil ich sonst etwas sagen werde, was ich später bereuen werde. *Nicht sein Typ?* Das bin ich auch nicht, wenn ich seinen Worten vor zwei Jahren Glauben schenken darf. Auch nach so langer Zeit nehme ich seine Worte persönlich, weil sie mich und mein Ego angekratzt haben. Mir ist bewusst, dass nicht jeder Mann auf Kurven steht, und davon habe ich einige, aber bei Drake tut es weh. Ich glaube ihm nicht, dass er mich attraktiv findet, weil ich die Wahrheit kenne. Aber trotz dieser Misere bin ich froh, wie es gelaufen ist, weil ich mir nun meines Körpers viel bewusster bin, und das ist durchaus positiv gemeint.

Warum er mit mir spielt, weiß ich nicht, aber es ist auch nicht mehr wichtig. Wenn es wirklich so weit kommt, dass er mein Boss wird, dann haben meine Gefühle keine Bedeutung.

Ich will nicht als Frau abgestempelt werden, die mit ihrem Boss ins Bett geht, und da ich ahne, dass Drake kein Mensch ist, der sich bindet, hat das Ganze sowieso keine Zukunft. »Ich weiß, ich sage jetzt die untypischsten Worte für einen Mann, aber an was denkst du gerade? Du bist sehr still geworden, das kenne ich nicht von dir«, meint Drake, bleibt an einer roten Ampel stehen und mustert mich neugierig.

»Mir schwirrt einiges durch den Kopf, es stehen viele Veränderungen im Raum.« Er sieht mich einen Augenblick an, ehe er den Blick wieder auf die Ampel richtet, die noch immer rot leuchtet. »Ich weiß, dass ich sehr schnell eine große Entscheidung von dir erwarte. Aber ich brauche deine Hilfe. Das sind Worte, die ich noch nie zu jemandem gesagt habe, und ich hoffe, dass ich sie nie wieder sagen muss.« In diesen Worten schwingt viel Verzweiflung mit, das spüre ich deutlich, aber ihn weiter auszufragen wäre falsch. Es ist zu privat.

»Wie gesagt, ich werde mir anhören, was du zu sagen hast, aber ich kann nichts versprechen.«

»Alleine dass du es versuchst, bedeutet mir viel, Addison. »Ich bin vielleicht kein guter Boss, aber ich werde mein Bestes geben, um mich zu ändern, denn sonst werde ich mein Ziel nie erreichen.«

»Meinst du nicht Ziele?«

»Ich habe eins, das ich unbedingt erreichen möchte, das mir am wichtigsten ist. Alles andere wird die Zukunft schon zeigen.« Mir brennt die Frage auf der Zunge, was er genau meint. Was ihm so viel bedeutet, dass er es über all seine Erfolge stellt. Sehr untypisch für mich halte ich meinen Mund und genieße den Rest der Fahrt in diesem wunderschönen Oldtimer.

Drake parkt in der Nähe des Central Parks, ehe er mir die Tür aufmacht, damit ich aussteigen kann. Ich richte mein Kleid, das durchs Sitzen etwas hochgerutscht ist, und sehe mich um. Kein Restaurant in der Nähe, aber dafür sehr viele Bäume. »Hast du ein Picknick geplant?« Drake fährt sich mit beiden Händen durchs kurz geschorene Haar, und sein weißes T-Shirt rutscht ein Stück hoch und präsentiert mir seinen flachen Bauch und eine Menge Härchen. Ich selbst binde mir die langen Haare zu einem Pferdeschwanz zusammen, da der Wind sie ziemlich zerzaust hat.

Wie immer trägt Drake eine schwarze Jeans zu weißem Shirt, manchmal auch einen schwarzen Anzug zu weißem Hemd. Ich habe ihn noch nie in etwas Farbigem gesehen. »Ein Picknick habe ich nicht geplant, aber es hat heute kurz geregnet, und das Sommergewitter hat die Temperatur etwas sinken lassen, weshalb ich dachte, wir gehen zu Fuß zum Restaurant.«

Da ich selbst gerne in der Natur bin, macht mir ein Spaziergang nichts aus, ich finde es sogar angenehm, auch wenn ich Heels anhabe. Da ich seit meiner Jugend Schuhe mit hohen Absätzen trage, ist ein Spaziergang durch den mit Kies ausgelegten Weg kein Problem. In der Wohnung ist es so schwül gewesen, und die Hitze macht einem das Leben in New York nicht gerade einfach. Es ist ja nicht so, als hätte man an jeder Ecke eine Möglichkeit zum Abkühlen. Erst der Regen hat es im Freien etwas erträglicher gemacht.

»Klingt gut, lass uns gehen. Ich habe einen Bärenhunger.«

Wir gehen durch den Park, in dem es so angenehm kühl ist, dass ich es schade finde, dass er tatsächlich kein Picknick geplant hat. Aber das ginge ja wieder in Richtung eines Dates, und das ist dieses Treffen ja nicht. Es ist eher ein Meeting oder besser gesagt ein Bewerbungsgespräch. Und mittlerweile habe ich gemerkt, dass Drake viel daran liegt, dass ich Teil seines kleinen Teams werde. Also werde ich versuchen, mich schnell zu entscheiden, um ihn nicht länger warten zu lassen.

»Es ist herrlich hier, oder?«, fragt er mich, als wir ein paar

Minuten schweigend durch den Park gegangen sind. Ich sehe mich nun bewusst um, atme den Duft der Natur tief ein und blicke auf die hohen Bäume um mich herum. Es ist tatsächlich ein kleiner Ort der Ruhe in der sonst so hektischen Stadt, in der ich lebe. Der Straßenlärm ist nicht mehr zu hören, je tiefer wir in den Park vordringen.

Nur Vogelgezwitscher ist zu hören, das Knirschen unserer Schuhe sowie das Rascheln des Windes, wenn er durch die Bäume und Sträucher weht. Hier wäre ein schöner Ort, um zu zeichnen und mich durch die Natur inspirieren zu lassen. Ich denke an ein waldgrünes One-Shoulder-Top mit Spitze am Saum. Es ist aus einem fließenden Stoff, der sich an die Haut schmiegt. Ich hole schnell mein Handy hervor und tippe den ungefähren Stil des Tops in meine Notizen-App ein. Ich könnte es auch grob mit dem Zeichenprogramm meines Tablets vorzeichnen, aber ich möchte mit Drake nicht darüber sprechen. Er vertieft das Thema auch nicht weiter, sondern führt mich durch den Park zum Restaurant.

Fernöstliche Musik erklingt leise im Hintergrund, als wir das mongolische Restaurant betreten. Eine Kellnerin begrüßt uns freundlich und führt uns zum reservierten Tisch. Auf dem Weg dorthin bemerke ich, dass es keins der Restaurants ist, die ich erwartet habe. Es ist kein Ort, wo die CEOs von New York speisen, sondern wirkt eher heimelig. Auch die Kellnerin unterhält sich freundlich mit Drake, als würde sie ihn schon länger kennen.

»Ich bringe dir gleich eure Getränke«, sagt sie in einem ausgeprägten Akzent.

»Danke, Fei.«

»Du kommst wohl öfter her, was?«

»Ja, ich bestelle mir drei bis vier Mal die Woche Essen ins Büro.«

»Dann muss das Essen ja gut sein, wenn du dir hier so oft Mittagessen bestellst.«

»Eher Abendessen.«

»Isst du im Büro zu Abend?«

»Ich arbeite unter der Woche länger.«

»Okay«, sage ich, aber es klingt eher wie eine Frage, auf die Drake nicht eingeht. Ich bin etwas überrascht, da ich Drake nicht für einen Workaholic gehalten habe.

»Am Wochenende nehme ich mir die Zeit für mich, aber unter der Woche arbeite ich meistens durchgehend und gehe nur nach Hause, um zu schlafen, zu duschen und mich umzuziehen.«

»Wow«, sage ich nur, weil ich mir das echt schwer vorstellen kann. Ich persönlich liebe es, zwischen meinen Jobs eine Ruhephase einzulegen, um zu zeichnen, ins Fitnessstudio zu fahren oder einfach nur zu kochen.

»Außerdem reise ich geschäftlich sehr viel, fahre zu Klienten oder besuche die Events, die ich geplant habe, um sicherzustellen, dass alles nach Plan läuft und der Kunde auch zufrieden mit unserer Arbeit ist.«

»Welchen Part würde ich in deinem Unternehmen übernehmen?« Ich beschließe gleich zur Sache zu kommen, weil ich endlich genau wissen möchte, was mein Aufgabenbereich sein wird.

»Du wirst meine rechte Hand sein, meine persönliche Assistentin, meine Augen und Ohren. Wenn du Teil meines Unternehmens wirst, kümmerst du dich um die Terminorganisation, die Koordination von Deko, Essen, Sitzordnungen, Musik und so weiter. Natürlich werde ich dir anfangs helfen, aber wenn du dann eingearbeitet bist, würde ich dir die Leitung von kleineren Events übertragen.«

»In welchem Rahmen spielen sich die Veranstaltungen ab?«

Ich stütze die Ellbogen auf dem Tisch ab, bette mein Kinn auf meine Handflächen und blicke meinen Nachbarn neugierig an.

»Wir übernehmen alle möglichen Events. Hochzeiten, Wohltätigkeitsveranstaltungen, Junggesellenabschiede, Geburtstage und so weiter. Ich entscheide jedoch nach dem ersten Kennenlernen, ob ich den Auftrag annehme oder nicht.«

»Hat es schon Partys gegeben, die du nicht annehmen wolltest?«

»Einige. Ich möchte, dass O'Hara Events ein Unternehmen ist, das für Qualität und Stil in der Eventplanung steht. Das hängt natürlich auch sehr von den Kunden ab.« Alles, was Drake mir über seinen Job erzählt, macht mich noch neugieriger. Da er schon eine Weile mein Nachbar ist und ich ihn gegoogelt habe, weiß ich bereits, dass er sein Unternehmen sehr erfolgreich leitet und in Prominentenkreisen verkehrt.

»Du hast gesagt, dass mein Gehalt mehr sein wird als jetzt.«

»Das stimmt, du bekommst das Dreifache. Ich werde zusätzlich alle Reise- und Verpflegungskosten übernehmen, du bist rundum versichert und wirst von mir auch technisch ausgestattet. Serena wird deine einzige Kollegin neben mir sein, aber mit der Zeit können wir gemeinsam ein neues Team aufbauen.«

Ich bin noch nicht vollends überzeugt, auch wenn alles, was er bis jetzt gesagt hat, mehr als verlockend für mich ist. Drake räuspert sich kurz, ehe er mich schief anlächelt, ein Grinsen, das verspielt und auch feurig ist. Mein Herz macht einen Satz, nur, um dann heftig zu klopfen. »Und ich werde dich nicht mehr anbaggern, auch wenn es mir das Herz bricht. Denn du weißt, dass ich dich will, Addison.« Genau die letzten Worte sind es, die ich ihm nicht abkaufe. Aber das tut nichts zur Sache, denn ich habe eine Entscheidung gefällt.

Ich werde auf meine Freundinnen hören, ins kalte Wasser springen und etwas Neues, Aufregendes wagen.

»Was sagst du?«, fragt Drake hoffnungsvoll und sieht mich mit einem ernsten Gesichtsausdruck an. Zum ersten Mal sieht er nicht wie der knallharte CEO aus, für den ich ihn gehalten habe, sondern wie ein Mann, den ich vorschnell verurteilt habe und der mehr zu bieten hat, als es von außen den Anschein macht. Jemand wie ich.

»Ja. Ich bin dabei.«

Kapitel 16

Mood Song: Maren Morris – Kingdom of One

»Tatsächlich?«, frage ich noch mal nach, denn ich hatte gedacht, ich müsste mir den Mund fusselig reden, damit ich Addison davon überzeugen kann, in meinem Unternehmen mitzumischen, aber sie überrascht mich mit ihrer Zusage.

»Ja. Ich vertraue darauf, dass du dein Unternehmen so leitest, wie du es gerade beschrieben hast, und ich finde, dass ich gut ins Team passen würde.«

»Das finde ich auch.« Obwohl ich anfangs dagegen gewesen bin, sehe ich die Sache jetzt ein wenig anders. Addison hat Charisma, was in dieser Branche das A und O ist, wenn sie im Kundenkontakt steht. Dann hat sie ihr Planungstalent auf der Silvesterparty gezeigt, auf der ich mit meinem Cousin Ian gewesen bin. Auch wenn Addison keine Ausbildung oder professionelle Erfahrung im Eventmanagement hat, glaube ich, dass sie sich beweisen wird.

Fei bringt gerade die Getränke. Ein Bier für mich und einen Rotwein für Addison. »Dann lass uns anstoßen. Auf gute Zusammenarbeit.« Addison stößt mit einem strahlenden Lächeln mit mir an, und zum ersten Mal seit Wochen habe ich das Gefühl, als könnte ich mein berufliches Ziel doch noch erreichen.

»Du hast ja Anfang September Geburtstag«, stelle ich fest, als wir uns am Montag bei mir im Büro treffen.

»Das müssen wir feiern«, ruft Serena von ihrem Arbeitsplatz aus, was mich nur den Kopf schütteln lässt. Die hat ja ihre Ohren überall.

»Du sollst hier nicht bei einem Einstellungsgespräch lauschen! Außerdem kannst du gar nicht mehr richtig feiern, wenn du schwanger bist.«

»Ich kann keinen Alkohol trinken, aber ich kann noch immer ausgehen und Spaß haben.«

»Ja, hab Spaß, solange du noch kannst. Wenn das Baby da ist, werdet ihr achtzehn Jahre lang keinen Schlaf bekommen.«

»Ach, sei still und konzentriere dich auf deine neue Mitarbeiterin. Was bist du denn für ein Boss!?« Diese Frau! Wegen ihr bekomme ich noch graue Haare!

»Ich merke, die Harmonie stimmt hier im Büro«, kichert Addison sarkastisch.

»Da könntest du recht haben, wir lieben uns hier«, erwidere ich und verdrehe die Augen.

Ich reiche ihr den Arbeitsvertrag, den sie sich in Ruhe durchlesen soll und gehe in die Büroküche, um mir einen Kaffee zu holen. Ich habe mir vorgenommen, ein besserer Vorgesetzter zu sein und kleinere Botengänge selbst zu übernehmen, auch wenn ich absolut keine Zeit für solche Kleinigkeiten habe.

Aber ich habe durch meine Art viele Mitarbeiter vergrault, und das soll nie wieder passieren, ich will diese Verzweiflung, die ich gespürt habe, nie wieder fühlen. Ich gieße mir einen Becher voll Kaffee ein und nehme einen Schluck, ehe ich im Kopf wieder meine Termine durchgehe. Am Samstag fliegen Addison und ich nach Abu Dhabi zu Clint Livingston, dessen Tochter eine Sweet-Sixteen-Party feiern möchte. Ich kenne Teagan seit ein paar Jahren, und sie liebt das Meer, hat ihr

Leben mehr im Wasser als an Land verbracht, weshalb ich eine Party auf einer Jacht mit aufblasbaren Rutschen und Trampolinen, die man um das Boot herum positionieren kann, geplant habe. Vielleicht könnte man das Ganze unter ein Motto stellen. Die Sechziger sind gerade wieder in, womit sich viel machen ließe.

»Also Boss. Ich wäre dann so weit.« Ich drehe mich mit der Tasse in der Hand um und sehe eine energiegeladene Addison. Mir fällt erneut ihr weißes Oberteil in Wickeloptik auf, das sie in einen orangefarbenen Bleistiftrock gesteckt hat, was ihrer üppigen Oberweite schmeichelt, aber elegant wirkt. Ein kleiner Farbtupfer in unserem eher Schwarz-weiß gehaltenen Büro. Serena ist eher wie ich und trägt mehr Schwarz als bunt.

»Alles erledigt?«

»Ja, alles unterschrieben. Ich wäre dann bereit für die Einführung.«

»Na dann. Lass uns loslegen.«

Den ganzen Tag besprechen wir den allgemeinen Arbeitsablauf, wie die Programme und Kalendereinträge funktionieren, vor allem besprechen wir den Monatsplan. Es sind vier große Events im Sommer geplant, die uns um die ganze Welt führen werden. Angefangen von Abu Dhabi über London, nach Mexiko und wieder zurück nach New York City. Jede Destination lässt Addisons Augen mehr und mehr strahlen.

Ich kenne sie normalerweise neckend, frech und sexy, doch nun lerne ich sie besser kennen, merke, dass sie gute Ideen hat, die wir umsetzen können. Es ist längst nach siebzehn Uhr, als Serena mein Büro betritt. Addison und ich gehen gerade die Getränkeliste und das Menü des Caterers für den Junggesellinnenabschied einer Kundin durch. »Wie ich sehe, fügst du dich gut ein, Addy.«

»Es macht unglaublichen Spaß. Ich bin froh, dass ich sofort beim Magazin kündigen konnte, weil ich ja freiberuflich dort gearbeitet habe.«

»Pech für sie, Glück für uns, würde ich sagen, oder Drake?« Serena, dieses Biest, hat mich dabei erwischt, wie ich Addison länger gemustert habe, als gut für mich ist, aber ich fange mich schnell.

»Absolut. Wir sind froh, dass du bei uns bist.«

»Danke«, sagt sie fast ein wenig schüchtern.

»Ich habe euch die Flüge für Abu Dhabi gebucht. Zwei Wochen in einem Dreieinhalbsternehotel mit Frühstück. Danach geht es kurz wieder nach New York, ehe ihr dann nach London zu Sam fliegt.« Ich blicke kurz auf die Buchungsbestätigung sowie auf den Preis der Reise, bevor ich zufrieden nicke. Es liegt unter dem maximalen Budget, das ich für die erste Reise angegeben habe. Zu sparen ist für mich sehr wichtig. Ich brauche keinen überschwänglichen Luxus, sondern eher gemütlichen Komfort. Je mehr ich einsparen kann, desto näher komme ich meinem Ziel, das ich seit meiner Kindheit verfolge.

»Sam?«, fragt Addison nun neugierig.

»Ja, das zweite Event ist ein längerfristiges Unterfangen, und in London besprechen wir mit dem Management und Sam Smith den Terminplan.«

»Sam Smith ist unser Kunde in London?« Addison formt die Lippen zu einem O, als könnte sie es nicht fassen, auch wenn sie es ausgesprochen hat.

»Genau der. Wir betreuen seine Events seit Jahren und sind gut mit ihm befreundet.« Das aufgeregte Kreischen daraufhin lässt mich kurz die Augen vor Schmerz schließen, ehe Addison verstummt.

»Es tut mir so leid, aber ich wollte seit Jahren auf ein Konzert von ihm gehen, aber es ist immer etwas dazwischengekommen. Ich kann es nicht fassen, dass ich ihn tatsächlich treffen werde.«

»Das Gekreische würde ich aber weglassen, wenn du ihn triffst«, sage ich in warnendem Tonfall.

»Ist notiert. Ich werde mich eben hier austoben, damit ich dann in London ganz entspannt bin.«

»Das klingt doch nach einem Plan, und nun ab mit euch. Ich bezahle euch keine Überstunden. Schönen Feierabend.«

Serena verabschiedet sich bei uns und geht gut gelaunt zu ihrem Schreibtisch zurück. Es scheint mir, als hätte die Schwangerschaft sie schon verändert, obwohl es äußerlich noch nicht einmal so aussieht, als hätte sie eine Wassermelone verschluckt. Sie wirkt glücklicher als je zuvor, und auch wenn ich gerne sage, dass es mir egal ist, freue ich mich sehr für meinen Bruder, weil ich weiß, dass Serena die perfekte Partnerin für ihn ist.

Die beiden passen so eklig gut zusammen, dass es schon langweilig ist. Da ich in die Richtung gesehen habe, in die Serena gegangen ist, habe ich nicht mitbekommen, dass Addison noch immer da ist.

»Auf was wartest du noch? Eine schriftliche Einladung?«

»Das wäre aber cool. Darauf warte ich gerne.«

»Jetzt im Ernst, Grant, ab mit dir. Wir sehen uns morgen Nachmittag. Ich nehme mir immer den Dienstagvormittag frei.«

»Wer wird mich weiter einweisen, wenn du dein Workout machst?«

»Ich habe dir eine Mail geschrieben mit Aufgaben, die du bis morgen Mittag erledigen sollst. Somit bist du beschäftigt, bis ich wiederkomme.« Als sie geht, kann ich mir einen kleinen Seitenhieb nicht verkneifen, auch wenn ich gesagt habe, dass ich sie nicht mehr anflirten möchte.

»Und keine Angst, damit du nichts verpasst, werde ich mein Training für dich auf Video aufnehmen. So hast du etwas für einsame Nächte, wenn du dich nach etwas Starkem sehnst.« Anstatt einer bissigen Antwort ernte ich ein breites Lächeln, das ihre strahlend weißen Zähne zum Vorschein bringt.

»Vielleicht war meine Bedingung völliger Blödsinn«, flüstert sie, ehe sie sich zum Gehen umwendet.

»Wie meinst du das?« Bevor sie durch die Tür verschwindet, dreht sie sich um und sagt: »Weil ich diese Sprüche fast vermisst habe.«

Nachdem Addison gegangen ist, sehe ich noch mal die Liste potenzieller Neukunden durch. Es sind einige bekannte Namen dabei, mit denen ich gerne zusammenarbeiten möchte, aber mein Terminplan ist jetzt schon voll. Also sortiere ich für Serena die Interessenten aus, denen sie aufgrund von Zeitmangel eine Absage schreiben soll. Wenn ich einen Termin nicht wahrnehmen kann, verweise ich Kunden in der Regel an meinen fähigen Kollegen Elian Sufford, der seinen Kundenstock erweitern möchte.

Ich hole mir noch einen Kaffee, setze mich an meinen Schreibtisch und öffne das Programm, um eine Videokonferenz zu starten.

Während ich noch einen Schluck nehme, stelle ich fest, dass Addisons erster Tag bei mir ohne Katastrophen geendet hat. Wir haben uns nicht zerfleischt, und sie hat mir nicht in die Eier getreten, was als guter Start zu verbuchen ist. So schön es ist, professionell mit ihr zu arbeiten, muss ich selbst zugeben, dass auch ich den Wortaustausch zwischen uns vermisst habe. Es fühlt sich irgendwie falsch an, nicht zu diskutieren, was aber völliger Blödsinn ist. Oder? Ich fahre mir erschöpft mit der Hand übers Gesicht, weil ich plötzlich ganz müde werde.

Ich trinke meinen Kaffee in einem Schluck aus, strecke mich, ehe ich mich wieder auf den Laptop vor mir konzentriere. Die Gedanken an Addison sind falsch. Wir haben uns darauf geeinigt, einen professionellen Umgang zu pflegen, und genau das werden wir tun, auch wenn es mir schwerfällt.

Es ist bereits Mitternacht, als ich völlig erschöpft zu Hause ankomme. Ich springe unter die Dusche, ziehe mir eine Boxershorts an und setze mich seit Jahren wieder einmal vor den Fernseher. Ich habe ihn seit Monaten nicht mehr in Betrieb gehabt. Als ich ihn einschalte, erscheint ein Symbol, das »kein Signal« anzeigt. Ich versuche ein paar Tastenkombinationen, aber es klappt nicht. Frustriert, weil ich es nicht schaffe, dieses Mistding zum Laufen zu bringen, werfe ich die Fernbedienung auf den Couchtisch und stehe auf.

Ich fahre mir durchs nasse Haar und will schon ins Schlafzimmer, da erklingt der Benachrichtigungston meines Handys und kündigt eine neue Nachricht an. Mit Überraschung stelle ich fest, dass es Addison ist.

Wir haben durch ihre Einstellung die Nummern ausgetauscht, damit wir uns im Notfall erreichen können, doch dass sie sich um diese Uhrzeit bei mir meldet, wundert mich etwas. Ich stelle mich zum Balkonfenster und sehe zu ihr rüber, und tatsächlich: Sie steht im Pyjama am Balkonfenster und deutet auf ihr Handy. Ich öffne die Nachricht.

Addison: Damit du Zugriff auf die Online-Programme bekommen kannst, musst du deinen Fernseher mit dem WLAN verbinden.
Drake: Spionierst du mir nach, Addison?
Addison: Das hättest du wohl gern. Ich wollte meine Jalousien runterlassen, da habe ich deine Frustration bis hierher gespürt und wollte als gute Nachbarin und Kollegin nur helfen.

Drake: Ich weiß deine Hilfe zu schätzen, aber wie soll ich das mit dem WLAN anstellen? Ich bin, was Fernseher anbelangt, nicht gerade der Profi.

Addison: Wenn du möchtest, kann ich morgen früh vorbeikommen, bevor ich ins Büro fahre und es dir einstellen.

Drake: Das müssen wir auf ein anderes Mal verschieben. Habe morgen einen Termin, wie du weißt, und kann es nicht verschieben.

Addison: Du machst es einer von Natur aus neugierigen Person nicht gerade einfach mit deinen geheimen Terminen.

Drake: Das macht es umso interessanter. Ich muss ja mysteriös bleiben. Immerhin geht es um meinen Ruf.

Addison: Wo du recht hast, hast du recht. Gute Nacht, Mr Mystery.

Drake: Nacht, Prinze… Kollegin ;)

Kapitel 17

Mood Song: The Chainsmokers feat. Kelsea Ballerini –
This Feeling

Die Musik von Queen verwöhnt meine Ohren, als ich mit der U-Bahn zum Büro fahre und durch Drakes Termine scrolle. Das neue Firmen-iPad ist nicht gerade das neueste Modell, und aufgrund eines kleinen Kratzers hinten am Gehäuse glaube ich sogar, dass es ein gebrauchtes ist, was mich etwas verwundert. Ich habe angenommen, dass ein erfolgreicher CEO wie Drake Wert darauf legt, dass die Technik im Büro ständig auf dem neuesten Stand ist.

Generell habe ich festgestellt, dass Drake in einigen Bereichen sehr aufs Sparen bedacht ist. Er besitzt, wie ich von Serena erfahren habe, nur ein Auto. Ich kenne erfolgreiche Fotografen, die besitzen mehrere, aber es könnte natürlich auch sein, dass er seinen Oldtimer so sehr liebt, dass kein Raum für weitere Autos ist. Dann hat das Büro kein Putzpersonal für die Räume, sondern nur für die Toiletten. Um die Sauberkeit kümmern sich Drake und Serena abwechselnd. Dann ist da noch der Umstand, dass alle Hotels, in denen wir nächtigen werden, eher Mittelklassehotels sind, und wir fliegen Economy-Class statt Business-Class.

Ich bin sicher keine Frau, die auf puren Luxus abfährt, und

ich habe auch keinen Vergleich, weil ich nur einen Eventmanager kenne, aber es ist mir aufgefallen. Es macht ihn sogar noch sympathischer, dass er anscheinend nicht vergessen hat, woher er kommt, auch wenn er jetzt viel Geld verdient. Ich habe O'Hara Events gegoogelt, bevor ich bei Drake angefangen habe, und bei meinen Recherchen auch festgestellt, dass Kunden, die sein Unternehmen bewertet haben, öfter erwähnen, dass die Preise für die Eventplanung höher sind als bei Mitbewerbern.

Das sind alles Punkte, die für mich Fragen aufwerfen. Wenn ich besser eingearbeitet bin und Drake und ich gut miteinander eingespielt sind, möchte ich ihn fragen, was es damit auf sich hat, dass er bei jeder Gelegenheit Geld sparen möchte. Aber bis dahin haben wir noch einiges zu tun. Vielleicht ist Drake einer der teuersten Eventmanager, aber das heißt nicht, dass das die Kunden abschreckt. Täglich flattern neue Aufträge ins Mailpostfach, die Serena kaum bewältigen kann.

Viele Kunden werden auf Elian verwiesen, weil wir die Menge nicht bewältigen können. Allein heute Nachmittag hat Drake vier Videokonferenzen und einiges an organisatorischem Kram zu erledigen. Er muss sich besonders um die Sicherheit kümmern, die Notausgänge und auch um die Anzahl der Wachmänner auf Events. Das ist nur ein kleiner Teil der Aufgaben, die er heute auf dem Plan hat. Wenn wir ein größe-res Team hätten, könnten wir mehr bewerkstelligen. Drake hat zwar gesagt, er suche weiter nach Personal, aber bei diesem Ar-beitspensum muss er bis tief in die Nacht arbeiten.

Ich schreibe mir eine Notiz für nächste Woche, dass ich Drake anbiete, mich um die Organisation eines neuen Teams zu kümmern, sodass er nur die Bewerbungsgespräche führen muss. Da ich in zwei Stationen aussteigen muss, lege ich das Tablet in meine Tasche, schnappe mir mein Handy und genieße die Musik meiner Lieblingsband über meinen iPod. Ich poste ein Selfie in meinen Stories und teile einen Beitrag von meiner Modelagentur. Als ich *Somebody to Love* von Queen höre, kommt mir wieder Drake in den Sinn, auch wenn ich mich beim Scrollen durch Social Media entspannen wollte, ehe ich mich in die Arbeit stürze. Mich würde interessieren, welchen Termin er jeden Dienstag hat, über den er nichts verrät. Die Zeit von acht bis zehn Uhr dreißig ist zwar in seinem Kalender verplant, aber der Termin ist nicht benannt. Aber wer bin ich schon, dass ich ihm da auf den Zahn fühle. Ich bin ein Mensch, der sagt, was er denkt und eher offen ist, aber Drake ist nun mein Boss, und ich werde es respektieren, wenn er möchte, dass sein Dienstagstermin vertraulich bleibt.

Ich steige aus der überfüllten U-Bahn aus und mache mich auf den Weg ins Büro, wo eine gut gelaunte Serena auf mich wartet. »Guten Morgen«, zwitschert sie fröhlich und lächelt mich an.

»Also die Schwangerschaft lässt dich ja förmlich glühen.«

»Das stimmt, und ich befinde mich ja auch mitten in der Hochzeitsplanung.«

»Das habe ich ganz vergessen. Wann ist es denn so weit?«

»Im Oktober. Wir wollten immer schon eine Herbsthochzeit im Freien.« Kurz spüre ich Wehmut, weil auch ich eine Herbsthochzeit mit Vaughn im Sinn hatte.

»Das klingt romantisch.«

»Du wirst es dann erleben, denn du bist selbstverständlich eingeladen.«

»Danke schön. Ich kanns kaum erwarten. Du bist dann diese Frau in Weiß, die alle warten lässt, oder?«

»Du hast es erfasst, meine Liebe.« Mit dem Lächeln auf den Lippen blickt sie kurz an mir vorbei und hebt die Brauen, ehe sie sich wieder mir zuwendet. »Na, wen haben wir denn da?«, flüstert sie neugierig und deutet auf den Büroeingang. Ich drehe mich um und entdecke Zayn am Eingang. »Hey. Was machst du denn hier?«, frage ich und gehe auf meinen Freund zu.

»Ich wollte mich versichern, dass du hier auch gut aufgehoben bist. Bei deinem Nachbarn weiß man es ja nie so genau. Er ist ja fast wie eine Kopie von mir, nicht dass er dich in seinen Harem verschleppt hat.«

»Reizende Vorstellung, aber im Gegensatz zu dir hat er ein ehrbares Unternehmen gegründet.«

»Das sehe ich.« Er dreht sich um seine eigene Achse, ehe er mich wieder ansieht.

»Na ja. Der Mann hat wohl ein Faible für Schwarz und Weiß, oder?« Über diese Aussage muss ich lachen, denn er hat es gut erfasst. »Das ist mir auch aufgefallen, aber nun bin ja ich da und werde heimlich etwas Farbe hierher schmuggeln.«

»Viel Glück dabei«, sagt Serena und kommt auf uns zu. »Als ich es versucht habe, hat er mir Änderungen bei der Bürogestaltung strikt verboten.«

»Ich habe da ein paar Asse im Ärmel«, sage ich, ehe ich Zayn meiner Kollegin vorstelle.

»Es ist mir ein Vergnügen«, raunt Zayn, greift nach ihrer Hand und küsst Serena den Handrücken. Sie liebt Brody, trägt sein Baby unter dem Herzen, aber trotzdem bildet sich ein Hauch von Röte auf ihren Wangen, als mein Freund seinen Charme spielen lässt. Das ist etwas, was Zayn perfekt beherrscht. Die Kunst, die Frauen nervös zu machen, ohne dass sie etwas dagegen tun können.

»Möchtest du dich setzen?«, frage ich, nachdem Serena wieder an ihren Tisch zurückgegangen ist.

»Eigentlich habe ich keine Zeit, sondern muss zu einem Bewerbungsgespräch.«

»Stellst du jemanden ein?«

»Nein, ich bin der, der sich bewirbt.« Ich habe gewusst, dass er bei einem Immobilienmakler im Büro gearbeitet hat, aber anscheinend hat er es dort auch nicht lange ausgehalten.

»War der alte Job nicht gut genug?«

»Ich habe dort nicht hingepasst.«

»Und als was bewirbst du dich?«

»Assistenz des CEOs von Urban Brands.«

»Wow, das klingt gut. Ich mag das Label und wünsche dir viel Glück.« Ich bin sogar Teil der Runway-Models für diese Modemarke gewesen, aber das kann ich erst später erwähnen.

»Danke, das kann ich gebrauchen. Ach, und hier.« Er geht zum Empfangstresen und reicht mir eine Papiertüte mit dem Starbucks-Logo. »Zum Start im neuen Job habe ich mir gedacht, ich bringe dir einen Kaffee und einen Schokocookie.« Gerührt, dass er an mich gedacht hat, greife ich danach und lächle ihn dankbar an.

»Das ist ja lieb von dir. Danke, Zayn.« Ich stelle mich auf die Zehenspitzen und hauche ihm einen Kuss auf die Wange. Genau in dem Moment wird die Tür geöffnet und Drake schneit ins Büro. Er wirkt genervt und hält inne, als er Zayn und mich entdeckt. Von dort aus, wo er steht, sieht unsere Berührung ziemlich innig und vertraut aus, also weiche ich einen Schritt zurück, da ich keinen Ärger in der ersten Arbeitswoche haben möchte. Die beiden Männer begrüßen sich und finden sofort ein Gesprächsthema, bei dem es sich offensichtlich um die Verwandten von Zayn handelt. Da fällt mir gerade auf, dass ich Zayns Eltern oder Geschwister gar nicht kenne.

»Ich will euch auch nicht von der Arbeit abhalten, sondern wollte nur meiner Süßen hier ein Frühstück bringen.« Er zwinkert mir zu, ehe er kurz mit dem Kinn auf Drake deutet. Er will ihn provozieren, aus welchem Grund auch immer.

»Danke dir noch mal dafür. Wir sehen uns dann morgen Abend.«

»Okay, du sorgst dafür, dass etwas Herrliches in meinen Magen kommt, ja?«

»Natürlich. Ich kann euch arme Jungs ja nicht verhungern lassen.«

»Ich bringe den Wein mit.«

»Ist gut. Bye.« Serena sieht meinem Freund verträumt hinterher, während Drake schnurstracks in sein Büro geht und die Tür zuknallt.

»Was macht der denn hier?«, fragt nun Serena eher sich selbst als mich.

»Ich habe keine Ahnung, aber ich habe das Gefühl, es ist etwas vorgefallen.« Sie sieht mich eindringlich an, ehe sie sich an ihren Tisch setzt. »Heute ist Vorsicht angesagt, es sieht so aus, als wäre Tyrann Drake wieder zum Leben erwacht. Wäre auch zu schön gewesen, wenn er immer so zahm bleiben würde.« Das Klingeln des Telefons lässt sie ihr Headset anlegen. Während sie den Anruf entgegennimmt, blicke ich zu Drakes geschlossener Tür und frage mich wieder einmal, was diesem Mann wohl gerade durch den Kopf geht.

In der E-Mail, die Drake mir gestern angekündigt hat, finde ich einige Aufgaben, die ich für heute erledigen muss. In den nächsten Stunden gehe ich diese Schritt für Schritt durch und hake sie ab. Die Zeit vergeht ziemlich schnell, und plötzlich ist es nach Mittag. Serena ist mit Brody essen gegangen und kommt heute nicht mehr ins Büro, weil sie einen Arzttermin hat. Ich habe mir einen griechischen Salat von zu Hause mitgenommen und will schon meine Tupperdose aufmachen, als ich merke, dass Drake selbst nichts bestellt hat und auch keinen Kaffee getrunken hat, obwohl Serena erwähnt hat, dass er morgens drei Espressos trinkt.

Ich gehe an seine Tür, lausche vorsichtig, ob er wohl gerade telefoniert und klopfe an. »Ja«, höre ich ihn sagen und öffne die

Tür. Er sitzt an seinem Schreibtisch, die Ärmel seines schnee-weißen Hemdes hochgekrempelt. Und der Kontrast der hellen Farbe mit seiner karamellfarbenen Haut ist unglaublich. Seine türkisblaue Augen scheinen beinahe zu leuchten.

»Kann ich dir helfen?«, fragt er freundlich. Nichts ist mehr von dem mürrischen Boss von heute Morgen übrig.

»Ich habe gemerkt, dass du dir nichts zu essen bestellt hast.«

»Ist es denn so spät?«

»Es ist sogar weit nach Mittag. Auf was hast du denn Lust, dann kann ich es dir schnell besorgen.«

»Iss du etwas, ich kann auch später zum Italiener um die Ecke gehen.«

»Ich habe in der Pause gerne Gesellschaft und dachte, dass wir gemeinsam etwas essen könnten.« Er klappt den Laptop vor sich zu und steht auf. »Ich könnte einen Tapetenwechsel vertragen, lass uns beide zum Italiener gehen.«

»Aber dann sind wir nicht pünktlich zurück und überziehen die Mittagspause.« Drakes Mundwinkel wandern nach oben. »Hast du ein Glück, dass ich den Boss gut kenne und deshalb weiß, dass es kein Problem sein wird.«

Als wir im Restaurant unsere Bestellung aufgeben und die Kellnerin wieder geht, spreche ich ihn auf heute Morgen an. »Geht es dir gut? Du warst heute ziemlich mies gelaunt.« Da wir nun miteinander arbeiten, finde ich wichtig, dass wir eine neutrale Art von Freundschaft aufbauen, wenn wir die nächs-ten Wochen jeden Tag miteinander verbringen werden.

»Heute früh hätte ich einem Mann fast die Nase gebrochen, und das mit voller Absicht.«

»Okay. Mancher würde sogar so einen Denkzettel verdie-nen, aber um was ist es in diesem Streit gegangen?«

»Um meine Jungs«, seufzt er und sieht kurz in die Ferne, ehe er meinen verwirrten Gesichtsausdruck erblickt.

»Deine Jungs? Hast du Kinder?«, frage ich nun, da seine Worte sonst keinen Sinn für mich ergeben.

»Nein, das sind nicht meine Kinder, sondern die, die dich jeden Dienstagmorgen trainiere. Ich habe in meiner Jugend und Collegezeit Football gespielt, wäre fast in ein Team aufgenommen worden, wenn ich mir nicht eine Knieverletzung zugezogen hätte.«

»Wow. Ich meine, du hast die Statur eines Footballspielers, aber ich kann mir dich schwer auf dem Feld vorstellen.«

»Ich war gut. Der Sport hat mich geformt und zu einem selbstbewussten Mann heranwachsen lassen, dasselbe will ich nun für die Jungs tun.« Ich bin tief gerührt über sein Engagement, das er für seine Schützlinge an den Tag legt.

»Aber wem hättest du dann eine reinhauen wollen?«

»Dem Idioten von Sportlehrer an der Hell's Kitchen Junior High. Ich bin ihm ein Dorn im Auge, und er versucht von Anfang an mich rausschmeißen zu lassen, weil er sich durch mich untergraben fühlt. Keine Ahnung, was er für ein Problem hat, aber als er heute einen meiner Jungs angeschrien hat, weil der mich verteidigen wollte, ist bei mir eine Sicherung durchgebrannt.«

»Das ist doch gut. Ich meine, das zeigt doch, dass dir etwas an den Jungs liegt.«

»Das schon, aber ich bin kein Mensch, der zu Gewalt neigt.«

»Das bin ich auch nicht, aber wenn es um meine Freunde oder Familie geht, dann kann ich für nichts garantieren.«

»Nein, du verstehst das nicht. Ich komme aus einem gewalttätigen Elternhaus, und ich habe mir geschworen, nie Gewalt gegenüber einem anderen Menschen anzuwenden. Und als ich den Lehrer heute am Kragen gepackt und ihn gegen die Mauer an der Turnhalle gedrückt habe, habe ich mein Spiegelbild in seinen Augen gesehen, und das hat mich fertiggemacht, Addison.« Drakes Ehrlichkeit und der Drang, mit mir darüber zu sprechen, freut mich ungemein, weil ich endlich das Gefühl habe, dass er mir vertraut und mehr in mir sieht als die Prinzessin, als die er mich immer bezeichnet hat.

»Hast du ihn geschlagen?«, fühle ich ihm vorsichtig auf den Zahn. Drake und ich kennen uns nur ein paar Monate, aber ich halte ihn nicht für einen Schlägertypen.

»Nein.«

»Dann hast du auch keine Gewalt angewendet.« Die Wut ist noch immer in seinen Zügen zu erkennen, klärt sich aber, als er über meine Worte nachdenkt.

»Du hast diesem Mann gedroht, weil du einen Schüler in Schutz nehmen wolltest, aber du hast ihm nicht körperlich geschadet.«

»Trotzdem«, flüstert er schließlich und trinkt einen Schluck von seinem Mineralwasser. Er sieht an mir vorbei, als würde er in Gedanken noch mal alles von vorne erleben.

»Jeder Mensch macht mal etwas, was er sich selbst verboten hat. Aber man muss einsehen, dass nur der kurze Moment der Schwäche dich nicht definiert. Nun weißt du, dass du das nächste Mal eher zu Worten als zu Taten greifst.«

»Ich hoffe es, denn ich habe mich selbst gar nicht erkannt.«

»Manchmal muss man sich eben verlieren, um herauszufinden, wer man wirklich ist.«

Drake nickt nachdenklich, ehe er mich anlächelt. »Du bist eine ganz schön weise Frau, Addison Grant. Du überraschst mich immer wieder.«

»Du mich aber auch, Coach«, erwidere ich ehrlich. Die Aussage, dass Drake in einem gewalttätigen Umfeld aufgewachsen ist, versuche ich zu verdrängen, da ich sonst Fragen stellen würde, die er nicht beantworten will. Ich will das Thema wechseln, als plötzlich mein Handy klingelt. Es ist *7 Rings* von

Ariana Grande, also schalte ich es stumm, ehe ich die Kellnerin freundlich ansehe, die gerade meine Lasagne vor mir abstellt. Der herrliche Duft lässt mir das Wasser im Mund zusammenlaufen.

»Wieso hast du den Anruf weggedrückt? Es hätte mir nichts ausgemacht, wenn du abhebst. Du hast immerhin Pause.«

»Das ist nett von dir, aber es ist Zayn, und da ich mir vorstellen kann, worum es geht, werde ich ihn später zurückrufen.«

»Woher wusstest du, dass er anruft?«

»Weil das sein Rufton ist, den ich eingestellt habe.«

»Du hast einen personalisierten Klingelton für deine Kontakte?«

»Ja, für Familie und Freunde. Ich hatte es satt, immer auf mein Display sehen zu müssen, während ich koche, also habe ich jedem einen bestimmten Klingelton zugewiesen, so weiß ich gleich, wer anruft.«

»Das ist ja eine tolle Idee, auf die ich nie gekommen wäre. Welchen hast du Daniel zugewiesen?«

»*Young, Dumb & Broke* von Khalid. Es erinnert mich an unsere Teenagerzeiten.«

»Grace?«, fragt er noch neugieriger.

»*Killer Queen* von Queen.«

»Und welchen Ton hast du mir zugewiesen?« Ich beiße mir auf die Unterlippe und hoffe mal, dass mein Lippenstift keine Farbe an meinen Zähnen hinterlässt, aber es ist mir ein wenig unangenehm, Drake seinen Klingelton zu verraten.

»*Bad Guy* von Billie Eilish.«

Kapitel 18

Mood Song: Ed Sheeran feat. Justin Bieber – I don't care

»Bad Guy, hmm …?«, fragt Drake und reibt sich mit der Hand übers glatte Kinn. Er scheint mit meiner Auswahl nicht so ganz einverstanden zu sein, aber ich finde, es passt ganz gut zu ihm.

»Ich habe erwartet, dass du mir was wie *Hot as Hell* von Juicy J zugewiesen hast. Es würde perfekt zu meiner Ausstrahlung passen.« Er lacht laut auf. Ich habe tatsächlich mit diesem Song geliebäugelt, mich aber dann doch dagegen entschieden, weil ich sein Ego nicht noch weiter in die Höhe befördern möchte.

»Träum weiter«, sage ich, erwidere aber sein breites Grinsen. Wer hätte gedacht, dass Drake und ich uns einmal beim Essen unterhalten würden, ohne einander an die Gurgel zu gehen. Seit ich angefangen habe bei ihm zu arbeiten, sehe ich ihn und auch sein Unternehmen mit anderen Augen. Er ist noch immer der arrogante Macho, der glaubt, er könne jede haben, aber als Mensch und Geschäftsmann habe ich großen Respekt vor ihm. Nur die Tatsache, dass er so viel arbeitet, bereitet mir Kopfzerbrechen. Es wirkt auf mich, als würde ihn etwas antreiben, etwas, was wichtiger ist als seine Gesundheit. Aber ich könnte mich auch täuschen, vielleicht macht es ihm ja auch Spaß, auch wenn ich mir so ein Leben ziemlich einsam vorstelle. Aber es geht mich ja nichts an. Er ist der Boss. Ich bin nur die neue Angestellte, die noch von gar nichts eine Ahnung hat.

»Du machst dich gut, Addison. Ich erkenne ein Talent, wenn ich es sehe«, meint er aufrichtig und sieht mich eindringlich an. Hier ist kein Raum für Scherze oder Neckereien, das sagt mir sein Gesichtsausdruck. Er meint es ernst, und das macht mich ein wenig stolz. Ich habe eher gedacht, dass mir das Einarbeiten schwerfallen würde, aber es geht mir leichter von der Hand als geahnt.

»Dabei ist das erst mein zweiter Arbeitstag.«

»Ja, aber sieh mal, was du in zwei Tagen alles geschafft hast. Die Liste von heute Vormittag bestand aus To-dos für die ganze Woche und hätte dich bis Freitag beschäftigen sollen. Dass du heute schon fertig bist, ist beeindruckend.«

»Du hast aber gesagt, dass sie heute abgearbeitet werden soll.« Dieser miese, fiese Kerl! Ich habe mich echt abgerackert, um alles heute noch zu schaffen. Mein Ohr war schon ganz rot vor lauter Telefonaten, die ich führen musste.

»Ich habe dich ein wenig angeschwindelt.«

»Sag ich's doch! Bad Guy.« Die Kellnerin serviert das Essen, das herrlich duftet.

»Wo du recht hast, hast du recht«, antwortet er in einem neckischen Ton und fällt über sein Mittagessen her, sobald die Kellnerin wieder verschwunden ist. Ich tue es ihm gleich. Wenigstens in dieser Hinsicht harmonieren wir. Der Nachmittag läuft sowohl bei Drake als auch bei mir viel entspannter ab. Ich habe Caterer in Dubai kontaktiert und mir Kostenvoranschläge schicken lassen, die ich mit Drake besprechen werde, sobald wir einen Plan haben, in welche Richtung die Party gehen soll. Auch für London habe ich die Bestätigung des Termins von Sams Management bekommen, sodass wir diesen nur noch einhalten müssen.

Kurz vor Feierabend lege ich die Akte für die großen Events zurecht, sortiere die kleineren Akten, die Serena bearbeitet, und räume meinen Tisch auf, damit alles für morgen geordnet ist.

Ich schnappe mir meine Tasche und gehe zu Drakes Büro, um mich zu verabschieden, als er plötzlich die Stimme erhebt. »So kann das doch nicht weitergehen! Du bist keine zwanzig mehr!«, höre ich ihn ins Telefon knurren und halte inne. Er lauscht, ehe er antwortet und nun noch lauter wird. »Es ist mir egal, dass es dir Spaß macht, aber du kannst deine Gesundheit nicht aufs Spiel setzen. Du musst doch nicht arbeiten gehen. Ich habe genug Geld für dich, mich, ja sogar für Brody und Serena.«

»Aber …« Sein Oberkörper sackt erschöpft nach vorne, und es sieht aus, als hätte sein Gesprächspartner die Diskussion gewonnen.

»Na schön. Ich werde deinen Wunsch respektieren, aber ich will den Arztbericht am Sonntag sehen, okay Mom?«

»Ich dich auch. Bye.« Er knallt den Hörer auf die Station und nimmt einen langen und lauten Atemzug. Er murmelt etwas, das sich irgendwie wie »Frauen« anhört und sieht auf. »Hey, entschuldige, ich wollte dich nicht belauschen, sondern mich nur verabschieden.«

»Schon gut. So laut wie ich war, hättest du es von deinem Platz aus auch hören können. Gute Nacht, bis morgen.«

»Alles in Ordnung?«

»Klar, nur ein bisschen Ärger mit meiner Mutter. Irgendwie scheinen wir die Rollen vertauscht zu haben. Inzwischen bin ich der Erziehungsberechtigte und sie der Rebell, der nicht hören will.«

»Bis morgen.« Ich wende mich lächelnd zum Gehen, aber dann stoppe ich und drehe mich noch einmal zu Drake um. Er hat heute wie immer nicht wirklich viel getrunken und nur eine

Mahlzeit zu sich genommen. Wenn er wie gestern spät nachts noch arbeitet, geht er daran kaputt. »Sag mal Drake, hast du Lust, mit zu mir zu kommen? Wir machen heute einen Video-Abend, und du hast definitiv etwas verpasst, wenn du dir Paceys Transformation zum Hulk entgehen lässt. Die ist beinahe besser als der tatsächliche Avengers-Film.«

»Das klingt gut, aber ich muss wirklich noch einiges erledigen, bevor wir am Freitag nach Dubai fliegen.«

»Okay, aber wenn du es dir anders überlegen solltest, würde ich mich sehr freuen, wenn du kommst«, sage ich aufrichtig. Ich würde mich besser fühlen, wenn er unter der Woche mehr als nur seine Wohnung oder das Büro sieht. Aber ich habe im Gefühl, dass er meine Einladung nicht annehmen wird.

Zum Abendessen mache ich gefüllte Champignons. Da ich bis siebzehn Uhr gearbeitet habe, muss es schnell gehen, und die anderen lieben das Essen sowieso. Aufgrund der Hitze trage ich heute einen kurzen Jumpsuit aus einem luftigen Stoff und habe meine Haare hochgesteckt. Taylor und Grace haben aufgeräumt und die Snacks und Getränke organisiert. Während sie sich umziehen, geht Dan duschen. Wir sehen uns heute *Avengers: Endgame* an, und weil ich Angst hatte, gespoilert zu werden, habe ich alle Fanseiten gemieden und meine Social-Media-Kanäle so eingestellt, dass nichts über die Avengers in meiner Timeline auftaucht. Ich bin wirklich aufgeregt!

Die Jungs kommen pünktlich um neunzehn Uhr und klingeln wie immer Sturm. »Ich habe euch gesagt, ihr sollt damit aufhören!«, zische ich, als ich die Tür aufreiße, doch anstatt zu antworten, beginnen Pacey, Luke, Ronan und Zayn *Love me tender* von Elvis Presley zu singen und führen eine richtige kleine Show vor mir auf, sodass ich ihnen wie so oft gar nicht böse sein kann. Ich packe Pacey lachend am Kragen und ziehe ihn in die Wohnung. »Ach, kommt rein, ihr Idioten«, kichere ich und lasse Pacey los.

»Hola Chica, wie hab ich dich vermisst, meine Traumfrau«, begrüßt mich Pacey und küsst mich auf die Wange. »Kannst du nicht einfach ›Hallo‹ sagen wie jeder andere normale Mensch?«, beschwere ich mich, auch wenn ich seine Art eigentlich mag.

»Normal wäre doch langweilig. Ich mag es frech und unvorhersehbar.«

»Na, das hast du mit Sicherheit geschafft.«

»Platz da, du Blutegel!« Zayn schubst Pacey von mir weg, um an mir zu schnuppern. »Das riecht so lecker. Ich will es. Sofort.«

»Ruhig Zayn, sonst musst du dich in die Ecke stellen, und wir essen ohne dich.«

»Sie ist so biestig. Ich mag das«, sagt Ronan, als er Hand in Hand mit Luke hereinkommt. In der anderen hat er eine Flasche. Ich will ihn gerade bitten, die Wohnungstür hinter sich zu schließen, da reicht er mir den edlen Tropfen und begrüßt mit Luke die anderen, die gerade die Treppe ins Wohnzimmer herunterkommen.

»Ich dachte, du bringst den Wein mit?«, frage ich Zayn.

»Ich wusste nicht, welchen ich nehmen soll, und da du nicht abgehoben hast und auch nicht zurückgerufen hast – vielen Dank …«, er verzieht beleidigt das Gesicht, »… habe ich die beiden gebeten, den Wein auszusuchen, und ich bezahle.«

»Ach, deshalb der Dreihundert-Dollar-Tropfen. Danke, Zayn. Das wäre wirklich nicht nötig gewesen«, schmunzle ich.

»Was? Ihr habt doch etwa nicht?«, fragt er panisch und sieht die beiden entgeistert an. Leider spielen sie nicht mit und prusten los. Alle lachen, und Zayn meint erleichtert: »Ihr habt mich echt erschreckt. Wer gibt denn so viel Geld für Wein aus?«

»Ich kenne niemanden, aber genug nun vom Wein«, meint Luke und sieht mich mit einem Grinsen an, das mich etwas nervös macht. »Wie läuft es denn bei Mr Hottie? Habt ihr es schon in der Besenkammer getrieben?«

»Nein!«, antworte ich empört.

»Auf dem Drucker?«, schaltet sich Pacey ein.

»Nein, natürlich gegen die Fensterfront gedrückt«, meint Zayn locker, als würde er über das Wetter reden.

»Leider nichts von all dem. Nicht dass ich es nicht bei ihr versucht hätte, aber sie ist so prüde«, erklingt plötzlich Drakes Stimme und erschreckt mich zu Tode.

»Oh. Hey«, murmle ich und fühle mich, als würde mein ganzer Körper vor Scham brennen. Ich muss aussehen wie eine Tomate und werde vor Verlegenheit sterben. Wer zum Teufel hat die Tür offen gelassen? »Schön, dass du da bist. Komm doch rein.« Ich versuche die peinliche Situation zu überspielen, indem ich mich energisch umdrehe und in die Küche flüchte, um nach dem Essen zu sehen, während die anderen Drake begrüßen. Natürlich muss er gerade dann ankommen, wenn mich die anderen wegen ihm aufziehen.

»Was ist mit dir los?«, kichert Grace hinter mir, und als ich mich umdrehe, fängt sie laut an zu lachen. »Herrje, so habe ich dich ja nicht mal auf dem College gesehen. Wie eine Jungfrau, der gerade zum ersten Mal schöne Augen gemacht wurden.«

»Halt die Klappe.«

»Keine Chance. Wieso ist er eigentlich hier?«, fragt sie, greift nach einem Streifen Paprika und knabbert daran. »Ich habe ihn eingeladen. Er arbeitet zu viel, hat eine Siebzig-Stunden-Woche, und am Wochenende geht es sicher so weiter. Außerdem hatte er einen schlimmen Tag, da wollte ich ihm eine Freude machen.«

»Und wie er sich freut, Süße. Ich sehe ja, wie er dich ansieht.«

»Ach. Wie denn?«

»Na, genauso wie du ihn anstarrst. Als könntest du es nicht erwarten, ihm die Kleider vom Leib zu reißen.«

»Du hast ja recht«, seufze ich. »Aber das war vor diesem Job.« Bevor ich mir selbst aufgezwungen habe, bei Drake nicht schwach zu werden.

»Was meinst du?«

»Ich bin noch nicht lange dort, aber es gefällt mir. Ich kann mir vorstellen, dort auf Dauer glücklich zu werden, aber ich werde sicher nichts mit meinem Boss anfangen.«

»Das ist tatsächlich ein Problem. Aber nichts, was wir nicht hinbekommen.«

»Sag mal, hast du mir denn zugehört?«

»Ja, das habe ich, meine Süße. Dein Mund sagt diese Worte, aber dein Herz meint etwas ganz anderes, und ich spüre auch, dass sich Drakes Gefühle geändert haben.«

»Nichts hat sich geändert. Ich kann mir nicht vorstellen, dass Drake scharf auf eine Freundin ist.«

»Ja und?«

»Du kennst mich. Ich will mehr als das, und Drake ist jemand, der Angst vor einer festen Bindung hat.«

»Sagt wer?«

»Ich und seine Sekretärin, seine Verflossenen, die Presse und so weiter.«

»Ein Mensch kann sich ändern.«

»Wir wissen beide, dass man einen Mann nicht ändern kann. Ich habe es bei Vaughn versucht und bin bitter enttäuscht worden.«

»Das heißt, du willst Drake nicht mehr.«

»Genau das will ich damit sagen!«

»Störe ich?«, fragt Drake und kommt mal wieder im ungünstigsten Moment dazu. Er hat sicher jedes Wort mitgehört, und ich möchte noch tiefer im Boden versinken also ohnehin schon. »Nein, hier ist heute überall Tag der offenen Tür. Nur zu.« Meine Worte triefen nur so vor Sarkasmus, und auch Grace schluckt, weil sie genau weiß, dass sie mich in meinem jetzigen Zustand nicht necken darf. »Ich geh dann mal«, murmelt sie und geht, sodass ich allein mit meinem Boss in unserer Küche stehe. »Kann ich dir bei irgendetwas helfen?«, fragt er und stellt einen wunderschönen Strauß Blumen auf die Küchentheke.

Hat er den vorhin schon in der Hand gehabt? Es ist mir gar nicht aufgefallen. »Nein danke. Ich muss nur noch die Champignons aus dem Ofen holen.« Gesagt, getan, ich schnappe mir ein Geschirrtuch, weil ich meinen Ofenhandschuh nicht finden kann, und lege es zusammen, sodass ich das Backblech mit dem Tuch rausholen kann. Aber weil mich seine Anwesenheit ganz nervös macht, rutscht es mir aus der Hand, kurz bevor ich das Backblech auf dem Cerankochfeld abstellen kann, und ich verbrenne mir den Zeigefinger.

Ich schreie laut auf und spreche Flüche aus, die niemand je zuvor von einer Frau gehört hat, doch Drake lässt sich nicht davon abschrecken. Er kommt auf mich zu und greift nach meinem Zeigefinger, den ich gerade angepustet habe.

»Lass mich mal sehen«, flüstert er zart, als hätte er Angst, ich würde explodieren, wenn er laut sprechen würde. Er inspiziert meinen Finger, aber ich sehe nicht mal hin, sondern blicke in sein attraktives Gesicht, das glatt rasierte, spitz zulaufende Kinn und diese faszinierenden Augen. Dieser Mann ist mit Abstand das Schönste, das mir je begegnet ist. Nicht nur wegen seines breiten Körperbaus oder seines knackigen Hinterns, sondern auch wegen seiner inneren Werte, die mir durch seine

Augen entgegenscheinen. Je besser ich ihn kennenlerne, desto überzeugter bin ich davon.

Das schmerzhafte Pochen ist immer noch da, aber als Drake den Kopf neigt und einen Kuss auf die verbrannte Stelle haucht, weiß ich nicht mal, welchen Tag wir heute haben. Seine Lippen verharren über der geröteten Haut, ehe er mich unter dichten Wimpern hervor ansieht.

»Besser?«, fragt er mit belegter Stimme, und ich merke, dass diese Situation auch an ihm nicht spurlos vorbeigeht. Ich nicke, meine aber eher das Gegenteil. Das mit ihm wird immer schlimmer.

Kapitel 19

Mood Song: Why don't we – Big Plans

Addisons Atmung geht schnell, sobald ich sie berühre. Eigentlich habe ich nicht geplant, ihren Finger zu küssen oder ihr generell nahe zu kommen, aber zu hören, dass sie mich nicht mehr will, hat meinen Stolz verletzt. Deshalb wollte ich mich selbst davon überzeugen, ob ihre Worte der Wahrheit entsprechen oder nicht. Ihre Reaktion auf den Kuss widerruft ihre Aussage, denn sie unterdrückt ein Seufzen, und auch ihr Puls rast, was ich unter meinen Fingerkuppen deutlich spüre.

Wir sehen uns lange an, und ich bin selbst von mir überrascht, wieso ich mich nicht einfach vorbeuge und sie küsse. Denn das ist es, was ich im Normalfall tun würde: meine Hand in ihren Haaren vergraben und ihren Mund erobern, bis sie nach Luft japst. Wir sind nicht im Büro, die anderen sind außer Hörweite. Ich könnte sie jetzt und hier verführen, mir das holen, wonach ich mich verzehre, seit ich sie das erste Mal gesehen habe, aber ich bewege mich kein Stück, sondern blicke nur in diese wunderschönen grünen Augen. Für mich ist die Welt schwarz und weiß, das gilt für jeden Bereich meines Lebens. Entweder ich mag etwas oder ich mag es nicht, aber seit ich Addison kenne, bin ich ständig mit mir selbst im Zwiespalt. Ich will diese Frau, das wollte ich schon von Anfang an. Aber zu diesem Gefühl gesellt sich ein weiteres. Eins, das mir sagt, dass es nicht gut gehen würde. Ich will ihr nicht wehtun, denn sie ist anders als alle vor ihr. Addison ist eine Frau für mehr. Ich bin jedoch nicht bereit, mehr als nur Sex zu geben. Und dass ich ihre Gefühle nicht verletzen will, ist ja nicht das Einzige. Da ist leider auch noch der Umstand, dass ich ihr Chef bin und sie ihren Job gut macht, obwohl sie noch nie im Eventbereich gearbeitet hat. Ich will sie als Mitarbeiterin nicht verlieren, und doch bin ich kurz davor, meine Lippen auf ihre zu pressen, wenn sie mich noch länger so ansieht, als wäre ich jemand, der ihr Herz verdient hätte.

Da ich den nächsten Schritt nicht wage, weicht sie als Erste zurück und entzieht mir ihre Hand. Sie dreht sich weg und lässt kaltes Wasser über ihre Hand laufen, um mir aus dem Weg zu gehen. Also lasse ich sie wieder allein, ohne ein weiteres Wort an sie zu richten. Durch meine Berührung habe ich mehr Schaden angerichtet als beabsichtigt. Verdammt, es verwirrt mich selbst, was da zwischen uns ist. Was zum Teufel ist nur mit mir los? Ich habe gedacht, dass ich mir im Klaren darüber bin, dass zwischen mir und Addy nichts laufen kann, und doch werde ich schwach, sobald ich sie berühre.

Daniel kommt auf mich zu und klopft mir auf die Schulter. »Wie läuft es in der Eventbranche?«, fragt er mich und reicht mir eine Flasche Bier, die ich dankbar annehme.

»Danke, gerade ist es noch ruhig, aber ab Freitag geht es los mit den großen Events.«

»Ich hoffe doch, dass du gut aufpasst, wenn du mit meiner Schwester durch die Welt jettest?«

»Natürlich, du kannst dich auf mich verlassen. Ich werde immer gut auf sie aufpassen und sie dir gesund und munter zurück nach Hause bringen.« Dan grinst mich verschmitzt an und raunt mir etwas zu.

»Ich habe eher gemeint, dass du gut auf *dich* aufpassen sollst, denn es ist nicht einfach mit meiner Schwester.«

»Ach, da mache ich mir keine Sorgen.« Ich werde mit Addison Grant schon fertig. Das hoffe ich zumindest.

»Na schön, aber sag nicht, ich hätte dich nicht gewarnt.« Gerade in diesem Moment kommt Addison mit einem großen Teller voll Essen ins Wohnzimmer, stellt es auf dem Couchtisch ab und setzt sich auf die Couch, ohne mich eines Blickes zu würdigen. Sie leert das Weinglas, das Zayn ihr gereicht hat, in einem Zug. Für die anderen macht es vielleicht den Eindruck, dass sie nur durstig ist, aber ich befürchte, dass sie es mir übel nimmt, dass ich sie nicht geküsst habe oder ihr generell auf die Pelle gerückt bin. Inzwischen machen sich alle über das Essen her und stöhnen, seufzen und loben Addys Kochkünste.

»Ich werde dich eines Tages heiraten, Addison Grant«, murmelt Pacey mit vollem Mund, doch meine neue Mitarbeiterin schlägt ihm mit der Faust auf die Schulter. »Mit vollem Mund spricht man nicht, Spinner. Du könntest doch gar nicht mit mir umgehen, mein Schatz.«

»Ach was. Ich würde dich und deinen Körper anbeten«, sagt er, und obwohl ich weiß, dass es scherzend gemeint ist, geht es mir aber gegen den Strich, dass er sie so schamlos anbaggert. Bin ich etwa auch so? Habe ich auch so unverschämte Äußerungen von mir gegeben? Ob nun scherzhaft oder nicht. Addison ist mehr als ihr heißer Körper. Sie ist eine der klügsten Frauen, die ich bis jetzt kennengelernt habe.

»Darf ich?«, frage ich und deute auf die gefüllten Champignons. »Klar, aber pass auf, dass du dir nicht die Finger verbrennst«, sagt Addy in schneidendem Ton.

»Ich werde es versuchen.« Als ich abbeiße, ist es wie eine Geschmacksexplosion auf meiner Zunge. Weiches Gemüse, leckere Käsefüllung und die Harmonie der Gewürze ist der

Wahnsinn. »Und?«, fragt mich Addisons beste Freundin Grace. Während ich noch kaue, versuche ich die Worte zu finden. »Es ist unglaublich lecker und cremig. Ich habe noch nie etwas Vergleichbares gegessen.«

»Ja, unsere Addy ist schon eine Koryphäe in der Küche«, stimmt Daniel mit ein und nimmt noch einen Happen.

»Du bist echt eine Frau zum Heiraten, Addison«, murmelt Pacey eher zu sich selbst, doch wir haben es alle gehört. Wieder ist da dieser merkwürdige Drang in mir, Pacey ins Gesicht zu schlagen. »Denk nicht mal dran, Alter, sonst wirst du die Champignons künftig nur noch von unten sehen, klar?« Es ist Daniel, der ausspricht, was ich denke, was ihn in meinen Augen noch sympathischer macht.

»Schon gut, schon gut. Ich wollte doch nur sagen, dass das Abendessen wieder einmal grandios ist.«

Ich nehme noch einen Bissen und lasse ihn mir wahrhaftig auf der Zunge zergehen. »Unglaublich. Du bist einfach so talentiert: eine großartige Köchin, eine gute Mitarbeiterin und ein aufstrebendes Model. Echt bewundernswert«, versuche ich die Situation zu retten. Doch Addy erstarrt plötzlich. Sie sieht zuerst panisch in meine Richtung und dann nacheinander zu Pacey, Zayn, Luke und Ronan.

»Model?«, fragt Zayn ungläubig, während Luke nur eine wegwerfende Geste macht. Es sieht so aus, als hätten Ronan und er es schon gewusst. Paceys Mund bleibt offen stehen, und auch er sieht entgeistert zu seiner Freundin. »Ähm … es stimmt. Ich bin seit ein paar Jahren bei einer Modelagentur unter Vertrag und arbeite unter dem Pseudonym A. Cameron.«

»Seit Jahren? Wieso wissen wir nichts davon?«

»Es ist anfangs nur ein Hobby gewesen. Aber mit der Zeit bin ich immer öfter gebucht worden, und so hat es sich zu einem Zweitjob entwickelt.«

»Wow.« Zayn und Pacey sehen überrascht aus.

»Ich wollte es euch sagen, aber es hat sich nie der richtige Moment ergeben.«

»Und ich muss alles ausplaudern«, murmle ich und sehe Addy entschuldigend an.

»Nein, ich bin schuld. Ich hätte es euch von Anfang an sagen sollen, aber nicht alle haben bis jetzt positiv darauf reagiert, deshalb bin ich vorsichtig geworden«, verteidigt sie sich.

»Schon okay«, sagt Pacey schließlich und grinst sie spitzbübisch an. »Wir verzeihen dir, wenn du uns deine heißen Modelfreundinnen vorstellst.« Zayn nickt zustimmend, doch Addy ist noch immer ein Nervenbündel, nur versteckt sie es gut.

»Wenn ihr artig seid, vielleicht.« Sie geben sich ein High Five, ehe sie sich wieder ihrer Freundin zuwenden. »Ich denke, ich spreche für uns beide, wenn ich dir sage, dass ich sehr stolz auf dich bin«, sagt Pacey.

»Auf jeden Fall. Ich wette, du hast es echt drauf«, bestärkt Zayn.

»Danke«, haucht sie ergriffen und nimmt beide in eine Gruppenumarmung.

»So, da es nun endlich alle wissen, sollten wir auf meine kleine Schwester anstoßen.« Gesagt, getan. Dan holt eine Flasche Sekt aus der Küche, und nachdem wir angestoßen haben, nehmen ein paar auf der Couch und die anderen auf dem Boden Platz. Danach ist die Stimmung unter allen locker, aber Addison isst und trinkt nichts mehr. Ich setze mich neben Addison auf die Couch, weil ich mit ihr über den Vorfall in der Küche sprechen möchte, aber sie rutscht so weit weg von mir, dass sie fast auf Paceys Schoß sitzt, der sie aber diesmal in Ruhe lässt. Ich glaube, dass die Flirtereien zwischen den beiden wirklich nur scherzhaft gemeint sind. Vom Film bekomme ich wenig mit, dafür ist Paceys anschließende Transformation zum Hulk so lustig, dass Lachtränen über mein Gesicht kullern.

Es ist schon eine witzige Truppe hier. Obwohl alle so verschieden sind, harmonieren sie doch sehr gut miteinander. Da ich keine Freunde habe, ist es für mich interessant, diese Clique zu beobachten. Daniel wirkt auf mich wie der Beschützer, Addison ist diejenige, die alle mit Liebe und viel Essen versorgt, Pacey ist der Quatschkopf, der aber auch eine ernste Seite zu haben scheint. Zayn ähnelt mir ein wenig, er ist selbstbewusst und redselig, aber im Inneren, glaube ich, ist er genauso unsicher, wo er eigentlich hingehört, wie ich. Luke und Ronan sind die Stillen, intelligent, die Ruhe selbst, auch wenn sie bei jedem Spaß dabei sind. Dann ist da noch Grace. Diese Frau beschert mir eine Gänsehaut, denn wenn sie einen ansieht, ist es, als würde sie ihn bin ins kleinste Detail durchleuchten. Bei unserer ersten Begegnung habe ich tatsächlich gedacht, dass sie meine Gedanken lesen kann. Sie sieht mit ihren langen, blonden Locken und der schlanken Statur zwar aus wie ein Engel, aber ich glaube, dass sie auch ein kleiner Teufel sein kann, wenn es drauf ankommt.

Es ist fast Mitternacht, als Addison plötzlich vorschlägt auszugehen. »Ich denke, das ist keine gute Idee«, meint Taylor und erhebt sich von Daniels Schoß, um den vollen Couchtisch abzuräumen. »Ich denke, es ist spät, Schwesterherz.«

»Das mag vielleicht stimmen, aber ich hätte Lust aufs Tanzen.«

»Dann geh doch auf die Dachterrasse und tob dich aus, dann schläfst du besser ein«, meint Grace, sieht mich aber eindringlich an. Addison verabschiedet sich von allen und macht sich auf den Weg nach oben. Ohne lange zu überlegen, stehe ich ebenfalls auf. »Ich werde mal aufpassen, dass sie nicht vom Dach fällt.«

»Danke, Drake«, sagt Taylor und beginnt alles in die Küche zu räumen.

»Wir werden dann auch mal fahren«, meint Luke und streicht Ronan liebevoll über den Oberschenkel.

Zayn und Pacey schließen sich an und machen sich auf den Heimweg. Ich verabschiede mich mit einem Nicken und folge Addison auf die Dachterrasse. Bis jetzt habe ich von der Wohnung nur das Wohnzimmer und die Küche gesehen, aber ich bin ein wenig neidisch, als ich in den oberen Stock komme. Die Wohnung ist groß und in einem großartigen Zustand. Soweit ich weiß, hat Grace alles vor ein paar Jahren renovieren lassen. Ich höre über mir Holz knarren und folge dem Geräusch noch ein Stockwerk höher.

Als ich oben ankomme, muss ich kurz stehen bleiben und meine Umgebung bewundern. Ich befinde mich in einem kleinen Wintergarten. Alle Wände sind aus Glas, und irgendjemand hat eine richtige kleine Wohlfühloase geschaffen. Neben einer Couch und einem kleinen Tisch wurde alles liebevoll mit Lichterketten und Pflanzen dekoriert. Aber als ich dann in den künstlich angelegten Garten gehe, bleibt mir echt die Spucke weg.

Ein Traum in Grün wird durch Laternen und Spots, die im Boden eingebaut wurden, erhellt. Es gibt Liegen, Sträucher, eine Hollywoodschaukel, überall Blumen, und ich vernehme sogar ein Plätschern, als wäre irgendwo ein Teich. Ich erkenne Addys Gestalt auf der Hollywoodschaukel, also nähere ich mich ihr langsam. Ich will sie nicht erschrecken, aber trotz allem zuckt sie zusammen, als ich mich bemerkbar mache.

»Darf ich mich zu dir setzen?«, frage ich vorsichtig. Ich sehe, dass es in ihr arbeitet und sie abwägt, ob sie mich bei sich haben will oder nicht. »Klar.« Ich setze mich in gebührendem Abstand neben sie, und wir schaukeln eine Weile schweigend, während wir beide auf die Lichter um uns herum blicken. Es ist still und friedlich hier. Ein kleines Paradies inmitten einer Stadt, die nie zur Ruhe kommt.

»Danke für die Blumen«, sagt sie plötzlich in die Stille hinein, sieht mich aber nicht an.

»Gern geschehen.« Danach ist sie wieder schweigsam und wirkt meilenweit weg, aber da mir eine Frage noch immer auf der Seele brennt, stelle ich sie.

»Wer hat negativ darauf reagiert, dass du Model bist? Dein Ex-Verlobter?«

»Nein.« Mehr bekomme ich aus ihr nicht raus, und als ich schon glaube, dass das Gespräch beendet ist, redet sie weiter. »Er hieß Corey. Wir haben uns gerade erst kennengelernt, als ich mit dem Modeln angefangen habe. Er war kein wirklich guter Umgang für mich. Ich habe erst nach unserer Trennung erfahren, dass er Drogen genommen hat. Auf jeden Fall habe ich es ihm voller Stolz erzählt, daraufhin hat er mich ausgelacht. Hat mich grob vor einen Spiegel gezerrt und auf meine Kurven gezeigt. Er meinte, dass niemand Geld zahlen würde, um das hier in einem Magazin anzusehen.«

Sie sieht an ihrem Körper herab und seufzt lange und laut. Mich erfasst eine ungeheure Wut auf diesen Mistkerl. Was er gesagt hat, ist ja schon unverzeihlich und unfassbar menschenverachtend, aber dass er sie auch noch grob angefasst hat, lässt mich innerlich kochen. »Dieser verdammte Dreckskerl. Du hast ihm doch hoffentlich ordentlich eine reingehauen oder? Bitte sag mir, dass er nun zeugungsunfähig ist, weil du ihm hart in die Eier getreten hast.«

»Ich wünschte, es wäre so gewesen. Aber ich habe geweint und bin einfach gegangen. Ich habe ihn nie wiedergesehen. Erst danach habe ich von seiner Verhaftung wegen Drogenhandels erfahren.«

»Du weißt doch, dass er ein Arschloch ist, und dass es nicht stimmt, was er gesagt hat, oder?«

»Ja, mittlerweile schon, aber ich habe lange daran zu knabbern gehabt, seitdem habe ich niemandem mehr von meiner Modelkarriere erzählt.«

»Verständlich, aber wie du gerade gehört hast, stehen wir alle hinter dir und sind dein größter Fanclub auf jeder Modenschau. Mit Plakaten und T-Shirts mit deinem Gesicht drauf.«

»Wirklich?«

»Aber sicher.«

»Wenn es wirklich so weit kommen sollte, dann habe ich eine Bitte an dich.«

»Welche denn?«

»Zieh bitte ein Shirt in einer knalligen Farbe an.«

Kapitel 20

Mood Song: Sam Smith – Fire on Fire

»Auf dieser Terrasse haben sich Daniel und Taylor verliebt. Oder besser gesagt, mehr in diesem Wintergarten«, erkläre ich ein paar Stunden später und deute auf den ehemaligen Einstieg zur Treppe, der nun gemütlicher aussieht als mein eigenes Zimmer. Drake und ich liegen auf den Polstern der Hollywoodschaukel, die wir aufs Gras gelegt haben, und sehen in die Sterne über uns. In den letzten zwei Stunden haben wir uns locker unterhalten, während ich immer klarer werde und die Wirkung des Weins nachlässt.

»Oder besser gesagt, Tae hat sich hier in meinen Bruder verliebt, denn dieser steht ja schon seit dem Kindergarten auf sie. Sie haben hier unzählige Nächte verbracht, gelesen, sich unterhalten oder am Laptop einen Film angesehen. Während Grace und ich längst geschlafen haben.«

»Sie sehen auch sehr glücklich aus.«

»Das sind sie. Es würde mich nicht wundern, wenn Daniel ihr in nächster Zeit einen Heiratsantrag macht. Den Ring unserer Großmutter hat er schon vor Wochen von meiner Mom geholt.« Niemand hätte eine Traumhochzeit mehr verdient als Taylor und Dan, nach allem was sie miteinander durchgestanden haben.

»Wieder eine Hochzeit«, stellt Drake nüchtern fest und seufzt resigniert. Da habe ich wohl einen wunden Punkt getroffen.

»Nicht so dein Fall?«

»Wenn ich nur der Gast bleibe, ist es okay.«

»Gut, dann stell dich schon mal auf eine der schönsten Hochzeiten ein, auf der du je gewesen bist. Denn ich werde sie planen, und sie wird dich umhauen.« Ich sehe sie schon bildlich vor mir. Eine Trauung im Freien in Pasadena, mit all unseren Freunden und Familien. Alles wird in Weiß und Beige gehalten sein, weiße Lilien überall und Taylor in einem Kleid, das ihrem Modebewusstsein Ausdruck verleiht.

»Ich erwarte nichts anderes von dir.« Drake sieht kurz wieder zu den Sternen, ehe er den Kopf in meine Richtung dreht. »Möchtest du heiraten?«

»Ja«, antworte ich prompt, was Drake zum Grinsen bringt. »Ich muss über diese Frage nicht nachdenken, denn ich kann mir nichts Schöneres vorstellen, als den Menschen, den ich liebe, zu heiraten. Ich bin ein romantischer Mensch, und die Ehe meiner Eltern hält seit über dreißig Jahren. Deshalb glaube ich auch nach all meinen negativen Erfahrungen der Vergangenheit immer noch an die große Liebe. Außerdem würde ich mit Stolz den Nachnamen meines Mannes annehmen.« Drake antwortet nicht sofort auf meine Aussage, sondern sieht zu den Sternen, als suche er etwas in ihnen.

»Die Ehe meiner Eltern war eine Katastrophe«, flüstert Drake plötzlich und verstummt wieder, sein Blick fest auf den Himmel gerichtet. Ich kommentiere es nicht und frage auch nicht nach. Denn ich habe das Gefühl, dass er nicht bereit ist, darüber zu reden. Kurz denke ich, dass er eingeschlafen ist, als er plötzlich weiterredet.

»Er hat sie geschlagen. Oft. Eigentlich täglich, und wenn er mit ihr fertig gewesen ist, habe ich den Rest abbekommen.« Ich schnappe geschockt nach Luft, bleibe aber sonst still, lasse ihn seine Gedanken ordnen. Aber mein Herz droht vor Schmerz zu zerspringen, denn ich kann mir nichts Schlimmeres vorstellen, als mit ansehen zu müssen, wie dem Menschen, den du liebst, Gewalt angetan wird. »Ich habe ihn so lange provoziert, bis er keine Kraft mehr hatte, auch noch meinen Bruder zu verprügeln. Ich war sechs, Brody war drei Jahre alt.« Ich sage noch immer nichts, sondern greife nach seiner Hand, um sie fest zu drücken. Meine Augen werden feucht, weil ich ihn mir als kleinen Jungen mit lockigem Haar vorstelle, der stärker ist als mancher Erwachsene und Schmerzen auf sich nimmt, um seinen kleinen Bruder zu beschützen. Irgendetwas in mir sagt mir, dass ich mein Mitgefühl aber für mich behalten muss, weil er sich unwohl fühlen und nicht mehr weiterreden würde. Er drückt meine Hand ebenfalls und streicht mit dem Daumen über meine Haut.

»Da ich mich selbst in der Schule oft geprügelt habe und immer am ganzen Körper blaue Flecken hatte, hat niemand gemerkt, was für ein Arschloch mein Alter ist.« Er nimmt ein paar tiefe Atemzüge und sammelt sich, und ich höre sein Herz wild klopfen, obwohl wir nicht dicht nebeneinanderliegen. Es muss schrecklich für ihn sein, wieder in diese schmerzhafte Vergangenheit einzutauchen. »Als ich acht Jahre alt war, ist er vom Alkohol auf Drogen umgestiegen. Da hat er uns nicht mehr oft verprügelt, uns aber auf verbale Art und Weise wehgetan. Damals wusste ich schon, dass ich nie wie er werden möchte. Und mit neun Jahren habe ich im Fernsehen eine Sendung über Millionäre gesehen. Es wurde ihre berufliche Laufbahn geschildert und wie sie aus dem Nichts viel erreicht haben. Damals habe ich für mich selbst beschlossen, eines Tages genauso erfolgreich zu sein und nicht wie mein Vater zu enden, sondern meine Familie aus dieser Armut zu holen. Mein größter Fehler war, ihm davon zu erzählen.«

»Wieso?« Ich traue mich kaum diese Frage zu stellen, denn was ich bis jetzt gehört habe, hat mich zutiefst erschüttert. Ich weiß nicht, wie viel ich noch verkraften kann, ohne in Tränen auszubrechen.

»Weil er mich ausgelacht und eine Bierdose nach mir geworfen hat. Er meinte, ich käme aus der Gosse, und ich würde in dieser Gosse auch sterben. Er hat wortwörtlich auf meinen Traum gespuckt.« Wut mischt sich unter mein Mitgefühl, weil mir nicht in den Kopf gehen will, wie jemand sein eigenes Fleisch und Blut derart mies behandeln und die Träume eines Kindes mit Füßen treten kann. Ich habe meinen Eltern einmal erzählt, dass ich eine Fee werden möchte, wenn ich groß bin. Sie haben mich nicht ausgelacht oder mir erklärt, dass es keine Feen gibt. Sie haben mir meinen Traum gelassen, bis ich von selbst draufgekommen bin, dass Fee zu werden schwierig werden könnte.

»Eines Tages hat die Polizei unsere Wohnung gestürmt und ihn wegen Drogenhandels und Mord an einem Drogendealer verhaftet.« Ich bin entsetzt und blicke zu Drake. Ich sehe von hier aus nur sein Profil, aber ich kann keine Regung in seinem Gesicht erkennen, auch wenn genügend Licht da ist. Er erzählt mir seine Geschichte ohne jegliche Emotion, was mich fasziniert und gleichzeitig schockiert.

»Gott sei Dank«, flüstere ich, finde es aber unglaublich, dass er nicht auch wegen Kindesmisshandlung drangekommen ist.

»Wir mussten vor Gericht aussagen, ob wir von den Drogen etwas gewusst haben. Wir wussten von nichts, aber ich habe vor Gericht diesem Arschloch und dem Richter von der Hölle erzählt, die wir durchleben mussten. Von den Nächten, in denen ich meine Mutter mit Geschirrtüchern verbinden musste, weil wir uns kein Verbandszeug leisten konnten. Wie ich Brody festgehalten habe, um ihn aus der Schusslinie zu halten, obwohl er zu seiner Mama wollte. Ich habe von der Angst erzählt, die mich jedes Mal befiel, wenn er nach Hause kam, weil jederzeit einer seiner Gewaltausbrüche zu erwarten war. Er hat sich alles in Handschellen angehört und nicht einmal geblinzelt. Es war ihm einfach scheißegal, dass er uns das Leben zur Hölle gemacht hat.« Drake schüttelt fassungslos den Kopf.

»Wie ist das Urteil ausgefallen?«

»Er hat lebenslänglich bekommen, weil er in seiner ersten Woche im Knast auch noch einen Mithäftling zu Tode geprügelt hat.« Ein eiskalter Schauer läuft mir den Rücken hinunter, als ich sein ruhiges Profil betrachte. Auch wenn er die schlimmsten Dinge erzählt hat, die ein Kind durchleben musste, ist er gefasst und ruhig. Nur sein laut rasendes Herz verrät ihn. Ich suche nach Worten, nach etwas, was mein Mitgefühl und meine Erschütterung ausdrücken könnte, aber ich verwerfe den Gedanken, auch wenn Worte sonst meine Stärke sind. Stattdessen rutsche ich zu ihm rüber, bette meinen Kopf an seine Brust und lege einen Arm um seinen Oberkörper. Mein Ohr liegt exakt über seinem Herzen, das nun noch heftiger gegen seinen Brustkorb hämmert, so heftig, dass jedes Pochen meine Wange vibrieren lässt.

Ein paar Augenblicke bleibt er reglos liegen, bis er plötzlich seufzt, die Hand auf mein inzwischen offenes Haar legt und zärtlich über meinen Hinterkopf streicht. Es ist eine intime Berührung, eine vertraute Geste, aber es ist so viel mehr als das. Denn plötzlich bebt sein Brustkorb, und ich vernehme leises Schluchzen. Dieser Mann, der auf mich immer unerschütterlich wirkt, bricht gerade zusammen. Ich weiß von Serena, dass er viele Bekannte hat, aber keinen einzigen Freund. So wie ich Drake kenne, wird er niemandem von seiner Kindheit erzählt haben, außer denen, die beteiligt gewesen sind. Er ist in diesem Fall wie ich. Er behält die entscheidenden Momente seines Lebens für sich. Und hier und jetzt weint mein Nachbar, mein Boss, in meinen Armen, aber so schlimm wie die Situation auch ist, für mich ist es auch einer dieser besonderen Momente. Nämlich der, in dem wir Freunde werden.

Es dauert eine Weile, bis seine Tränen versiegen, aber das macht mir nichts aus. Im Gegenteil. Ich genieße seine Nähe und bin froh, für ihn da sein zu können. Es fühlt sich einfach richtig an. »Es tut mir leid«, flüstert er in die Nacht hinein. Er hat noch immer die Arme um mich geschlungen, der eine ruht auf meiner Schulter, der andere ist noch immer in meinem Haar vergraben. Ich löse mich von ihm, um den Kopf zu heben und ihm in die Augen zu sehen.

»Nichts muss dir leidtun, Drake. Wir sind Freunde, und wenn ich jemandem meine Freundschaft schenke, dann bin ich immer für denjenigen da. Du hast dir auch meine Geschichte über Corey angehört und wolltest ihm eine reinhauen, so wie ich deinem Vater am liebsten den Hals umdrehen möchte.«

»Da musst du dich aber hinten anstellen«, scherzt er, ehe er mich wieder eindringlich ansieht. »Ich habe noch nie einen Freund gehabt, deshalb verzeih mir, wenn ich den Freunde-Kodex nicht ganz einhalte.«

»Da brauchst du dir keine Sorgen machen, ich bin da nicht so nachtragend.«

»Das ist gut zu wissen«, lächelt er und senkt kurz den Blick, ehe er sich eine Haarsträhne von mir um den Finger wickelt. Ich schlucke, weil mir erst jetzt bewusst ist, wie nah sich unsere Lippen sind. Wie einfach es wäre, ihn jetzt zu küssen.

»Freunde«, seufze ich, ohne es bewusst zu wollen. Auch Drake sieht mir mit einem sehnsuchtsvollen Blick in die Augen. »Wenn du dich nicht so gut in der Firma machen würdest, würde ich dich am liebsten feuern.«

»Wieso denn das?«, sage ich, muss mich aber räuspern, weil er mir sprichwörtlich den Atem raubt.

»Weil ich dann das hier machen dürfte.« Er zieht mich zu sich, und zuerst denke ich, dass er mich auf den Mund küssen will, doch er dreht meinen Kopf so, dass er einen Kuss auf meine Wange haucht. Als sich unsere Blicke wieder treffen, murmelt er heiser. »Nur wilder. Und an viel intimeren Stellen.« Vor lauter Herzrasen kann ich mich kaum konzentrieren, aber ein paar Worte kann ich noch formen.

»Du weißt schon, dass ich dich wegen sexueller Belästigung anzeigen könnte.«

»Das ist mir bewusst. Aber ich kann nichts dafür, denn jedes Mal, wenn ich dich sehe, möchte ich dich berühren. Ist das normal unter Freunden?« Ich schüttle den Kopf. »Nein, nicht wirklich.«

»Oh, dann muss ich noch an mir arbeiten.«

»Keine Sorge. Ich werde dich schon in die Schranken weisen.«

»Gerne«, flüstert er dicht an meinem Ohr und beschert mir eine Gänsehaut am ganzen Körper. »Ich sollte nach Hause fahren«, meint Drake beiläufig, bewegt sich aber kein Stück.

»Ich sollte auch runtergehen in mein Bett, aber ...«

»Es ist so gemütlich hier.«

»Genau. Dann lass uns einfach hierbleiben.«

»Okay. Ich verspreche, ich werde meine Hände bei mir behalten.«

»Das weiß ich, denn wenn nicht, würde ich dir wehtun«, erwidere ich lachend, auch wenn es nicht so ganz ernst gemeint ist. Ich lasse meine Gefühle außen vor und mache es mir wieder auf seiner Brust gemütlich. So liegen wir da und lauschen dem Atem des anderen. Mir ist bewusst, dass er mein Boss ist und dass zwischen uns nichts laufen darf. Als wäre das nicht Grund genug, ist Drake außerdem die Sorte Mann, der mir das Herz brechen könnte, weil er sich nicht binden will. Es gibt so viele Gründe, sich nicht auf ihn einzulassen, aber trotzdem landen Drake und ich immer wieder an diesem Punkt. Wir wollen einander, obwohl wir wissen, dass wir nicht zusammenpassen. Aber ich habe das Gefühl, dass ich das Risiko eingehen würde, wenn ich nicht für ihn arbeiten würde. Denn ich spüre, dass er es wert wäre, mein Herz zu riskieren, und dass ich die Zeit mit ihm niemals vergessen würde. Selbst wenn ich es versuchen würde.

Kapitel 21

Mood Song: Panic! At the Disco – Collar Full

Die Sonne blendet mich, und es ist ungewöhnlich heiß. Ich blinzle und versuche die Augen zu öffnen, aber das helle Licht macht es mir schwer. Plötzlich seufzt jemand, und feste Arme schlingen sich von hinten um mich. Ich erstarre, weil ich nicht sofort weiß, wer das ist. Bis dann die Geschehnisse von letzter Nacht in meinem Kopf endlich wieder Form annehmen. Ich erinnere mich an den innigen Moment in der Küche, als meine Augen Drake angefleht haben mich zu küssen, an den Wein, oh, es ist zu viel Wein im Spiel gewesen. Dann an die traurige Geschichte seiner Kindheit, die mich bis ins Mark erschüttert hat, und an seine stillen Tränen, die er in meiner Umarmung vergossen hat, während ich ihn gehalten habe. Wir sind bewusst Arm in Arm eingeschlafen, weil wir nicht anders konnten, als einander zu berühren. Sosehr wir es verleugnen wollen, wir brauchen einander. Ich zumindest brauche ihn in meinem Leben.

Zaghaft öffne ich die Augen und sehe den weichen Rasen und den Wintergarten. Auf meinem Bauch liegt Drakes Hand. Ich hatte immer schon eine Schwäche für Männer mit dunkler Haut, aber der Hautton von Drake ist unvergleichlich. Wie ein zarter Karamellton, einfach wunderschön anzusehen. Wieder murmelt er etwas in mein Haar und rückt im Schlaf noch näher an mich heran. So nah, dass ich seine Erektion an meinem Po spüren kann. Ich beiße mir bei dem Gefühl seiner Härte auf die Lippen, denn der Drang, mich an ihm zu reiben, ist groß. Noch nie wollte ich jemanden so sehr wie Drake O'Hara. Selbst als ich noch mit Vaughn zusammen war, konnte ich es mir nicht verkneifen, ihn jeden Dienstag beim Workout zu beobachten.

Es hat mich erwischt, das weiß ich, und doch ist da etwas, was mich hemmt, mich ihm völlig zu öffnen. Ob es nun daran liegt, dass er mein Boss ist oder weil unsere erste Begegnung keinen guten Eindruck hinterlassen hat, kann ich nicht sagen. Ich könnte damit leben, wenn nicht mehr zwischen uns passiert, das sagt mir zumindest mein Kopf, aber mein Körper ist so verräterisch und beginnt sich gefährlich zu bewegen, als Drakes Hand auf einmal zu meiner Hüfte gleitet und sie fest umklammert. Er schläft noch, das glaube ich zumindest, denn an seiner Atmung hat sich nichts verändert. Aber unter der Gürtellinie verändert sich eine Menge. Eine große Menge. Der Druck gegen meinen Hintern wird stärker, und ohne dass ich es will, stöhne ich auf, weil das Ziehen in meinem Unterleib beinahe die Kontrolle über mein Handeln übernimmt.

Ohne ihn zu wecken, rutsche ich langsam von ihm weg, um aufzustehen. Meine Haare sehen sicher schlimm aus, und ich muss mich strecken, um meinen Gliedern wieder Leben einzuhauchen. Da fällt mir plötzlich Drakes Handy auf, das ihm aus der Hosentasche gerutscht sein muss und jetzt neben ihm liegt. Es scheint lautlos zu sein, aber das blinkende Display verrät, dass Serena gerade anruft. Als ich genauer hinsehe, erkenne ich die Uhrzeit. Elf Uhr vormittags! Wir haben verschlafen!

»Drake«, rufe ich, doch er stöhnt nur und dreht sich auf die andere Seite, um weiterzuschlafen. »Verdammt, O'Hara«, brülle ich und schüttle ihn, bis er endlich die Augen öffnet. Er gähnt ein »Guten Morgen« und reibt sich übers glatt rasierte Gesicht. »Wieso bist du so früh schon so laut?«

»Wir haben verschlafen! Es ist fast Mittag.« Sofort ist Drake wach, wirft einen Blick auf seine Armbanduhr und knurrt einen Fluch, ehe er aufsteht. Seine schwarze Jeans und sein weißes T-Shirt sind total verknittert, und ich trage noch immer meinen kurzen Jumpsuit. So können wir auf keinen Fall ins Büro gehen. »Wir werden es bei dem Verkehr frühestens um eins ins Büro schaffen«, stelle ich nüchtern fest, weil ich ganz genau weiß, wann die Stoßzeiten sind. Drake sieht kurz auf sein Smartphone, ehe er etwas tippt und sich wieder mir zuwendet.

»Serena hat alle Termine für heute Vormittag abgesagt, weil sie nicht wusste, wo ich bin.«

»Dann wird es niemandem auffallen, oder?«

»Natürlich fällt es auf. Ich habe noch nie einen Termin verschoben.«

»Tatsächlich?«

»Nein, diese Firma bedeutet mir alles.«

»Na schön, dann haben wir eben eine Premiere. Was machen wir jetzt?«

»Mit dem Auto werden wir ewig brauchen«, stellt er fest, als er runter auf die dicht befahrene Straße blickt.

»Mit der U-Bahn wären wir schneller.«

»Aber ich muss nach Hause und mich umziehen.«

»Ich muss mich auch noch fertig machen.«

»Verdammt, der Tag ist gelaufen!«, stellt er fest und fährt sich aufgebracht durchs Haar. Für ihn muss der fehlende Vormittag ja wirklich schlimm sein, aber vielleicht ist es auch an der Zeit, dass er ein wenig lockerlässt.

»Und was ist, wenn wir zusammen in Ruhe frühstücken und die Seele baumeln lassen und dafür erst am Nachmittag ins

Büro fahren?«, schlage ich vor und binde mir meine Haare mit einem Haarband zusammen, das ich um mein Handgelenk getragen habe.

»Seele baumeln lassen?«

»Weißt du, was das überhaupt heißt, du kleiner Workaholic?«

»Hey! Nichts an mir ist klein.« Oh, das weiß ich, Drake. Ich weiß es ganz genau. Innerlich fächele ich mir Luft zu, während ich an die große Beule denke, die sich gegen meinen Hintern gedrückt hat.

»Okay. Okay.« Ich hebe beschwichtigend die Hände. Ich gehe in Gedanken seine heutigen Termine durch.

»Du hast für heute Nachmittag nur ein paar Telefonate eingetragen, die sich sicher auch auf später verschieben lassen.«

»Das könnten sie, aber mir ist nicht wohl dabei. Immerhin haben wir Zeitdruck.«

»Eigentlich nicht. Ich denke eher, dass du dir den Druck selbst machst.« Ich sehe ihm an, dass es in ihm arbeitet, dass er mich am liebsten zum Teufel jagen und zu Fuß ins Büro laufen würde, aber etwas verändert sich in seinem Blick, als er plötzlich seufzt und die Mundwinkel hebt.

»Du stellst mein Leben gehörig auf den Kopf, meine Liebe, das weißt du hoffentlich?«, fragt er resignierend.« Du meins aber auch, füge ich in Gedanken hinzu.

»Ist das ein Ja?«

»Das ist es, aber nur dieses eine Mal.«

»Okay. Dann lass uns mal reingehen, bevor wir uns noch einen Sonnenbrand bei der Hitze holen.« Dieser Sommer wird wohl in die Geschichte eingehen als der heißeste aller Zeiten, dabei haben wir nicht mal August.

Während ich in der Küche die Zutaten für ein Bauernomelett zusammensuche, hat Drake die Arme auf der Kücheninsel abgestützt. In der einen Hand hält er den Kaffeebecher mit der Aufschrift »Ich hab das schon verstanden, ist mir nur egal« und in die andere Hand hat er sein Kinn gestützt und beobachtet jede meiner Bewegungen. Er wirkt gelassen, aber seine Finger trommeln ständig auf die Kaffeetasse, so als ob es ihm schwerfallen würde zu entspannen.

Wir haben nicht über die Geständnisse unserer Vergangenheit gesprochen, aber das müssen wir auch nicht, weil alles gesagt ist. Zumindest habe ich das Gefühl, dass es so ist. Drake und ich können nie nur Kollegen, Freunde oder Nachbarn sein, aber wir sind auch niemand, dem man einen Stempel aufdrücken kann. Egal was sich zwischen uns entwickelt, wir werden das Beste daraus machen.

Ich hole die Eier aus dem Kühlschrank, während im Hintergrund meine Queen-Playlist läuft. »Wieso hast du eine Happy-Playlist, wenn es um deine Lieblingsband geht«, fragt Drake, als er einen Blick auf das Display des Lautsprechers wirft.

»Weil ich die traurigen Songs nicht hören kann, wenn ich gut drauf bin. Die, als man schon wusste, dass Freddie todkrank gewesen ist. Die Songs wurden zum Schluss immer düsterer, was natürlich verständlich ist … Bist du auch Queen-Fan?«, frage ich nun. Ich weiß, dass er Miley Cyrus mag, aber das war's dann auch.

»Ja, ich höre ihre Musik gerne, aber als großen Fan würde ich mich nicht bezeichnen.«

»Sag das bloß nicht Grace. Sie würde dich so lange bekehren, bist du sie auch anbetest.«

»Okay, ich werde es mir merken. Hast du einen Lieblingssong?«

»Ich habe mehrere. *Love of my live, I want to break free* und *Innuendo.*«

»Die gefallen mir auch ganz gut. Es ist wirklich ein großer Verlust, dass Freddie Mercury so früh von uns gehen musste, stell dir nur mal die großartige Musik vor, die er uns noch hätte schreiben können.«

»Lieber nicht. Das macht mich sonst noch trauriger«, sage ich, als mir eine Kindheitserinnerung in den Sinn kommt.

»Weißt du, mein Dad ist großer Rockmusik-Fan. Seit ich klein war, hat ständig Musik durch unser Haus gedröhnt. Ob nun Rock oder lateinamerikanische Musik war egal, Hauptsache Musik. Er liebt die Bee Gees, die Beatles und vor allem Queen. Ihm verdanke ich die Liebe zu diesen wunderbaren Künstlern.« Ohne dass ich es wollte, habe ich angefangen, über Dad zu sprechen, auch wenn ich weiß, dass Drake mit seinem Vater keine schönen Erinnerungen verbindet. Aber ihm scheint das nichts auszumachen, was mich etwas erleichtert.

Drake will mich etwas fragen, als *Teenage Dirtbag* von Weezer aus meinem Smartphone dröhnt. Drake grinst mich an, als er wohl erkennt, wem ich diesen Ton zugewiesen habe. »Pacey, oder?«, fragt er zwar, ist sich aber ziemlich sicher, wenn ich seinem Blick nach urteile.

»Erraten«, sage ich, zwinkere ihm zu, ehe ich mich auf die Suche nach meinem Telefon mache.

»Hey, Traumfrau.«

»Hey, Spinner.«

»Was gibt's?«

»Nicht viel, ich wollte nur deine zuckersüße Stimme hören.«

»Rede keinen Blödsinn. Ich kenne dich zu gut und rieche den Braten. Also, was brauchst du?«

»Kannst du mich vielleicht mit einer deiner Modelbekanntschaften verkuppeln? Ich habe mir mal ein paar rausgeschrieben, die zu mir passen würden.«

»Du bist doof, Pace, aber okay. Ich nehme dich einfach beim

nächsten Shooting mit, da kannst du ja auf die Pirsch gehen. Aber beschwer dich nicht, wenn dich die Wachmänner rausschmeißen, weil du Models angräbst.«

»Ist gebongt. Danke Addy, du bist die Beste.«

»Kein Ding«, sage ich lachend und blicke kurz zu Drake, der mich wieder mit diesem verbotenen Blick ansieht. Ich zwinkere ihm zu, ehe ich mich wieder Pacey zuwende und mich verabschiede.

Nach dem Frühstück fahren wir wie besprochen ins Büro und versuchen alles aufzuarbeiten, was heute Vormittag nicht geschafft wurde. Übermorgen werden wir nach Dubai reisen und voraussichtlich ein bis zwei Wochen dortbleiben. Erst nachdem Drake gegangen ist und ich mich auf den Heimweg mache, habe ich das Gefühl, als könnte mein Herz wieder zur Ruhe kommen. In seiner Nähe spielt es einfach verrückt. So wie seins wild geklopft hat, als ich ihn letzte Nacht umarmt habe. Fast so, als würde er auch etwas für mich empfinden.

Freitagmorgen ist es so weit. Drakes Fahrer Bruno holt mich ab, als ich gerade meinen Bruder umarme und mich verabschiede. Ich habe schon von Drakes Fahrer gehört, ihn aber noch nie persönlich getroffen. »Schönen guten Morgen, Miss Grant«, begrüßt er mich freundlich. »Das wünsche ich Ihnen auch, aber bitte nicht so förmlich. Ich bin Addison«, sage ich und reiche ihm meine Hand, nachdem er meine Koffer in den Kofferraum geladen hat. »Bruno. Freut mich sehr«, antwortet er und schüttelt meine Hand. Ein kräftiger Windstoß weht mir die offenen Haare ins Gesicht, also bändige ich meine Löwenmähne und streiche meinen Rock glatt. Heute trage ich einen asymetrisch geschnittenen schwarzen Rock aus einem flatternden, weichen Stoff, dazu ein oranges, hochgeschlossenes Top und darüber einen lockeren schwarzen Businessblazer. Elegant und doch frech durch meine orangen, mörderisch hohen Heels und den passenden Lippenstift dazu.

Als mich Taylor vorhin in diesem Outfit gesehen hat, hat sie mich fotografiert und gefragt, ob sie mir einen Blogpost widmen darf, jetzt, wo doch alle wissen, dass ich Model bin. Ich habe ihr geantwortet, dass es für mich kein Problem ist, und sie umarmt mich, ehe mir Daniel beim Koffer-Runtertragen geholfen hat. Ich bin immer noch überrascht, wie erleichtert ich bin, dass nun alle Bescheid wissen, und mit welcher Leichtigkeit ich nach so kurzer Zeit über mein größtes Geheimnis sprechen kann, als wäre es nie da gewesen.

Als mir Bruno die Tür öffnet, sehe ich Drake auf der Rückbank sitzen, der gerade noch auf sein Smartphone sieht, dann aber den Blick hebt und mich anlächelt. Er mustert mich kurz, ehe ich mich neben ihn setze.

»Du siehst mal wieder heißer als die Sonne aus, meine Liebe«, sagt er, was in seiner Sprache wohl »Guten Morgen, schön dich zu sehen« bedeutet.

»Danke, du siehst auch zum Anknabbern aus«, erwidere ich neckend.

»Lass dich nicht aufhalten. Es ist genug Drake für alle da.«

»Idiot«, kichere ich kopfschüttelnd.

»Wirklich, Addison«, sagt er plötzlich in einem ernsten Ton.

»Du siehst mit jedem Tag immer schöner aus.« Ich spüre, wie meine Wangen erröten. Ich kann nichts dagegen tun, deshalb bedanke ich mich einfach.

»Nervös?«, fragt er mich, als ich mich zurücklehne und bewusst aus dem Fenster sehe. Wenn mich Drake mit diesem einen Blick ansieht, kann ich für nichts garantieren.

»Ein wenig. Es wird unser erster Kundentermin, da bin ich ein wenig aufgeregt.«

»Du wirst das schon meistern, und ich bin ja auch noch da.«

Mein Smartphone klingelt. *Sweet but Psycho* von Ava Max, der Klingelton, den ich meiner Freundin Tamara aus der Agentur zugewiesen habe.

»Hey, meine Göttin, also ich muss dir echt den Hintern versohlen. Hast du meine Nummer verloren?« Sie redet so laut, dass Drake jedes Wort verstehen kann. »Quatsch, ich habe nur einen neuen Job, und da ist viel zu tun.«

»Ach ja? Kein Sportmagazin mehr?«

»Nein, beim Magazin habe ich gekündigt und bin nun die rechte Hand von meinem neuen Boss.«

»Klingt aufregend. Wie ist er denn so drauf, was machst du da genau? Nicht dass du mir untreu wirst und deine Modelkarriere an den Nagel hängst, obwohl es gerade erst losgeht.« Während ich über meine neue Tätigkeit erzähle, blickt Drake nachdenklich aus dem Fenster, ist mit den Gedanken wo anders.

»Wie gesagt, es ist ziemlich viel los.«

»Das verstehe ich, Süße. Bei mir geht es auch drunter und drüber«, sagt meine Freundin.

»Gibt es einen Grund, wieso du mich anrufst, oder willst du mir nur sagen, wie sehr du mich …« Ich verstumme augenblicklich, als ein Bus neben uns an der Ampel zum Stehen kommt. Der komplette Bus ist mit einem Foto von mir in Unterwäsche bedruckt. Mein ganzer Körper ziert einen Bus! »Addy?«, fragt Tam am anderen Ende der Leitung besorgt.

»Heilige Scheiße«, murmelt Drake, als er mich erkennt. Sein Blick klebt förmlich auf dem riesigen Bild von mir. Oder wahrscheinlich auf meiner Oberweite. Ich versuche mich auf Tamara zu konzentrieren, finde aber nur mühsam die Worte. »Rufst du zufällig an, um mir zu sagen, dass mein Bild auf einem Bus zu sehen ist?«

»Ah, du hast es schon gesehen. Wunderbar! Sieht es nicht heiß aus?«

»Und wie«, murmelt Drake eher zu sich selbst als zu mir. »Ähm ja, es sieht großartig aus, ich bin nur etwas überrascht.«

»Das Label wollte dich unbedingt in der ganzen Stadt präsentieren, weil die Fotos unglaublich gut geworden sind. Wir haben natürlich zugestimmt, aber ich wollte dich überraschen.«

»Das ist euch wirklich gelungen.« Und das Label hat tatsächlich das schönste Foto ausgewählt. Ich sehe wie eine Wildkatze in burgunderroter Spitze aus, die Augen dunkel geschminkt, der Blick feurig, und mein Haar umspielt meine Brust in wilden Wellen, ohne sie zu verdecken. Früher hätte ich mich niemals getraut, halb nackt für irgendwelche Fotografen zu posieren, ich bin schüchtern und unsicher gewesen. Aber heute macht es mir nichts aus, in der Tat kann ich einfach nicht glauben, dass diese schöne Frau ich sein soll.

»Wunderbar. Dann will ich dich nicht länger aufhalten. Viel Spaß beim Weltbereisen und komm mir gut nach Hause.«

»Mach ich.« Nachdem ich aufgelegt habe, erwarte ich ein Lachen von Drake oder einen witzigen Kommentar, doch er sieht noch immer gebannt auf mein Abbild jenseits der Fensterscheibe. Wann wird es endlich Grün?

Ich lege auf und verstaue mein Smartphone wieder in meiner Handtasche, als die Ampel endlich auf Grün umschaltet und wir weiterfahren können. Ich erwarte, dass Drake das Gespräch sucht, irgendetwas, aber er bleibt still und richtet seine Hose. Denn unter der Gürtelline hat sich etwas getan, etwas sehr Großes.

Kapitel 22

Mood Song: Ariana Grande – 7 Rings

Addisons heißes Foto auf diesem Bus hat mich wie eine Welle getroffen. Zum einen, weil ich nicht damit gerechnet habe, die Frau, an die ich nicht mehr aufhören kann zu denken, in Unterwäsche zu sehen. Zum anderen bin ich nicht darauf vorbereitet gewesen, was dieses Bild in mir auslösen und wie sehr es mich erregen würde. Ich habe A. Cameron natürlich gegoogelt, kenne ihre schönsten Aufnahmen, ihre Karriere, aber damals war es nur Recherche gewesen, weil ich unbedingt mehr über diese faszinierende Frau herausfinden wollte, die ich ständig von meinem Balkon aus gesehen habe. Damals habe ich noch nichts für sie empfunden. Nicht so wie jetzt. Was für Gefühle das sind, kann ich nicht sagen, aber ich fühle etwas, das man schwer in Worte fassen kann. Diese Frau stellt Sachen mit mir an und bringt mich um den Verstand, weil sie langsam mein ganzes Denken und Handeln einnimmt.

Den ganzen gestrigen Arbeitstag habe ich damit verbracht, sie bei jeder Gelegenheit anzusehen. Während einer Konferenz habe ich mich sogar dabei erwischt, wie ich ihren Namen auf einen Post-it geschrieben habe. Ein Herzchen statt des i-Punkts zu malen habe ich mir allerdings verkniffen. Denn dann hätte ich mich selbst eingewiesen. Ständig bemerke ich neue Sachen an ihr, die mir neben ihrem Witz und ihrem Charakter gefallen. Ihr Muttermal über der rechten Lippe, ihre Sommersprossen, die man nur erkennt, wenn man ihr ganz nah ist. Ich liebe es, dass sie mich ans Essen erinnert und mir zeigt, dass es Zeit für eine Pause ist, die wir dann miteinander verbringen. Wir lachen, necken uns oder reden über die Arbeit, aber egal was wir tun, es wird nie langweilig mit Addison. Je länger sie bei mir arbeitet, desto besser lerne ich sie kennen – und desto besser gefällt mir, was ich rausfinde. Und dann ist da noch ihr unglaublicher Körper. Dieser pralle Hintern, die wunderschön geformten Brüste und diese Kurven. Jetzt habe ich das Gefühl, dass ich, wenn ich jemals von Addison kosten würde, niemals aufhören könnte, sie zu küssen.

Das sind natürlich Gedanken, die kein Boss über seine Angestellte haben sollte. Am besten wäre es, gar keine Gefühle für sie zu empfinden. Ich sollte sie fördern und ihr das beibringen, was ich in den letzten Jahren gelernt habe, aber kaum komme ich ihr näher, dringt ihr einzigartiger Duft in meine Nase. Sie sieht nicht nur exotisch aus mit ihrem langen, haselnussfarbenen Haar, der gebräunten Haut und den feurigen Augen, sie duftet auch nach Sonnenschein. Sonnenschein? Allein deswegen sollte ich mir selbst eine reinhauen. Was ist bloß los mit mir?

Bruno hält vor dem Flughafengebäude, und erst jetzt bemerke ich, dass wir den Rest der vierzigminütigen Fahrt geschwiegen haben. »Ist alles in Ordnung?«, fragt Addison, bevor Bruno die Tür öffnet. Ich versuche es mit einem Lächeln, denn wie soll ich ihr in Worten erklären, dass ich zum ersten Mal in meinem Leben ernste Gefühle für jemanden entwickle und es mir verdammt noch mal Angst macht.

Bis wir endlich im Flieger sitzen, dauert es eine Ewigkeit, und als wir dann endlich starten sollen, ist unsere Startbahn

nicht frei. Endlich abgehoben verbringen wir den dreizehn-
stündigen Flug abwechselnd mit Schlafen, Arbeiten und Filme
gucken. Wir gönnen uns ein Glas Champagner und stoßen auf
unsere erste Geschäftsreise an. Wir scherzen miteinander, und
alles fühlt sich so gut an. Noch nie hatte ich so viel Spaß beim
Reisen. Normalerweise versuche ich die Zeit so gut es geht zu
nutzen, lese Zeitung oder arbeite. Aber mit Addison ist selbst
ein Langstreckenflug aufregend.

Wir landen um acht Uhr früh Ortszeit in Dubai. Da unser
Geschäftsessen erst heute Abend stattfindet, zu dem uns mein
Freund Clint in seine Villa eingeladen hat, fahren wir direkt
zum Hotel, das trotz des Fehlens der fünf Sterne gemütlich
und sauber ist. Die Zimmer sind groß und komfortabel eingerichtet. Die Möbel sind aus dunklem Holz, der Teppich, die
Vorhänge und die Bettwäsche jedoch cremefarben gehalten.
Unsere Zimmer befinden sich im vierzigsten Stock, somit haben wir einen schönen Ausblick auf die umstehenden Gebäude, aber es ist nicht daran zu denken, einen Fuß auf den Balkon
zu setzen, weil die Hitze im Freien erdrückend ist. Sogar die
Hotels mit weniger Sternen sind in Dubai überdurchschnitt-
lich luxuriös. Wir hatten ja in den letzten Wochen heiße Tage
in New York, aber hier in Dubai sind kaum Menschen auf den
Straßen, weil es einfach zu heiß ist.

Nur eine Sache hat Serena uns über die Unterkunft verschwiegen: Es gibt eine Verbindungstür zwischen unseren
Zimmern. Addison macht das nichts aus, solange ich mich
nicht mitten in der Nacht in ihr Bett schleiche, was ich schweren Herzens versprochen habe. Ich ziehe mich um, will in etwas Gemütlicheres schlüpfen und stehe in Boxershorts und
mit freiem Oberkörper vor dem Bett, als Addison reinkommt
und gebannt auf das Tablet schaut. Sie will gerade etwas sagen
und hebt den Blick, verstummt aber, als sie mich erblickt. Dann

wandert ihr Blick langsam meinen Oberkörper runter, über meinen Bauch zu meinem Schritt. Ich schweige und genieße ihre hungrigen Blicke, treibe es sogar so weit, dass ich über meine Brust streiche, als würde ich mich kratzen und wandere tiefer, was Addison dann zu sich kommen lässt. Ihre Wangen färben sich rosa, und sie sieht mich aus panischen Augen an.

»Ich brauche dringend eine Dusche, und wir sehen uns später sowieso, also sollten wir versuchen etwas zur Ruhe zu kommen, bevor wir zum Kunden fahren. Bye«, plappert sie schnell und flieht regelrecht vor mir. Wie sehr ich es genieße, dass sie mein Körper aus der Fassung bringt, wenn sie mir zeigt, dass sie genauso scharf auf mich ist wie ich auf sie.

Ich lasse mich seufzend aufs Bett fallen und spüre langsam den Jetlag, der seine Klauen nach mir ausstreckt. Also schließe ich die Augen und schlafe augenblicklich ein. Ich wache erst ein paar Stunden später auf, als mein Durst unerträglich ist. Da Wasser hierzulande ziemlich teuer ist, habe ich vorgesorgt und einen ganzen Koffer voll mit stillem Wasser mitgenommen. Ich nehme mir eine Flasche und trinke sie in einem Zug aus, ehe ich mir noch eine schnappe, auf die Uhr sehe und feststelle, dass wir spät dran sind. Also klopfe ich an die Verbindungstür. Ich höre ein Murmeln, das ich als »Herein« deute und betrete ihr Zimmer.

»Addison?«, frage ich und gehe ein paar Schritte hinein. Der ganze Raum riecht nach ihr. Ich frage mich immer, woher dieser würzige Duft wohl kommt. Ob es ihr Shampoo oder Duschgel ist. Ich finde Addison schlafend auf dem Bett. Sie muss wie ich aus Versehen eingeschlafen sein, denn sie trägt nur ein großes Handtuch, das sie sich nach dem Duschen um ihren Körper gewickelt hat. Zwar sind all ihre intimen Stellen bedeckt, aber sie muss auch nicht viel Haut zeigen, um für mich attraktiv und anziehend zu sein. Nur mit einem Handtuch und ohne Make-up sieht sie wunderschön aus. Ihre Züge sind entspannt, und es hat etwas Beruhigendes, sie beim Schlafen zu beobachten.

Ich sehe ihr warmes Herz und ihre natürliche Schönheit.

Da wir spät dran sind und meine innere Uhr noch auf New Yorker Zeit eingestellt ist, wird es bei Addison dasselbe sein. Ich flüstere ihren Namen und schüttle sie sanft an der nackten Schulter. »Hmm, genau da«, murmelt sie, als ich zart über ihre Schulter streiche. Ich lächele aufgrund ihrer Worte. Ich würde gerne wissen, von wem sie gerade träumt. Bin ich es oder vielleicht jemand anderes? Der Gedanke, dass es jemand anderen in ihrem Leben gibt, stößt mir sauer auf. Denn etwas in mir sagt mir, dass sie mein ist und ich es nicht wollen würde, wenn sie ein anderer berührt oder gar küsst.

Ich bin nicht mit ihr zusammen, kann ihr also nicht verbieten, sich mit anderen Kerlen zu treffen. Sie weiß, dass ich kein Boyfriend-Material bin, dass sie mit mir unglaublichen Sex und unvergessliche Momente bekommt, aber wie jeder anderen Frau wird das mit der Zeit zu wenig sein. Noch vor ein paar Wochen wäre es ein beängstigender Gedanke gewesen, aber wenn es um Addison geht, bekomme ich nicht sofort Panik, wenn sie mehr von mir wollen würde als Sex, aber vielleicht bin ich ja auch nicht Manns genug, um eine starke Frau wie Addison überhaupt zu halten.

Der nächste Versuch weckt sie tatsächlich auf. Sie blinzelt und öffnet die Augen. Ich stehe neben dem Bett, habe ihr den Rücken zugewandt, weil sie sich durch eine Bewegung entblößt hat und ich sicherlich kein Spanner bin. »Morgen«, murmelt sie und gähnt.

»Wohl eher guten Abend«, erwidere ich vielleicht einen Tick unfreundlich.

»Wir müssen in zwei Stunden los. Ich wollte dir nur eine Flasche Wasser bringen und habe gesehen, dass du eingeschlafen bist.«

»Danke«, sagt sie und nimmt mir das Getränk ab. Als sich unsere Finger kurz berühren, fühlt es sich an, als hätte ich einen Stromstoß bekommen. Sie spürt es ebenfalls und umklammert die Flasche fester. »Gern geschehen«, antworte ich, gehe schnurstracks wieder in mein Zimmer und schüttle meine Hand dabei, weil ich so hoffe, dieser Anziehung zwischen uns entkommen zu können.

Pünktlich um neunzehn Uhr öffnet sich die Verbindungstür, und Addison betritt den Raum. Ich habe eine Nachricht an Serena getippt, die mich darüber informiert hat, dass sie alles unter Kontrolle hat, und sehe eigentlich nur kurz auf, doch ihr Anblick raubt mir den Atem. Diese Frau würde selbst in einem Kartoffelsack gut aussehen, aber das Outfit, das sie heute trägt, setzt die Messlatte ziemlich hoch. Sie trägt ein eher hochgeschlossenes, kurzärmeliges Maxikleid in einem waldgrünen Ton und aus einem sanft fallenden Stoff. Es wirkt auf den ersten Blick nicht sehr freizügig, aber als sie auf mich zukommt, gewährt der Schlitz bis zu ihrem Oberschenkel tiefe Einblicke.

Addison könnte in einem Raum voll nackter Frauen stehen, ich würde keine von ihnen bemerken, weil ich nur Addison sehe.

»Ich sollte mich wirklich langsam daran gewöhnen, dass du mich outfitmäßig immer wieder überraschst.«

»Ach ja?«

»Jedes Mal kommst du mit einem neuen Kleid an, das noch besser an dir aussieht als das vorige. Wer ist der Designer?« Normalerweise bin ich kein Mann, der sich darum schert, wer welches Kleidungsstück geschaffen hat, aber dieses ist ihr wie auf den Leib geschneidert, und es passt hervorragend zu ihr. Sie beißt sich auf die Lippen, knabbert an ihrem zartrosafarbenen Lippenstift und sieht verlegen auf den Boden.

»Ich.«

Kapitel 23

Mood Song: Camila Cabello feat. Shawn Mendes – Señiorita

»Du?«, fragt er fasziniert und kommt näher. Jeder Schritt, den er macht, lässt meine Nervosität steigen.

»Du hast es entworfen?« Fasziniert betrachtet er das Kleid, aber für mich fühlt es sich an, als würde er meinen Körper scannen. Augenblicklich wird mir heiß, und das liegt sicher nicht an der Hitze Dubais. Es liegt an diesem unglaublichen Mann, der mich ganz verrückt macht.

»Es ist eins der ersten Kleider, die ich dieses Jahr entworfen habe. Ich habe es bei Brooke genäht, da sie mir beim Entwurf ebenfalls geholfen hat. Es war nur eine Skizze, aber meiner Freundin hat es so gut gefallen, dass sie es unbedingt an mir sehen wollte.«

»Es ist wunderschön. Ich kenne mich bei Kleidern nicht aus, aber ich kann dir versichern, dass du unglaublich darin aussiehst.« Ich glaube ihm, weil ich es ihm ansehe, dass seine Worte ernst gemeint sind. Wieso hat er dann vor Jahren gesagt, dass ich nicht sein Typ bin, wenn es doch genau umgekehrt ist? Weil ich mich nicht traue ihn danach zu fragen, verwerfe ich diesen Gedanken und konzentriere mich auf mein Kleid, das mit jedem Schritt elegant mitschwingt.

»Danke«, sage ich und streiche stolz über meine Kreation.

»Hast du jemals daran gedacht, dieses Hobby zum Beruf zu machen?«, fragt mich Drake, als wir aus dem Zimmer und zu unserem Taxi gehen.

»Noch ein Beruf? Ich glaube, ich bin mit dir und meinem Foto auf Bussen ganz gut ausgelastet.«

»Aber würdest du es wollen? Sagen wir mal, wenn die anderen Jobs nicht wären. Könntest du es dir vorstellen?« Ich überlege zwar, aber die Antwort weiß ich jetzt schon. »Ja, das könnte ich mir sehr gut vorstellen. Ich habe im Laufe der Jahre so viele Skizzen geschaffen, dass ich ein eigenes Label gründen könnte.«

»Siehst du! Wieder eine neue Jobmöglichkeit. Also Addison, langsam wird es eng.« Ich lache über seinen Witz und schüttle den Kopf.

»Dass ich manchmal Möbel designe, erwähne ich lieber gar nicht.«

»Doch, ich finde das großartig. Du bist so vielseitig, womit ich wohl der langweilige Typ von uns beiden bin.«

»Also eines kann ich dir versichern, Drake O'Hara. Du bist viel. Arrogant, engagiert, charmant und witzig, aber sicher nicht langweilig.«

»Schön zu hören, dass ich ein paar Pluspunkte in den letzten Tagen bekommen habe.« Ich verschweige, dass er in meinen Augen keine weiteren Pluspunkte gebraucht hätte.

»Das hast du.« Ich unterdrücke ein verliebtes Seufzen, denn wenn ich ihn so ansehe, im dunklen Anzug mit dem weißen Hemd zu seiner dunklen Haut und diesen Augen, beginnt mein Herz noch heftiger zu klopfen, je länger ich mich in diesem Blaugrün verliere.

»Wie sieht es mit dir aus? Hast du ein Hobby?«, frage ich nun, weil ich gerne wissen würde, ob Drake eine Leidenschaft verfolgt und weil ich einen Themenwechsel brauche.

»Ich interessiere mich für die Astronomie. Beobachte gerne die Sterne, wenn ich mal wieder nicht schlafen kann.«

»Wusstest du, dass Brian May von Queen einen Abschluss in Astrophysik hat?«

»Ja, das habe ich tatsächlich gewusst«, meint er amüsiert und scheint meine Anspielung auf meine Lieblingsband witzig zu finden. Da ich das Gespräch locker halten möchte, frage ich nicht nach seinen schlaflosen Nächten, weil ich das Gefühl habe, dass ihn das nur aufwühlen würde.

»Mein Leben war bis jetzt immer hektisch. Mit vielen Überraschungen und Wendungen, deshalb gefällt es mir, die Ruhe beim Beobachten der Sterne zu genießen.«

»Das klingt schön. Warst du deshalb so entspannt und redselig, als wir auf der Dachterrasse lagen?«

»Könnte sein. Diese Nacht und dass ich jemandem meine Geschichte erzähle, war längst überfällig. Deshalb bin ich froh, dass du da warst, als ich dich gebraucht habe.«

»Du kannst dich ja revanchieren, indem du mir einen Trip zu den Sternen schenkst.«

»Ich werde gleich die NASA anrufen und einen Termin vereinbaren.«

»Großartig. Dann wäre das ja abgemacht.« Drake legt eine Hand auf meinen unteren Rücken und führt mich zum Fahrstuhl. Die Gänsehaut, die meinen Körper aufgrund seiner Berührung überzieht, kommentiert er nicht, aber er fühlt sie bestimmt. In der Lobby bemerke ich, dass ich mein Smartphone vergessen habe, also wartet Drake geduldig, während ich wieder ins Zimmer gehe. Als ich jedoch wieder zurückkomme, ist Drake nicht mehr allein. Eine hübsche Blondine steht vor ihm, hat ihre Hand auf seinem Bizeps und baggert ihn schamlos an, rückt ihm auf die Pelle, doch Drake löst sich von ihr, und die beiden beginnen heftig zu diskutieren. Drake lässt sich nicht von ihr einschüchtern, sondern deutet auf die Eingangstür des Hotels.

Daraufhin reagiert sie noch heftiger, macht aber keine direkte Szene, aber ich bemerke, dass sie fuchsteufelswild ist. Drake bleibt eiskalt und deutet noch mal auf die Tür. Diesmal geht sie wirklich, und ein komisches Gefühl breitet sich in meiner Magengegend aus, als mir bewusst wird, wie sehr sie sich von mir unterscheidet. Dann sieht Drake in meine Richtung und kommt auf mich zu.

Ich weiß nicht, was ich sagen, geschweige was ich denken soll, also lasse ich mir von ihm erzählen, wer das gewesen ist. Farrah, eine lockere Affäre von damals, die wieder auf der Matte gestanden ist, er sie aber abgewiesen hat. Er erzählt so unbefangen darüber, dass ich mir sicher bin, dass er tatsächlich nichts von ihr will. Obwohl sie quasi willig und bereit gewesen ist – und welcher Mann würde da nicht Ja sagen. Drake anscheinend. Ich lasse das Aufeinandertreffen der beiden unkommentiert, doch das heißt nicht, dass es mich nicht mehr beschäftigt.

Clint Livingston wohnt etwas außerhalb der Stadt, wo das Leben pulsiert. Bei meiner Recherche habe ich erfahren, dass er Inhaber der Livingston Inc. ist, einer der größten Baumaschinenhersteller der Welt. Er ist außerdem alleinerziehender Vater von zwei Töchtern, seit seine Frau vor zehn Jahren an Krebs gestorben ist.

Seine Kinder sind sein Ein und Alles, und da seine älteste Tochter nächste Woche sechzehn Jahre alt wird, hat er Drake gebeten, die Planung ihrer Feier zu übernehmen. Als wir die Auffahrt hochfahren, bin ich überrascht über die Partydekorationen vor dem Haus. Luftballons und Girlanden hängen in den Bäumen und Büschen. Die Dekoration ist nicht gerade stilvoll, sondern eher einfach gehalten, aber für ein Geschäftsessen hatte ich trotzdem nichts dergleichen erwartet.

»Hast du nicht gesagt, dass wir nur essen?«, frage ich nun etwas verwirrt. Anscheinend wird eine Party vorbereitet.

»Das stimmt auch. Keine Ahnung, was die ganzen Leute hier sollen.« Er deutet auf die geschäftig wirkenden Kellner in Uniformen, die über das gesamte Grundstück wuseln. Als wir aussteigen, kommt uns sofort ein gut aussehender Mitvierziger entgegen. Die Haare ergraut, der Körper in Form gehalten und ein freundliches Lächeln auf den Lippen. »Drake, mein Freund!« Sie schütteln sich die Hand, ehe sich beide mir zuwenden. »Wer ist denn dieses bezaubernde Geschöpf«, meint Clint an mich gewandt.

»Das ist Addison Grant, meine neue Mitarbeiterin.«

»Clint. Es ist mir ein Vergnügen.« Er küsst meine Hand.

»Addison. Freut mich.«

»Tut mir leid wegen diesem Wirbel hier«, er deutet auf die Menschen um uns herum. »Aber meine Mutter hat für Teagan eine kleine familiäre Feier geplant. Es sollte eine Überraschung sein, aber Mrs Livingston ist nicht so geschickt darin, etwas für sich zu behalten.«

»Wir können das Gespräch auch auf morgen verschieben«, meint Drake verständnisvoll, doch unser Kunde schüttelt nur den Kopf. »Kommt gar nicht infrage. Ihr seid heute Abend meine Gäste, und je mehr wir sind, desto besser. Kommt, Teagan wartet schon auf euch.« Die Villa von Clint Livingston ist der feuchte Traum eines jeden Architekturliebhabers. Das weiße Haus steht auf einem Hangareal, hat neben vielen Glasflächen Vor- und Rücksprünge, die das Gebäude moderner gestalten, aber keinen richtigen Zweck erfüllen sollen. Mit ihnen erhält die Villa einen individuellen und zeitgenössischen Stil. Ich finde sie wirklich außergewöhnlich.

Von der unteren Eingangsebene, wo gerade Tische mit Getränken aufgebaut werden, führt eine Treppe hinauf zum Erdgeschoss. Über ihr weitet sich der Innenraum eindrucksvoll über drei Geschosse aus, das kann ich selbst von hier aus erkennen. Große Fensterfronten und Oberlichter sorgen für durchgängige Helligkeit, und das Eichenparkett setzt einen warmen Akzent gegenüber den vielen freien Wandflächen in strahlendem Weiß.

Es ist spärlich, aber hochmodern eingerichtet, imposant, aber nichts, worin ich selbst gern wohnen würde. Ich entschuldige mich kurz bei den Herren, lasse mir von einem der Kellner den Weg zur Toilette zeigen. Drake würde warten, bis ich zurück bin, um die Planung der Party zu besprechen. Als ich mir die Hände abtrockne, beginnt mein Handy in der Tasche zu vibrieren.

Grace: Und? Bist du schon geschmolzen? Auf deinem letzten Selfie konnte ich die Hitze dort regelrecht spüren.
Addison: Nein, wir sind gerade in einer klimatisierten Villa beim ersten Kundengespräch.
Grace: Störe ich?
Addison: Habe noch etwas Zeit. Bin froh, dass du dich gemeldet hast. Fühle mich ein wenig einsam ohne dich. Normalerweise jetten wir beide durch die Welt.
Grace: Du bist mit dem Dienstags-Hottie unterwegs. Wie kann man sich da einsam fühlen?
Addison: Na ja, vorhin hat eine scharfe Frau in der Lobby gestanden und sich ihm dargeboten. Im wahrsten Sinne des Wortes. Er hat sie zwar abgewiesen, aber die Situation hat mir vor Augen geführt, was für ein Leben Drake eigentlich lebt. Ein Junggesellenleben.
Grace: Ich hoffe, sie war ganz hässlich.
Addison: Ganz und gar nicht. Sein Typ. Blond, schlank und selbstbewusst.

Grace: Ich glaube noch immer nicht, dass diese Art von Frauen seinem Typ entsprechen. Etwas sagt mir, dass da mehr ist, als er zugibt.

Addison: Ich weiß ja seit unserer ersten Begegnung, dass ich nicht seinem Frauentyp entspreche. Du weißt doch, wie ich dir von unserer ersten Begegnung erzählt habe. Wie konnte ich nur schon wieder vergessen, dass er gar nicht auf mich steht und mich da in etwas reinsteigern, was niemals gut gehen könnte.

Grace: Lass es doch einfach auf dich zukommen. Vielleicht ist es Schicksal zwischen euch beiden, vielleicht auch nicht, aber es bringt nichts, sich fertigzumachen. Du bist eine starke, wunderschöne und selbstbewusste Frau, und wenn Drake das nicht sieht, nicht erkennt, dass du mehr als jemand für eine Nacht bist, dann ist er derjenige, dem es leidtun sollte.

Addison: Danke, meine Süße, für die aufbauenden Worte. Muss jetzt los. Sonnige Grüße an alle. Liebe euch.

Teagan ist ein hübsches Mädchen mit brünetten, dichten Locken und strahlend eisblauen Augen. Sie lächelt über das ganze Gesicht, als sie Drake erkennt, und umarmt ihn fest, was ich total süß finde. Sie scheinen sich schon lange zu kennen. Als sie sich zu mir umdreht, hält sie kurz inne und mustert mich neugierig, bis sie mich als A. Cameron erkennt. Ich bin total überrascht, als sie mir erzählt, dass sie mir schon ein Jahr lang folgt. Bei über hunderttausend Followern habe ich mir die Profile noch nie genauer angesehen, beschließe, das aber bald zu tun. Wir plaudern ein wenig, bis sich Drake zu uns gesellt und Teagan sein Konzept von einer Party auf der Jacht ihres Vaters vorstellt, das er ausgearbeitet hat. An ihrem Gesichtsausdruck erkenne ich, dass es nicht das ist, was sie sich vorgestellt hat. Sie erzählt Drake, wie viele Gäste sie eingeladen hat, an welche Musikrichtung sie gedacht hat und dass sie wegen einer Freundin, die im Rollstuhl sitzt, nicht auf einem Boot feiern möchte. Drake sieht ein wenig geschockt aus, dass er danebengelegen hat mit der Planung, also denke ich kurz nach, und auch wenn das mit Drake nicht ausgemacht gewesen ist, mische ich mich ein, weil ich plötzlich eine Idee habe. Eine Vision einer Feier für Teagan. Ich erzähle ihr von einer Party aus *Tausendundeiner Nacht*. Mit orientalischer Deko, Bauchtänzerinnen und Flammenspucker und einem riesigen Grill, wo wir das Essen frisch zubereiten können. Ich zeichne über mein Tablet das Gespräch mit meiner Diktier-App auf, damit ich später noch mal alles durchhören kann, und denke schon, dass dies keine gute Idee ist, als Teagan plötzlich aufspringt und die Arme um mich schließt und sich bei mir für die beste Idee überhaupt bedankt. Drake sieht mich mit einem stolzen Blick an, sichtlich froh, dass ich die Situation gerettet habe, und nickt mir zu. Er bespricht die Details mit Clint, ehe wir zum Essen gerufen werden.

Nach dem Essen und den Drinks verabschieden wir uns und wollen ein Taxi bestellen, doch Clint besteht darauf, uns einen Chauffeur zur Verfügung zu stellen, solange wir in Dubai sind. Drake nimmt den Vorschlag dankbar an, weil es die Organisation natürlich viel leichter und kostengünstiger macht. Es herrscht ein angenehmes Schweigen, als wir ins Hotel zurückfahren, und erst als wir vor unseren Zimmern stehen, wendet er sich mir zu. »Danke für deine Hilfe vorhin. Teagan war hellauf begeistert, und dabei ist sie eher ein schüchternes Mädchen und bei Fremden sehr scheu.«

»Ach, so fremd waren wir uns gar nicht«, antworte ich und betrete Drakes Zimmer hinter ihm, weil ich viel zu müde bin, um meine Schlüsselkarte aus der Handtasche zu holen. Ich werfe meine Tasche auf den mit dunklem Stoff gepolsterten Ohrensessel und lasse mich zum Spaß auf sein Bett fallen. Klar, ich könnte mich auch auf den Sessel plumpsen lassen, aber ich bin so müde, dass ich etwas Weiches brauche, und Drakes Bett ist einfach viel zu einladend.

Ich strecke die Arme von mir und kuschle mich in die Bettdecke. »Dein Bett ist viel weicher als meins«, murmle ich schlaftrunken.

»Das kommt dir nur so vor. Ich denke eher, dass alle identisch sind.«

»Nein«, flüstere ich und dämmere schon langsam weg.

»Addison«, sagt Drake und klingt ganz nah, als würde sein Gesicht über mir schweben.

»Hmm?«

»Wieso bist du nur so unwiderstehlich?«

»Weiß nich«, nuschle ich, höre eigentlich gar nicht richtig zu und bin kurz davor auf dem Bett meines Bosses einzuschlafen.

»Du machst es mir ganz schön schwer, mich von dir fernzuhalten«, ist alles, was ich noch vernehme, ehe ich seine starken Arme unter meinem Körper spüre und er mich behutsam in mein Zimmer trägt, wo ich erschöpft einschlafe.

Kapitel 24

Mood Song: Shawn Mendes – Aftertaste

Den ganzen Samstag haben Drake und ich gearbeitet, gegen diesen verdammten Jetlag angekämpft und uns langsam an die brennende Hitze gewöhnt. Wir haben für Taegans Party einiges organisieren können. Selbst den DJ, der eigentlich nächste Woche keine Zeit gehabt hätte, haben wir überredet, seine Termine zu verschieben, sodass er auf der Party auflegen wird. Drake in seinem Element zu erleben ist einfach faszinierend.

Im Büro trennt uns meistens ein Raum, sodass ich gar nicht weiß, was genau er den ganzen Tag zu tun hat. Hier erlebe ich ihn im Geschäftsmodus. Er ist charmanter, redseliger, aber auch knallhart, wenn es darum geht, etwas auszuhandeln oder zu organisieren. Ich habe währenddessen die Location umgesiedelt und Agenturen für professionelle Bauchtänzer rausgesucht, die Drake kontaktiert hat. Wir beide sind als Team sogar so gut, dass wir schon am ersten Tag mehr als die Hälfte als »erledigt« abhaken können, und das komplett ohne unser Hotelzimmer zu verlassen.

Da ich in der Broschüre des Hotels gelesen habe, dass sich die In- und Outdoorpools auf dem Dach befinden, beschließe ich, mich zur Belohnung etwas abzukühlen. Ich ziehe mir den Bikini vom letzten Shooting an, den ich vom Label geschenkt bekommen habe, darüber ein Wickelkleid. Zuerst habe ich gedacht, dass ich alleine gehen sollte, weil die Sache mit Farrah mir noch im Kopf herumspukt, aber ich habe es mir überlegt und hätte gerne Drakes Gesellschaft. Also klopfe ich an Drakes Tür, ehe ich sein Zimmer betrete und überrascht innehalte.

Drake hat gerade Kopfhörer auf, ist nur mit Shorts bekleidet und macht Liegestütze auf einer Sportmatte. Der Schweiß läuft seinen Körper hinab und erinnert mich an ein Glas Iced Karamell-Macchiato, an dem das Kondenswasser abperlt. Da er laut Musik hört und ich hinter ihm stehe, bemerkt er mich nicht sofort. Ich habe es auch nicht eilig, mich bemerkbar zu machen, und genieße stattdessen einfach seine Darbietung. Ich lehne mich gegen den Türrahmen, verschränke die Arme vor der Brust und beiße mir sehnsüchtig auf die Unterlippe. Und wieder ist er der Dienstags-Hottie, den ich beim Trainieren beobachte und den ich noch immer will. Plötzlich stöhnt er, als die Erschöpfung das Training erschwert. Etwas in den tieferen Regionen meines Körpers zieht sich aufgrund dieses Lauts zusammen. Beim Sex finde ich Männer, die laut stöhnen, unattraktiv, aber bei Drake ist es ein kurzes, tiefes Ächzen, das mich unglaublich antörnt.

»Da wären wir wieder am Anfang unserer Geschichte, oder?«, sagt Drake plötzlich, als er aufsteht, die Kopfhörer abnimmt und sich mit einem frechen Grinsen zu mir umdreht.

»Woher wusstest du, dass ich hier bin?«, frage ich erschrocken. Ich habe die laute Musik doch gehört, und er hat sich kein einziges Mal umgedreht. Er deutet auf den Ganzkörperspiegel im Badezimmer, der mich im offenen Türrahmen unverkennbar verraten hat. Toll! Wirklich toll. Man kann heutzutage auch niemanden ungestört angaffen. Vielleicht sollte ich mir ein neues Hobby suchen.

»Versteh mich nicht falsch, ich mag es, von dir beobachtet zu werden. Das spornt mich zu Höchstleistungen an.«

»Gut, dass meine Stalking-Neigungen doch zu etwas gut sind.« Lachend greift Drake nach einem Handtuch und trocknet sich das Gesicht und die Hände ab. Er legt es sich lässig um den Hals, ehe er die Enden mit beiden Händen festhält und mich aufmerksam mustert.

»Möchtest du schwimmen gehen?«, frage ich und schlucke schwer, als ich sehe, wie einzelne Schweißperlen seinen trainierten Oberkörper hinabgleiten. Ich muss meine Finger innerlich anschreien, um dem Drang nicht nachzugeben und ihn zu berühren.

»Klingt gut. Wir haben gestern lang gearbeitet und uns einen freien Tag mehr als verdient.«

»Lass mich nur kurz duschen. Oder möchtest du mitkommen?«

»Was?«

»Na ja, vielleicht hast du Lust, dein Stalking aufs nächste Level zu bringen.«

»Nein danke«, wobei ich sehr wohl interessiert wäre, einen kurzen Blick zu erhaschen.

»Wie du meinst. Ich verstehe natürlich, dass du Bedenken hast, dass dich meine Größe zu sehr anziehen würde.« Ich schnappe nach einem weiteren Handtuch und schleudere es ihm entgegen, doch er weicht aus, zwinkert mir zu und geht ins Badezimmer.

Die Sonne Dubais ist wirklich unberechenbar. Sie brennt unablässig auf uns herab, und selbst eine Minute ist zu viel des Guten, weshalb wir in den Indoor-Poolbereich wechseln. Ich lege mich auf eine der Liegen und beobachte Drake, der ins Wasser springt und ein paar Bahnen schwimmt, ehe ich mich erhebe und ihm ins Becken folge. Es fühlt sich natürlich frisch auf meiner Haut an und ist eine willkommene Abwechslung zu der Hitze und den sonst klimatisierten Räumen. Ich schwimme auf Drake zu, der mir ebenfalls näher kommt.

»Ich glaube, du bist ein wenig feucht«, meint er scherzend.

»Ja, das liegt natürlich an deinem Charme. Mein Höschen hat sich sofort in Luft aufgelöst.«

»Na endlich siehst du es ein.« Ich schüttle lachend den Kopf und versuche wegzuschwimmen, doch Drake hält mein Handgelenk fest und zieht mich an sich. Da das Wasser nicht tief ist, stehen wir beide eng umschlungen im Pool. Rund um uns Menschen, die wir nicht kennen, aber es ist egal, denn sobald er mich berührt hat, sind alle meine Sinne auf Drake ausgerichtet.

»Geh nicht«, flüstert er an meinem Ohr und streicht mit seinem glatt rasierten Kinn mein Haar zur Seite.

»Das hier wäre falsch«, flüstere ich außer Atem. Wir wissen beide, dass wir mit dem Feuer spielen, nur ist jetzt die Frage, ob wir das Risiko eingehen wollen oder nicht.

»Wieso fühlt es sich dann richtig an?« Ich drehe mich in seinem Arm um, sodass eine Hand nun auf meinem unteren Rücken ruht. Meine üppige Brust drückt sich gegen seinen harten Oberkörper.

»Ich weiß es nicht.« Drakes Hand wandert etwas tiefer, näher zu meinem Po, und ich kann nicht anders, als benommen die Augen zu schließen.

»Schlaf mit mir, Addison«, murmelt Drake, und seine tiefe Stimme bewirkt, dass ich in Flammen aufgehe, dabei hält er mich nur. Sonst nichts.

»Ich kann nicht. Wir dürfen nicht.«

»Wer sagt das?«

»Das muss keiner, Drake. Denn egal wie wir es drehen und wenden, jemand wird verletzt werden, und so wie es die Erfahrung zeigt, werde ich es sein.«

»Das muss nicht zwingend passieren.«

»Doch, das wird es. Ich will mehr als deine heimliche Affäre sein, und für weniger bin ich mir zu schade. Ich bin eine Frau, die weiß, was sie will.«

»Und willst du mich?«

»Ja.« Noch nie bin ich ehrlicher und verletzlicher gewesen als in diesem Moment. Drakes Blick ruht auf mir, die Miene undurchdringlich, die Augen dunkel, aber trotzdem sagt er kein Wort, versichert mir nicht, dass er es für mich versuchen würde. Mehr als eine lockere Affäre zu sein, etwas zu sein, was wir beide brauchen und verdient hätten.

»Keine Worte sind auch Worte, Drake«, sage ich und löse mich aus seinem Griff. Plötzlich sehe ich so etwas wie Verzweiflung in seinen Augen aufblitzen, aber es ist zu spät. Das Hin und Her zwischen uns muss endlich aufhören, denn es beginnt wehzutun. »Addison. Warte«, ruft er mir nach, doch ich schwimme weiter bis zum Beckenrand. Ich steige aus dem Pool, und gerade als ich denke, dass ich ihm entkommen bin, steht plötzlich Vaughn vor mir.

»Addison? Ist alles in Ordnung?«, fragt er mich alarmiert, doch ich kann nicht anders, als ihn anzufauchen.

»Was machst du denn hier, verdammt?«

»Ich bin im Urlaub mit Anne.«

»Natürlich. Das ist mal wieder typisch!« Ich frage mich wirklich, was ich verbrochen habe, dass mein Leben Wendungen wie ein Liebesroman nimmt. Als wäre es nicht schon schlimm genug, dass es mich meinen Job kosten könnte, dass ich auf meinen Chef stehe und der besagte Chef meine Gefühle einfach nicht erwidern kann. Nein, an diesem Tiefpunkt taucht natürlich auch mein Ex-Freund mit seiner Verlobten auf. Wenn ich endlich einen Mann getroffen habe, der dasselbe Feuer in sich trägt wie ich.

Ich lasse die beiden Männer kommentarlos stehen, die mir in letzter Zeit nur Verwirrung und eine frustrierte Libido beschert haben und gehe ins Zimmer. Auf das Klopfen, das ich später an der Verbindungstür vernehme, reagiere ich nicht. Und auch Stunden später kommt kein Wort über meine Lippen.

Ich liege den ganzen nächsten Tag im Bett, zeichne, höre meine Feeling-Low-Playlist und videochatte mit Grace, Daniel und Taylor. Sie merken, dass ich nicht gerade die beste Laune habe, fragen aber nicht weiter nach. Stattdessen lenken sie mich ab und erzählen mir, dass der erste Freitagabend ohne mich eine Katastrophe gewesen ist. Pacey hat mich so sehr vermisst, dass er nicht in der Lage war, eine Frau abzuschleppen.

Zayn wurde fast vom Ex-Freund seiner neuen Flamme verprügelt, Daniel und Tae hätten es beinah in der Besenkammer getrieben, und Grace hat einem attraktiven Fremden schöne Augen gemacht, bis plötzlich seine Frau dagestanden und das Unheil seinen Lauf genommen hat. »Da ist man nur ein paar Tage nicht da, und zu Hause droht die Welt unterzugehen.«

»Wie sollen wir es ohne dich aushalten?«, fragt nun Grace und schmollt.

»Vielleicht komme ich früher als geplant nach Hause.«

»Was? Wieso das denn?«, will Taylor wissen und setzt sich neben Grace, sodass ich nun beide sehen kann.

»Ähm«, sage ich und sehe in die Richtung, in der ich meinen Bruder und seine Freunde vermute.

»Ach ja. Zieht mal Leine, Jungs. Wir haben hier ein ernstes Frauengespräch.«

»Aber ihr beide könnt doch in eins eurer Zimmer gehen!«, jammert Pacey lautstark.

»Du hast noch nicht mal eine Schnitte abschleppen können gestern Nacht. Wieso versuchst du es heute nicht noch mal?

Neuer Tag, neues Glück?« Wie immer weiß Grace, wie man mit Pacey reden muss, um ihn in die richtige Richtung zu lenken.

»Wo sie recht hat, hat sie recht. Kommt, Jungs. Lasst uns auf die Pirsch gehen.«

»Viel Spaß«, ruft Taylor ihnen hinterher, ehe sie sich beide wieder mir zuwenden.

»Also raus damit. Was ist passiert?«, fragt Grace neugierig.

»Es ist eine Katastrophe.«

»Der Job?«

»Was? Nein! Diese Situation zwischen Drake und mir. Und wisst ihr, was das Beste daran ist?«

»Nein.«

»Vaughn ist auch hier.«

»Wie meinst du das? Dein Ex ist hier?«

»Er stand plötzlich vor mir, aber ich bin einfach gegangen, weil das mit Drake mir keine Ruhe lässt. Das mit uns ist so verworren.«

»Ach das«, meint nun Taylor fast gelangweilt.

»Das ist doch nichts Neues, oder?«, sagt nun Grace.

»Na ja.« Ich sehe auf meinen Schoß und versuche die Worte zu finden, die meine Gefühle richtig ausdrücken würden.

»Ich bin in ihn verliebt.«

»Schätzchen«, sagt Grace grinsend. »Du bist in ihn verliebt, seit du ihn das erste Mal gesehen hast. Das hättest du doch längst wissen sollen.«

»Ich wollte das nicht. Ich will nicht in meinen Boss verliebt sein.«

»Aber das bist du«, stellt Taylor klar. Ich fahre mir durchs Haar und würde sie mir am liebsten raufen. Wie konnte ich mich nur so in die Scheiße reiten. »Er aber nicht in mich. Drake will mich vögeln, was ja nicht schlecht ist, aber ich will mehr.«

»Er ist aber nicht bereit mehr zu geben?«, fragt Tae, und ich nicke traurig.

»Und was ist …«, setzt Grace an und lehnt sich wie Taylor nach hinten und tiefer in die Couch, »… wenn ihr zu viel darüber nachdenkt?«

»Wie meinst du das?«

»Na ja, ihr seid so besessen darauf, zu klären, was ihr voneinander wollt, dass ihr vielleicht die Tatsache übersehr, dass sich die Sache zwischen euch ja auch anders entwickeln könnte, als ihr denkt.«

»Drake ändert sich nicht«, sage ich etwas vorschnell und bereue es gleich wieder.

»Wobei, das stimmt auch nicht. Er ist viel offener geworden, hat mir ein wenig über sich erzählt und mir langsam den wahren Drake gezeigt. Aber es ist nur ein kleiner Fortschritt.«

»Aber trotzdem ein Fortschritt. Ich verstehe, dass du wissen möchtest, woran du bist, aber Drake ist nicht gerade der Typ, der, was seine Gefühle angeht, mit der Tür ins Haus fällt.«

»Nein. Aber ich habe ihm mein Herz offengelegt, habe mich verwundbar gemacht, mehr noch, als ich es bei Vaughn je getan habe, und er hat nichts gesagt.«

»Dann solltest du gehen«, sagt Grace plötzlich und lässt mich verstummen.

»Ja?«

»Wenn es dich unglücklich macht in seiner Nähe zu sein. Dann solltest du einfach nach Hause kommen und einen neuen Job suchen. Dann kannst du nach vorn sehen und ihn vergessen.«

»Du hast vielleicht recht. Ein Schlussstrich wäre vielleicht das Beste. Nach Teagans Party werde ich ihm sagen, dass ich kündige.«

Kapitel 25

Mood Song: Alec Benjamin – If I kill someone for you

»Verdammte Scheiße«, murmle ich und versuche Addison nachzulaufen, als sich mir der Typ in den Weg stellt, der vorhin ein paar Worte mit ihr gewechselt hat. Ich blicke auf den blonden Sonnyboy, der versucht gefährlich auszusehen, aber einen Kopf kürzer als ich ist. Woher kennt sie diesen Typ? »Was wollen Sie von Addy?«, will er in schroffem Ton wissen.

»Was geht dich das an? Geh mir aus dem Weg.« Ich will ihm ausweichen, als er sich wieder vor mich schiebt und meine Geduld auf eine harte Probe stellt. Meine Frustration wandelt sich in Wut um, denn ich will nur zu Addison und mit ihr sprechen.

»Willst du es wirklich auf die harte Tour?«, knurre ich, doch der Typ hat Mumm und bewegt sich kein Stück. Er will Addison vor mir schützen, was ich ihm zwar hoch anrechne, mir meine Situation aber noch zusätzlich erschwert.

»Ich gehe hier nicht weg, bevor Sie mir nicht sagen, wieso Addison vor Ihnen flüchtet.«

»Und wer bist du, dass du dir solche Sorgen um sie machst?« Er plustert sich auf wie ein Hahn und meint schließlich: »Ich bin Vaughn, ihr Ex-Verlobter.« Diese Witzfigur ist der Typ, der eine Frau wie Addison gehen lassen hat? Was für ein Idiot.

»Ach, du bist der Vollpfosten, der auf getrennte Schlafzimmer steht?« Peinlich berührt sieht er sich um, ob jemand unser Gespräch belauscht, aber ich gehe in die Vollen und werde einen Tick lauter.

»Das geht Sie nichts an!«

»Das vielleicht nicht, aber ich wollte immer schon den Typen sehen, dem ich es zu verdanken habe, dass Addison wieder Single ist.« Addison hat mir die Kurzversion ihrer Trennung erzählt, aber ich will es gar nicht im Detail wissen.

»Single oder nicht, sie läuft gerade trotzdem vor Ihnen davon.« Punkt für ihn, dass muss ich ihm lassen. Ich will mich nicht prügeln und einen Aufstand schon gar nicht, aber ich will das mit Addy wieder in Ordnung bringen. Doch Vaughns entschlossenes Gesicht verrät mir, dass er für Addy gerade alles tun würde, weil er glaubt, dass ich ihr etwas Böses will. Deshalb atme ich kurz durch und ich erzähle Addisons Ex-Verlobtem, wer ich bin.

»Es sah aber so aus, als wärt ihr mehr als nur Kollegen«, stellt er fest und hat natürlich recht.

»Das sind wir auch.«

»Nichts für ungut. Ich wollte Addison nur beschützen.«

»Ich würde ihr nie etwas antun«, entgegne ich. Das ist die reine Wahrheit. Ich würde niemals die Hand gegen eine Frau erheben. Niemals!

»Schon gut, geh zu ihr und sei klüger, als ich es gewesen bin.«

»Wie meinst du das?« Ich bin bewusst beim Du geblieben, weil ich keine Höflichkeitsfloskeln mit jemandem austausche, der sich für meine Addison interessiert. Meine? Das ist selbst für meine Gedanken neu.

»Addison ist eine Nummer zu groß für mich gewesen. So eine Powerfrau habe ich nicht halten können. Ich habe sie nicht verdient. Und wir haben einfach nicht zusammengepasst, aber wenn ich eines bereue ist es, dass ich nicht von Anfang an ehrlich zu ihr gewesen bin. Mach nicht denselben Fehler wie ich«, sagt er, ehe er sich verabschiedet und zu seinem Platz zurückkehrt. Obwohl wir uns nicht kennen, gibt er mir Ratschläge. Dieser Kerl ist schwer einzuschätzen, aber seine Worte hallen in mir nach, denn ich habe vor, Addison zu halten, es für sie zu versuchen, das habe ich in dem Moment gewusst, als sie uns beide aufgegeben hat. Ich habe es in ihren Augen gesehen, und das macht mich fertig, verdammt.

Ich schnappe mir unsere Sachen und Handtücher und gehe runter in mein Zimmer. Ich klopfe an die Verbindungstür, aber Addison antwortet nicht. Nicht mal eine spitze Bemerkung oder Schimpftiraden kommen, was mich noch mehr schockiert als alles andere. Wenn sie keine scherzhaften Bemerkungen fallen lässt, dann habe ich es aber so richtig versaut. Da ich weiß, wie Addison auf Druck reagiert, nämlich impulsiv, lasse ich es für heute sein, lege mich aufs Bett und starre an die Decke. Noch vor ein paar Minuten habe ich diese unglaubliche Frau in den Armen gehalten und ihren Körper an meinem gespürt.

Ich hätte etwas sagen müssen, als sie offen zu mir gewesen ist, aber die Wahrheit ist, dass ich zu viel Angst hatte, um irgendetwas zu sagen.

Noch nie hatte ich eine ernst zu nehmende Beziehung, weil ich nicht geschaffen dafür bin. Aber wie Vaughn schon gesagt hat, ist Addison nicht irgendeine Frau, sondern eine, für die man eine gewisse innere Stärke braucht, um sie bei sich zu behalten und ihr Fels in der Brandung sein zu können. Ich weiß noch immer nicht, ob ich ihr geben kann, was sie braucht, aber ich bin mir sicher, dass ich es versuchen möchte. Für sie. Weil sie es verdient hat, und weil ich verrückt nach ihr bin.

Ich gebe mir in den nächsten Tagen Mühe, das Gespräch mit Addison zu suchen, aber sie blockt einfach ab, tut so, als wäre der Moment im Pool nie passiert. Wir arbeiten an dem Event, planen unseren London Trip nebenbei und bereiten vieles für Teagans Party vor. Es sollte eine kleine Feier für sie und ihre Freunde sein, aber da eines der Kids der Sohn eines hier ansässigen amerikanischen Baumagnaten ist, sind immer mehr Geschäftspartner eingeladen worden. Mit der Location werden wir kein Problem haben, aber mir macht der Mix von Jung und Alt Sorgen. Das funktioniert in den meisten Fällen nicht so gut, weil die Kids sich nicht fallen lassen können, solange ihre Eltern in der Nähe sind.

Deshalb hat Addison die Idee gehabt, es in eine Art Maskenball zu verwandeln.

Man darf nur auf die ursprüngliche Party, wenn man orientalisch gekleidet ist. Addison und ich haben uns Kostüme besorgt, damit wir auch zur Location passen und überall reinkönnen. Und auch für Security ist gesorgt worden. Die Stimmung zwischen uns ist noch immer unterkühlt, obwohl ich nach wie vor das Gespräch mit ihr suche, um die Situation zu erklären. Wir lachen nicht mehr gemeinsam, reden nur über Geschäftliches, aber was die Arbeit anbelangt, bleiben wir professionell und im Flow. Addisons Ideen sind unglaublich, wie zum Beispiel Lichterketten anstatt die teurere Alternative, die ich geplant habe, zu verwenden. Dann hat sie eine Kiste hochwertiger Schals liefern lassen, weil sie mit den Bauchtänzern ausgemacht hat, einen orientalischen Tanz aufzuführen. Würde nun auch die Stimmung zwischen uns wieder passen, dann wäre alles perfekt, aber Addison geht mir aus dem Weg, sobald ich mit ihr sprechen möchte. Wir arbeiten nur in ihrem Zimmer, und wenn wir fertig sind, bittet sie mich höflich zu gehen, um stundenlang am Laptop oder Telefon zu verbringen. Am Tag der Party geht alles wie gewohnt seinen Lauf. Wir kommen früh bei der Location an, weisen die Kellner ein, besichtigen den Grill der Caterer, prüfen, ob alles nach Brandschutzrichtlinien aufgebaut wurde und gehen die Notausgänge und Feuerlöscher durch.

Dann ist es Zeit sich umzuziehen, und ich beschließe, nicht länger abzuwarten. Ich muss mit Addison reden. Nicht über das, was im Pool passiert ist oder wie es nun mit uns weitergehen soll, sondern weil ich unsere Gespräche vermisse. Ich vermisse es, dass sie mich in meine Schranken weist, wenn ich wieder einmal einen neckischen Kommentar von mir gebe. Ich vermisse sie schrecklich. Ich habe mir ein Aladin-Kostüm besorgt, das originalgetreu ist und mir gar nicht schlecht steht. Ich merke immer deutlicher, dass mir gewisse Farben gefallen und ich auch meine Kleidung etwas bunter ertragen kann. Angefangen habe ich mit einer blauen Krawatte, aber ich arbeite mich langsam vor. Addison beginnt mein Leben bunter zu machen, auch wenn es ihr nicht bewusst ist. Doch als ich zu Addison will, merke ich, dass sie gar nicht in der Garderobe ist.

Ich suche sie, will unbedingt mit ihr reinen Tisch machen, weil ich sie nicht verlieren will, weder als Angestellte noch als Freundin. Dann sehe ich sie und verdammt, sie raubt mir den Atem. Sie trägt ein orangefarbenes Bauchtänzerin-Kostüm, das viel Haut zeigt. Sie hat goldenen Schmuck in den offenen Haaren und viele feine Goldkettchen an den Handgelenken und um die Knöchel. Damit es aber nicht zu freizügig wirkt, hat sie sich einen Schal um den Oberkörper gewickelt, der dieselbe Farbe hat wie das Outfit. Ihre Augen hat sie dunkel geschminkt, und durch ihren dunklen Teint sieht sie tatsächlich wie eine orientalische Schönheit aus.

»Addison? Hast du einen Moment?«, frage ich und nähere mich ihr langsam. Sie sieht auf, und ich sehe ihr an, dass sie am liebsten flüchten will, aber zum Glück bleibt ihr Blick an meinem freien Oberkörper hängen. »Was kann ich für dich tun?«

»Ich brauche meine alte Addison«, sage ich plötzlich und wundere mich selbst über meine Wortwahl. Meine Stimme hat fast einen flehenden Unterton. Mir ist nicht mal bewusst gewesen, wie sehr mich diese Distanz belastet hat. Wie sehr ich es vermisse, mit ihr über alles zu sprechen.

»Wie bitte?« Sie verschränkt die Arme vor der Brust und scheint mir nicht folgen zu können, also versuche ich zu erklären, was für ein verkorkster Beziehungsmensch ich bin.

»Es tut mir leid, dass ich dir keine Antwort gegeben habe letztens im Pool, aber …«

»Hör zu, Drake. Wir sollten das Ganze hier nicht verkomplizieren. Ich habe es schon geschnallt und verstehe es.«

»Was glaubst du zu verstehen?«

»Das ist nun egal, weil es sowieso zu spät ist.«

»Was? Wieso?« Ich verspanne mich aufgrund ihrer Worte, denn ich ahne, dass es hier um mehr geht als nur ein kleines Missverständnis.

»Weil ich kündigen möchte.« Langsam. Ganz langsam dringen ihre Worte zu mir durch, und im selben Tempo schüttle ich den Kopf, weil ich das nicht akzeptieren kann.

»Nein.« Sie darf nicht gehen!

»Doch. Ich kann das nicht mehr, Drake, aber ich werde dich nicht im Stich lassen. Ich habe dir schon zwei neue Mitarbeiter organisiert. Du musst sie nur zu einem Bewerbungsgespräch einladen und kennenlernen.«

»Ich will niemand anderen, Addison. Ich will dich.« Das sind die Worte, die ich ihr im Pool hätte sagen müssen, aber es ist zu spät, sie hat uns aufgegeben.

»Es tut mir leid«, flüstert sie mit feuchten Augen, sieht mich genauso traurig an, wie ich mich fühle, und nutzt meine Bestürztheit aus, um vor mir zu flüchten. Ich blicke ins Nichts und versuche das Ganze zu verarbeiten. Sie will gehen! Sie will mich verlassen, hat aber trotzdem ein neues Team für mich organisiert, um mich nicht im Stich zu lassen, das zeigt doch, dass ihr etwas an mir liegt. Oder? Bis jetzt hatte ich noch nie etwas, das man eine ernste Beziehung nennen konnte, aber ich merke auch, wieso. Weil dieses Gefühlsding alles komplizierter macht, weil es dich verletzlicher macht.

Ich habe Addison verletzt, als ich ihr nicht gesagt habe, dass ich sie ebenfalls will, dass ich versuchen würde ihr mehr zu geben. Denn ich will ihr alles geben und einfach sehen, wohin es uns führt. Will wissen, was es mit der Liebe auf sich hat, von der die ganze Welt so besessen ist. Nach all dieser Zeit, seit ich diese Frau kenne, ergibt endlich alles Sinn; dieses Knistern, dieses Feuer zwischen uns hätte mir schon vorher klarmachen sollen, dass Addison und ich nie nur Freunde oder gar eine Affäre sein könnten. Wir sind für mehr geschaffen, nur muss ich Addy davon überzeugen.

Ich werde von Clint abgefangen, der mir einige seiner Geschäftspartner und Freunde vorstellt. Neue Menschen auf Partys kennenzulernen, die ich organisiere, ist immer eine Gratwanderung. Ich versuche mich mit allen zu unterhalten, während ich trotzdem Augen und Ohren überall haben möchte, um die Party für meine Kunden unvergesslich zu machen. Addison kann ich in der Menschenmenge nicht ausmachen. Es werden immer mehr Gäste, was mich langsam den Überblick verlieren lässt. Ich entschuldige mich höflich bei Clint, weil ich länger bei ihm stand als geplant.

Zum Glück ist die Feier in vollem Gange. Teagan blüht regelrecht auf, genießt die Party mit ihren Freunden und lässt sich von einer Bauchtänzerin gerade ein paar Bewegungen zeigen, als ich den Raum betrete, der einem Filmset für einen neuen Bollywood-Film ähnelt. Ich frage bei den Oberkellnern nach, ob jemand Addy gesehen hat, aber die meisten sind so sehr mit dem Bewirten der Gäste beschäftigt, dass sie keine Augen für etwas anderes gehabt haben.

Erst bei der menschenleeren Bar im Inneren der Location, wo man sich die Getränke selbst nehmen kann, fällt mir ihr haselnussbrauner Haarschopf auf. Sie unterhält sich gerade mit einem Gast im Anzug, und ich merke sofort, dass sie sich unwohl fühlt. Ihre Haltung ist steif, und auch ihr Lächeln ist nicht echt. Etwas stimmt da nicht, und als plötzlich der Typ einen Schritt auf sie zumacht und beginnt sie zu bedrängen, kann ich nur mehr daran denken, ihm gehörig den Arsch aufzureißen, denn keiner fasst mein Mädchen an. Niemand außer mir!

Kapitel 26

Mood Song: Sia – Helium

Ich bin ja schon öfter schamlos angebaggert worden, aber dieser Typ hier schießt echt den Vogel ab. Er hat mich den ganzen Abend schon mit den Augen ausgezogen, sich aber lange und gut mit Clint unterhalten, sodass ich ihn nicht vor allen anfahren konnte, was er denn von mir will. Er ist locker zehn Jahre älter als ich, trägt einen Ehering und ist nicht gerade das, was ich als attraktiv bezeichnen würde. Er hat eine ergraute Halbglatze und ist stockbesoffen, aber es ist der Blick in seinen Augen, der mir ein wenig Unbehagen bereitet. Er ist animalischer Natur, fast als wäre er krankhaft besessen von mir.

»Ich habe versucht freundlich zu sein, aber wenn Sie nicht aufhören mir nachzulaufen, dann muss ich die Security rufen.«

»Tu das, Schätzchen. Denn hier kennen mich alle. Sie wissen, dass die Frauen verrückt nach mir sind.«

»Natürlich«, sage ich sarkastisch und wende mich ab, um zu gehen, als er plötzlich näher kommt und nach meinem Arm greift. Ich sehe rot und will gerade zeigen, was mir mein Bruder über Selbstverteidigung beigebracht hat, als ich plötzlich Drakes Stimme vernehme.

»Lass sie los«, sagt er ruhig, aber ich spüre die Wut, die die Erde fast erbeben lässt. Wie ein dunkler Ritter in Aladin-

Montur steht er da, sieht mich aber nicht an, sondern tötet den Fremden mit Blicken.

»Geh weg, sonst zeig ich dir, wo der Haken hängt«, lallt dieser Typ, und jedes Wort, das seinen Mund verlässt, lässt mich aufgrund seiner Alkoholfahne fast erbrechen. Plötzlich geht Drake auf ihn los, legt seine Hand um seinen Hals und drückt zu, sodass der Fremde mich sofort loslässt, um Drakes Arm wegzuschlagen, doch er hält ihn eisern fest.

»Ich bekomme … keine Luft«, röchelt er und sieht panisch in meine Richtung. Aber wenn er glaubt, ich würde ihm helfen, obwohl er mir bewusst wehtun wollte, hat er sich geschnitten. Er kann froh sein, dass Drake gekommen ist. Ich hätte ihm noch mehr Schmerzen bereitet.

»Du wirst mir jetzt zuhören, du verdammtes Arschloch«, knurrt Drake und drückt noch fester zu. Der Anzugträger ächzt, aber nickt panisch. Von seinem selbstverliebten Verhalten ist nichts mehr zu spüren.

»Du wirst dich bei meinem Mädchen hier entschuldigen, und dann wirst du sofort diese Party verlassen, und wenn ich dich noch einmal in der Nähe von ihr oder Teagan sehe, werde ich dich vernichten. Ich werde so lange in deiner elenden Existenz graben, bis deine schicke Frau alles über dich erfährt. Dass du ein verlogenes Arschloch bist und deinen kleinen Schwanz nicht unter Kontrolle hast.« Als ich das Gefühl habe, dass er blau anläuft, lässt Drake ihn los, und er sinkt vor mir auf die Knie.

»Es tut mir leid«, keucht er und greift nach seinem Hals, rappelt sich nach ein paar röchelnden Atemzügen auf.

»Das hoffe ich«, zische ich, greife nach seiner Schulter und ramme ihm mein Knie in die Eier. Er jault vor Schmerzen auf.

»Männer wie du gehören weggesperrt. Verschwinde, bevor ich mich vergesse und dir zeige, was wahre Schmerzen sind.«

Wie der Jammerlappen, der er ist, flieht er vor uns, humpelt aus dem Raum, und ich hoffe, dass ich diese Visage nie wieder sehen muss.

»Alles in Ordnung?«, fragt mich Drake besorgt. Er steht nun vor mir, umfasst mein Gesicht mit seinen großen Händen und sucht nach Verletzungen, die er nicht finden wird. Sein Blick spiegelt Panik wider, Besorgnis und so viel Zorn.

»Mir geht es gut«, versichere ich ihm, will mich schon von ihm lösen, weil er mir zu nah ist, aber er lässt mich nicht. Ich gebe zu, dass ich gerade unfassbar erleichtert bin, Drake in meiner Nähe zu haben. Langsam kommen mir Zweifel, ob es klug war zu kündigen, nur weil ich verliebt in ihn bin. Ich weiß, dass er auch etwas für mich empfindet. Wieso dann nicht nehmen, was er geben kann? Ich will Drake ja nicht ändern, ich mag ihn doch, wie er ist. Ich habe zwar immer scherzhaft erwähnt, dass mir seine selbstbewusste Art, gemischt mit seiner Arroganz, zuwider ist, aber das stimmt gar nicht. Das sind Eigenschaften an Drake, die ihn ausmachen, und er hat ja recht. Er ist unwiderstehlich, steht nun vor mir und sieht mich so besorgt an, dass ich sicher bin, dass er gerade Berge versetzen würde, um mich in Sicherheit zu wissen.

»Wieso glaube ich dir nicht?«, fragt er sanft, greift nach meinem Handgelenk, um meinen Puls zu fühlen. Er rast unkontrolliert, was aber nicht an der Begegnung mit diesem Arsch liegt, sondern weil Drake mir nahe ist, weil er so wunderschön aussieht, dass mein Herz schwer wird. Niemals habe ich einen schöneren Mann gesehen, niemals so empfunden, wie ich es jetzt tue. Auch wenn meine Gefühle nicht erwidert werden, bereue ich sie nicht, denn Drake zu lieben ist wie sich noch lebendiger zu fühlen.

»Das liegt nicht an ihm«, murmle ich, gefangen in seinen faszinierenden Augen, in seiner zarten Seele, die er selten nach außen zeigt. Mein Herz klopft mir bis zum Hals, als er mit dem Daumen über meine Wange streicht, hämmert wild gegen meine Brust, als würde es aus mir rauswollen, um sich mit seinem vereinen zu können.

»Ich weiß«, murmelt er dicht an meinen Lippen, ohne jegliche Arroganz und ohne einen Flirtversuch zu starten. Denn er spürt und weiß mittlerweile, dass ich verrückt nach ihm bin. Ihm hoffnungslos verfallen bin. Seinem Humor, seiner Stimme, seinem Herzen, das er nur langsam für mich geöffnet hat. Auch wenn ich kündigen würde, könnte ich nicht von ihm loskommen und will es gar nicht mehr. Denn auch wenn er im Pool still gewesen ist, ist er nun offen wie ein Buch, und das, ohne ein einzelnes Wort zu sagen. Ich weiß, dass er es versuchen will, spüre es bis in die Zehenspitzen. Drake sieht mich plötzlich mit einer Erkenntnis im Blick an, als würde nun endlich alles Sinn ergeben und es ihm die Augen öffnen. Er kommt mir näher, sodass sein Feuer auf mich übergeht und wir wie ein Waldbrand knistern, uns nicht mehr loslassen können.

»Ich weiß es jetzt«, raunt er heiser, ehe er seine Hände in meinem Haar vergräbt und seine Lippen auf meine presst. Augenblicklich gehen wir in Flammen auf. Ich kralle meine Hände in seine Hüften, und Drake drückt mich gegen die Wand neben uns. Ich keuche auf, als seine Zunge in meinen Mund gleitet, als gehöre sie dorthin, als wäre das hier selbstverständlich. Das hier ist kein sanfter Kuss, wie man ihn in Filmen sieht, denn wir sind längst über den Status des Kostens hinaus.

Wir haben uns an Silvester einmal geküsst, aber das hier, dieses Zusammenprallen, ist etwas, das man nicht in Worte fassen kann. Man muss es fühlen, und das tue ich. Ich fühle das, was er mir nicht sagen konnte, wie sehr er mich begehrt und will. Drake küsst mich, als könnte er nicht anders, als wäre es sein Lebenssinn, dabei presst er seine Hüften gegen mich. Ich stöhne in seinen Mund und fühle mich, als würde ich schmelzen in seinen Armen. Seine rechte Hand löst sich von meinem Haar, gleitet zu meinem Hals, die andere streicht zärtlich über meine linke Brust.

Ich seufze auf, als Drake meinen Mund freigibt, nur um meinen Hals mit Küssen zu bedecken, ehe er mit der Zunge über meinen pochenden Puls leckt. »Fuck«, flüstere ich und fühle mich zum ersten Mal nicht wie die Powerfrau, die alles alleine schaffen kann, sondern als Teil eines Ganzen. Drake löst sich von meiner Haut und sieht mich aus dunklen Augen an. Wir keuchen beide vor Lust und Zurückhaltung. »Das hier«, flüstert er.

»Ist unglaublich«, beende ich seinen Satz und lächele ihn mit vor Lust geröteten Augen an.

»Es ist noch nicht vorbei«, sagt er mit einem dreckigen Grinsen im Gesicht, ehe er sich mir wieder nähert.

»Es wird niemals vorbei sein«, raunt er und küsst mich so lange, bis ich das Gefühl habe, keine Luft mehr zu bekommen. Wenn nicht ein Kellner zufällig den Raum betreten hätte, um zu sehen, ob genug Getränke da sind, bin ich mir nicht sicher, ob wir uns hätten zurückhalten können. Ich bin froh und erleichtert, dass diese Bar so lange leer geblieben ist, dass es zum Kuss kommen konnte. »Lass uns gehen«, flüstert er dicht an meinem Ohr und erwidert das wissende Grinsen des Kellners ebenso wie ich.

Wir sind auf dem Weg zu Clint, um uns zu verabschieden, als plötzlich Teagan neben uns auftaucht. »Da bist du ja, Addison. Hast du kurz Zeit für mich? Meine Freundin glaubt mir nicht, dass A. Cameron auf meiner Party ist.« Ich lächle sie an, weil ich mich geschmeichelt fühle, dass sie mich vor ihren Freunden überhaupt erwähnt hat. Teenager sind nicht meine glühendsten Anhänger.

Ich sehe zu Drake, der mich mit einem stolzen Lächeln ansieht. »Los. Geh. Wir haben noch die ganze Nacht.« Ich nicke und kann weder die Vorfreude verbergen noch mein Herz dazu bringen, langsamer zu machen, wenn Drake in meiner Nähe ist.

»Bis später«, flüstere ich und lasse seine Hand los, weil ich mich sonst auf ihn stürzen würde. Während Teagan und ich zu ihrem Partyraum gehen, wendet sie sich mir zu. »Er ist der Beste«, sagt sie schließlich.

»Dein Dad?«

»Nein. Drake. Er denkt, ich bin noch das kleine Mädchen von damals, mit dem er Football gespielt hat, aber ich bin längst erwachsen. Ich weiß, dass er meinen Dad als Freund sieht und uns mag, auch wenn er sich kühl gibt. Er ist für meinen Vater da gewesen, als Mom plötzlich von uns gegangen ist. Ohne Drake wäre er vielleicht zusammengebrochen, aber er hat ihm einen anderen Weg als die Verzweiflung gezeigt. Dafür werde ich ihm immer dankbar sein.«

»Das ist lieb, dass du das sagst.«

»Ich sage es auch deshalb, weil ich weiß, dass du in ihn verliebt bist. Ich nehm's dir nicht übel. Als ich vierzehn war, habe ich auch von ihm geschwärmt, auch wenn er doppelt so alt ist wie ich.« Ich verstehe sie, weil ich am eigenen Körper spüre, welche Wirkung er auf Frauen hat, ob jung oder alt. Wenn er nicht unwiderstehlich wäre, wäre Farrah nicht sofort zu ihm gekommen, und dann hätte er nicht jedes Wochenende eine andere Frau im Arm gehabt.

»Ja, Drake ist etwas ganz Besonderes«, seufze ich und kann es kaum erwarten, wieder allein mit ihm zu sein, auch wenn der Kuss seiner Lippen noch immer auf meinen brennt.

Auch wenn Drake und ich vorhatten, früher zu gehen, lässt uns die Arbeit nicht los. Zuerst fiel kurz der Strom aus, was Drake aber schnell regeln konnte. Dann ging uns das Eis aus, und es hat eine Ewigkeit gedauert, bis Nachschub kam. Die Gäste haben es gar nicht gemerkt, aber meinen Boss hat es gestört.

Ich merke, dass er bei der Arbeit penibelst darauf achtet, dass alles nach Plan verläuft und es keine Fehler gibt. Drake ist gut in dem, was er tut, sonst würde Clint ihn nicht von New York hierher einfliegen lassen, um seiner Tochter eine unvergessliche Party zu schenken. Es ist zwei Uhr früh, als wir endlich Feierabend machen und in Clints Limousine steigen. Drake greift nach meiner Hand, und ich lehne meinen Kopf an seine Schulter. Die Nacht ist anstrengender gewesen als gedacht, sodass ich, obwohl ich es nicht will, sofort einschlafe.

Weiche Lippen streifen über meinen Mund, als ich meine schweren Lider öffne und in das Türkis von Drakes Augen abtauche.

»Wir sind da«, flüstert er und streichelt über meine Wange.

»Lass uns ins Bett gehen«, sagt er, was mich in helle Aufregung versetzt, denn endlich sind wir allein. Endlich müssen wir uns nicht mehr zurückhalten, denn nun gibt es nichts, was zwischen uns steht. Nur unsere Kleidung, und die wird hoffentlich schnell fallen, damit ich endlich spüren kann, wie es sich anfühlt, sich in Drake O'Haras Armen zu verlieren.

Kapitel 27

Mood Song: Beyoncé – Crazy in love Remix

Wir betreten Hand in Hand den Eingangsbereich des Hotels, sehen vielleicht entspannt aus, aber ich für meinen Teil bin nervös und aufgeregt, weil ich Drake geküsst habe. Oder besser gesagt, wir hätten fast auf der Party unseres Kunden miteinander geschlafen. Nicht gerade professionell, aber wir sind so lange umeinander herumgeschlichen, wollten einander, doch etwas ist immer dazwischengekommen, oder es war einfach nicht der richtige Moment. Aber nachdem wir endlich zueinandergefunden haben, ist die Sehnsucht nach Drake unerträglich gewesen.

Er hätte mich mitten auf der Straße vernaschen können, hätte ich nicht die Kraft und den Willen gehabt, ihn zu stoppen, weil ich das hier schon lange wollte. Ihn. Hier neben mir. »Ich gehe schnell zum Concierge, um zu fragen, ob etwas für mich abgegeben wurde. Treffen wir uns bei den Aufzügen, okay?«

»Klar. Ich warte auf dich.« Er küsst mich auf die Nasenspitze, ehe er zum Empfangstresen geht und ich zu den Fahrstühlen. Es ist fast drei Uhr morgens, aber ich bin noch immer hellwach, körperlich wie geistig. Bevor uns der Fahrer abgeholt hat und wir die Party verlassen haben, haben wir uns umgezogen.

Ich trage ein schwarzes Etuikleid, während Drake einen Anzug mit einer farbigen Krawatte trägt.

Mir ist seit einer Weile aufgefallen, dass er immer mehr Farbe in sein Leben lässt. Es hat mit den Socken angefangen und dann mit Krawatten. Und sie stehen ihm hervorragend. Sein dunkler Hautton passt zu jeder Farbe, finde ich, und er hat das Glück, alles tragen zu können. Während ich von Drake tagträume und dieses Ziehen in mir immer mehr zunimmt, vibriert mein Handy in der Clutch. Es ist meine Mama, die ich schon eine Woche nicht mehr gesprochen habe. »Hola mamá. Cómo estás?«, frage ich und freue mich, meine Mutter zu hören, habe es vermisst, mit ihr über alles zu reden. »Hallo, mein Schatz. Danke, mir geht es hervorragend, aber hier ist deine alte Socke von Vater.« Mein Herz geht auf, als ich die Stimme meines Vaters vernehme. Ich bin immer schon ein Papa-Typ gewesen und vergöttere den Boden, über den er wandelt.

»Oh, hi Dad. Dachte, du bist Mama.«

»Ja, sie hat dich auch angewählt, aber es hat an der Tür geklingelt, also hat sie mir das Handy in die Hand gedrückt.«

»Habe ich ein Glück, dass du es diesmal richtig rum gehalten hast.«

»Ein Mal, Kind. Mir ist das nur ein Mal passiert«, erwidert er lachend, ich sehe ihn praktisch vor mir, wie er die Augen verdreht.

»Aber es war so witzig.«

»Mach dich nur lustig über deinen alten Herrn. Wie geht's dir, mein Schatz?«

»Danke, mir geht's bestens. Wir sind gerade von der Party ins Hotel gekommen.«

»Aber es ist erst neun Uhr abends.«

»Ja, bei euch in den Staaten. Hier sind wir euch acht Stunden voraus wegen der Zeitverschiebung.«

»Ach ja, das habe ich völlig vergessen. Ich bin es ja nicht gewohnt, dass meine Kleine durch die Welt jettet.« Er seufzt wehmütig, ehe er wieder spricht.

»Und wie war es, die erste große Feier zu erleben, die du mitgeplant hast?«

»Es war ein verdammt gutes Gefühl. Ich habe es genossen, jeden Moment der Planung sowie die eigentliche Veranstaltung.«

»Klingt so, als würde dich dieser Job glücklicher machen als das Magazin.«

»Das auf jeden Fall.« Ich höre meine Mutter etwas rufen und muss lachen. Weil sie ein temperamentvoller Mensch ist und meistens zu allem ihre Meinung kundtut.

»Gib mir bitte meine Kleine«, höre ich sie sagen und sehe sie vor mir, wie sie Dad ihr Telefon aus der Hand reißt, um mit mir sprechen zu können.

»Hola, mi corazón«, begrüßt sie mich und beginnt mich mit Fragen zu löchern.

»Uff«, höre ich meinen Vater seufzen, denn mit ziemlicher Sicherheit hat Mom sich auf seinen Schoß plumpsen lassen. Geduldig antworte ich auf ihre Fragen auf Spanisch und versichere ihr, dass es mir gut geht. Wie jede Mutter macht sie sich Sorgen, aber ich kann sie beruhigen und erzähle über Dubai, über die Arbeit und Drake, wobei ich hier völlig neutral bleibe und nichts über die Gefühle sage, die ich für ihn empfinde. Normalerweise würde ich mich ihr anvertrauen, aber nicht, wenn Dad lauscht. Als ich endlich auflege, merke ich erst, dass Drake schon längst zurück ist und an der gegenüberliegenden Wand lehnt, die Hände in den Anzugtaschen vergraben.

»Hey, ich habe dich nicht gesehen. Entschuldige, das waren meine Eltern, die wissen wollten, ob mich dir ein Scheich für eine Million abgekauft hat«, erkläre ich kichernd, doch plötzlich stößt sich Drake von der Wand ab und ist in zwei großen Schritten vor mir. Er drückt auf den Knopf, um den Aufzug herbeizuholen, ehe er seine Hände in meinem Haar vergräbt und mich stürmisch küsst. Ich falle aus allen Wolken vor Überraschung, weil ich mit dieser Hingabe nicht gerechnet habe. Er drückt seine Hüfte gegen mich und dringt tief mit der Zunge in meinen Mund ein. Küsst mich, bis ich nicht mehr weiß, wie man Luft holt.

»Sag es noch mal«, flüstert er gegen meine Lippen, als er sich von mir löst und verwirrt mich nun vollends.

»Was soll ich sagen?«, keuche ich erreget und ein wenig durcheinander. Seine Küsse haben eine intensive Wirkung auf mich.

»Irgendetwas auf Spanisch.«

»Wieso?«, flüstere ich atemlos und versinke in seinen Augen, während er mich noch immer hält und fest an seinen harten Körper drückt.

»Weil es sich verdammt sexy anhört«, flüstert er und vergräbt sein Gesicht kurz in meinem Haar, atmet tief ein, ehe er sich mir wieder zuwendet. Ich sage ihm auf Spanisch, wie sehr ich ihn will, wie verrückt er mich macht und dass ich ihm hoffnungslos verfallen bin, während er die Augen schließt und ein erregtes Knurren sich in ihm aufbaut. Der Ton des Fahrstuhls erklingt, und die Türen gleiten hinter mir auf. Drake zögert nicht lange, zieht mich hinein, drückt den Knopf hinter mir und küsst mich erneut. Normalerweise bin ich diejenige, die den Sex auskostet, viel Körpereinsatz zeigt und danach jemanden küsst und eventuell kuschelt. Doch Drake lässt sich Zeit und erkundet meinen Mund mit einer feurigen Intensität, die meine Knie weich und mein Höschen feucht macht.

»Wir sind da«, sagt Drake, als er einen kurzen Blick hinter mich wirft und dann wieder über meinen Mund herfällt.

Wir gehen ein paar Schritte, oder sind es mehrere? Ich weiß es nicht mehr. Drake knallt die Schlüsselkarte gegen den Türöffner, doch es blinkt weiterhin rot. Er versucht es noch mal, während ich an seinem Hals knabbere und in seiner Brust sich wieder ein Knurren aufbaut. »Verflucht«, keucht er, als er mit bebenden Händen noch mal die Karte an die Tür hält und diese sich endlich öffnen lässt. Wir stolpern ein paar Schritte ins Zimmer, die Lippen noch aneinandergepresst.

Drake löst sich kurz von mir, um das Licht einzuschalten, ehe er sich mir wieder zuwendet und sein Anblick mir den Atem raubt, sodass ich den Kopf senken muss, um tief durchzuatmen und mein hämmerndes Herz zu beruhigen.

»Bereust du es schon? Das mit uns«, fragt er mich plötzlich in ernstem Ton, steht nun vor mir, greift mit dem Finger der einen Hand unter mein Kinn, während er mit der anderen über meine Wange streichelt.

»Nein«, hauche ich, überwältigt von all den Empfindungen, die dieser Mann in mir ausgelöst hat. Hier stehen wir, zwei Menschen, die sich anfangs nicht leiden konnten, sich nicht aufeinander einlassen wollten und nun endlich zueinandergefunden haben, weil sie dem Verlangen nicht widerstehen können.

»Ich auch nicht«, flüstert er, tief versunken in meine Augen, und ich habe das Gefühl, er würde mehr zu sich sprechen als zu mir. Dann legt er wieder seine Lippen auf meine. Sanft zuerst, vorsichtig, bis es kein Zurück mehr gibt und er immer leidenschaftlicher wird. Ein Seufzen entweicht meinen Lippen, was Drake sofort ausnutzt, um mit seiner heißen Zunge in meinen Mund zu gleiten und ihn zu erobern. Ich wimmere, als sich seine Zähne leicht in meine Unterlippe vergraben, kralle verzweifelt meine Finger in sein Hemd, um ihn noch dichter an mich zu ziehen. Plötzlich stehen wir neben dem

Bett in seinem Zimmer, und ich denke, dass es nun endlich so weit sein wird und ich ihn spüren kann, doch da habe ich falsch gedacht.

Drake öffnet mit geschickten Fingern den Reißverschluss meines Kleids, streift es mir ab, sodass es sich um meine Füße aufbauscht. Nun stehe ich in violetter Spitzenunterwäsche vor ihm. Ich habe einen fülligen Körper und bin auch stolz auf ihn, aber als Drake nichts sagt und auch nicht weitermacht, wo wir vorhin aufgehört haben, kommen Zweifel in mir auf. Denn ich kenne den Typ, auf den er vor mir gestanden hat, blond und schlank.

»Ich weiß, du bist normalerweise einen anderen Frauentyp gewöhnt«, murmle ich plötzlich und bereue es sofort wieder. Ich will nicht, dass Drake denkt, ich würde mich für meinen Körper schämen, denn das tue ich nicht. Es hat zwar lange gedauert, aber nun liebe ich meine Kurven, mich selbst. Drake umschließt mein Gesicht mit seinen Händen, um mich mit einem intensiven Blick anzusehen. »Du bist die einzige Frau, die ich will. Alles was vorher gewesen ist, spielt hier keine Rolle mehr. Ich will nie wieder eine andere Frau berühren, Addy, wenn ich das hier habe.«

Er zeigt mir mit Taten, was er gemeint hat, und befreit meine Brüste aus dem BH und nimmt meinen Nippel in den Mund. Es passiert so schnell, dass ich mich nicht auf das Gefühl vorbereiten kann, das seine Lippen auf meiner Haut auslösen. Ein Stöhnen entweicht meinen Lippen, das meinen Körper vibrieren lässt. »Das hier ist mein persönlicher Himmel«, murmelt er, ehe er kurz in die Knospe beißt, um dann sanft darüberzulecken. Dieser Mann liebkost meinen Busen, als wäre es seine Lebensaufgabe, und ich wäre beinah alleine schon deshalb gekommen. Entweder bin ich empfindlich geworden, oder mein Boss ist einfach zu gut in dem, was er tut.

»Mehr«, flüstere ich, und Drake gehorcht. Er küsst sich seinen Weg von meinem Oberkörper zu meinem Bauchnabel, während seine Hände meine Hüften fest umklammern, als müsste er sich selbst zwingen nicht über mich herzufallen. Dann kniet dieser unglaubliche Mann vor mir und sieht aus dunklen Augen zu mir auf. Er zieht mir das Höschen herunter und umfasst dann mein Bein, das er anhebt, um die Innenseite meines Oberschenkels zu küssen. Ganz langsam quält er mich und wandert immer höher, immer näher zu der Stelle, die sich nach ihm verzehrt.

Drake legt mein Bein schließlich über seine Schulter, spreizt meine Schenkel, und sein Griff um meine Hüften wird fester. Ich stöhne auf, weil ich es immer geliebt habe, wenn ein Mann beim Sex etwas härter zupackt. Drake sieht mir noch immer fest in die Augen, als er den Kopf senkt und über meiner Mitte ruht. Als seine Zunge hervorschnellt und mir endlich das gibt, wonach ich mich seit Monaten gesehnt, davon geträumt habe, knallt mein Kopf erneut gegen die Wand. Ich keuche auf, als er wilder vordringt und mich verwöhnt, bis ich beinahe vergesse, wie ich heiße.

»Was für ein Anblick«, raunt er nah an meiner Mitte, was mich die Augen öffnen lässt, die ich vor Lust geschlossen habe. »Du hast keine Ahnung, wie heiß du gerade aussiehst«, flüstert er, erhebt sich langsam, um mir in die Augen zu sehen. Seine rechte Hand packt sanft meinen Nacken, während er mit der anderen einen Finger in mich schiebt und mir ein Stöhnen entlockt. Großer Gott! Es ist beinahe zu viel. Wie wird es dann erst sein, wenn wir tatsächlich miteinander schlafen?

Ein zweiter Finger folgt, und ich glaube wahnsinnig zu werden, er spielt mit meiner Mitte, taucht so tief in mich ein, bis ich so heftig komme, dass ich meine Zähne in seiner Schulter vergrabe vor Ektase. Ich zittere, mein Körper bebt noch immer vom Orgasmus, als Drake mich im Brautstil aufhebt und aufs Bett legt. Er folgt mir nicht, sondern öffnet die Knöpfe seines Hemdes. Unglaublich, dass ich die ganze Zeit nackt gewesen bin, während er noch völlig angezogen ist.

Drake legt seine Klamotten ab, was mir wie eine Ewigkeit vorkommt. Als er sich die Boxershorts auszieht, schnappe ich nach Luft. Es wird schwer sein, diese Größe aufzunehmen. Vaughn ist nicht so gut bestückt gewesen, und es ist lange her, dass ich mit einer solchen Wucht zu tun hatte. Drake kommt ebenfalls ins Bett und beugt sich über mich.

»Alles okay?«, fragt er sanft, fast schüchtern, was mich etwas verwundert. Ich bin ziemlich still geworden, nachdem ich gesehen habe, was mein Boss so zu bieten hat.

»Besser als okay«, flüstere ich und lächle ihn an, denn es gibt nichts, was wir beide nicht schaffen könnten. Drake erwidert es und küsst mich leidenschaftlich. Während wir uns küssen, verwöhnt er mich erneut mit seinen Fingern und dehnt mich, sodass ich ihn auch später aufnehmen kann. Er wird wohl meinen zweifelnden Blick gemerkt haben. Drake stützt seine Arme neben meinem Kopf ab und positioniert sich über meiner Mitte, die schon längst bereit für ihn ist. Er löst die Lippen von meinen, sieht mir fest in die Augen, als er in mich eindringt und zum Seufzen bringt. Langsam, quälend. Ich zittere und kann dem Drang, die Lider zu schließen, kaum widerstehen, weil dieses Gefühl mich zu überschwemmen droht. Er dringt weiter in mich ein, während ich meine Finger in seinen Rücken vergrabe, weil ich ihn halten muss, mich selbst überzeugen muss, dass das hier kein Traum ist, und ich glaube, vor Lust zu vergehen. Dann ist er ganz in mir und keucht selbst auf. Er hält sich zurück, das merke ich daran, dass er vor Zurückhaltung zittert.

»Lass los, Drake. Ich will es auf deine Art. Habe es immer so gewollt.« Ich habe schon geahnt, dass er eher wilder im Bett ist, denn dann gleichen wir uns. Ich mag es feurig und heiß, eher als Blümchensex. Dann ist Drake endlich er selbst, zieht sich aus mir zurück, um danach fest in mich einzudringen. Ich schreie auf, weil ich mich an seine beachtliche Größe erst gewöhnen muss. Drake küsst mich, als er sich wieder zurückzieht und wieder in mich stößt. Immer und immer wieder.

Während er mich hart nimmt, gleichen seine sanften Küsse die Härte aus. Ich genieße jede Sekunde, falle immer tiefer vor Lust, bis ich erneut heftig komme und das Gefühl habe, vor Erschöpfung zusammenzubrechen.

»Was für ein Geräusch«, murmelt Drake gegen meine Lippen, während noch die Nachbeben des Orgasmus mich erfassen. »Nichts klingt heißer, als dir beim Orgasmus zuzuhören.« Ich will eine spitze Bemerkung von mir lassen, doch Drake ist noch nicht fertig mit mir, verändert den Winkel und stößt wieder in mich. Hart, schnell und zügellos nagelt mich Drake ans Bett, und ich genieße es, weil es genau das ist, was ich immer im Bett wollte. Diese Leidenschaft und den unvergänglichen Hunger auf den anderen. Ich liebe das Gefühl von ihm in mir, wenn er mich ausfüllt und den einen Punkt trifft, der mich Sterne sehen lässt. Es dauert nicht mehr lange, bis Drake in mir kommt und die Stirn gegen meine drückt.

»Du bist wunderbar«, keucht er, die Augen fest geschlossen, die Hüfte noch immer zuckend. »Wenn ich gewusst hätte, dass es sich so anfühlt mit dir zu schlafen, hätte ich schon eher nachgegeben«, kichere ich und fühle mich plötzlich schwach.

»Nein. Es war genau zur richtigen Zeit am richtigen Ort.«

»Vielleicht hast du recht«, flüstere ich, ehe Drake sich vorbeugt und mich küsst. Diesmal sanft und zärtlich. Eine Hand umfasst meine Hüfte, während die andere sich an meine gerötete Wange legt. Wir lassen uns Zeit, genießen das Gefühl einander Haut an Haut zu spüren, während wir uns küssen wie verliebte Teenies im Schulhof. Ist der Sex vorhin noch wild und zügellos gewesen, zeigt mir Drake nun, dass er durchaus Gefühle für mich hat. So kommt es mir zumindest vor.

»Wow«, haucht er gegen meine Lippen, die Augen noch immer geschlossen, als würde er unter einem Bann stehen. Ich nicke nur, denn ich weiß, was er mit dieser Aussage meint. Das zwischen uns, die Küsse, der Sex, einander zu halten, ist so neu, so aufregend für uns beide. Als wäre es das erste Mal, dabei hat unsere Beziehung erst jetzt begonnen. Ich bette meine Wange an Drakes Oberkörper, lausche seinem schnellen Herzschlag, der immer noch heftig ist. Ebenso wie meiner.

»Fühlst du dich nun anders?«, fragt Drake plötzlich in die Stille. Es ist eine kryptische Frage, die ich nicht ganz verstehe.

»Wie meinst du das?«

»So lange habe ich darauf gewartet mit dir zu schlafen, habe früher gedacht, dass ich, wenn ich einmal von dir gekostet habe, weiterziehen könnte, aber ich habe eher das Gefühl, als könnte ich nicht genug von dir bekommen.«

»Ich weiß, was du meinst, aber ich fühle mich wie immer, nur befriedigter. Ich denke, das war eine glatte Fünf«, sage ich in ernstem Ton, aber Drake weiß sofort, dass ich nur einen Scherz mache.

»Ich geb dir gleich eine Fünf.« Er kitzelt mich, um mich für meinen Scherz büßen zu lassen, sodass ich fast keine Luft mehr bekomme.

»Hör auf«, kichere ich atemlos und versuche von ihm loszukommen, aber sein Griff ist eisern.

»Das hättest du wohl gerne«, erwidert er und kitzelt mich erneut, bis uns beiden vor Lachen die Bauchmuskeln schmerzen. Noch nie hatte ich so viel Spaß im Bett. Nicht nur auf den Sex bezogen, sondern auch auf das Gekabbel und die Berührungen danach. Drake ist so anders als die bisherigen Männer in meinem Leben, er hat die Messlatte schon länger hochgehalten, aber nun, da ich weiß, wie es sich anfühlt, in seinen Armen zu liegen, glaube ich, dass ich alle Männer, sollten welche nach ihm kommen, immer mit Drake vergleichen werde.

»Ich kann es noch immer nicht glauben«, murmle ich und sehe zu ihm auf, weil ich plötzlich das Gefühl habe, als würde mir mein Herz aus der Brust springen wollen. »Nicht zu fassen, dass wir es endlich getan haben.«

»Es hat auch lange genug gedauert«, murmelt er und küsst mein Haar, um mich dann dicht an sich zu drücken.

»Das stimmt.«

»Aber es hat sich gelohnt auf dich zu warten, Addison«, flüstert er, lässt mich den Kopf heben, um mich dann wieder zu küssen, als wäre es das erste Mal.

Kapitel 28

Tori Kelly – Beautiful Things

Wie immer weckt mich meine innere Uhr frühmorgens, doch diesmal ist der Anblick, als ich die Augen öffne, unvergleichlich. Ich blicke in Addisons schönes Gesicht, die neben mir liegt und tief und fest schlummert. Sie umschlingt das Kissen und hat ihre gefalteten Hände unter die Daunen gelegt. Ich hatte bis jetzt nie die Gelegenheit gehabt, sie in Ruhe zu betrachten, sodass ich es jetzt umso mehr ausnutze. Ihre Gesichtszüge sind entspannt und ihre Lippen leicht geöffnet. Ihre Haut hat mehr Bräune bekommen, sodass ihre Sommersprossen deutlicher zu erkennen sind.

Ihr wallendes Haar ist nun wild zerzaust aufgrund unserer heißen Nacht, und die leichte Bettdecke ist ein wenig verrutscht und hat ihre nackten Brüste entblößt. Sie sind voll, groß und weicher als jedes Kissen. Sie sind neben Addisons Haar mein zweites Highlight an ihrem Körper, dann kommt der Hintern dran, dann der Hals und die Beine. Ich könnte diese Liste meiner liebsten Stellen an ihrem Körper unendlich lang fortführen.

Zwar will ich Addison nicht wecken, kann aber nicht anders, als ihr das Haar aus dem Gesicht zu streichen und mit dem Daumen sanft über ihre Wange zu gleiten. Sie seufzt aufgrund meiner Berührung und murmelt meinen Namen, was mich grinsen lässt. Nun bin ich in ihren Träumen und nicht mehr dieser Waschlappen von Ex. Diese Befriedigung lässt eine Wärme in meinem Brustkorb frei, die ich so noch nie gespürt habe. Bis jetzt habe ich nur die Arbeit im Kopf gehabt, die mich meinem Ziel, eine Million Dollar zu besitzen, näherbringt. Montag bis Freitagabend habe ich durchgehend gearbeitet, habe mir nie freigenommen oder Urlaub gemacht. Unter der Woche habe ich meinen Kundenstock aufgebaut, Kontakte gepflegt und bin zu Kunden und Events gefahren. Wenn Wochenende war und ich auf keiner Firmenveranstaltung anwesend sein musste, habe ich mir stets Frauen gesucht, die Interesse an einem One-Night-Stand haben.

Manche würde es überraschen, wie groß die Auswahl für mich gewesen ist. Eine Nacht, nie mehr als das. Und da ich nicht das Risiko eingehen wollte, dass ich mich in sie verlieben könnte, habe ich mich bewusst für einen anderen Frauentyp für meine lockeren Nächte entschieden, als ich normalerweise bevorzuge. Klingt vielleicht abstrakt, aber mir hat es geholfen, mich nicht ablenken zu lassen. Bis ich immer öfter meiner Nachbarin begegnet bin. Früher habe ich sie nur kurz auf der Straße gesehen. Damals wusste ich nicht mal, dass sie in dem Gebäude gegenüber wohnt, bis zu der einen Nacht, als ich krank gewesen bin und gezwungenermaßen nicht arbeiten gehen konnte.

Ich habe auf dem Laptop Mails beantwortet, als ich von der Couch aus zufällig auf den einzigen Balkon im Nebengebäude geblickt habe, und da hat sie gestanden. In einem burgunderroten Kleid, die Haare offen und den Blick auf die Sterne gerichtet. Ihr filigraner Hals ist mir neben ihrer Mähne als Erstes aufgefallen, ich wusste, dass ich sie vom Sehen her kannte, aber da habe ich sie nicht eingehender betrachtet, sondern nur ihre Attraktivität bemerkt. Sie ist genau mein Typ, der von der gefährlichen Art, und obwohl ich den Blick abwenden wollte, konnte ich es nicht. Vor allem nicht, als ich ihr Schluchzen gehört habe, das durch meine offene Balkontür zu mir herübergetragen wurde.

Sobald eine Frau weint, löst es etwas in mir aus, den Drang, sie zu trösten und vor all dem Unheil dieser Welt zu beschützen. Wenn ich als Kind schon versagt habe, weil ich meine Mutter von meinem Arschlochvater nicht retten konnte, will ich es bei jeder anderen Frau versuchen, die mich lässt. Ich habe mich bemerkbar gemacht, habe das Gespräch gesucht, um ihr helfen zu können. Aber sie hat mich nicht gelassen und ist schnell in ihr Zimmer gegangen, aber danach hat sie angefangen mich zu beobachten, was uns bis hierhergeführt hat.

Anfangs ist der Plan gewesen, sie nur zu necken, weil es mir ungeheuren Spaß gemacht hat, sie auf die Palme zu bringen. Aber dann hat sie mir ständig Kontra gegeben, etwas, was ich von Frauen neben Serena und meiner Mutter nicht gewohnt gewesen bin. Sie ist auf meine Flirtversuche nicht eingegangen, obwohl ich mir verdammt viel Mühe gegeben habe. Es hat mich in den Wahnsinn getrieben, aber ich glaube, nun verstehe ich es. Addison mag vielleicht eine selbstbewusste Wildkatze sein, aber sie versucht auch ihr Herz zu schützen, denn eine lockere Affäre will sie nicht mit mir, sondern alles, und das soll sie auch bekommen, denn ich werde alles geben, um diese wunderbare Frau auch halten zu können.

Ich muss wohl während meiner stillen Bewunderung von Addison eingeschlafen sein, denn als ich später die Augen öffne, bin ich allein im Bett. Ich sehe mich um, kann Addison aber nirgendwo entdecken. Ich stehe auf, ziehe mir eine frische Boxershorts an und gehe durch die Verbindungstür zu Addisons Zimmer, dort entdecke ich sie auf dem Bett. Ihre

Haare sind nass und sie trägt einen Bademantel. Auf ihrem Schoß ruht ihr Skizzenblock, wo sie gerade etwas Neues, Stylisches kreiert, was wie ein Männermantel aussieht, jedoch mit türkisblauem Kragen. Es sieht echt gut aus, das kann ich schon anhand der Rohfassung erkennen.

Sie bemerkt mich nicht, weil sie Kopfhörer aufhat und ziemlich laut Musik hört. Weil es gerade aussieht, als wäre sie tief in die Arbeit versunken, will ich sie nicht stören, sondern beschließe, selbst zu duschen. Ich nehme mein Smartphone kurz in die Hand und stelle überrascht fest, dass es schon später Nachmittag ist. Wir müssen wohl länger geschlafen haben als geplant. Nach einer Dusche fühle ich mich wie ein neuer Mensch. Ein sehr hungriger Mensch, um genau zu sein. Der Hunger wird mit jeder Minute immer stärker. Addison und ich haben auf der Party zu Abend gegessen und das Frühstück wie das Mittagessen verschlafen. Ich beschließe, uns etwas beim Zimmerservice zu bestellen, als ich in mein Zimmer komme und den herrlichen Duft von Tomatensoße wahrnehme.

»Was riecht denn hier so lecker?«, frage ich freudig und entdecke Addison, die zwei heiß dampfende Pappteller auf den Tisch stellt. Neben den Spaghetti entdecke ich Knoblauchbrot, einen Salat und eine Lasagne.

»Ich dachte mir, du hast genauso großen Hunger wie ich, also habe ich uns Essen bestellt.«

»Danke, da hast du richtig gedacht«, sage ich und ziehe sie in meine Arme, ehe ich meine Lippen auf ihre lege und sie zärtlich küsse. Gestern noch sind wir uns aus dem Weg gegangen, haben einander gemieden, obwohl wir uns wollten, aber nun fühlt es sich richtig an, sie zu berühren. Und es ist das Natürlichste der Welt, sie zu küssen, weil wir sowieso nicht anders gekonnt hätten. Das Knurren meines Magens zerstört den Moment, sodass wir uns lachend voneinander lösen und uns setzen.

Verwirrt runzle ich die Stirn, als ich bemerke, dass die Teller und auch die Getränkebecher aus Pappe sind. »Kann sich das Hotel keine Gläser oder Porzellan leisten?«, frage ich, doch Addison lächelt nur.

»Ich habe uns das Essen von einem Italiener in der Nähe liefern lassen. Die Preise in diesem Hotel sind Wucher, und da ich weiß, dass du gerne sparsam bist, habe ich uns für ein Viertel des Geldes, das das Hotel verlangt hätte, ein üppiges Mahl besorgt.« Hätte ich bis jetzt noch nicht längst bemerkt, dass sie die richtige Frau für mich ist, hätte ich es spätestens jetzt getan.

»Du bist echt ein Jackpot, Addison Grant«, sage ich beiläufig, greife nach ihrer Hand, die auf dem Tisch geruht hat, und küsse sanft ihren Handrücken. Sie errötet leicht, ehe ich ihre Hand freigebe und wir zu essen beginnen. Während Addison sich eher auf den Salat und ein wenig Spaghetti beschränkt, verschlinge ich den Rest fast in Rekordzeit. Der bombastische Sex hat mich ausgehungert und in einen hungrigen Bären verwandet. Erst als ich mich satt fühle, sehe ich auf und begegne Addisons amüsiertem Blick.

»Was ist?«

»Na ja, jetzt wundert es mich nicht, wieso du so ein Bär von einem Mann bist. Du kannst reinhauen, das ist der Wahnsinn.«

»Meine Mom ist eine hervorragende Köchin, und da ich immer schon viel trainiert habe, habe ich eher an Muskelmasse zugelegt.« Addison räumt den Tisch ab und wirft die Papp-sachen in dem Müll, sodass der Tisch schnell leer ist.

»Du trainierst eher ohne Gewichte, oder?«

»Nicht mehr. Ich laufe viel und mache mein Workout zu Hause.«

»Ich mache zu Hause nur Yoga, sonst gehe ich immer in

mein Fitnessstudio, das sogar gegenüber von unserem Büro ist.«

»Oh, das weiß ich«, sage ich und denke an das eine Mal, als ich sie vom Balkon aus beobachtet habe, als sie völlig verschwitzt ihr Workout absolviert hat. Mein Schwanz regt sich sofort bei der Erinnerung.

»Was soll das Grinsen?«, fragt sie neugierig.

»Na ja, ich habe dich tatsächlich einmal gesehen, während du alles gegeben hast.« Ihre Brauen wandern nach oben, die Lippen zu einem einseitigen Lächeln verzogen.

»Ach ja? Und hat dir die Show gefallen?«, neckt sie mich und beißt sich auf die Unterlippe, als ich mich erhebe, weil ich nicht mehr sitzen kann, weil ich sie unbedingt berühren muss.

»Und wie, ich will dich schon, seit ich denken kann«, flüstere ich und greife nach dem Knoten ihres Bademantels, um ihn zu lösen. Als ich ihn öffne und sehe, welch Sinnlichkeit mich erwartet, lecke ich mir über die Lippen.

»Dann nimm mich«, haucht sie und lässt den Bademantel von ihren Schultern gleiten.

Zwei Orgasmen ihrerseits und einen meinerseits später liegen wir im Bett und unterhalten uns, während unsere Beine ineinander verschlungen sind und wir einander streicheln. Plötzlich ist es zwischen uns ungezwungen, da ist noch immer dieses Knistern, aber es ist, als wäre eine unsichtbare Barriere gefallen. Gegen acht Uhr abends läutet mein Telefon. Addison löst sich von mir, sodass ich aufstehen und es holen kann. Es ist meine Mom, die mich über Facetime anruft, was mir ein Lächeln ins Gesicht zaubert.

»Du wunderbarer Junge, du«, begrüßt sie mich mit feuchten Augen und hält den Blumenstrauß in der Hand, den ich gestern online bestellt habe.

»Hey Mom. Ich nehme an, der Blumenstrauß gefällt dir?«
Ich halte das Handy hoch, etwas weg von Addison, die noch
immer nackt auf dem Bett gelegen hat, sich aber schnell einen
Bademantel übergezogen hat.

»Natürlich tut er das. Du bist so aufmerksam. Danke schön,
mein Junge.«

»Ja, Alter, du bist echt der Burner«, höre ich meinen Bruder
sarkastisch rufen.

»Ich bin zumindest besser erzogen als du.«

»Hey, lass meinen Mann in Ruhe«, meldet sich Serena zu
Wort. Mom stellt das Smartphone auf die Kücheninsel und
setzt sich zu den anderen an den Esstisch, der wie immer vor
Essen überquillt. Addison kommt zurück ins Zimmer, lächelt
mich kurz an, ehe sie sich wieder aufs Bett setzt und sich durch
die Haare fährt.

»Und habt Addison und du euch schon die Zähne aus-
geschlagen?«, fragt meine Sekretärin grinsend, doch ich blicke nur zu meinem Mädchen, das mir ihrerseits einen heißen
Blick zuwirft.

»Nein, noch nicht, aber der Abend ist noch jung«, antworte
ich, doch sie und Brody haben Blut gerochen.

»Warte! Den Blick kenne ich doch«, meint Brody, steht auf,
um sich Moms Telefon zu schnappen. Neben ihm erscheint
Serena und blickt mich böse an.

»Was für ein Blick?«

»Du hast mit ihr geschlafen?« Serena zählt natürlich eins
und eins zusammen, doch ich strecke meinen Arm aus, reiche Addison meine Handfläche und blicke zu ihr. Sie hat nun
die Wahl, sie kann meine Hand ignorieren, den Kopf schütteln, und es wird niemand jetzt von uns erfahren, oder sie greift
nach meiner Hand und steht öffentlich zu uns. Die mir langsam vertraute Wärme breitet sich in meiner Brust aus, als sie

ihre Finger um meine Handfläche schließt und ich sie auf meinen Schoß ziehe.

»Wir haben sogar mehr als das getan.« Ich sehe zu Addison, die Brody und Serena zuwinkt und mit diesem seligen Lächeln einfach wunderschön, so unfassbar hinreißend aussieht. »Wir haben entschieden, endlich zu unseren Gefühlen zu stehen.«

Kapitel 29

Mood Song: One Direction – You and I

»Na endlich«, meint Brody, und Serena stimmt seinen Worten mit einem Nicken zu, ein breites Grinsen in ihrem Gesicht. »Bei euch war es sowieso nur eine Frage der Zeit. Zwischen euch hat es so geknistert und gefunkt, dass ihr locker einen Waldbrand hättet entfachen können.«

»Nette Umschreibung«, meine ich kichernd und lege meinen Arm um Drakes Schulter. Die beiden haben ja recht, denn Drake und ich, das ist immer schon etwas Besonderes gewesen. Haben uns zwar stets gezankt und diskutiert, aber insgeheim sind wir schon eine Zeit lang ineinander verschossen. Wir haben nur eine Weile gebraucht, um es zu schnallen. »Ich freue mich für euch beide«, sagt nun Drakes Mutter, und ich könnte schwören, dass sie Tränen in den Augen hat, als sie sich zu den anderen gesellt und ins Bild kommt. Sie ist eine füllige Frau mit dunkler Haut und ergrautem, lockigem Haar, das sie sich zusammengebunden hat. Ihre Augen sind braun, somit muss Drake seine türkisfarbenen Augen von seinem Vater haben. Sie jedoch kommt mir bekannt vor, ich weiß, dass ich sie schon einmal gesehen habe, nur kann ich sie nicht zuordnen. Dann erkenne ich sie endlich, und ich denke, ihr geht es genauso mit mir.

»Danke, Mom. Ich kann es kaum erwarten, dir Addison vorzustellen.«

»Die Vorstellrunde kannst du dir sparen, denn eigentlich kennen wir uns bereits«, sagt sie schließlich und winkt mir freundlich zu.

»Ach ja?«, fragt Drake verwundert und sieht zwischen seiner Mom und mir hin und her.

»Sie war die nette junge Frau, die mir geholfen hat, meinen Einkauf ins Haus zu tragen, nachdem meine Papiertüte gerissen ist. Weißt du noch, ich habe dir vor einer Weile davon erzählt.« Es ist noch nicht lange her, ich bin im Fitnessstudio gewesen und habe mich auf den Heimweg gemacht, als sich die Lebensmittel von Drakes Mom auf dem Gehweg verteilt haben. Natürlich habe ich ihr geholfen, denn das sollte selbstverständlich sein, und meine Mom hat mich so erzogen, stets hilfsbereit zu sein.

»Das warst du?«, fragt er lächelnd, und man merkt ihm an, wie sehr er seine Familie und vor allem seine Mutter vergöttert. Auch wenn Drake keine engen Freunde hat und eher länger braucht, um jemandem zu vertrauen, liebt er seine Familie abgöttisch. Und er scheint sich sehr drüber zu freuen, dass ich seiner Mutter eine helfende Hand gereicht habe.

»Ja, zum Glück haben wir schnell alles aufgesammelt, sodass die Passanten es nicht zertrampeln konnten.«

»Das wäre 'ne Sauerei gewesen«, kichert Drakes Mom und beginnt dann von ihrer Woche zu erzählen. Ich bleibe die ganze Zeit auf seinem Schoß sitzen, während alle über ihre Woche sprechen. Es ist so selbstverständlich für die O'Haras, über alles zu reden, keiner behält etwas für sich, alle reden offen über Privates oder Berufliches. So wie wir es zu Hause gepflegt haben, bevor Dan und ich nach New York gezogen sind.

»Und weißt du schon, ob ich eine Nichte oder einen Neffen

bekomme?«, fragt Drake nun und sieht gespannt auf sein Display. Serena erhebt sich und dreht sich so, dass wir ihr Profil sehen können, und tatsächlich hat sich in der einen Woche, die wir weg sind, einiges bei ihrem Bauchumfang getan.

»Da ich im fünften Monat bin, kann ich tatsächlich das Geheimnis lüften.« Sie macht eine Sprechpause und legt ihre Hand auf den gewölbten Bauch.

»Es ist ein Mädchen. Du bekommst eine Nichte.« Drake beginnt zu strahlen, als er die frohe Botschaft erfährt. Auch wenn er erwähnt hat, dass er selbst keine Kinder haben möchte, scheint er sich auf das neueste Familienmitglied zu freuen.

»Das ist gut. Onkel Drake wird ihr zeigen, wie man sich verteidigt und jedem im Schulhof die Nase bricht, der ihr blöd kommt. Und mit Jungs ausgehen ist erst drin, wenn sie dreißig ist.« Serena lacht laut auf, ehe sie sich an Brodys Schulter lehnt.

»Dein Bruder hat dasselbe gesagt«, meint sie lachend und küsst ihn auf die Wange. Drake telefoniert noch eine Weile mit seinen Verwandten, während ich nur lausche und seinen Nacken streichle. Es ist fast Mitternacht, als er das Gespräch beendet, also beschließen wir ins Bett zu gehen, wo wir dort weitermachen, womit wir gestern Nacht begonnen haben. Wir lieben uns, verlieren uns ineinander und hören erst auf, als ich heiser bin, weil ich ständig seinen Namen geschrien habe.

Am nächsten Tag treffen wir uns mit Clint und Teagan zur Nachbesprechung. Beide sind äußerst zufrieden mit der Party gewesen, die, wie Teagan sagt, epischen Ausmaßes gewesen ist. Der Putztrupp hat auch schnell gearbeitet, sodass am Nachmittag alles sauber und weggeräumt gewesen ist. Auch der Mistkerl von der Party, der mir auf die Pelle gerückt ist, kommt zur Sprache. Drake gibt zu, dass er dem Mann gedroht und ihn kurz gewürgt hat, er verheimlicht nichts und steht zu seiner Tat, doch Clint winkt ab und meint, dass er froh ist, dass ihm jemand mal eine Abreibung verpasst hat. Er ist immer ein Pöbel, wenn er etwas getrunken hat. Clint hätte ihn ja gar nicht eingeladen, aber er gehört zum Vorstand, und da hat er ihn nicht als Einzigen ausladen können. Im Großen und Ganzen ist unser erster gemeinsam geplanter Event ein voller Erfolg gewesen.

Wir haben diesen Anlass gefeiert, sind ausgegangen. Drake und ich haben ein romantisches Restaurant besucht, in dem wir unser sozusagen erstes Date gehabt haben. Ganz klassisch, stimmungsvoll mit Abendessen, einem Drink und einem Ausflug zur Tanzfläche und dem typischen Abschiedskuss vor der Tür. Doch so schön das Date auch gewesen ist, haben wir es kaum erwarten können, übereinander herzufallen, also ist es nicht nur bei einem Kuss geblieben. Ich habe Drake immer als jemand eingeschätzt, der zwar gut im Bett ist, aber eher ein Nehmer als ein Geber.

Aber da habe ich mich getäuscht. Ihm ist meine Befriedigung heilig, und er lässt erst von mir ab, wenn ich fast in Ohnmacht vor Verlangen falle. Kaum zu glauben, wie schnell ich mich daran gewöhnt habe, Tag und Nacht mit Drake zu verbringen. An den restlichen Tagen in Dubai hat Drake ein paar geschäftliche Meetings mit möglichen Kunden und eine Sitzung mit einem Putzunternehmen, dessen Sitz zwar in New York ist, der Inhaber aber in Dubai seinen Nebenwohnsitz hat. Mir steht es frei, ob ich Drake begleite oder nicht.

Er hat mir die Möglichkeit gegeben, auch ein wenig Urlaub machen zu können, ehe wir nach London fliegen, um die Tour von Sam Smith zu besprechen. Ich habe jedoch entschieden, dass ich als Mitarbeiterin gerne alle Kunden kennenlernen möchte. Meine Freunde und Familie haben genauso positiv auf den Umstand reagiert, dass Drake und ich ein Paar sind, wie seine eigene. Pacey, Zayn und Grace fürchten zwar um das Ende der Welt, weil wir uns nicht mehr öffentlich streiten, aber so ganz stimmt das auch nicht.

Ständig diskutieren Drake und ich über alles Mögliche, ob es nun die Restaurantwahl betrifft oder welchen Film wir sehen sollen. Es ist kein Streit, sondern eher eine Neckerei, die unsere Beziehung aber ausmacht. Und obwohl es schon ein paar Tage her ist, kann ich es noch immer nicht fassen, dass Drake, mein Hottie-Nachbar Drake, und ich ein Paar sind.

Als wir in London landen und aus dem Flughafen rauskommen, regnet es. Typisches Londoner Wetter, aber ich freue mich sehr darüber, sodass ich Drake einfach meinen Koffer hingestellt und mich in den Regen gestellt habe, einfach um das kühle Nass auf der Haut zu spüren. Die Hitze Dubais hat es mir ziemlich schwer gemacht, weil es ein großer Klimaunterschied für mich gewesen ist. Für Drake ist es nicht der Rede wert gewesen, weil er öfter dorthin fliegt und dieses Wetter gewöhnt ist.

So habe ich mich im Regen um die eigene Achse gedreht und in den grauen Himmel geblickt. Völlig durchnässt blicke ich zu Drake, lache ihn an und erwische ihn dabei, wie er mich verliebt mustert. Ich spüre seine Zuneigung fast bis hierher und kann es noch immer nicht glauben, dass dieser wunderschöne Mann mir gehört. Denn das tut er, so wie ich ihm gehöre.

Diesmal ist unser Hotel gemütlich, anstatt stylisch zu wirken. Eher im weniger belebten Teil Londons, was nicht schlecht ist. In Dubai waren so viel Menschen um uns herum, so viele Touristen, dass es ganz angenehm ist, etwas Ruhe auf den Straßen zu haben. Es ist ein siebentägiger Aufenthalt geplant. Heute hat Drake zwei Videokonferenzen, ein Meeting und einen Anruf mit Serena auf dem Plan. Ein typischer Tag für meinen Boss, also begleite ich ihn oder bin an seiner Seite, während er in seinem Element ist. Viel kann ich ihm aber nicht abnehmen, also zeichne ich nebenbei oder chatte mit meiner Mutter und meinen Freunden, die ich immer mehr vermisse.

Ich bin es nicht gewohnt, so lange so weit entfernt von meinen Liebsten zu sein, und auch wenn mich mein Nebenjob als Model in weite Teile der Staaten gebracht hat, war ich bis jetzt noch nie so lange weg. Drake skypt mit einem Geschäftspartner, als eine Nachricht bei mir eintrudelt.

Daniel: Hey Schwesterherz. Wie läuft es in London? Hast du dich schon an Sam Smiths Bein geklammert und lässt ihn nicht los?

Seine Nachricht bringt mich zum Kichern.

Addison: Quatsch! Ich bin jetzt eine erwachsene Frau und werde ganz höflich und professionell sein.

Das hoffe ich zumindest. Wir werden es morgen sehen.

Daniel: Wann kommst du genau zurück?
Addison: Wir bleiben eine Woche in London, dann eine Hochzeit in Hartford. Der vierte Event hat sich aufgrund gesundheitlicher Probleme des Kunden auf nächstes Jahr verschoben.
Daniel: Das heißt, du kommst früher nach Hause?
Addison: Ja. Wir werden Ende August in New York landen. Dann geht die Planung für Serenas und Brodys Hochzeit los.
Daniel: Na ja, vielleicht musst du dann noch eine planen ☺
Addison: Du hast doch nicht ....??? Oder? O. M. G!
Daniel: Ruhig, Kleine. Nein, habe ich noch nicht. Ich möchte es gerne vor euch allen machen. Dann können wir gleich unsere Verlobung feiern. Mom und Dad kommen auch.

Addison: Wann willst du um ihre Hand anhalten?
Daniel: An dem Wochenende, wenn du nach Hause kommst.
Addison: Das ist 'ne große Sache, Brüderchen.
Daniel: Ich weiß, aber sie ist die Richtige. War es immer schon.
Addison: Ich freue mich für dich, Dan, und bin stolz auf dich.
Auf euch beide.
Daniel: Komm bald heim Addy. Wir vermissen dich.

Ich seufze auf und sehe wehmütig auf mein Smartphone, als ich ihm schreibe, dass ich sie alle ebenfalls vermisse, bis Drake plötzlich über meine Haare streicht und vor mir in die Hocke geht. »Geht es dir gut? Du siehst so traurig aus«, fragt er fürsorglich und streichelt mir über den Oberschenkel. Ich lasse das Handy auf meinen Schoß sinken und sehe in seine faszinierenden Augen. »Mein großer Bruder will um die Hand von Taylor anhalten.«

»Wow! Tatsächlich? Das ist doch toll, oder etwa nicht?«

»Natürlich! Aber ich vermisse sie. Vermisse alle gerade.«

»Langweile ich dich etwa?«, fragt er in einem neckischen Ton und nimmt eine Haarsträhne von mir zwischen seine Finger und wickelt sie sich um den Zeigefinger.

»Nein. Ich habe nur ein wenig Heimweh, und der Umstand, dass Dan und Tae heiraten werden, macht mich ein wenig traurig. Weil das heißt, dass sie ausziehen werden und sich eine Wohnung oder ein Haus mieten werden. Es wird sich viel verändern.«

»Veränderungen können schwierig sein. Aber der Mittelpunkt ihres Lebens ist New York, also glaube ich nicht, dass sie weit fortziehen werden.«

»Vielleicht hast du recht, und ich male hier den Teufel an die Wand.«

»Nein.« Er greift nach meinen Händen und drückt sie.

»Wenn du liebst, dann mit ganzem Herzen. Deshalb würde es dir nahegehen, wenn sie ausziehen würden.«

»Dabei bin ich die Erste, die darüber nachgedacht hat auszuziehen«, gebe ich zu.

»Ach ja?«

»Ja. Ich bin fast dreißig und möchte nicht für immer in einer WG wohnen.«

»Das kann ich verstehen. Ich genieße die Ruhe in meiner Wohnung, wenn der Alltag hektisch gewesen ist, auch wenn ich eigentlich nur zum Schlafen nach Hause komme.«

»Und jetzt? Wie stellst du dir das mit uns in New York vor?«

»Dann werde ich versuchen nicht mehr die Nächte durchzumachen und mich auf meine Wohnung freuen, denn du wirst da sein.«

»Das werde ich«, hauche ich, beuge mich vor, um Drake sanft zu küssen. Solange du mich bei dir haben möchtest, werde ich an deiner Seite bleiben.«

Seine Mundwinkel wandern nach oben und seine Augen leuchten auf. »Dann stell dich auf viele Jahre an meiner Seite ein, Babe.«

Kapitel 30

Mood Song: Sam Smith – Lay me down

Das Treffen mit Sam Smiths Management und dem Sänger persönlich ist eins meiner Highlights auf diesen Geschäftsreisen gewesen. Zumindest bis jetzt, wobei ich nicht glauben kann, dass etwas anderes diese Begegnung toppen kann. Wir haben uns am späten Nachmittag in einem Meetingraum der Konzerthalle getroffen, wo er heute Abend auftreten wird. Ich habe nicht vorgehabt, das Fangirl zu mimen, habe professionell rüberkommen wollen, doch als er Hi gesagt hat, habe ich mich nicht mehr zurückhalten können. Innerlich kreischend habe ihn in den Arm genommen und ihm erzählt, was seine Musik in mir auslöst, wie sehr ich seine Stimme vergöttere und wie oft ich ihn live sehen wollte, aber das Schicksal es nicht gut mit mir gemeint hat.

Er hat meinen Girlie-Ausbruch mit Humor und Freundlichkeit aufgenommen, ehe er Drake versichert hat, dass ich die leidenschaftlichste Mitarbeiterin bin, die er je kennengelernt hat, und dass er es liebt. Wenn er nur wüsste, wie heiß es zwischen Drake und mir hergeht, aber bei Kundenterminen wahren wir die Distanz. Keiner unserer Geschäftspartner muss erfahren, dass Drake und ich ein Paar sind. Nach der für mich eher peinlicheren Kennenlernrunde besprechen wir die Eckdaten der Tour, die Sam nach Amerika führen soll. Sie startet im Frühjahr nächsten Jahres und soll sich bis zum Sommer erstrecken.

Normalerweise wäre er gar nicht bei diesem Treffen dabei gewesen, weil ja sein Management sich um die Organisation kümmert, nur scheinen Drake und er sich gut zu kennen, weshalb ich vermute, dass er nur wegen meinem Freund gekommen ist.

Als ich glaube, dass es schon vorbei ist, überrascht uns der Manager, indem er uns zum Konzert einlädt. Dann habe ich tatsächlich gekreischt und ein Lachen von allen Anwesenden dafür geerntet.

»Es tut mir so leid«, sage ich Drake ins Ohr, als die Vorband aufgehört hat zu spielen und nun Sam an der Reihe ist. »Was denn?«, fragt er verwirrt und legt den Arm um meine Schulter. »Na ja, dass ich mich vorhin so unmöglich verhalten habe. Ich wollte mich wirklich von meiner professionellen Seite geben, aber als ich ihn gesehen habe, ist es wie ein Schalter gewesen, den man bei mir umgelegt hat.«

»Mach dir darüber keine Sorgen. Alle fanden es süß, und Sam hat sich, wie du gesehen hast, gefreut dich zu treffen.«

»Wie habt ihr euch eigentlich kennengelernt?«, schreie ich ihm ins Ohr, weil die Band langsam auf die Bühne kommt und die Menge ausflippt.

»Auf einem Event, den mein alter Arbeitgeber organisiert hat. Mein Boss hat mich damals vor allen anderen wie einen Praktikanten behandelt, obwohl ich schon länger im Unternehmen gearbeitet habe. Sam hat es gesehen und ist auf mich zugekommen. Er hat einfach gesagt, er weiß, wie es ist, wenn jemand herablassend behandelt wird, weil man sich noch nicht beweisen konnte. Da war er noch relativ unbekannt.«

»Das klingt, als sei er ein gütiger und aufmerksamer Mann.«

Drake stellt sich hinter mich und schlingt die Arme um meine Hüften, zieht mich fest an seine Brust. »Nicht. Die anderen könnten uns sehen!«, sage ich warnend und will mich von ihm lösen, doch sein Griff wir nur noch fester.

»Sollen sie doch. Mir ist es mittlerweile egal, was die anderen von mir halten. Außerdem möchte ich mit meiner Modelfreundin angeben.« Mir wird warm ums Herz bei seinen Worten. Wie habe ich diesem Mann jemals unterstellen können, dass er kein Beziehungstyp sein kann, wenn er mich doch mit seinen Worten dazu bringt, ihn noch mehr zu mögen, mich noch mehr in ihn zu verlieben.

»Danke«, hauche ich überwältigt und blicke auf die Bühne, die Sam Smith gerade betritt. Als er zu singen beginnt, streift uns kurz sein Blick, und er lächelt, zwinkert uns zu, als hätte er es von Anfang an gewusst. Er erobert die Menge mit seiner Stimme, gleicht nicht mehr dem freundlichen, fast schüchternen Mann, den ich vorhin kennenlernen durfte, sondern wird auf der Bühne zu jemand anderem. Wie Freddie Mercury damals. Ich finde es faszinierend, wie jemand zwei Persönlichkeiten öffentlich zu Schau stellen kann. Als er beginnt, *Lay me down* zu singen, bemerke ich gar nicht, dass ich angefangen habe zu weinen. Dieser Song bedeutet mir so viel, er hat mich nach der Affäre mit Corey und seinen demütigenden Worten aufgefangen, mich dazu gebracht, nicht zusammenzubrechen. Das ist es, was Musik für mich bedeutet, sie ist mehr als Melodien und Gesang. Sie kann dein Freund sein, wenn du einen brauchst, oder deine persönliche Erinnerungsbox, die dich zurück in die Vergangenheit führt.

Nur dass dieser Augenblick den Song verändert: Habe ich früher, wenn ich ihm gelauscht habe, Corey gesehen, werde ich ihn nun für immer mit Drake in Verbindung bringen. Mit diesem Moment, wo er mich hält, während Sam Smith sich alles von der Seele singt. Drake bemerkt meine Tränen, greift nach meinem Kinn, um mich dazu zu bringen, ihn anzusehen.

»Was ist?«, fragt er besorgt, doch ich lächele, strahlend, aus den Tiefen meiner Seele, weil er hier ist, weil ich dieses Konzert mit ihm erleben darf.

»Ich bin nur glücklich«, sage ich und hoffe, dass er mich trotz des Lärms der Menge hören kann. Dann senkt er sanft seine Lippen auf meine und küsst mich zärtlich, als wäre ich das Kostbarste, was er in seinem Leben besitzt, und vielleicht stimmt das auch. Denn das zwischen uns wird von Tag zu Tag stärker, je mehr Zeit wir miteinander verbringen. Als er sich langsam mit geschlossenen Augen von mir löst, fühle ich es. Ich spüre, wie meine anfänglichen heftigen Gefühle in Liebe umschwenken, eine, die, wie ich hoffe, für immer anhalten wird.

Nach dem Konzert gehen wir ins Hotel, holen uns vorher einen kleinen Snack, den wir sicher später um Mitternacht vertilgen werden. Es ist fast dreiundzwanzig Uhr, als Drake und ich am Tisch sitzen, er in die Arbeit vertieft und ich über meinem Skizzenblock, als mein Smartphone zu läuten beginnt. Es ist Brooke. »Hey, meine Schöne. Was lä…«

»Wir haben keine Zeit für Liebesbekundungen! Die Lage ist ernst, Addy.« Ich runzle die Stirn, und auch Drake sieht auf, sie redet so laut, dass er jedes Wort verstehen kann.

»Was ist denn los?«

»Ich habe ein Date!«

»Okay. Du und Clive habt doch öfter Dates.«

»Clive ist schon seit einer Woche Geschichte. Es ist Darren.«

»Darren? Von unserem Studio?«

»Ja«, seufzt sie, und ich höre die Matratze knarren, als würde sie sich endlich setzen und durchatmen.

»Das ist doch gut, oder?«

»Ich weiß es nicht. Er hat einen oscarverdächtigen Nervenzusammenbruch meinerseits aufgrund der Trennung im Fitnessstudio mitbekommen, mich getröstet und ist an meiner Seite geblieben. Dann haben wir angefangen zu reden. So richtig zu reden, die ganze Nacht lang, bis ins Morgengrauen. Er hat bei mir auf der Couch ein wenig geschlafen, ehe ich zu Mittag aufgewacht bin und er weg gewesen ist. Aber er hat mir einen Zettel mit seiner Nummer dagelassen, also habe ich ihm geschrieben, und er hat um ein Date gebeten.«

»Aww, wie romantisch. Wusste ich's doch, dass er in dich verknallt ist.«

»Das ist es ja!«, unterbricht sie mich in meiner Schwärmerei. »Hä?«

»Er ist zu nett. Ich bin immer mit Typen ausgegangen, die nicht nett, sondern eher wild sind. Was ist, wenn er das Date genießt, aber ich mich langweile oder der Funke nicht überspringt? Wenn er sich noch mehr in mich verliebt und ich das nicht erwidern kann? Ich will ihm nicht wehtun.«

»Er ist eher ein stiller Typ, ja. Aber stille Wasser sind tief. Vielleicht überrascht dich Darren ja.«

»Wie heißt er mit Nachnamen?«, will Drake plötzlich wissen. Mir ist gar nicht bewusst gewesen, dass er unser Telefonat mitverfolgt hat.

»Was sagt Mr Orgasmus da?«, fragt Brooke und hält sich nicht wirklich zurück, obwohl sie mittlerweile wohl bemerkt haben muss, dass er mithört. Drake geht aber nicht darauf ein, sondern wartet geduldig.

»Er will wissen, wie Darren mit vollem Namen heißt.« »Oh. Darren Larson.«

»Echt? Bist du dir sicher?«, fragt er sie und sie bestätigt dies. Drake tippt schnell etwas in den Laptop ein und dreht ihn dann zu mir um, dass ich sehen kann, was er auf Google gefunden hat. Es sind viele Bilder von einem halb nackten Darren zu sehen, der einen andern Kerl in den Schwitzkasten nimmt.

»Oh mein Gott«, sage ich überrascht.

»Was ist? Ist er ein Serienmörder? Mitglied des Schachklubs oder hasst er Queen? Sag schon!«, knurrt sie ungeduldig.

»Darren The Maschine Larson ist ein weltweit bekannter ehemaliger Wrestler«, sagt Drake begeistert, er scheint wohl diesen Sport zu mögen.

»Nein!«, haucht meine Freundin am Telefon.

»Doch«, sage ich und blicke Darren vielleicht einen Tick zu lange auf das durchtrainierte Sixpack.

»Googele es mal.« Ich höre es rascheln, und da ich weiß, dass sie über den Laptop Musik hört und er immer eingeschaltet ist, höre ich sie laut nach Luft schnappen.

»Ich denke, der gute Darren hat eine Menge aufregender Sachen zu erzählen, also ist deine Sorge unbegründet.«

»Ja, da könntest du recht haben«, murmelt sie, und ich sehe sie vor mir, wie sie auf einem Berg Klamotten, in Unterwäsche und mit dem Laptop auf dem Schoß den trainierten Körper von ihrem Date bestaunt.

»Okay, ich muss mich jetzt dringend fertig machen. Danke Leute für eure Hilfe.«

»Immer wieder gerne«, höre ich Drake antworten, ehe ich etwas sagen kann.

»Du scheinst ja Gott und die ganze Welt zu kennen«, sage ich bewundernd, als meine Freundin aufgelegt hat. Wie kann es sein, dass dieser Mann, der privat eher der stille Typ ist und nur arbeitet, so einen großen und berühmten Freundes- oder Bekanntenkreis hat? Vielleicht ist er wie Sam, der zwei Persönlichkeiten in sich zu tragen scheint.

»Ich kenne viele Menschen, ja. Aber ich lasse selten jemanden an mich ran.«

»Aber mich schon.« Drake legt seinen Laptop weg und greift nach meiner Hand, um mich zu sich auf seinen Schoß zu setzen. »Dich lasse ich sogar in mein Herz«, flüstert er mit belegter Stimme, ehe er seine Hand in meinem Haar vergräbt und mich küsst. Als er sich von mir löst, umspielt ein verschmitztes Grinsen sein Gesicht.

»Mr Orgasmus also?«, fängt er an und ich kann darüber nur den Kopf schütteln.

»Natürlich bleibt genau das bei dir hängen«, seufze ich und verdrehe die Augen. Dieser Mann und sein Ego! Das perfekte Liebespaar.

»Klar, dass dieser Kosename einen bleibenden Eindruck bei mir hinterlässt. Mich würde ja nur interessieren, wie Brooke davon erfahren hat.«

»Das ist doch völlig egal«, erwidere ich und erwürge Brooke innerlich, weil sie diese Diskussion vom Zaun gebrochen hat.

»Finde ich nicht. Mir gefällt es, vielleicht lasse ich es mir patentieren und werde künftig unter diesem Kosenamen mein Unternehmen leiten«, scherzt er. Wenn er sich einmal wo verrannt hat, schmückt er das gerne aus. Um Himmels willen!

»Das wäre sicher sehr verkaufsfördernd«, sage ich sarkastisch.

»Und wie.«

»Du bist unglaublich«, lache ich, stehe auf und will unter die Dusche, als Drake es mir gleichtut und plötzlich vor mir steht.

»Unglaublich könnte mein zweiter Vorname sein.«

»Ach ja?«

»Ja. Ich sehe es schon vor mir. Die Plakate, die TV-Spots und …« Ich bringe ihn zum Verstummen, indem ich meine Lippen an seine presse und ihn wild küsse. Sofort umschlingen seine starken Arme meinen Körper und er drückt mich fest an sich. Als ich mich von ihm löse, greift er nach meiner Hand und führt uns zum Bett.

»Was hast du denn vor?«, kichere ich, obwohl ich es natürlich schon weiß und sich Vorfreude in mir ausbreitet.

»Ich muss doch meinem neuen Namen alle Ehre machen. Mr Orgasmus verdient man sich nicht von allein«, sagt er lachend und wirft mich aufs Bett. Dann legt er sich ins Zeug und verdient nicht nur diesen Namen, sondern eine eigene Statue mitten in Manhattan, aber das sage ich natürlich nicht.

Kapitel 31

Mood Song: Bebe Rexha feat. Quavo – 2 souls on fire

Nach einer Woche Arbeit, Meetings und Videokonferenzen bin ich, alleine was die Londoner Events angeht, bis nächstes Jahr im Herbst ausgebucht. Kaum zu glauben, dass das Geschäft immer mehr und mehr boomt. Heute Morgen habe ich auf meinen Kontostand gesehen, und nachdem ich die Löhne und die Miete bezahlt habe, habe ich fast die Million geknackt. Als mir bewusst geworden ist, dass ich fast bei meinem Ziel angekommen bin, habe ich Herzrasen bekommen, habe es einfach nicht glauben können. Seit ich ein kleiner Junge gewesen bin, habe ich darauf hingearbeitet, es meinem Erzeuger zu zeigen. Ihm zu beweisen, dass er nicht recht behalten hat.

Ich habe ein erfolgreiches Unternehmen aufgebaut, bin fast ein Millionär und gut in dem, was ich tue. Was nach dem Rachebesuch, den ich bei meinem Samenspender plane, passieren soll, weiß ich noch nicht. Bis jetzt hatte ich nur ein Ziel vor Augen, sonst keinen Lebenstraum. Ich möchte natürlich weiterhin die Jungs trainieren, ihnen Football beibringen und sie formen, dass sie sich in der Welt beweisen können. Möchte gerne mehr über die Astronomie erfahren, vielleicht einen oder zwei Kurse an der Abendschule belegen und mich einfach weiterbilden.

Diese Gedanken sind vor ein paar Wochen noch undenkbar gewesen, denn ich habe nur geackert, aber seitdem Addison in mein Leben getreten ist, habe ich angefangen, vieles anders zu sehen. Habe bewusst den Job nach hinten gestellt, um Zeit mit ihr zu verbringen oder mir Zeit für mich zu nehmen. Ich habe viel Musik gehört, ein Buch gelesen und entspannt. Habe tatsächlich eine Geschäftsreise auch als Urlaub genutzt, weil die Zeit ja da gewesen ist. Ich fühle mich nun ausgeglichener, ausgeruhter und glücklich. Zufrieden mit meinem Leben bin ich auch vor Addy gewesen, aber sie hat Farbe in meinen grauen Alltag gebracht, und dafür werde ich ihr immer dankbar sein.

Wir befinden uns im Landeanflug auf den Bradley Airport, wo wir mit dem Taxi in unser Hotel fahren werden um uns umzuziehen, frisch zu machen und dann gleich zur Location zu fahren.

Die Hochzeit von Isla ist der erste Event, den ich nicht von vorne bis hinten geplant habe. Die Trauung an sich wurde von einer Wedding-Planerin übernommen, ebenso wie das Arrangement der Blumen und des Empfangs. Ich habe mich mit Harriet abgesprochen, und wir haben die Deko, die Tischtücher sowie die Bühne in einem pastellrosa Ton gehalten. Ich als Mann habe schon einige Hochzeiten geplant, und bis jetzt habe ich den richtigen Riecher gehabt, konnte alle Brautpaare zufriedenstellen.

Addison und ich haben Stunden damit verbracht, den kahlen Raum in ein Märchen für jede Braut zu verwandeln. Während ich die Bühne geschmückt habe, hat sie die Tische gedeckt, die rosa Schleifen um die weißen Stuhlhussen gebunden und die Luftballons mit der Gasflasche gefüllt. Nach Stunden der harten Arbeit in einem fensterlosen, stickigen Raum sitzen wir erschöpft auf dem Boden, genehmigen uns einen Schluck Wasser und betrachten unser Werk. Den ganzen Tag ist es schwül im Freien gewesen, und das spürt man langsam auch in den Räumlichkeiten.

»Was die Gestaltung eines Raums alles ausmacht«, sagt Addison und blickt auf die Bühne, die vorher eher langweilig gewirkt hat und nun wunderschön aussieht.

»Ja, das denke ich mir manchmal auch, aber sieh dir an, was wir in ein paar Stunden geschafft haben.« Sie ist in der Tat jemand, der anpacken kann, der seine Ideen einbringt und bei der Arbeit mitdenkt. Sie ist perfekt für diesen Job.

»Stimmt, aber ich freue mich schon auf eine Dusche. Ich bin total verschwitzt.« Sie blickt an sich runter. Sie trägt ein luftiges, asymmetrisch geschnittenes Sommerkleid mit Blumenmuster drauf, das sich nun an ihren Körper geklebt hat, was aber ihrer Schönheit keinen Abbruch tut. Addison sieht auch erschöpft und verschwitzt großartig darin aus. Ich denke, es gibt kein Outfit, kein Kleidungsstück, das schlecht an ihr aussehen könnte. Sie ist perfekt in allem, was sie trägt. Sie ist perfekt für mich. Diese Worte zu denken lässt Wärme sich in meiner Brust ausbreiten. Ich bin dieser Frau mehr verfallen, als ich gedacht habe.

»Was soll dieser ungewöhnliche Blick?«, fragt sie grinsend und hebt eine Braue in die Höhe.

»Na ja, ich habe nur daran gedacht, dass ich es mag, wenn du verschwitzt bist.« Und daran, dass ich gerade dabei bin, mich in Addison zu verlieben, jetzt hier auf dem harten Parkettboden, wenn wir beide verschwitzt und erschöpft sind. Niemals hätte ich gedacht, dass ich mich überhaupt in jemanden verlieben könnte, habe eher gedacht, dass mein Herz nicht in der Lage zu tiefen Gefühlen ist.

»Tatsächlich?«, fragt sie verspielt und leckt sich über die Unterlippe. Ich rutsche zu ihr rüber, muss ihr plötzlich ganz nahe sein.

»Oh ja. Aber dein Stöhnen, wenn ich ganz tief in dir bin, liebe ich am meisten.« Ich wäre ja bereit, dieses Flirten in die Länge zu ziehen, weil ich es genieße, aber Addison packt meinen Nacken und presst ihre heißen Lippen auf meine. Ich zögere nicht lange, sondern lege mich halb auf sie. Damit sie nicht unbequem liegt, drehe ich uns so, dass ich mit dem Rücken auf dem harten Holzboden liege und sie über mir thront wie eine Göttin.

Sie vergräbt die Hände in meinem kurzen Haar und küsst mich erneut, dringt mit ihrer Zunge in meinen Mund und treibt mich so in den Wahnsinn, weil ich es liebe, wenn Addison das Kommando übernimmt. Wenn sie mir zeigt, was sie will, und mich mit ihren gezielten Berührungen um den Verstand bringt. Ich packe sie am Po und drücke sie auf meine wachsende Beule in der Hose, dann raffe ich ihr Kleid hoch, immer höher, und denke schon, dass ich meinem Ziel, ihrem Höschen, näher komme, als sich plötzlich die Tür öffnet und wir uns erschrocken voneinander lösen.

Addy steht auf und richtet ihr Kleid, und ich erhebe mich ebenfalls, aber es ist zu spät, meine Hose zurechtzurücken. Ich erkenne das Paar, das gerade breit grinsend auf uns zugeht. Es sind die Braut und der Bräutigam. »Hallo ihr zwei«, begrüße ich sie freundlich. Isla sieht noch immer aus wie früher, brünettes, langes Haar, eine sportliche Statur und braune Augen, die mich an Schokolade erinnern.

»Hey, Drake. Wir wollten euch nicht stören. Ihr habt beschäftigt ausgesehen«, sagt sie grinsend, und als ich kurz zu Addy blicke, färben sich ihre Wangen rot. Den Umstand, dass sie errötet, finde ich umwerfend, weil ich das von dieser wunderschönen Frau nicht gedacht habe. Ich habe sie als toughe Frau kennengelernt, jemand, der für sich einsteht und selbstbewusst ist. Aber da ist noch mehr, denn je besser ich sie kennengelernt habe, ist mir klar geworden, dass sie auch verletzlich ist, eine romantische Ader hat und schnell errötet, wenn ihr etwas peinlich ist. Bis jetzt hat sie diese Eigenschaften vor mir versteckt, weil sie es vielleicht bewusst im Hintergrund gehalten hat, aber nun sind wir an einem Punkt, wo wir uns für den Partner öffnen.

»Wir sind gerade fertig geworden und haben 'ne kleine Pause gemacht«, sage ich und deute auf die Deko um uns herum, will von meiner Beule in der Hose ablenken, die sicher sehr gut zu sehen ist. Oliver und Isla blicken sich um und öffnen staunend den Mund, als sie alles langsam auf sich wirken lassen. Die Lichterketten, die sich durch die Lüftung im Raum hin und her bewegen, sehen aus wie kleine Glühwürmchen. Das ist Addisons Idee gewesen und ich habe sie süß gefunden.

»Es ist perfekt«, haucht meine alte Schulfreundin und nimmt mich kurz in den Arm, drückt mich. Sie ist in meine Klasse gegangen und ist eine der wenigen gewesen, die sich mit mir anfreunden wollten, die anderen haben nichts mit dem Sohn eines Mörders zu tun haben wollen. Deshalb habe ich diesen Auftrag auch angenommen und viel weniger berechnet als üblich.

»Ich habe ja gewusst, dass du es draufhast. Das hattest du damals schon.«

»Na ja, ich hatte es drauf, mich nächtelang in die Bibliothek zu schleichen.« Weit weg von meinem Vater und all den Erinnerungen, die mich anfangs zu Hause heimgesucht haben.

»Um zu knutschen?«, fragt Oliver lächelnd, weil das viele Teenies so gemacht haben damals, aber ich nicht. Ich bin da immer anders gewesen.

»Nein. Um zu lernen.« Addison blickt überrascht zu mir rüber, vielleicht hat sie auch erwartet, dass ich eher der wilde Teenie gewesen bin, aber es ist vielmehr umgekehrt gewesen. Ich habe hart gearbeitet, um aufs College gehen zu können.

»Wow. Respekt. Ich wäre zu später Stunde wohl über meinen Büchern eingeschlafen.«

»Ist nur eine Sache der Übung gewesen.« Und der richtigen Motivation. Ich will niemals ein Versager wie mein Vater sein.

»Ja, unser Drake hier ist auf der Highschool Jahrgangsbester gewesen.« Nun bin ich es, der fast errötet. Das ist ein Thema, über das ich mit Addison noch nicht gesprochen habe, aber ein Blick auf sie genügt, um zu sehen, dass sie ein stolzes Lächeln auf den Lippen trägt.

»Ich glaube, ich war der Schlechteste unseres Jahrgangs«, meint Oliver kichernd, doch Isla dreht sich um und küsst ihn sanft auf die Lippen. »Und trotzdem liebe ich dich, auch ohne ausgezeichneten Abschluss.«

»Ich dich auch.« Nur schwer können sie den Blick voneinander lösen, und da wird mir bewusst, dass ich Addison den beiden noch gar nicht vorgestellt habe.

»Wo bleiben meine Manieren. Isla, Oliver, darf ich euch meine Freundin Addison vorstellen?«

Sie stellen einander kurz vor und drücken einander die Hand. »Wir wollten gerade zum Probedinner, und da wir früher dran sind, haben wir gehofft, dass ihr euch zu uns gesellt.« Freundlich wie immer denkt Isla sogar an uns, auch wenn sie durch die Hochzeit Millionen Sachen im Kopf hat.

»Addison?« Ich sehe fragend zu ihr, denn sie soll entscheiden. Sie hat gemeint, dass sie eine Dusche braucht, und ich will nicht ein Abendessen zusagen, wozu sie keine Lust haben könnte.

»Von mir aus gerne.«

»Perfekt. Dann kommt mal mit.«

Ich greife nach der Hand meiner Freundin und verschränke die Finger mit ihren, zwinkere ihr zu, während sie sich kurz an meine Schulter lehnt. Wir gehen aus dem Saal zur großen und imposanten Lobby. Hohe Decken, viele Holzvertäfelungen und dicke Vorhänge säumen unseren Weg, als wir in den Speisesaal kommen. Auf der Feier selbst wird im Saal gegessen, nur um die Deko nicht zu beschmutzen ist das Probedinner hierher verlegt worden. Aufgrund Islas und meiner gemeinsamen Schuljahre kenne ich einige der Gäste und ihre Verwandten sowieso, weil ich öfter bei ihr zu Hause gewesen bin. Sie und ihre Familie haben in New York gewohnt, bis sie nach Islas Abschluss nach Hartford gezogen sind.

Isla unterhält sich mit Addison, während Oliver mit mir das Gespräch sucht. Er erzählt mir, wie sich beide kennengelernt haben. Isla hat Erste Hilfe geleistet nach einem Unfall, den sie zufällig vom Auto aus gesehen hat. Sie hat ihr Auto abgestellt und ist sofort zu den Verletzten gerannt. Oliver als Feuerwehrmann kam neben Polizei und Rettung als Erster an der Unfallstelle an und hat sich schlagartig in sie verliebt. In ihr gutes Herz und ihre Hilfsbereitschaft. Kurz treffen sich Addisons und mein Blick, und ich will ihr schon zuzwinkern, doch sie dreht den Kopf beleidigt wieder zur Seite. *Was ist nun los?*

Oliver entschuldigt sich und geht zu seinen Verwandten rüber, als mich jemand an der Schulter antippt. Als ich mich umdrehe, muss ich kurz schlucken, denn nun steht Islas Schwester vor mir, die Frau, mit der ich in der Highschool kurz zusammen gewesen bin. »Drake, gut siehst du aus! Wie geht es dir?«, begrüßt sie mich, und zu allem Überfluss umarmt sie mich auch noch. Ich löse ihre Arme von mir und nicke ihr freundlich zu. »Schön dich zu sehen, Colleen.« Das mit uns ist schon Jahre her, und trotzdem kann ich nichts gegen dieses ungute Gefühl in meiner Magengegend machen, wenn ich daran denke, wie das mit uns beiden geendet hat. Auch wenn meine Gefühle nicht tief gegangen sind, hat sie mein Ego verletzt.

Ich bin ein leichtgläubiger Teenie gewesen, der zum ersten Mal etwas wie romantische Gefühle einer Frau gegenüber gehabt hat, und sie ist diejenige, die mich sitzen gelassen hat, weil ein anderer interessanter und reicher gewesen ist als ich. Seitdem habe ich eher nach Frauen Ausschau gehalten, die genau das Gegenteil von dem Typ sind, auf den ich eigentlichen stehe.

Damals wie heute sieht sie gut aus, Kurven ohne Ende, langes brünettes Haar und braune Augen, die mich nun mehr als interessiert ansehen. Sie trägt die Haare offen und gelockt und hat ein pastellrosafarbenes Cocktailkleid an. Wenn ich sie so betrachte, ähnelt sie sogar Addison ein wenig. »Isla hat mir schon erzählt, dass du ihre Hochzeitsfeier geplant hast, und da ich dich lange nicht gesehen habe, habe ich mal gegoogelt.« Sie leckt sich über die Lippen und mustert mich ungeniert.

»Und das, was ich gefunden habe, hat mir außerordentlich gut gefallen.«

»Das ist ja schön zu hören. Bitte entschuldige, ich muss zu meiner Freundin.« Ich muss weg von dieser Frau, die mich ansieht, als würde sie mich verschlingen wollen. Sie lächelt schelmisch und blickt hinter mich, die Hand erneut auf meinem Bizeps.

»Meinst du die Frau, die gerade wütend aus dem Saal stapft?«, fragt sie und klingt schadenfroh dabei. Ich drehe mich zu Addison um, und tatsächlich, sie eilt aus dem Saal, also lasse ich Colleen stehen und laufe Addison nach.

Kapitel 32

Mood Song: Sam Smith – How do you sleep?

Hand in Hand folgen wir dem Brautpaar in den Raum, wo das Probedinner stattfinden wird. Da Isla mit mir reden möchte, lasse ich Drakes Hand los und lausche ihren Erzählungen über Drake, der als Schüler eher ein Außenseiter gewesen ist. Es fällt mir schwer, mir den sonst so geselligen und charmanten Drake als jungen Mann vorzustellen, der eher bei Menschen auf Abstand geht.

»Ich sollte mich umziehen gehen«, sage ich plötzlich, als ich eine Frau erblicke, die mir ziemlich ähnlich sieht, aber perfekt gestylt ist, und mich neugierig betrachtet. Isla folgt meinem Blick. »Das ist meine Schwester Colleen. Sie war mit Drake während der Highschool zusammen, aber es ist in die Brüche gegangen.« Was?! Das ist die Ex-Freundin von meinem Freund?

»Sie sieht so aus wie ich, nur geduscht und zurechtgemacht.«

»Mir ist die Ähnlichkeit auch aufgefallen. Tja, Drake ist seinem Typ auf jeden Fall treu geblieben.«

Aber das kann nicht stimmen, weil er erstens gesagt hat, dass er noch nie wirklich mit jemandem zusammen gewesen ist, und dann diese Ähnlichkeit mit mir. Ich habe doch seine Worte von damals noch immer im Kopf. Er hat gemeint, dass ich nicht sein Typ bin, wieso sehen wir dann fast gleich aus? Ich blicke in seine Richtung, er erwidert meinen Blick, aber ich versuche ihn mit meinen Blicken in die Eier zu treten.

Nicht nur dass er mich in verschwitztem Zustand mit seiner Ex in einen Raum gehen lässt, er hat mir verschwiegen, dass ich hier auf seine alte Flamme treffen werde. Verwirrt kann ich die Augen nicht von dieser Frau abwenden, die plötzlich auf Drake zugeht und ihn sogar umarmt. Dass Isla sich entschuldigt und zu ihrem Sitzplatz geht, bekomme ich nur vage mit, dafür sehe ich meinen Freund, der sich von seiner Ex bezirzen lässt. Ich schaue verwirrt ins Nichts, als sich der Schmerz bemerkbar macht und mich fast in die Knie zwingt. Bin ich immer nur der Ersatz für seine Ex gewesen, oder ist alles gelogen, was Drake zu mir gesagt hat?

Ich komme an den Punkt, wo ich ihn am liebsten anschreien, ihn dafür büßen lassen möchte, weil genau das eingetreten ist, was ich von Anfang an befürchtet habe. Er hat mich getäuscht, und ich könnte mich selbst ohrfeigen, weil ich es zugelassen habe. Ich kann den Anblick der beiden nicht ertragen, und da ich keine Szene vor all diesen Leuten machen möchte, gehe ich, bringe den nötigen Abstand zwischen Drake und mich.

Ich höre Schritte hinter mir, seine Rufe, aber ich gehe weiter, achte nicht darauf. Ich öffne die Hintertür des Gebäudes und gehe hinaus in den strömenden Regen.

Wir haben Stunden in einem stickigen, schwülen, fensterlosen Raum verbracht, um ihn zu dekorieren, und haben nicht mal gemerkt, dass es zu regnen angefangen hat. Die Sonne ist dabei unterzugehen und ich gehe ihr entgegen, will einfach nur weg von hier. Brauche Zeit um nachzudenken. »Addison, bitte warte!«, ruft Drake hinter mir und holt mich sogar ein. Er stellt sich vor mich, und ich sehe auf in seine türkisblauen Augen.

»Was ist denn los? Wieso läufst du weg vor mir?«

»Wieso fragst du?«, zische ich und tippe ihm fest auf die Schulter.

»Hast du mir bewusst verschwiegen, dass wir hier auf deine Ex-Freundin treffen werden?«

»Natürlich nicht. Ich habe sie einfach vergessen.«

»Aber sie dich anscheinend nicht, so wie sie dich begrapscht hat.«

»Ich bin ihr ausgewichen, das hast du doch auch gesehen, oder?«

»Das habe ich, aber es ändert nichts daran, dass du mich verschwitzt und nicht gestylt auf deine Ex hast treffen lassen! Wieso hast du nichts gesagt? Wieso hast du mich nicht darauf vorbereitet?«

»Ich habe nicht darüber nachgedacht, denn ich habe diese Frau seit der Highschool nicht mehr gesehen und jahrelang nicht an sie gedacht.«

»Aber diese Ähnlichkeit mit mir. Ich habe immer gedacht, du stehst auf Blondinen?« Ich verstehe nun gar nichts mehr, in meinem Kopf herrscht nur Chaos. Mein Stolz ist verletzt, weil ich unmöglich ausgesehen habe, als ich auf seine Verflossene getroffen bin, und er hat es verheimlicht, das tut noch mehr weh.

»Ich habe immer schon auf Frauen wie dich gestanden, auf Kurven, dunkles Haar und viel Selbstvertrauen.«

»Aber die ganzen anderen Frauen.«

»Ja, Colleen hat mich abserviert, als ich gerade angefangen habe, etwas wie Gefühle für sie aufzubauen, und es hat meinen Stolz verletzt. Deshalb habe ich bewusst mit Frauen geschlafen, die eher einem anderen Typ entsprechen. Weil ich mich nie verlieben wollte.«

»Das ist doch völlig schwachsinnig.«

»Für dich vielleicht. Aber für mich ist es ein Abwehrmechanismus gewesen. So konnte ich mich auf die Arbeit konzentrieren und am Wochenende Frauen kennenlernen.« Ich kann nicht glauben, was ich da höre, er hat bewusst einen anderen Typ von Frauen ausgewählt, um keine Gefühle zuzulassen?

»Hör zu.« Er greift nach meiner Hand, verschränkt die Finger mit meinen und sieht mir tief in die Augen. Der Regen hat zugenommen, sodass unsere Kleidung und wir selbst völlig durchnässt sind, aber ich spüre es kaum, zu sehr nagt die Enttäuschung an mir.

»Ich will dich. Mit Haut und Haaren, Addison, und es tut mir leid, dass ich nichts von Colleen gesagt habe, aber ich habe nur dich gesehen. Du bist jetzt, ohne Make-up und mit nassen Haaren, um Längen schöner als sie es je sein könnte, weil du mich niemals für jemanden stehen lassen würdest, der mehr Geld hat, wie sie es getan hat.« Meine Wut schwächt sich ab, als ich in seine traurigen Augen blicke, es scheint kurz so, als wäre er wieder in der Vergangenheit und würde es noch mal erleben.

»Aber damals. Auf der Party von Griffin Swanson hast du zu deinem Freund gesagt, dass ich nicht dein Typ wäre, dass du nicht wüsstest, was du mit mir anstellen sollst.« Drake runzelt die Stirn und scheint sich an den Abend erinnern zu wollen, plötzlich klärt sich seine Sicht, und er sieht mich mit einem scheuen Lächeln an.

»Weißt du noch, wer damals neben dir gestanden hat?«, fragt er mich und ich nicke. »Es war eine Modelkollegin, die mittlerweile weltbekannt ist. Meine Worte von damals waren auf sie bezogen. Nicht auf dich. Niemals auf dich.« Seine Hand wandert meinen Arm hinauf zu meinen Schultern und langsam an meinem Körper hinab.

»Das hier. Dein heißer Körper und du, ihr seid mein Typ.«

»Ich weiß nicht, Drake. Vielleicht ist es besser, wir beenden das hier zwischen uns, bevor noch jemand sein Herz verliert.«

Daraufhin umschließt er mit seinen Händen meine Wangen und küsst mich. Zärtlich, vorsichtig, als wäre ich jemand, der zerbrechen könnte. Es ist ein inniger Kuss, der sich in die Länge zieht und mir das Gefühl gibt, dass ich nie wieder einen besseren Kuss erleben werde, weil dieser hier der schönste meines Lebens ist. Irgendwann, der Regen hat etwas nachgelassen, löst er sich von mir und legt schwer atmend die Stirn an meine und sieht mich lächelnd an.

»Dafür ist es längst zu spät, weil ich meines schon an dich verloren habe.« Meine Wut verraucht und schwenkt um in unbändige Leidenschaft, ich kralle mich an ihn und presse erneut meine Lippen auf seine. Er hebt mich hoch und ich schlinge meine Beine um seine Hüften, lasse mich von ihm tragen, bis ich die raue Hausmauer im Rücken spüre. Der Regen benetzt noch immer unsere Körper, aber es ist angenehm, die Kühle auf der erhitzten Haut zu spüren.

Er drückt mich mit der Hüfte gegen die Wand, sodass seine Hände in Ruhe auf Wanderschaft gehen können. Sie sind überall, und auch ich habe das Gefühl wahnsinnig zu werden, wenn er mich nicht sofort nimmt.

»Ich brauche dich«, hauche ich gegen seine Lippen. Er beißt mir in die Unterlippe, doch ich habe nicht genug. »Jetzt.« Drake schiebt mein nasses Kleid hoch und nestelt dann an seiner Anzughose. Dann dringt er in einem einzigen Stoß tief in mich ein. Meine Augen weiten sich, und ich stöhne tief und zufrieden, genieße die Dehnung in mir.

»Niemals«, keucht er, packt meine Hüften, um mich hochzuheben und noch mal tief in mich zu stoßen.

»Nie hätte ich gedacht, dass ich jemanden so sehr wollen würde wie dich.«

»Ich will dich auch, aber«, hauche ich und breche ab, um seinen Namen zu flüstern, als er genau die Stelle erwischt, die mich um den Verstand bringt.

»Aber?«

»Keine Geheimnisse mehr.«

»Keine Geheimnisse«, bestätigt er und schenkt mir mit ein paar gezielten Bewegungen den besten Orgasmus, den ich je hatte. Nachdem auch Drake Erlösung gefunden hat, halten wir einander keuchend fest; er noch in mir lauschen wir unserem Atem und dem Regen. Zum Glück sind alle im Gebäude gewesen, somit konnte keiner uns sehen, als wir übereinander hergefallen sind. Drake löst sich von mir und zieht seine Hose hoch, auch ich bringe meine Kleidung in Ordnung, ehe Drake meine Hand nimmt.

»Komm, lass uns unsere Sachen holen und gehen. Jetzt hast du dir wirklich eine Dusche verdient.«

Am nächsten Abend schminke ich mich dezent, lasse meine welligen, langen Haare offen und betrachte mich im Spiegel. Ich trage ein bodenlanges, eng anliegendes Kleid, in einem dunkelroten Stoff mit glitzernden Pailletten. Es ist ärmellos und sieht bei meiner Oberweite und offenen Haaren einfach traumhaft aus. Ich bin zufrieden mit dem, was ich sehe.

Durch den gestrigen Regen hat es abgekühlt, und es ist sogar angenehm frisch, als wir Hand in Hand das Hotel verlassen und uns auf den Weg zur Kirche machen. Wir sitzen hinter der Familie der Braut und verfolgen die rührende und wunderschöne Trauung mit weniger Gästen als auf der eigentlichen Feier. Beide wollten eine intime Atmosphäre schaffen.

Als sie einander ihre Liebe schwören, kann ich nicht anders, als ein paar Tränchen zu verdrücken. Drake reicht mir ein Taschentuch und legt den Arm um mich und küsst mein Haar. Kurz sehe ich schniefend zu seiner Ex-Freundin die so tut, als würde sie uns beide nicht beobachten, aber ich schenke ihr keine Beachtung, weil es da nichts mehr zu bereden gibt.

Drake hat sich entschuldigt, hat die Frage geklärt, die mir schon seit Jahren auf der Seele gebrannt hat, und hat mir deutlich gemacht, dass er nur mich will, mich braucht, also genieße ich die Zweisamkeit und die Nähe. Diese Geschäftsreisen haben mein Leben auf vielerlei Weise verändert. Nicht nur, dass ich meinen Lieblingssänger getroffen und sein Konzert besucht habe, ich habe mich auch für Drake und meine Gefühle für ihn entschieden und bin mir sicher, dass dies die beste Entscheidung meines Lebens gewesen ist.

Die Feier an sich verläuft ohne Zwischenfälle, alle haben Spaß, Drake hat neben der Gestaltung auch den Ablauf eines Programms geplant. So hat es Spiele gegeben, bei denen Braut und Bräutigam mitmachen mussten, es wurden Peinlichkeiten gestanden, und viel Liebe ist im Raum gewesen. Erst nach Mitternacht ist es ruhiger geworden, sodass Drake mich zu einem Tanz aufgefordert hat.

Er hat mich mit geübten, eleganten Schritten über die Tanzfläche geschoben und mir wieder einmal vor Augen geführt, wie toll er tanzen kann. Seine rechte Hand ruht auf meinem unteren Rücken, seine andere hat meine Hand umschlungen. Meine Wange ruht auf seiner Brust, sein Kinn auf meinem Kopf. So tanzen wir stundenlang, genießen die Nähe des anderen und lassen all den Stress der letzten Wochen hinter uns, genießen unser letztes Event auf dieser Geschäftsreise, ehe es in ein paar Tagen wieder zurück nach New York geht.

Kapitel 33

Mood Song: Camila Cabello – Real Friends

Nach unserer Landung in New York verlassen Drake und ich so schnell es geht das Flugzeug, holen unser Gepäck und gehen zügig auf den Ausgang zu. Ich freue mich so unglaublich auf meine Freunde, dass ich wahrscheinlich ziemlich gehetzt wirke, worüber Drake nur lachend den Kopf schüttelt. Ich möchte so schnell wie möglich nach Hause fahren und alle überraschen, da sie ja nicht wissen, dass Drake und ich einen Tag früher als geplant angereist sind. Ich will Drake gerade sagen, dass er einen Zahn zulegen soll, als ich einen grölenden Jubel vernehme und automatisch nach der Geräuschquelle in der Wartehalle Ausschau halte.

Und dort stehen sie. Mein Bruder, Tae, Grace, Pacey, Zayn, Luke und sogar Ronan hüpfen auf und ab und halten ein Schild mit der Aufschrift *Welcome Home Supermodel* in die Höhe. Tränen steigen mir in die Augen, als ich sie erblicke, denn noch nie habe ich diese chaotische Gruppe mehr vermisst als in den letzten Tagen. Ich lasse meine Tasche auf den Boden fallen und laufe auf meine beste Freundin zu, die ich fest in die Arme schließe, dann spüre ich Arme um uns, die uns drücken, und noch welche und immer weiter. Ich wünsche mir, dass diese Gruppenumarmung nie endet.

»Wir haben dich so vermisst«, seufzt Grace und drückt mich ein wenig fester. Nur widerwillig lasse ich meine Freunde los, um sie alle anzusehen. Irgendwie habe ich erwartet, dass ich sie nicht wiedererkenne, doch optisch hat sich nichts verändert.

»Woher habt ihr gewusst, dass wir früher landen werden? Ich wollte euch eigentlich überraschen.« Daniel deutet mit dem Kinn auf Drake, der noch immer den Gepäckwagen festhält und mich beobachtet, wie ich in der Mitte meiner zweiten Familie stehe.

»Warst du das?«, frage ich und gehe auf Drake zu.

»Du hast sie schrecklich vermisst, also habe ich Daniel angerufen und er hat es organisiert.« Wäre ich nicht schon längst in ihn verliebt, wäre es jetzt unmittelbar passiert, weil er wusste, wie wichtig es mir ist, meine Familie so schnell wie möglich in den Arm nehmen zu können. Daraufhin werfe ich mich ihm in die Arme und küsse ihn vor allen anderen. Er packt mich unter den Oberschenkeln und hebt mich hoch, sodass er mich herumwirbeln kann. Ich lache laut auf, weil es jetzt in diesem Moment nicht besser laufen könnte. Weil in diesem Augenblick alles perfekt ist.

»Hände weg von meiner Schwester. Du hattest sie wochenlang, jetzt gehört sie uns«, sagt mein Bruder scherzend und reicht Drake die Hand. Sie begrüßen einander und führen eine wortlose Konversation. Daniel sagt, dass Drake mir das Herz ja nicht brechen soll, denn sonst würde er seine Eier verlieren. Drake antwortet, dass er mir nie wehtun würde. Lustig, wie die beiden das hinkriegen. Grace und Taylor haken sich bei mir ein und führen mich zu den Taxis, damit wir so schnell wie möglich meine Rückkehr feiern können.

Es ist zwar Donnerstag, aber wir sitzen trotzdem in unserem Pub und stoßen auf eine erfolgreiche Geschäftsreise und unsere Wiederkehr an. Ich sitze inmitten meiner Freunde, Drake sitzt mir gegenüber neben Zayn und Pacey. Ich frage mich, wie er sich in unserer Gruppe fühlt. Ich weiß, dass er keine Freunde hat, nur Bekannte oder Kumpels, was ich ziemlich schade finde. Denn Drake mag anfangs den Unnahbaren spielen, aber er ist ein guter Kerl, und wenn er jemanden mag und jemanden tatsächlich an sich ranlässt, dann bin ich mir sicher, dass er alles für seine Freunde tun würde. Ich bin mir auch sicher, dass die anderen ihn bei uns aufnehmen würden, wenn ich sie darum bäte, aber ich denke, Drake ist noch nicht so weit. Jetzt gerade wirkt er sehr müde, wie ein Spiegelbild von mir, denn auch ich fühle mich total erschöpft. Wir haben nicht besprochen, wie es sein wird, wenn wir wieder in New York sind. Werde ich bei ihm schlafen oder er bei mir? Oder werden wir die Nacht ohne einander verbringen und uns erst morgens im Büro treffen? Im selben Moment ergreift Drake das Wort, als könnte er meine Gedanken lesen.

»Ich denke, wir sollten langsam nach Hause gehen, Babe. Du siehst aus, als würdest du gleich auf dem Tisch einschlafen«, sagt Drake mit einem sanften Lächeln auf den Lippen. Nach Hause, wie schön das aus seinem Mund klingt. Ich bin erleichtert, dass Drake noch nicht genug von mir hat und wir gemeinsam nach Hause fahren, egal in welcher Wohnung das auch sein mag. Für meine Freunde scheint es auch kein Problem zu sein, wenn ich mit Drake früher nach Hause fahre. Sie freuen sich für mich, das sehe ich an dem zufriedenen Gesichtsausdruck von Dan und Tae, vom wissenden Zwinkern von Grace, dem Nicken von Pacey und dem Wackeln mit den Brauen von Zayn. Jeder zeigt mir auf seine Art, dass er sich für uns freut, und das ganz ohne Worte. Meine Freunde mögen Drake, sie haben ihn schon sympathisch gefunden, bevor wir zusammengekommen sind. Nur ich bin die Einzige gewesen, die ihm die kalte Schulter gezeigt hat. So viel Energie habe ich verschwendet, um Drake aus dem Weg zu gehen, ihn nicht näher an mich ranzulassen. Aber das ist nun vorbei.

»Das will ich vermeiden, also sollten wir wirklich gehen. Danke, Leute, für die Überraschung. Ich liebe euch.« Ich drücke jeden einzeln, ehe Drake meine Hand nimmt und mich hinausbegleitet, wo schon Bruno mit dem Auto steht. »Wohin fahren wir?«, frage ich, als wir auf der Rückbank Platz nehmen.

»Zu mir. Da haben wir mehr Privatsphäre, und ich drohe nicht erhängt zu werden, wenn ich dich zum Schreien bringe. Immerhin trennt deinen Bruder und dich nur eine dünne Zimmerwand.«

»Ach, ich dachte, ich sei so müde, dass ich gleich auf dem Tisch einschlafe.« Er beugt sich zu mir, küsst mich auf die Stelle unter meinem Ohr, ehe er mir die heißesten Worte zuraunt, die ich je von ihm gehört habe. »Heute Nacht tun wir vieles, aber zum Schlafen wirst du keine Gelegenheit bekommen, weil ich vorhabe, dich so oft kommen zu lassen, dass du morgen nicht mehr gehen kannst.«

Drake hat recht behalten, denn am nächsten Morgen habe ich einen schlimmen Muskelkater und kann tatsächlich kaum gehen. Ich spüre die letzte Nacht bei jeder Bewegung. Glücklich verabschiede ich mich von ihm, um mir zu Hause Wechselklamotten zu besorgen und Yoga zu machen, ehe wir uns dann im Büro treffen. Drake hat mir zwar angeboten, dass ich mit ihm im Wagen mitfahren kann, aber ich liebe es, mit der U-Bahn zu fahren, dabei Musik zu hören und mich von der morgendlichen Menschenmasse mitziehen zu lassen.

Kaum habe ich die Wohnungstür geöffnet, erscheint Daniel vor mir. Er sieht ein wenig verschreckt und müde aus. »Da bist du ja endlich«, begrüßt er mich und greift nach meinem Arm, um mich reinzuziehen und die Tür hinter mir zu schließen. »Was ist denn mir dir los?«

»Psst, komm rein«, flüstert er und zieht mich quer durchs Wohnzimmer ins Badezimmer, wo er die Tür von innen verriegelt.

»Okay, James Bond, was für eine Geheimmission läuft hier? Du hältst mich vom Yoga ab.«

»Heute kommen Mom und Dad.«

»Ich weiß. Ich werde sie später auch vom Flughafen abholen.«

»Du weißt ja, wieso sie herkommen, oder?«

»Weil sie uns vermissen?« Ich kann ihm beim besten Willen nicht folgen.

»Nein. Weil ich heute Abend um Taylors Hand anhalten werde.«

»Nein!«

»Doch. Ich habe vor, ihr heute Abend im Pub ein Buch zu schenken. Ich habe eine quadratische Vertiefung in die Seiten geschnitten und den Ring reingelegt. Darüber habe ich mit Edding geschrieben, ob sie meine Frau werden will.«

»Wie in diesem Youtube-Video?«

»Ja, genau so. Wir lieben beide Bücher, und welcher Antrag wäre perfekter als dieser?«

»Oh mein Gott«, hauche ich gerührt und drücke meinen Bruder ganz fest, Tränen steigen mir in die Augen, weil ich mich für die beiden so freue. Und vielleicht bin ich auch ein wenig neidisch, denn irgendetwas in mir sagt mir, dass Drake nicht der Typ für einen romantischen Heiratsantrag wäre. Ich aber schon.

Im Büro begrüßt uns Serena mit einem strahlenden wie auch erleichterten Lächeln. Sie hat den Alltag hier in New York zwar gut im Griff gehabt, aber ich kann es mir auch vorstellen, dass es anstrengend ist, hochschwanger den ganzen Tag zu sitzen und zu telefonieren. Drake und mich erwartet einiges an Arbeit, zwei Feiern in New York, die wir gemeinsam planen werden, aber für die wir noch ein wenig Zeit haben. Serena weiß natürlich schon, dass Drake und ich zusammen sind, aber sie kann es nicht lassen, mich in die Kaffeeküche zu zerren und mir jede Einzelheit aus der Nase zu ziehen. Da Drake seit der Highschool keine feste Beziehung gehabt hat, bin ich sozusagen das Wunder in der O'Hara-Familie.

Die Woche vergeht schnell, und es ist wieder Freitagabend, also sitzen wir alle im Pub. Nate hat noch einen Tisch an unseren dazugestellt, damit auch Mom und Dad sowie Drake Platz haben. Taylors Dad wäre auch gerne gekommen, kann aber nicht, weil er in seiner Werkstatt viel zu tun hat. Dad unterhält sich mit Drake über Football, während meine Mutter mir alles über das Mädelswochenende erzählt, das sie mit ihren Freundinnen genießen konnte. Beide mögen Drake, haben sich sofort gut mit ihm verstanden, wobei das Händeschütteln zwischen Drake und Dad anfangs ausgesehen hat, als würden sie armdrücken. Ich blicke mich am Tisch um. Alle wissen schon, was gleich passieren wird, und haben dieses aufgeregte Grinsen im Gesicht. Nur Tae hat keine Ahnung. Sie unterhält sich mit Zayn über dessen neuen Job und ahnt noch nicht, dass mein Bruder gleich um ihre Hand anhalten wird.

Als es dann so weit ist, halten wir alle den Atem an. Daniel nimmt das Buch in die Hand und wendet sich Taylor zu, die neben ihm sitzt. »Tae?«

»Ja.« Sie dreht sich in seine Richtung und sieht ihn verliebt an.

»Als du vor fast einem Jahr wieder in mein Leben getreten bist, habe ich gleich gewusst, dass unsere Geschichte noch nicht vorbei ist, weil du und ich füreinander geschaffen sind. Das habe ich im Kindergarten gewusst, und das weiß ich noch heute.« Er greift nach ihrer Hand und sieht ihr tief in die Augen. Taylor ist in seinem Blick gefangen und ahnt noch gar nichts.

»Nie war ich glücklicher in meinem Leben, nie hatte ich mehr das Gefühl, angekommen zu sein, und der einzige Grund dafür bist du. Ich liebe dich, Taylor Jensen, und ich schwöre dir, dass ich das für den Rest meines Lebens zu tun gedenke.« Er reicht ihr mit zitternden Händen das Buch, das sie ungläubig aufschlägt und darin den Verlobungsring findet.

»Hier vor unseren Freunden und Familien frage ich dich. Willst du meine Frau werden und mich zum glücklichsten Mann der Welt machen?« Nun kullern die Tränen bei meiner Freundin, ihr Atem geht schnell, und sie schafft es noch zu nicken, ehe sie das Buch auf den Tisch legt und meinen Bruder umarmt. Wir klatschen und jubeln aufgeregt, und sogar der ganze Pub, der den Antrag mitbekommen hat, applaudiert. Meine Augen werden feucht. Ich versuche die Tränen zurückzudrängen, aber es ist zu spät, sie fallen unaufhörlich.

Drake greift nach meiner Hand und drückt sie sanft, ich wende mich ihm zu und blicke auf diesen wunderschönen Mann, der mir gehört. Er mag vielleicht nicht viel von der Ehe halten, aber er respektiert alle, die daran glauben. Ich bin froh, dass ich eingelenkt und angefangen habe bei ihm zu arbeiten, denn nur so haben wir uns richtig kennenlernen können. Nur so haben wir uns verlieben können. Ich lehne mich an seine Brust und küsse ihn sanft auf die Lippen. Wir lösen uns zur selben Zeit wie auch Dan und Tae und können noch mal in die Jubelrufe mit einfallen.

Taylors Gesicht ist gerötet vom Weinen, aber sie funkelt mit ihrem Verlobungsring um die Wette. Nathaniel, der Besitzer des Pubs, kommt ebenfalls, um zu gratulieren und eine Flasche Champagner zu spendieren. Wir stoßen an und feiern bis tief in die Nacht die Verlobung von meinem Bruder und seiner Jugendliebe.

In den nächsten Wochen hat uns der Alltag wieder, wir arbeiten im Büro, planen Events und stellen langsam aber sicher ein neues Team zusammen. Drake lädt eine Handvoll Bewerber ein, die gut ins Team passen würden. Serena und ich sind die Bewerbungen durchgegangen und haben eine engere Auswahl getroffen, die letzte Entscheidung liegt dann bei Drake, der selbst gemeint hat, dass er versuchen wird, ein besserer Boss zu sein. Er sieht inzwischen ein, dass er mit all den anderen Mitarbeitern zu hart umgegangen ist und zu viel in zu kurzer Zeit von ihnen verlangt hat. Serena meint, dass er auf die harte Tour hat lernen müssen, was einen guten Vorgesetzten ausmacht, denn das ist er tatsächlich geworden.

Ich selbst habe mich gut ins Büro und die Arbeitsstruktur eingefügt, Drake ist da gewesen und hat mir vieles gezeigt, mich geschult und mir ein paar seiner Methoden bei Kundengesprächen gezeigt. Nachdem ich mich bewiesen habe, durfte ich sogar eine Ruhestandsfeier selbst planen und durchführen. Drake war nur Gast dabei, ist aber zufrieden mit meiner Arbeit gewesen, hat mich gelobt und mich nach der Party auf seine ganz eigene Art belohnt.

Auch wenn ich im Büro ausgelastet bin, nehme ich mir Zeit und gehe ein Mal die Woche in die Agentur, wo ich die neuen Buchungen mit Tamara durchgehe. Dass Busse mit meinem Foto bedruckt gewesen sind, hat mir zwei große Aufträge eingebracht, die zum Glück beide in Manhattan stattfinden. Drake nimmt sich einen Tag bewusst frei, weil er mich auf einem Shooting besuchen möchte. Er erwähnt öfter, dass er stolz auf mich ist und gibt auch ab und zu damit an, dass ich Model bin, was mich zum Erröten bringt. Nach dem Desaster mit Corey habe ich gedacht, dass jeder meiner Partner etwas gegen meinen Zweitjob haben wird, aber Drake ist in vielerlei Hinsicht anders.

Damit Serena im Büro entlastet wird, übernehme ich teilweise ihre Mails und sortiere sie für Drake vor, der dann entscheidet, welches Event sich lohnen würde. Serena ist schon kugelrund und sehr glücklich, hat aber Probleme mit dem Kreislauf. Die Hitze, die New York in den letzten Wochen fest im Griff hatte, hat ihr ganz schön zu schaffen gemacht, und sie ist dankbar, dass ihre Kleine im November zur Welt kommen soll, so ist es zum Schluss hin nicht mehr so heiß. Auch Drake freut sich darauf, wenn seine Nichte das Licht der Welt erblickt.

Serenas Schwangerschaft scheint ihn zu faszinieren und zu beschäftigen. Er hat seine Schwägerin öfter gefragt, wie groß das Baby ist, ob sie jetzt schon Schmerzen hätte und wie lange generell eine Schwangerschaft dauert. Er ist wissbegierig, was das Thema anbelangt, was mich doch etwas wundert, weil er nie erwähnt hat, dass er eine eigene Familie gründen möchte. Für das Thema ist es für uns beide definitiv zu früh, aber mich würde interessieren, ob er Kinder haben möchte, vor allem nachdem seine Kindheit ja nicht immer schön gewesen ist.

Ich selbst möchte mir auch Zeit lassen, weil ich gerade an einem Punkt bin, wo ich noch nicht genau weiß, wo es beruflich für mich hingeht. Der Bürojob macht mir ungeheuren Spaß, aber ich bin mir nicht sicher, ob er alleine mich auf längere Zeit glücklich machen würde. Da gibt es noch so vieles, was ich ausprobieren möchte. Mehr Kleidung nähen und mir bewusst mehr Zeit fürs Designen zu nehmen.

In ein paar Jahren kann noch so viel geschehen, aber ich möchte mir noch alle Optionen offenhalten.

Als ich eine Woche später vom Shooting in Drakes Wohnung komme, erwartet er mich schon mit meinem Rucksack in der einen und einem Beutel in der anderen Hand. »Willst du noch zu einem Campingtrip aufbrechen?«, frage ich lachend, lege Mantel und Tasche ab und hole mir einen viel zu kurzen Kuss von meinem Freund. »Genau das, nur dass du mich begleiten wirst.«

»Sorry, aber ich bin total erschöpft. Wenn die Fahrt auch nur fünf Minuten dauern würde, würde ich sofort einnicken.«

»Und was, wenn wir gar nicht wegfahren müssen?«, fragt er mit seiner tiefen, heißen Stimme.

»Was schwebt dir da vor? Du machst es spannend.«

»Folge mir, Babe.« Er geht an mir vorbei, dreht sich aber plötzlich um, lässt die Sachen auf den Boden fallen, um mich dann zu packen und zu küssen. Seine Zunge erobert meinen Mund, heiß, fordernd. Daraufhin lasse ich mich fallen, nehme, was er mir gibt und fühle mich einfach unglaublich gut. Drakes Wirkung auf mich hat auch nach Wochen nicht nachgelassen, es scheint wohl eher das Gegenteil zu sein, weil ich das Gefühl habe, dass die Anziehung noch stärker ist.

Schwer atmend löst er seine Lippen von meinen, um mich anzusehen, mir eine verirrte Strähne aus dem Gesicht zu streichen und zu meiner Wange zu gleiten, die er sanft streichelt. »Du bist so schön. Obwohl du mir ohne Make-up noch besser gefällst.« Ich habe vergessen mich abzuschminken.

»Danke, dabei dachte ich, dass ihr Männer auf viel drumherum steht. Style, Make-up und Accessoires.«

»Nein, ich stehe nur auf dich ohne Schnickschnack. Ich l...«, er stoppt kurz und sieht auf seine Füße, ehe er sich wieder mir zuwendet. Seine Augen sind klar, wie das türkisblaue Meer in der Karibik, und ich sehe in seinen Augen, fühle, was er mir gerade hat sagen wollen.

Wir schnappen uns den Rucksack und den Beutel, und ich lasse mir den Weg von Drake weisen. Wir gehen auf die Dachterrasse, wo sein Teleskop steht. Es ist ein milder Abend im September, aber trotz allem hat Drake Decken bereitgelegt. Wir trinken einen Becher heiße Schokolade, ehe ich ihm vom Shooting erzähle. Diesmal bin ich für Bulgari vor der Kamera gestanden, was sich wie ein Ritterschlag anfühlt. Weil dieses Label wie eine Eintrittskarte für mehr Bekanntheit in meiner Branche ist.

Drake hört aufmerksam zu und stellt Fragen, kennt sogar ein paar Fotografen, mit denen ich schon zusammengearbeitet habe. Danach zeigt er mir die verschiedensten Sternbilder und führt mich in die Welt der Astronomie ein. Nach meinem hektischen Tag voller Menschen und voller Lärm, ist diese Nacht eine Wohltat für meine Ohren und auch mein Herz, weil ich die Zeit mit meinem Freund genießen kann, ihn immer wieder besser kennenlernen kann.

Als wir aneinandergekuschelt in den Sternenhimmel blicken, überrascht mich Drake plötzlich mit seiner Frage.

»Möchtest du Kinder haben?«, fragt er fast flüsternd, als würde er Angst haben, die Worte auszusprechen.

»Jetzt?«, frage ich blöd, weil er mich tatsächlich überrumpelt.

»Klar, jetzt sofort und gleich Zwillinge, dass es sich auch auszahlt.« Daraufhin beginnen wir beide schallend zu lachen. Erst als unser Lachen abebbt, sehe ich ihm wieder ernst in die Augen.

»Eines Tages schon. Wenn ich das Gefühl habe, dass es der richtige Zeitpunkt ist. Und du?«, frage ich neugierig.

»Ich weiß es nicht«, lautet seine ehrliche Antwort, und ich sehe es in ihm arbeiten, sehe den traurigen Ausdruck in seinem Gesicht, die Qualen, die er durchmachen musste.

»Deine kleine Nichte kommt ja bald auf die Welt, und dann bist du hautnah dabei, dann bekommst du so deine Antwort.«

»Wer weiß«, flüstert er und blickt wieder hoch in den Sternenhimmel, zieht mich dabei noch fester an sich, ehe er das Thema wechselt und über die neueste Eskapade von Pacey beim letzten Treffen erzählt, wo er sich fast das Bein gebrochen hat, als er versucht hat, durch Tanzen die Aufmerksamkeit einer jungen Frau zu bekommen. Auch wenn er mir leidgetan hat, haben wir viel zu lachen gehabt, aber es hat immerhin geholfen, sie ist mit ihm ausgegangen.

Ich neige den Kopf, um auf das Profil von meinem Freund zu sehen. Er ist so unglaublich attraktiv, so faszinierend und einfach atemberaubend, die inneren Werte wie auch sein Aussehen. Er ist nicht mehr der arrogante, egomanische Idiot von früher, sondern jemand, der mein Herz ohne Mühe gestohlen hat. »Addy?«

»Ja?«

»Hast du Lust, meine Jungs kennenzulernen? Sie würden sich sicher freuen, wenn du uns beim Training zusiehst.«

»Es wäre mir ein Vergnügen.«

»Danke«, raunt er, ehe er mir einen Kuss aufs Haar gibt und über seine Jungs zu erzählen beginnt.

Drake ist nun viel redseliger als früher, offener, und auch in Bezug auf die Arbeit hat er sich verändert, und das nur zum Guten. Er macht seltener Überstunden und fährt immer öfter mit mir nach Feierabend in seine Wohnung oder zu mir in die WG. Dieser Mann ist so viel mehr, als es den Anschein macht. Niemals bin ich glücklicher gewesen, niemals habe ich mich in den Armen eines Mannes sicherer gefühlt, und ein Teil von mir hofft, dass dieses Gefühl für immer anhält.

Kapitel 34

Mood Song: Queen – Love of my life

»Leute. Das ist meine Freundin Addison. Addy, das sind meine Jungs«, sage ich stolz und zeige auf die kleine Truppe an Schülern in ihren Trikots. Freundlich wie immer begrüßen sie die Frau an meiner Seite. Einige sind schüchtern, andere freuen sich, heute einen Zuschauer zu haben. »Sind Sie Model?«, fragt Olly neugierig und überrascht mich, weil er sie gleich erkannt hat. Die Plakate von Addison sind zwar noch in der ganzen Stadt zu sehen, allerdings trägt sie darauf viel mehr Make-up als jetzt. Aber Olly ist immer schon ein kluger Junge gewesen. »Ja, das bin ich, aber die meiste Zeit arbeite ich mit euerem Coach zusammen«, antwortet sie und geht vor Olly in die Hocke.

»Spielst du auch Football?«, fragt Jesse mit großen Augen.

»Nein. Ihr wisst doch, dass ich auch ein Büro in der Stadt habe. Ich plane da Partys.«

»Ach ja, das habe ich wohl vergessen.« Er kratzt sich verlegen am Hinterkopf.

»Glaubt mir. Ich gäbe keine gute Footballspielerin ab. Ich denke, das könnt ihr am besten.«

»Und ob wir das können«, ruft Olly lachend, und die anderen stimmen mit ein.

Dieser kleine Witzbold ist unter den Jungs mein Sorgenkind, wobei er selbst keine Probleme macht, sondern seine Mutter. Sie trinkt, zwar zu wenig, um als Alkoholikerin bezeichnet zu werden, aber auch zu viel, um keine zu sein. Sein Vater ist verschwunden, als Olly noch nicht mal geboren war. Ich versuche mich, sooft ich kann, bei den Lehrern zu erkundigen, ob es ihm gut geht und ob er auch mit dem Stoff mitkommt. Sie geben mir nur Auskunft, weil ich sein Coach bin, sonst würde ich nichts erfahren. Ich weiß nicht, wieso ich ihn von all den Kids am meisten mag. Vielleicht liegt es daran, dass er mich an mich selbst erinnert, als ich in seinem Alter war, nur dass er keinen Erwachsenen hat, der ihm Halt geben könnte. Ich hatte wenigstens meine Mom.

»Ich möchte später ein Model heiraten. Wie die berühmten Football-Spieler.«

»Wenn du bis zu deinem dreißigsten Geburtstag kein Model gefunden hast, heirate *ich* dich, okay?«, sagt meine Freundin, und auch wenn sie es scherzhaft gemeint hat, machen mich ihre Worte nachdenklich. Sie kann gut mit Kindern, das sehe ich mit eigenen Augen, und auch wenn ich nie selbst daran gedacht habe, eine Familie zu gründen, kann ich nicht anders, als mir vorzustellen, wie es sein würde, wenn Addy und ich Kinder haben würden. Stelle mir vor, wie schön Addy wäre, wenn sie einen ebenso großen Bauchumfang hätte wie Serena jetzt und sie unser Kind unter dem Herzen trüge.

Daraufhin erhellt sich Ollys Gesicht und er nickt aufgeregt. Sie fährt ihm durch die Haare und lächelt ihn an, ehe sie sich wieder aufrichtet.

»Ich bin heute hier, um euch anzufeuern, also zeigt, was ihr draufhabt.« Ein kindliches Brüllen erklingt und die Jungs laufen euphorisch aufs Feld. Ich werde aus meinen Gedanken gerissen und muss tatsächlich den Kopf schütteln, um wieder klar denken zu können. Ich wende mich Addison zu, die ihnen mit einem seligen und nachdenklichen Ausdruck nachsieht. »Danke, den Motivationsschub haben sie gebraucht. Du bist die Beste, Babe.«

»Sie sind zauberhaft. Eine tolle und vor allem freundliche Truppe.«

»Ich habe sie leider nur ein Mal die Woche, aber da versuche ich ihnen neben dem Footballtraining auch Respekt gegenüber Frauen beizubringen.«

»Das hast du gut gemacht«, haucht sie gegen meine Lippen und küsst mich kurz, ehe sie mich wegschiebt. »Los, geh rüber und zeig mir, was du deinen Jungs beigebracht hast.«

In der nächsten Stunde geben meine Spieler alles, was vielleicht auch an Addisons tollen Qualitäten als Motivator und Cheerleaderin liegt. Nach dem Training müssen die Kids zwar wieder in ihre Klassen, aber Addison hat versprochen, sie bald zu einem Eis auszuführen, was wiederum zu Jubelrufen geführt hat. Als keiner der Jungs mehr in der Nähe ist, schnappe ich mir Addison und ziehe sie an mich, schlinge meine Arme um ihren anbetungswürdigen Körper.

»Danke, dass du ihr Training angenehmer gestaltet hast als sonst«, flüstere ich und kann nicht aufhören sie anzusehen. Ohne Make-up gefällt sie mir noch besser als mit.

»Es war mir eine Ehre. Du hast so von ihnen geschwärmt, dass ich sie unbedingt kennenlernen musste.«

»Du kannst mitkommen, sooft du möchtest.« Während ich sie halte, ihr in die wunderschönen waldgrünen Augen blicke, habe ich die drei Worte auf der Zunge. Ich fühle sie schon länger, aber habe sie noch nie ausgesprochen. Ich habe noch nie diese Worte laut gesagt, nicht mal zu meiner Familie. Ich bin kein gefühlsduseliger Mensch und zeige eher, was ich empfinde, als es zu sagen. Und Addison weiß sowieso, was ich fühle. Sie muss es einfach spüren, denn ich verschleiere nichts.

Meine Jungs mögen sie, meine Familie und vor allem meine Mutter lieben sie. Seit dem ersten Sonntagsessen verstehen sich Mom und Addy sehr gut. Ein Grund mehr sie zu lieben. Ich habe noch nie eine Beziehung geführt, aber ich habe das Gefühl, dass Addison und ich dieses Ding richtig rocken. Sie ist auch kein Mensch, der klammert, sodass jeder seinen Hobbys treu bleiben kann. Ich kenne es von Bekannten, wo die Frau jede Sekunde mit dem Mann verbringen will. Addison ist da nicht so. Ihr ist die Zeit mit ihren Freunden und der Familie heilig. Zwar bin ich immer zu den Freitagstreffen eingeladen, aber manchmal bleibe ich bewusst länger im Büro, damit sie die Woche alleine ausklingen lassen kann.

Rose, Seth und Tawny sind die neuen Mitarbeiter in meinem Team. Bei ihren Bewerbungsgesprächen habe ich diesmal nicht vorrangig auf die schulischen Ausbildungen geachtet, sondern bewusst nach ihrer Motivation gefragt. Ich wollte wissen, welchen Stellenwert Eventmanagement für jeden Einzelnen von ihnen hat. Alles andere ist unwichtig, wie ich inzwischen weiß. Alle hatten interessante Antworten parat und haben mich durch ihre Charaktereigenschaften sowie Motivation überzeugt.

Zwar muss ich jetzt mehr Löhne auszahlen, aber durch eine Preiserhöhung und Durchführung lukrativer Events bin ich meinem Ziel so nahe wie noch nie. Ich warte trotzdem geduldig, bis es so weit ist, dann werde ich es diesem Arschloch beweisen. Seine Worte haben mich mein ganzes verdammtes Leben lang begleitet. Dass mein eigener Vater denkt, ich wäre ein Loser und würde es niemals zu etwas bringen, hat mich tiefer verletzt als all seine Schläge. Aber ich habe vor, es ihm zu zeigen und endlich damit abzuschließen.

Der Oktober ist ein aufregender Monat in vielerlei Hinsicht. Nicht nur weil mein kleiner Bruder heiraten wird und der Geburtstag meiner Freundin ansteht, sondern auch weil meine drei neuen Mitarbeiter sich besser eingearbeitet haben, als ich es je für möglich gehalten habe und wir mit ihrer Hilfe noch mehr Events stemmen können. Um Brodys Hochzeit kümmert sich zum Glück eine Wedding-Planerin, die ich schon eine Weile kenne und von der ich weiß, dass sie eine wunderbare Trauung und Feier organisieren wird.

Ich genieße es, diesmal ausschließlich Gast bei der Feier zu sein und mich als Brodys Trauzeuge ganz um ihn kümmern zu können. Addison ist eine von Serenas Brautjungfern, und als es endlich so weit ist und die Brautjungfern in die Kirche einziehen, raubt sie mir schlichtweg den Atem. Alle tragen ein pastellgrünes, bodenlanges Kleid mit breiten, gerafften Trägern und einen hübschen Ausschnitt, der nicht zu tief ist und doch sündhaft gut aussieht. Serenas Freundinnen sind eher von schlanker Statur, sodass sie ihre Kleider nicht richtig ausfüllen können. Meine Addy aber schon, und sie sieht umwerfend aus. Mit ihrem hochgesteckten Haar, dem eleganten Make-up und diesem warmen Lächeln auf den Lippen ist sie für mich die schönste Frau im ganzen Raum.

Serena trägt ein weites Babydoll-Kleid, wie es Addison genannt hat, was ihr mit ihrem Babybauch unglaublich gut steht. Als mein Bruder und seine Braut die Ehegelübde vorlesen, bleibt kein Auge trocken. Beide erzählen, was sie an dem anderen lieben und wie glücklich sie sich gegenseitig machen. Früher hätte ich diese Worte für den größten Kitsch der Welt abgetan. Ich hätte sie nur belächelt und den Kopf geschüttelt, aber ein Blick auf Addison reicht, und ich kann die Worte meines Bruders von ganzem Herzen nachvollziehen.

Auch ich könnte vielerlei Dinge nennen, die ich an ihr mag

und für die ich dankbar bin. Mein Junggesellen-Ich würde mir jetzt den Arsch aufreißen, weil ich solchen Bullshit überhaupt denke, aber dieser Mann bin ich nicht mehr – nicht mehr, seitdem ich Addison gebeten habe, für mich zu arbeiten. Ihr Blick wandert zu mir, und als sie mich anlächelt, frage ich mich, womit um Himmels willen ich diese Frau verdient habe.

Kaum ist die Zeremonie vorbei, verschwindet das Brautpaar mit dem Fotografen und kommt erst wieder, als der Sektempfang zu Ende ist und wir in den Saal können. Meine Mutter ist die stolzeste Person auf der Feier und hat an diesem Tag öfter vor Freude geweint, als mir lieb ist. Seit mein Vater verhaftet wurde, habe ich sie nicht mehr weinen gesehen, und das ist echt schon eine ganze Weile her. Ich bin es nicht gewohnt und muss mir immer wieder einreden, dass es Freudentränen sind und nichts anderes.

Addison lehnt an meiner Brust, als Brody und Serena als Mr und Mrs O'Hara den Raum betreten. Nach der Verhaftung von meinem Vater habe ich meinen Nachnamen gehasst. Es ist schon schwer gewesen, sich als dunkelhäutiges Problemkind in der Schule zurechtzufinden, aber der schottische Nachname hat es auch nicht einfach gemacht. Aber mittlerweile mag ich ihn, habe mich an ihn gewöhnt und finde, er passt zu mir. Nach dem köstlichen Essen sind die Trauzeugen mit den Reden dran. Als Gentleman lasse ich Serenas Schwester den Vortritt, die uns mit peinlichen Geschichten zum Lachen und mit ihrer Liebeserklärung an beide zum Weinen bringt. Selbst ich kann mir ein Tränchen nicht verkneifen.

Als ich an der Reihe bin, wird es ruhiger. Viele, die mich kennen, wissen, dass ich kein Mann großer Worte bin, wenn es um Gefühle geht, aber für meinen Bruder würde ich alles tun. »Die Liebe ist überall vertreten. Ob in Filmen, Musik, Kunst oder Büchern, egal wo wir hinkommen, wir sehen und fühlen sie. Es hat eine Zeit gegeben, in der ich einen großen Bogen um alles gemacht habe, was der Liebe auch nur ähnelt. Habe nicht gewusst, was die Leute überhaupt daran finden. In unserem Leben haben Brody und ich nicht immer die besten Karten gehabt, aber mit der Zeit haben wir gemerkt, dass wir drei alles erreichen können. Mom und du seid die wichtigsten Menschen in meinem Leben gewesen, und ich habe gedacht, dass das für immer so bleiben wird. Doch dann kam Serena. Sie war die einzige Frau, die die Stärke gehabt hat, mir Paroli zu bieten und mir zu helfen, ein erfolgreiches Unternehmen aufzubauen. Ohne dich wäre ich niemals so weit gekommen.« Eine Träne kullert über das Gesicht meiner Schwägerin, und sie nickt dankbar. »Und da habe ich gemerkt, dass man nicht nur sein Fleisch und Blut lieben kann, sondern auch die Menschen, die einem zu dem machen, was man ist. Niemand könnte besser zu meinem Bruder passen als die Frau, die mich täglich fordert und noch dazu eine der warmherzigsten und klügsten Frauen ist, die ich kenne. Ich liebe euch beide, denn ihr seid das Wichtigste in meinem Leben. Zumindest bis meine Nichte das Licht der Welt erblickt, dann wird sie die Einzige sein, die ich bedingungslos vergöttern werde.«

Ich ernte einen Lacher nach dem anderen, aber Brody und Serena sind vollkommen ernst. Sie sehen mich aus feuchten Augen an, ehe sie aufstehen und mich umarmen, denn sie wissen, dass ich sonst nicht über meine Gefühle rede. Und doch habe ich es getan, und es ist mir nicht einmal schwergefallen, denn ein Mensch hat es mir beigebracht. Ich blicke zu Addison, die mich stolz anlächelt und selbst Tränen in den Augen hat. »Geh zu ihr«, flüstert Brody in mein Ohr, als er mich kurz drückt.

»Mach sie glücklich, so wie sie dich glücklich gemacht hat.« Ich nicke, denn genau das habe ich nämlich vor. Ich küsse Addison auf die Stirn, ehe ich mich neben sie setze und die Menge beobachte. Dann wird die Tanzfläche eröffnet, worauf meine Freundin schon lange gewartet hat. Addison bewegt sich kaum von der Tanzfläche weg, worüber ich mich nicht beschwere, denn ich kann mich kaum daran sattsehen, wie heiß sie beim Tanzen aussieht.

Ich gehe zum DJ und wünsche mir einen Song für Addison und mich, warte neben der Tanzfläche, bis er erklingt, dann gehe ich auf meine Freundin zu, die ihn augenblicklich erkennt und mich mit einem breiten Lächeln ansieht. »*Love of my live* von Queen«, haucht sie und greift nach meiner Hand. Ihre Augen leuchten vor Freude auf. Ihre Liebe für diese Band ist wirklich unglaublich.

»Warst du das?«

Ich nicke als Antwort und ziehe sie an mich, um mit ihr zu tanzen. »Ja, das war ich, und ich würde noch mehr für dich tun.« Wahre Worte mit viel Gewicht, aber ich meine es ernst. So war es von Anfang an, nur habe ich länger gebraucht, um das einzusehen. Ich drücke ihren Körper an mich und beginne mich zu bewegen. Ihr Kopf ruht auf meiner Brust, als wir über die Tanzfläche gleiten und uns in diesem Song verlieren, der eigentlich von einem Mann handelt, der seine Angebetete anfleht, nicht zu gehen, weil sie die Liebe seines Lebens ist. Es ist eigentlich ein trauriger Song, aber ich finde ihn schön, genau wie Addison. Sonst wäre er nicht einer ihrer Lieblingssongs von Queen.

Das Licht ist gedämmt und Scheinwerfer tauchen Addisons schönes Gesicht in die verschiedensten Farben. Wir sehen uns an, bewegen uns zu einem traurigen Song, fühlen uns aber mehr als glücklich. Vollkommen. »Ich liebe dich«, flüstere ich und streiche mit dem Handrücken über ihre Wange. Sie schnappt nach Luft, ehe sie mich anlächelt und errötet. »Ich liebe dich auch, vielleicht schon lange bevor wir uns geküsst haben.«

»Silvester-Kuss oder Dubai-Kuss.«

»Der in Dubai.«

»Ja, der hat es in sich gehabt.«

»Na warte mal, bis du diesen spürst.« Dann küsst sie mich, als wären wir die einzigen Menschen im Raum.

Kapitel 35

Mood Song: Julia Michaels – Hurt again

Grace und ich haben eine Geburtstagstradition. Jedes Jahr gehen wir morgens zur Maniküre und Pediküre, und dann trinken wir den ersten Cocktail nach dem Brunch. Dann folgt ein ausgiebiger Shopping-Trip, ehe wir am Abend feiern gehen. Nur dass wir dieses Jahr Taylor mitnehmen und sie das erste Mal in unseren Club aufnehmen, weil sie letztes Jahr ja noch immer um ihren Ex getrauert hat. Mir kommt es vor, als wäre das schon vor einer Ewigkeit gewesen. Aber tatsächlich ist es erst ein Jahr her, dass Taylor wieder in unser Leben getreten ist – und sie ist geblieben. Diesmal für immer.

»Ich habe einen großen Auftrag an Land gezogen. Einen, der mich meinem Traumhaus in Jackson, New Jersey noch näherbringt,« verkündet Grace.

»Traumhaus?«, fragt Taylor neugierig und versucht nicht herumzuzappeln, während ihre Fußnägel lackiert werden.

»Unsere Gracie hier träumt seit ihrer Kindheit davon, ein bestimmtes Haus zu kaufen.«

»Ja. Ein altes Anwesen, mit viel Potenzial und einer riesigen Grünfläche. Es ist sogar so groß, dass man locker einen See anlegen lassen könnte«, schwärmt Grace. Ich kann gar nicht mehr sagen, wie oft sie schon über dieses Anwesen gesprochen hat.

»Das klingt, als wäre es teuer«, sagt Taylor und trifft ins Schwarze.

»Na ja, ich könnte es mir leisten, wenn ich an das Erbe meiner Großmutter gehen würde, aber das will ich nicht.«

»Wie willst du es dann erwerben, wenn nicht mit dem vielen Geld, das dir deine Grandma hinterlassen hat?«

»Ich habe viele Aufträge und bin gut in meinem Job. Mir gehört die Wohnung, somit helft ihr mir mit der Miete, mir meinen Traum zu erfüllen. Außerdem habe ich ein paar alte Immobilien verkauft und somit einiges angespart. Aber ich denke, wenn ich diesen großen Auftrag abschließe, der mich monatelang in Beschlag nimmt, kann ich es endlich kaufen.«

Meine beste Freundin ist immer schon eine Macherin gewesen. Wenn sie etwas will, dann erarbeitet sie es sich. Durch ihr Talent in der Gartengestaltung hat sie nicht nur unsere Dachterrasse in eine Wohlfühloase verwandelt, sondern sich auch in Manhattan einen Namen gemacht. Und das will etwas heißen, denn in New York gibt es Landschaftsarchitekten wie Sand am Meer.

»Wieder jemand, der sich seinem Traum nähert.«

»Ach, hast du auch einen bestimmten Traum?«, fragt mich Tae. Ich selbst habe keinen bestimmten Traum, aber langsam erkenne ich den Traum von Drake.

»Keinen bestimmten, aber Drake hat mir vor einiger Zeit erzählt, dass er als Kind den Wunsch hatte, eines Tages Millionär zu sein.«

»Also den Wunsch habe ich auch«, meldet sich Grace lachend zu Wort, doch ich schüttle den Kopf.

»Ja, aber bei Drake ist es etwas anderes, denke ich. Er ist wie besessen davon, dieses Vermögen zu erreichen, um sich endlich ›Millionär‹ nennen zu können.« Jetzt verstehe ich endlich, wieso er wie verrückt in allen Lebensbereichen gespart hat.

»Hast du ihn einmal drauf angesprochen?«

»Er hat da mal so etwas angedeutet, aber er geht nicht darauf ein und wechselt schnell das Thema, wenn ich ihn darauf anspreche.«

»Und du machst dir Sorgen, weil?«, will Grace nun wissen.

»Ich denke, er hat etwas vor, wovon er mir nichts erzählt. Etwas Wichtiges.«

»Jeder Mensch hat Geheimnisse.«

»Ja, aber diese sollten den Charakter eines Menschen nicht verändern.«

»Da hast du recht.«

»Vielleicht mache ich mir auch zu viele Gedanken. Immerhin bin ich heute dreißig geworden, da wird man doch ein wenig schrullig, oder?«

»Ja, und senil«, kichert Taylor.

»Schönen Dank auch.«

»Sorry, ich meine, du bist wie guter Wein.«

»Wein? Hast du den Cocktail heute schon zum Frühstück gehabt?«

»Quatsch. Ich meine nur, dass du mit den Jahren immer besser wirst. Warte noch ein paar Jahre, dann wirst du vielleicht ein eigenes Unternehmen gründen. Als Designerin wirst du den großen Designern Konkurrenz machen.«

»Ach ja? Davon weiß ich noch nichts«, kichere ich, obwohl ihre Worte wie Musik in meinen Ohren klingen.

»Ich sage ja nur. Du hast so viel Talent in dir, dass ich mir sicher bin, dass du erfolgreich sein wirst, egal welchen Berufsweg du einschlägst.«

»Kleider zu entwerfen ist schon lange ein Traum, den ich hege.«

»Apropos Kleider. Wie sieht es aus. Wann kann ich mit einem Entwurf für mein Hochzeitskleid rechnen?«

»Du willst tatsächlich eins von mir, wenn du doch viele Designer fragen könntest, mit denen du zusammenarbeitest?«

»Natürlich. Addy, du bist meine beste Freundin, seit ich denken kann. Es wäre mir eine Ehre, deine Kreation zu tragen, wenn ich deinen Bruder heirate.«

»Ach du!« Meine Augen werden tatsächlich feucht. Ist das so, wenn man dreißig ist? Ist man da näher am Wasser gebaut?

»Danke, ich werde in mich gehen und dir etwas zaubern. Sobald ich die großen Events mit Drake durchgeplant habe.«

»Ich freue mich darauf. Ach, und apropos Drake. Wie funktioniert das so im Büro. Habt ihr auf jedem Tisch Sex und geht dann auf den Boden über?«, fragt sie kichernd.

»Eigentlich ganz gut. Wir küssen uns sehr selten im Büro. Weil wir gerne Privates und Berufliches trennen. So gut es eben geht.«

»Ich könnte nicht mit Daniel zusammenarbeiten. Wir würden uns bei jeder Gelegenheit die Kleider vom Leib reißen.« Ich bedecke meine Ohren mit meinen Händen und funkle Tae böse an.

»Was habe ich über Sextalk und meinen Bruder gesagt?«

»Krieg dich wieder ein«, sagt sie grinsend.

»Drake und ich gehen das professionell an. Unsere neuen Mitarbeiter sind aus allen Wolken gefallen, als sie nach Wochen gesehen haben, wie wir Händchen haltend das Büro verlassen haben. Sie haben nicht mal geahnt, dass wir ein Paar sind. Aber privat lassen wir es umso mehr krachen.« Ich wackle mit den Brauen und sehe Tae verschwörerisch an, was Grace nur aufstöhnen lässt.

»Können wir vielleicht das Thema wechseln? Ich habe seit über einem Jahr niemanden mehr kennengelernt, und mein Vibrator hat vor lauter Erschöpfung längst den Geist aufgegeben.«

»Sorry, Süße.« Ich schicke ihr einen aufrichtigen Luftkuss.

»Wieso schnappst du dir nicht mal einen Typen für eine Nacht?«, fragt Taylor, und ich muss ehrlich gestehen, dass ich mich das auch schon öfter gefragt habe.

»Ich kann keinen Sex mit jemandem haben, den ich nicht liebe«, sagt Grace plötzlich und überrascht mich mit der Aussage.

»Das hat sich letztes Jahr noch anders angehört«, meint Tae.

»Na ja, letztes Jahr sind wir auch noch nicht so oft mit den Jungs unterwegs gewesen, aber wenn ich sehe, wie Pacey und Zayn jeden Freitag eine neue Frau abschleppen, lässt mich das den Glauben an die Liebe langsam verlieren.«

»Ja, sie treiben es bunt. Wenn ich das mal so ausdrücken darf«, sage ich und bedanke mich bei Jane, die mit meiner Pediküre fertig ist.

»Und genau deswegen will ich mich erst richtig verlieben und den anderen wirklich kennenlernen, bevor ich mit ihm ins Bett steige.«

»Das klingt nach einer Herausforderung«, sagt Taylor und blickt zufrieden auf ihre manikürten Hände.

»Und ob, aber ich will es so. Der Mann, der mich ins Bett bekommt, wird der sein, den ich liebe. Ich bin da altmodisch und traditionell.«

»Ich bin gespannt und wünsche dir jemanden, der zu schätzen weiß, was er an dir hat«, sage ich und zücke meine Kreditkarte, um das Wohlfühlprogramm zu bezahlen, doch Taylor ist schneller und bezahlt vor meiner Nase.

»Ich übernehme das Verwöhnprogramm, wenn du dann für gutes Essen sorgst und reichlich Cocktails.«

»Ist gebongt.«

Ein paar Stunden später lachen wir drei über die banalsten Dinge, sind langsam beschwipst, können aber noch rational denken. Wir haben es mit den Cocktails etwas übertrieben, sind aber noch Herr unserer Sinne. Morgen früh werden wir diese Entscheidung vielleicht bereuen, sich unter der Woche zu betrinken, aber es ist mein Geburtstag, und den haben wir immer so gefeiert, egal an welchem Tag. Wir sitzen in einer Sitzecke in unserem Stammpub und lassen uns von Nate in einer Tour Drinks servieren. Während ich auf Bier umsteige, geht Grace mit einem Tequila Sunrise in die Vollen.

Es ist länger her, dass ich Grace beschwipst erlebt habe. Generell hat sie sich ein wenig verändert, seit ich von der Geschäftsreise zurück bin.

»Zurück zu dir, Gracie«, sagt Taylor und verschränkt die Arme vor der Brust. Erleichtert stelle ich fest, dass ihr Grace' Liebesleben anscheinend auch nicht aus dem Kopf gehen will.

»Ja? Was habe ich angestellt?«

»Nichts, aber mich würde es brennend interessieren, auf welchen Typ Mann du stehst.« Sie überlegt eine Weile. »Er sollte dunkles Haar, graue Augen, viel Humor und einen heißen Körper haben.«

»Das klingt ja ganz so, als würdest du von Zayn sprechen«, sage ich kichernd, was Grace zusammenzucken lässt.

»Was? Niemals!«

»Ich sage ja nur. Er entspricht all deinen Wünschen. Zumindest vom Aussehen her.«

»Außer dem wichtigsten. Er sollte treu und loyal sein. Und Zayn hat halb Manhattan flachgelegt. Dagegen war dein Drake ein Sonntagsschüler.«

»Ich denke, Pacey und Zayn sollten langsam ganz New York durchhaben. Ich habe manchmal richtig Angst, dass sie irgendwann nach Miami ziehen, wenn es hier für sie nichts mehr zu holen gibt.«

»Vielleicht«, lacht Grace, doch ich merke, dass sie plötzlich irgendetwas beschäftigt. Etwas, was sie uns nicht sagen möchte. Deshalb wechselt sie das Thema und fragt, wie Drake und ich zueinander stehen und ob wir schon gemeinsam leben. Wir sind nicht offiziell zusammengezogen, obwohl ich öfter bei ihm bin als er bei mir. Trotz allem sind wir erst vier Monate zusammen, und auch wenn ich gerne diesen Schritt wagen würde, lasse ich Drake entscheiden, ob er sich bereit dazu fühlt. Taylors Hochzeitsvorbereitungen laufen auf Hochtouren, obwohl die eigentliche Hochzeit erst nächsten Sommer stattfinden wird. Ich bin die Wedding-Planerin von meiner zukünftigen Schwägerin und habe schon auf meinem Tablet meine Vorstellungen der Location, von dem Kleid sowie den Dekos und Akzenten skizziert.

Ich habe auch ein Hochzeitskleid designt, das hervorragend zu Taylor passen würde, habe es ihr aber noch nicht gezeigt, weil ich etwas unsicher bin, wie sie es wohl finden wird. Sie ist Modebloggerin, und das inzwischen sogar ziemlich erfolgreich. Sie könnte ein Kleid bei bekannten Designern anfragen, deshalb halte ich meine Kreation noch im Verborgenen. Ich bin ein selbstbewusster Mensch und sage immer, was ich denke, nur bei meinen eigenen Skizzen bin ich sensibel und könnte harsche Kritik gerade nicht gut verkraften.

Es ist einundzwanzig Uhr, als Zayn, Drake und Daniel sich zu uns gesellen und die Party sozusagen weitergeht. Da Pacey im Restaurant zu tun hat, ist er ausnahmsweise nicht dabei. Wir denken noch lange nicht dran, nach Hause zu gehen. Wir haben bei unserem Stammtisch getrunken und uns unterhalten, haben über unsere besten und schlimmsten Geburtstagsfeiern gesprochen, aber als Nate Queen spielt, kann ich mich nicht mehr halten, ebenso wie Grace. Wir stürmen den Platz, der uns jeden Freitag als Tanzfläche dient, aber offiziell keiner ist, und tanzen zu *Another one bites the dust*, einem von Grace' Lieblingssongs.

Es ist einer der besten Geburtstage, die ich je gefeiert habe. Nicht nur dass Taylor endlich Teil unserer Familie ist, sondern auch Zayn, Luke und Pacey. Anfangs hat Daniel sich nur alleine mit den Jungs getroffen, bis er sie immer öfter zu uns in die WG eigeladen hat und wir uns besser kennenlernen konnten. Und nun ist da auch Drake, der so süß ist und meine Captain Cola gegen eine Pepsi tauschen lässt und wirklich glaubt, dass ich es nicht bemerke. Ich finde seine Sorge um mich wirklich niedlich und kann auch nach vier Monaten Beziehung noch immer nicht genug von ihm bekommen.

Da Drake dafür gesorgt hat, dass ich früh genug auf alkoholfreie Getränke umgestiegen bin und ich mir den Rest des Hochprozentigen aus dem Körper getanzt habe, bin ich fast wieder nüchtern, als sich langsam alle verabschieden. Drake und ich sind die Letzten, die noch übrig sind.

»Ich hatte den schönsten Geburtstag meines Lebens.«

»Du hast dein Geschenk von mir gar nicht bekommen.«

»Ich dachte, du hast bei den Jungs mitgemacht, die mir Reisegutscheine geschenkt haben.«

»Nein, ich habe eher etwas Eigenes im Sinn. Aber das bekommst du zu Hause.«

»Oh ja, dich. Das ist wirklich das schönste Geschenk von allen.« Ein raues Lachen erklingt, doch als ich ihn ansehe, schüttelt er ungläubig den Kopf.

»Mich bekommst du auch, aber das ist nicht als eigentliches Geschenk geplant.« Ich schlinge meine Arme um seinen Nacken und küsse ihn auf die Lippen. »Glaub mir, du und dein Körper wären genug.«

»Wie war das noch mal? Dass du mich nicht zu viel loben

wolltest, weil das mein Ego in die Höhe treiben würde und du das hasst?«

»Das war, bevor ich dich bekommen habe, denn eigentlich hat mir deine selbstbewusste Art immer schon gefallen, nur konnte ich es damals nicht zugeben.«

»Wieso denn?«

»Ich hatte Angst, mich in dich zu verlieben, je mehr Zeit wir miteinander verbringen würden. Damals dachte ich auch, du wärst heiß und ein Arschloch.«

»Und jetzt? Wie sieht es jetzt aus?«

Ich küsse ihn auf die Lippen, sanfter dieses Mal, ehe ich ihn ansehe. »Jetzt weiß ich, dass du das Beste bist, was mir je passieren konnte.«

Kapitel 36

Mood Song: Dean Lewis – Waves

Als wir in Drakes Wohnung kommen, ist er aufgeregt und fast zappelig wie ein Kind. Was ich unglaublich süß finde. Er scheint sich wohl sehr darauf zu freuen, mir dieses besondere Geschenk zu überreichen, von dem er gesprochen hat. Als ich meine Heels von den Füßen streife, stöhne ich vor Zufriedenheit auf. Es fühlt sich unglaublich an, endlich die Kühle des Hartholzbodens unter den Fußsohlen zu spüren. Drake holt eine Flasche Rosé und zwei Gläser.

»Willst du mich etwa betrunken machen, um mich ins Bett zu kriegen?«, kichere ich und lasse mich auf die Couch plumpsen.

»Ich dachte, das Stadium der Betrunkenheit hast du für heute schon durch, wenn du Lust auf eine neue Runde hast, dann ist es kein Problem.«

»Nein, nein, danke. Ein Mal reicht für heute.«

»Deshalb gibt es jetzt auch nur etwas Leichtes.« Er schenkt mir ein Glas ein, ehe er sich selbst eins befüllt. Er setzt sich neben mich und stößt mit mir an.

»Auf dich, meine Schöne. Auf viel Erfolg, egal in welchem Beruf. Auf viele Modelaufträge und noch mehr Gesundheit.«

»Und auf viel mehr Drake«, flüstere ich, weil er einer der

Gründe ist, wieso ich heute den besten Geburtstag meines Lebens gefeiert habe. Wir trinken einen Schluck, ehe er nach meiner Hand greift und diese sanft streichelt, sie einfach hält.

»Hört sich ja ganz so an, als hättet ihr einen schönen Mädelstag gehabt.«

»Es war herrlich. Wir waren schon eine ganze Weile nicht mehr entspannt unterwegs. Das habe ich gebraucht.«

»Das hast du dir auch verdient, nachdem ihr den Sommer durch unsere Geschäftsreisen getrennt voneinander verbracht habt.«

»Apropos! Wie war es im Büro?«

»Auch entspannt. Rose ist ziemlich gut im Kundenumgang. Ich habe vor, sie vormittags an den Empfang zu setzen. Dafür darf sie eine Party pro Quartal selbst planen.«

»Klingt gut.«

»Weißt du, was noch besser wäre?«

»Nein«, kichere ich, weil ich weiß, dass jetzt wieder etwas Witziges kommt.

»Wenn du mich endlich küssen würdest, statt über die Arbeit zu reden. Ich will einen Geburtstagskuss.«

»Hey! Eigentlich musst du mir einen geben. Immerhin habe ich Geburtstag.«

»Keine Sorge, du hast noch die ganze Nacht meine ungeteilte Aufmerksamkeit«, raunt er verheißungsvoll.

»Aber vorher ...« Er erhebt sich, geht ins Schlafzimmer und kommt mit einem rechteckigen Päckchen in der Hand wieder zurück. Es ist flach, klein, so groß wie ein Schmuckschatulle und mit lilafarbenem Geschenkpapier verpackt. Vor Freude klatsche ich in die Hände und strecke meine Hand aus. »Happy Birthday, meine Schöne.«

Ich bin noch nie der Typ gewesen, der das Papier vorsichtig aufmacht. Bei mir gibt es jedes Mal ein Gemetzel, weil ich mich nicht zurückhalten kann. Zum Vorschein kommt ein glänzender, silberner Schlüssel.

»Ein Schlüssel, wie cool.« Ich bin überrascht und auch ein wenig verwirrt.

»Ist das der Schlüssel zu deinem Herzen?«, frage ich in neckendem Ton.

»Den hast du doch schon längst. Aber dieser hier«, er deutet auf die Box, »öffnet dir die Tür zu deinem Reich.«

»Meinem was?« Er reicht mir seine Hand.

»Komm mit.« Wir gehen vom Wohnzimmer in den Flur zu seinem Bügelzimmer oder besser gesagt dem Zimmer, das seine Haushälterin immer zum Bügeln verwendet hat, weil es leer steht. Er steckt den Schlüssel in das Schloss und bittet mich, die Tür zu öffnen. Kaum habe ich es getan, knipst Drake das Licht an, und ich bin kurz geblendet, bis ich erkenne, was er aus diesem Raum gemacht hat. In der Ecke neben dem Fenster befinden sich verschiedene Stoffe, die perfekt aufgerollt sind und unbenutzt aussehen. In der Mitte befindet sich eine Ankleidepuppe, die meine Maße zu haben scheint, und an der Wand steht ein Tisch mit einer wunderschönen Nähmaschine. Ich kann es nicht fassen! Drake hat ein Paradies für jeden leidenschaftlichen Hobbydesigner gemacht.

»Was ist das hier?«

»Das ist dein Zimmer.«

»Ich verstehe nicht.« Will er etwa, dass ich zu ihm ziehe?

»Da du zum Nähen immer zu Brooke fahren musstest und dein Zimmer in der WG viel zu klein ist, habe ich mir gedacht, ich mache dir ein Atelier hier in meiner Wohnung.«

»Das ist zu viel, Drake.« Es ist unglaublich, aber ich will ihm nicht zur Last fallen.

»Ich will dich hier haben. Und ich möchte, dass du auch einen Ort hast, wo du in Ruhe arbeiten kannst.« Ich gehe ein paar

Schritte durch den Raum, lasse meine Finger über die Stoffe gleiten und kann noch immer nicht fassen, dass Drake sich die Mühe gemacht und ein Nähzimmer für mich geplant hat.

»Woher hast du die Puppe? Sie scheint meine Größe zu haben.«

»Ich habe mit Brooke gesprochen, und sie hat mir Tipps gegeben.« Neben der Nähmaschine entdecke ich ein weiteres hübsch verpacktes Geschenk. Ich blicke zu meinem Freund, der mir signalisiert, dass dies ebenfalls für mich ist. Wieder reiße ich das Papier auf und öffne den Deckel, um ein iPad rauszunehmen.

»Es ist eher ein Zeichenpad. Du kannst so papierlos deine Kleider designen, dich mehr dem Designen widmen oder übergroße Aktporträts von mir gestalten.« Ungläubig sehe ich auf das kleine Ding, das in Zukunft meine Ideen beherbergen soll.

»Das könnte meinen Skizzenberg reduzieren.«

»Genau, schalte es mal ein, dann kann ich dir alles zeigen.«

Drake erklärt mir geduldig, wie ich das hauchdünne Pad benutzen kann, und auch wenn ich dem digitalen Zeichnen gegenüber stets skeptisch gewesen bin, je länger ich es in der Hand halte, desto sicherer fühle ich mich damit. Man kann sogar handschriftliche Notizen in Text umwandeln.

»Das und dieser Raum hier sind das schönste Geschenk meines Lebens. Danke, mein Schatz.« Ich lege das Pad wieder in die Box und küsse ihn sanft auf die Lippen.

»Hmmm«, murmelt Drake, als würde er eine leckere Schokolade probieren.

»Gefällt mir.«

»Der Kuss?«

»Der auch, aber eher mein Kosename. Du hast mir bis jetzt noch keinen gegeben.«

»Na ja, bei so einem tollen Geschenk hast du ihn dir verdient«, ziehe ich ihn auf. Er weiß, dass ich es ironisch meine, denn ich bin kein materieller Mensch.

»Wow, welchen Namen hätte ich wohl bekommen, wenn ich dir einen Porsche geschenkt hätte.« Daraufhin muss ich lachen.

»Dann wärst du noch immer mein Schatz.«

»Wie in *Herr der Ringe?*«, fragt der Witzbold! Er schafft es auch immer, mich zum Lachen zu bringen.

»Eher wie das Beste, was mir je passieren konnte.«

Ein paar Wochen nach meinem Geburtstag ruft mich eine euphorische Tamara an, die mir erzählt, dass Dolce & Gabbana mich für ein Shooting haben möchte. Gerade habe ich mein letztes Shooting beendet, wohin mich Drake begleitet hat. Wir hatten viel Spaß, und Drake ist auch sichtlich stolz auf mich gewesen, aber ich habe gemerkt, dass die Modewelt nicht gerade sein Metier ist und er in Zukunft nicht mehr dabei sein wird.

Im November habe ich ein großes Shooting vor mir. Diesmal keine Unterwäsche, sondern die neue Sommermode von Donna Karan, die im neuen Jahr eine neue Plus-Size-Kollektion rausbringt. Tamara hat mir außerdem verraten, dass Donna die Fotos meines letzten Unterwäscheshootings sehr gut gefallen haben und sie mich gerne im Februar auf dem Laufsteg sehen möchte. Das ist Motivation genug gewesen, nun noch härter und öfter im Fitnessstudio zu trainieren. Doch zwei Tage vor dem Shooting für DKNY hält ein Schneesturm die gesamte Ostküste eisern im Griff. Der Schnee will einfach nicht aufhören zu fallen, und manche Straßen sind durch Blitzeis kaum befahrbar. Da ich zum Zeichnen neuer Skizzen Ruhe brauche, habe ich mich immer mehr in mein Zimmer zurückgezogen, das Drake für mich gemacht hat.

Es ist befreiend, wenn man seiner Leidenschaft mit voller Hingabe nachgehen kann. Wenn ich Zeit habe, versuche ich mir auch neue Kleidung zu nähen, designe aber immer öfter auf meinem neuen Zeichenpad.

Heute Abend planen wir eine Ladys Night, weil ich das kurz vor dem wichtigen Shooting brauche und weil es längst überfällig gewesen ist. Seit meinem Geburtstag haben wir Mädels uns nicht mehr alleine getroffen. Deshalb freue ich mich noch mehr, dass es endlich geklappt hat. Es ist Samstagabend, und wir haben Daniel zu den Jungs geschickt, um die Wohnung für uns selbst zu haben. Wir haben Gesichtsmasken aufgelegt, unsere Nägel lackiert und uns vor allem über die Themen unterhalten, die wir meistens vor den Jungs nicht erwähnen können. Schwärmereien für Stars, Beauty, sexuelle Vorlieben und den aktuellen Gossip.

Mir macht es langsam Sorgen, dass Grace noch immer keinen Partner gefunden hat. Hätte sie nebenbei Affären oder kurze Liebschaften, würde ich mir ja nichts dabei denken, aber dass sie so gar niemanden kennenlernt, finde ich unglaublich schade, vor allem, weil sie ein so toller Mensch ist.

Allein ihre engelsgleiche Erscheinung zieht normalerweise alle Blicke auf sich. Sie hat langes, hellblondes, von Natur aus gewelltes Haar, das sie noch nie getönt oder gefärbt hat. Es ist so lang, dass sie sogar nackt rumlaufen könnte, weil ihre dichte Mähne ihre intimen Stellen bis über die Hüfte bedecken würde. Ihren schlanken Körperbau hält sie durch harte körperliche Arbeit in Form. Sie ist auf den ersten Blick klein und süß, kann aber auch ganz anders, wenn es darauf ankommt. Im Gegensatz zu Taylor und mir ist sie in der Öffentlichkeit eher schüchtern. Sie wirkt auf Männer meistens wie eine kleine Schwester und weniger wie die unglaublich verführerische Frau, die sie auch ist. Ich weiß es ganz genau, weil nur eine dünne Wand unsere Zimmer trennt und ihr Ex-Freund oft bei uns übernachtet hat. Aber ich schneide das Thema nicht schon wieder an, weil ich in letzter Zeit bemerkt habe, dass der Umstand, dass Daniel, Luke und ich im Gegensatz zu ihr eine Beziehung haben, ihre Laune zu trüben scheint.

Wir beschließen, uns Popcorn zu machen und schnulzige Filme reinzuziehen. Wir drei sind im Gammel-Outfit und genießen die Zeit zu dritt. Als wir gegen ein Uhr morgens einen neuen Film starten wollen, klingelt mein Handy. Es ist Brody, was mich sofort in Alarmbereitschaft versetzt, schließlich könnte Serena schon das Baby bekommen haben. »Hey Brody. Alles okay bei Serena und dir?«, frage ich wie aus der Pistole geschossen.

»Uns geht's gut. Es ist Drake, um den ich mir Sorgen mache.« Abrupt stehe ich auf, denn wenn es schon Brody braucht, der mich besorgt anruft, dann muss es schlimm sein.

»Was ist mit ihm?«

»Er ist betrunken.«

»Okay, ich dachte schon, es ist etwas Schlimmes passiert.«

»Er hat ziemlich viel getrunken und steht teilweise neben sich. Er ist in keiner guten Verfassung. Ist heute etwas vorgefallen?«

»Nein, ich bin heute nicht im Büro gewesen, weil ich mir freigenommen habe, um mich auf das Shooting vorzubereiten. Wir haben heute Morgen telefoniert und uns geschrieben, aber seit dem Nachmittag bin ich mit den Mädels unterwegs und habe nichts mehr von ihm gehört.«

»Verdammte Scheiße!« Brody flucht nicht. Niemals. Er ist der gute Kerl von nebenan, einer, der vor Frauen nie Kraftausdrücke verwenden würde.

»Ich glaube du solltest kommen, denn wenn er sich so heftig betrinkt, muss etwas Schreckliches passiert sein. Denn Drake trinkt ab und zu ein Bier oder einen Whiskey, aber er betrinkt sich nicht. Das hat er noch nie getan.«

Kapitel 37

Mood Song: Tupac – Ghetto Gospel

Ich habe es geschafft. Seit einer Stunde starre ich auf den Bildschirm, der mir anzeigt, dass ich offiziell und wahrhaft die verdammte Million erreicht habe. Mein Leben lang habe ich diesen Moment herbeigesehnt, habe Blut und Wasser geschwitzt, um erfolgreich in dem zu sein, was ich liebe. Und ich liebe meinen Job wahrhaftig, deshalb hat es mir damals nichts ausgemacht, jeden Tag bis in die Morgenstunden zu arbeiten. Ich habe es genossen, über Jahre Stars, Geschäftsmänner und sogar Adelige kennenzulernen, die im Laufe der Zeit mit mir zusammengearbeitet haben.

Nun habe ich mir meinen Traum erfüllt, bin bis zum Ende des nächsten Jahres mit Arbeit eingespannt und weiß nun wirklich, wie es ist, ein erfolgreiches und fleißiges Team im Unternehmen zu haben. Nicht dass meine früheren Assistenten schlecht gewesen sind, sondern ich war es, oder besser gesagt, mein Verhalten und meine Einstellung. Manchmal, wenn ich an die Zeit zurückdenke, in der ich rumgebrüllt und meine Assistenten herumkommandiert habe, um mir Kaffee, ein Sandwich oder weiß Gott was zu bringen, schäme ich mich.

Wie ich es durch mein Verhalten überhaupt geschafft habe, dass jemand länger als ein paar Wochen in meinem Büro bleiben wollte, ist mir schleierhaft, auch wenn es nun der Vergangenheit angehört. Jetzt weiß ich es besser und versuche meine Fehler wiedergutzumachen. Ich versuche meinem Team ein guter Vorgesetzter zu sein und ein besserer Mensch zu werden, auf den meine Mutter stolz sein kann. Ich gebe alles, um es besser zu machen als das Arschloch, das leider auch mein Vater ist.

Von Wut getrieben stehe ich auf, weil die Bilder wieder in meinem Kopf sind, die ich sonst so gut verdrängen kann. Plötzlich wird mir mein Büro zu eng, es wird mir alles zu viel. Es ist zwar drei Uhr nachmittags, aber ich halte es hier nicht mehr aus und eile aus dem Raum, der mich plötzlich zu erdrücken droht. Ich teile Rose mit, dass ich heute nicht mehr kommen werde und sie alle Termine verschieben soll, ehe ich meinen Mantel anziehe und nach draußen gehe. Es schneit zwar, aber ich fühle die Kälte nicht, weil die Kälte meiner Kindheit längst wieder von mir Besitz ergriffen hat.

Ich laufe ziellos durch die Straßen von New York. Es fühlt sich wie Stunden an, doch egal wie weit ich laufe, ich kann die Erinnerungen nicht mehr abschalten. Ich kann nicht aufhören zu fühlen. So viel Schmerz und Wut, so viel Trauer und Rache. Plötzlich erkenne ich die Umgebung um mich herum und stelle fest, dass ich vor meinem eigenen Wohnhaus stehe. Dieses Haus ist das Einzige, wofür ich je viel Geld ausgegeben habe. Abgesehen davon habe ich jeden Cent auf die Seite gelegt, aber es ist mir wichtig gewesen, dieses Gebäude zu besitzen. Weil dort meine Mom wohnt und ich dort über sie wachen und vor allem Unheil der Welt beschützen kann. Da ich als Kind ja so bitter versagt habe.

Wenn mein Vater nicht da gewesen ist und Mom, Brody und ich alleine in der Wohnung gespielt haben, war es schön dort. In diesen seltenen Momenten habe ich wieder an das Gute geglaubt. Es hat sich nach einer schönen Kindheit angefühlt, bis er wieder von seinen Sauftouren zurückgekommen ist und seinen Frust über was auch immer an uns ausgelassen hat. Mein einziger Trost ist, dass ich es vermeiden konnte, dass er Brody schlägt. Er hat noch nie Hand an ihn gelegt, wofür ich dankbar bin. Aber auch ihn hat unsere beschissene Kindheit geprägt. Es hat ihn verschlossen gemacht, bis er in der Junior High endlich zu sich selbst gefunden hat und selbstbewusster geworden ist.

Er ist penibelst auf Sauberkeit bedacht und erträgt keine Flecken auf den Klamotten. Brody flucht auch nicht, wird niemals laut. Er hat unzählige Stunden beim Therapeuten verbracht, wohin ich anfangs auch mitgekommen bin. Dort habe ich von den psychischen Schäden erfahren, die er erlitten hat, habe aber eine eigene Therapie abgebrochen, weil ich mein eigenes Ventil und meinen persönlichen Weg, damit fertigzuwerden, gefunden habe.

In meiner Ausbildung, in meiner Arbeit. Die Verhaftung meines Vaters ist natürlich auch bis an meine Schule durchgedrungen. Ein Mal versuchte mich Nelson Dryson in der Schule fertigzumachen, aber ich habe ihm schnell Einhalt geboten, indem ich ihn vor allen angebrüllt und mit einem vernichtenden Blick zum Schweigen gebracht habe. Ich habe keine Fäuste gebraucht, um den anderen zu zeigen, dass sie sich lieber nicht mit mir anlegen sollten.

Diese Aktion hat Eindruck hinterlassen und sich rumgesprochen, sodass ich bis zum Ende der Highschool keinem weiteren Mobbing mehr ausgesetzt war. Aber auch sonst haben mich meine Mitschüler gemieden, was mir nur recht gewesen ist. Denn ich hatte einen Plan, und den hat mir niemand wegnehmen können. Ich bin stets als verbitterter Typ angesehen worden und habe gegen dieses Image nichts unternommen, weil ich es mochte, unsichtbar zu sein.

Aber dieser Mann bin ich nicht mehr. Ich weiß ganz genau, wer ich bin und wohin ich im Leben noch will. Ich habe ein erfolgreiches Unternehmen, bin im Besitz von einer Million Dollar, habe eine gesunde und tolle Familie und eine wunderschöne Freundin. Es gibt nur eine Sache, die ich noch unbedingt machen möchte. Die ich mir als Kind geschworen habe zu tun. Ich blicke erneut auf das große Gebäude vor mir und stelle fest, dass ich nie abschließen kann, wenn ich nicht einen Schlussstrich ziehe.

Nach einer heißen Dusche spüre ich meinen Körper allmählich wieder, der durch die Kälte steif geworden ist. Ich gehe zum Schrank und ziehe mir meinen feinsten Anzug an, nehme meine teuersten Manschettenknöpfe sowie die Uhr, die zwar günstig gewesen ist, aber teuer aussieht, und lege sie um, ehe ich mich vor meinen Spiegel stelle und mich betrachte. Mein Aussehen demonstriert Erfolg und Macht. Eilig gehe ich in mein Arbeitszimmer, drucke das entscheidende Blatt Papier aus, schwärze die irrelevanten Daten mit Edding und gehe runter, wo Bruno schon auf mich wartet, um mich nach Rikers zu bringen.

Auf der Fähre bleibe ich drinnen, auch wenn es mich nach draußen zieht. In die Kälte, in den Schneesturm. Als ich dann beim Gefängnis auf Rikers Island ankomme, bin ich völlig ruhig. Selbst als ich durch die Sicherheitskontrolle gehe und meinen Ausweis vorlegen muss, um mich anzumelden, bin ich die Ruhe selbst. Erst als ich mit dem Blatt Papier in der Hand den Besucherraum des Gefängnisses betrete und mich hinter die Glaswand setze, beginnen meine Hände zu zittern. Ich schüttle sie ein wenig aus und konzentriere mich auf das, was ich vorhabe ...

Als mein Vater in seinem orangenfarbenen Overall und

Handschellen den Raum betritt, bekomme ich einen kurzen Moment Panik und wäre am liebsten aus dem Raum gerannt, aber dann sehe ich Mom vor mir, ihr Lächeln, und die Unruhe verflüchtigt sich. Übrig bleibt Hass. Tiefer Hass. Dass sein eingefallenes Gesicht völlig grün und blau geschlagen ist, ist eine Genugtuung, denn ich hoffe, dass er hier drin leidet. Er nimmt den Hörer ab, mit dem die Gefangenen und ihre Besucher miteinander kommunizieren können, und ich tue es ihm gleich. Mein Gesicht ist ausdruckslos, doch er lächelt kalt.

»Sieh an. Sieh an. Der verlorene Sohn ist zurückgekehrt.«

»Ich bin nicht dein Sohn«, sage ich, was ihn zum Schnauben bringt.

»DNA lügt nicht, mein Junge.«

»Wie ich sehe, geht es dir hier blendend. Deine Gesichtsmaske sieht sehr gesund aus. Ein Peeling ist ein Scheiß dagegen, was?«, sage ich sarkastisch.

»Es erinnert mich zumindest an alte Zeiten.«

Ich balle die Hände in meinem Schoß zu Fäusten. So wütend machen mich seine überheblichen Worte, aber ich lasse es ihn nicht sehen. Von außen gebe ich mich gelassen.

»Da du schon von alten Zeiten anfangen möchtest, will ich dir als Allererstes sagen, dass ich dich aus tiefstem Herzen hasse.« Ich habe es bereut, dass ich ihm das als Kind nie gesagt habe, weil mich die Angst gelähmt hat. Aber jetzt haben sich die Dinge geändert.

»Und da bist du den ganzen Weg hergefahren, um mir das zu sagen? Du glaubst, du kannst dir einen teuer aussehenden Anzug ausleihen und herkommen und vor mir den großen Macker markieren.«

»Ich bin kein Mann, der etwas vorzugeben versucht, was er nicht ist. Dieser Anzug kostet zweitausend Dollar, mehr Geld, als du je in deinem Leben verdient hast.«

»Und geht dir da einer ab, dich hier vor mir aufzuspielen?«
Ich ignoriere den Bullshit, den er von sich gibt, denn ich will
dieses Treffen nicht in die Länge ziehen.

»Kannst du dich erinnern, als ich gesagt habe, dass ich ein
Millionär sein möchte und du mich ausgelacht hast?«

»Ich habe dich so oft ausgelacht, dass es mir leider entfallen
ist«, sagt er schadenfroh und entblößt seine faulenden Zähne.

»Aber ich habe es nie vergessen, du verdammtes Arschloch!«
Ich werde laut, kann mich aufgrund seiner Gleichgültigkeit
nicht mehr zurückhalten. Es bringt nichts mehr, sich zurück-
zuhalten. Ich sitze dem Mann gegenüber, der meine Kindheit
zur Hölle gemacht hat.

Ich greife nach meinem Kontoauszug und knalle ihn gegen
das Glas, sodass die Zahlen auf Augenhöhe sind.

»Ich habe es geschafft, du Bastard. Ich habe die Million geknackt, und du wirst für immer in diesem Loch verrotten«,
brülle ich so laut, dass alle es hören können, aber das ist mir
egal.

»Du kleiner Scheißer bist nicht mehr wert als der Dreck unter meinem kleinen Fingernagel. Du glaubst, du bist was Bes-
seres als ich? Sieh in den Spiegel, du siehst nicht nur so aus wie
ich, weißt du.«

»Ich bin nicht wie du!«

»Du bist ein Versager, und alles Geld dieser Welt wird das
nicht ändern. Du bist in der Gosse geboren und wirst in der
Gosse sterben«, schreit er wie von Sinnen, sodass sich die Wärter nähern.

»Du denkst, du wirst ein braver Bürger mit einer hübschen
Frau und vielen kleinen Kindern, der ein glückliches Leben
führt? Wach auf, Junge!«

»Ich bin nicht dein verdammter Junge!«

»Doch, und du wirst genauso enden wie ich. Du wirst dein

Leben und das aller zerstören, die dir wichtig sind.« Als die Wärter nach seiner Schulter greifen, dreht er völlig durch und beginnt sich heftig zu wehren.

»Du bist wie ich«, schreit er immer und immer wieder, bis er aus dem Besucherraum gezerrt wird. Mein ganzer Körper zittert. Er zittert immer noch, als ich das Gefängnis verlasse, und es hört selbst dann nicht auf, als ich in meiner Wohnung angekommen bin. Ich habe das getan, was ich mein Leben lang vorgehabt habe. Ich habe Rache geübt, aber ich fühle mich nicht besser, sondern es ist genau umgekehrt. Ich bin am Ende, fühle mich verloren und allein. Seine Worte hallen noch immer in meinem Kopf, werden immer lauter, bis ich auf den Spiegel einschlage, in den ich stundenlang geblickt habe. Ich ignoriere das Blut, das an meiner Hand herabrinnt und schnappe mir meine Schlüssel. Ich muss gehen und diesen Schmerz betäuben.

Kapitel 38

Mood Song: Dua Lipa – Homesick

Brodys Verzweiflung trifft mich hart, als er die Tür zu Drakes Wohnung öffnet. Wenn er keinen Ausweg mehr sieht und mich anrufen muss, muss das schon etwas heißen. Seine Augen sind blutunterlaufen, als hätte er geweint, und seine Stimme klingt kratzig. »Wo ist er?«, frage ich außer Atem und zerre mir den Wintermantel von den Schultern, um ihn irgendwo hinzulegen. »Er ist im Wohnzimmer und schweigt nun eisern, nachdem er die Hälfte der Einrichtung demoliert hat.«

»Großer Gott.« Ich bedecke mit den Händen meinen Mund und kann nicht fassen, was ich da höre. Drake ist niemand, der etwas kaputtmachen würde, er ist sonst kein aufbrausender Mensch.

»Er spricht nicht mit mir, aber seine Faust blutet noch immer. Du bist meine letzte Hoffnung.« Sein Handy klingelt und er fischt es aus seiner Hosentasche. »Das ist Serena, ich muss rangehen.« Er geht an mir vorbei in den Flur und schließt die Tür hinter sich. Ich gehe ins Wohnzimmer, und jeder Schritt fällt mir schwer, nicht nur, weil ich Angst davor habe, Drakes Zustand anzusehen, sondern weil auch überall Trümmer der Möbel herumliegen.

Dann sehe ich ihn. Er sitzt auf der Couch, hat die Ellbogen

auf den Knien abgestützt und umfasst mit den Händen seinen Kopf, als hätte er Schmerzen. Schlimme Schmerzen. »Drake? Schatz, was ist passiert?« Ich schnappe nach Luft, als sein Kopf zu mir schnellt und ich in sein Gesicht blicke. Es ist verquollen, die Augenränder sind gerötet, und Tränen benetzen sein wunderschönes Gesicht. Er weint.

»Was machst du hier?«, fragt er schroff, aber ich lasse mich davon nicht verunsichern. Etwas Schlimmes muss passiert sein, denn mein Drake würde nie so mit mir sprechen.

»Brody hat mich angerufen, weil er nicht mehr weiterweiß. Was ist nur geschehen?«

»Gar nichts. Du solltest gehen, wir reden ein anderes Mal.«

»Das kann ich nicht, nicht wenn ich nicht weiß, ob es dir gut geht.«

»Gut?«, fragt er und lallt ein wenig dabei. Er steht rasch auf und geht mit wackeligen Schritten zu mir. Ich will ihn schon stützen, doch er entzieht sich meinem Griff. Er lässt keine Hilfe zu.

»Mir geht es verdammt noch mal nicht gut. Mein Leben ist eine Lüge, alles ist umsonst gewesen.«

»Was meinst du damit?«

»Ich bin ein Versager, Addison.« Die Worte sind so voller Schmerz, der auf mich überspringt. Ich fühle es, aber ich verstehe die Ursache nicht.

»Das ist nicht wahr.«

»Doch, das bin ich. Ich bin ein Heuchler! Ich habe vorgegeben, jemand zu sein, der ich nicht bin. Aber das ist alles eine Lüge.«

»Was ist eine Lüge? Bitte rede mit mir«, rufe ich verzweifelt, weil jedes seiner Worte mein Herz bricht. Weil alles auseinanderzubrechen droht und ich nicht einmal weiß, wieso.

»Ich rede doch«, brüllt er nun zurück und baut sich aufgebracht vor mir auf. Er schwankt und kann sich kaum auf den Beinen halten.

»Bitte, Drake. Du machst mir Angst.« Er erstarrt und sieht mich fassungslos an. Sein Mund steht offen, und erst jetzt merke ich, dass er sich von mir entfernt, körperlich wie geistig. Was habe ich getan? Ich habe die falsche Wortwahl benutzt.

»Ich meine, du machst mir Angst, wenn du mir nicht sagst, was dich beschäftigt.« Doch es ist zu spät, denn ein Schatten huscht über sein Gesicht, und er verschließt sich endgültig vor mir.

»Das Ganze hier hat keinen Sinn. Das mit uns.« Er deutet mit den Händen auf uns beide.

»Was? Das kannst du nicht ernst meinen.« Das hier muss ein schlechter Traum sein. Es muss einfach.

»Ich meine es todernst«, sagt er gefasst und sieht mich aus kalten Augen an. Mein Herz bleibt stehen und mir wird heiß und kalt zugleich. Ich versuche das hier zu verstehen, doch mein Kopf ist plötzlich leer. Wenn ich traurig gewesen bin oder unsicher, ist dieser Mann meine Stütze gewesen, derjenige, der mich aufgebaut hat, der mich bedingungslos liebt. Daran halte ich mich eisern fest.

»Drake«, hauche ich und will nach seiner Hand greifen, aber er weicht zurück, als würde ich ihn schlagen wollen.

»Glaubst du, ich habe deine Blicke nicht gesehen?«, setzt er an und entfernt sich noch weiter von mir.

»Welche Blicke meinst du?«

»Na, wenn es um Babys geht. Der sehnsuchtsvolle Seufzer bei der Verlobung deines Bruders und auf Brodys Hochzeit. Du willst diesen ganzen Bullshit, diese Beziehungssache, aber ich kann dir das nicht geben, Addison. Ich kann einfach nicht.« Wieder eine Träne, die über seine Wange rollt und mein Herz bricht.

»Ich liebe dich und ich will dich. Du wirst für mich immer genug sein. Immer.«

»Wir haben es versucht. Wir haben geglaubt, dass ich mich ändern kann. Aber ich bin noch immer der Loser aus der Gosse.« Er greift nach einer Whiskeyflasche und nimmt einen kräftigen Schluck.

»Das bist du nicht. Du bist …«

»Was willst du eigentlich von mir?«, schreit er und wirft die Flasche gegen die Wand, die neben meinen Füßen klirrend zerspringt. Der Alkohol spritzt auf meine Jogginghose.

»Die Wahrheit«, schreie ich zurück. Ich will nicht glauben, dass alles umsonst gewesen ist. Ich will ihn nicht aufgeben.

»Du willst die verdammte Wahrheit? Ich liebe dich nicht.« Er lügt, das sehe ich ihm an, aber es tut trotzdem weh, es zu hören. Ich will schon etwas anderes erwidern, aber er ist noch nicht fertig, sondern gibt mir endgültig den Rest.

»Und ich habe mit einer anderen geschlafen.« Sein Gesicht ist ausdruckslos, als er das sagt, und etwas in mir lässt die Hoffnung, die ich in uns gesetzt hatte, sich in Luft auflösen.

»Du hast was?«

»Du hast mich schon richtig verstanden.«

»Wann?«

»Vor ein paar Stunden.« Er sagt das so gelassen, als würde er über das Wetter reden, aber es sind die Worte, die mich innerlich zerstören. Betrug ist etwas, was ich niemals verzeihen würde. Meine Hände beginnen zu zittern, und ich versuche die Fassung zu wahren und keine Schwäche zu zeigen, aber es misslingt mir, weil die Liebe meines Lebens, in die ich all mein Herz gesteckt habe, gerade in sich zusammenfällt. Ich sehe ihn an, bis meine Sicht durch meine fallenden Tränen verschwimmt. Ich habe keine Worte mehr für ihn. Also nehme ich mir meinen Mantel und gehe. Für immer.

Die Mädels sind noch wach, als ich nach Hause komme, und als sie mich sehen, springen sie beide von der Couch auf, um mich in den Arm zu nehmen. Eine Stunde lang kann ich kein Wort sagen, weil die Schluchzer nicht verebben wollen, weil mein Herz gebrochen ist. Beide halten meinen bebenden Körper, sie schlingen die Arme um mich und halten mich fest, was Drake nicht gekonnt hat.

»Es ist aus«, flüstere ich und habe plötzlich schrecklichen Durst.

»Was? Wieso das?«

»Er hat sich betrunken, aus welchem Grund auch immer. Ich wollte ihm beistehen, wollte wissen, was vorgefallen ist, aber er hat nur defensiv reagiert und dann hat er gestanden, dass er mit einer anderen geschlafen hat.«

»Das ergibt doch keinen Sinn«, sagt Grace und reicht mir ein Glas Wasser, das ich in einem Zug leere. »Ich weiß gar nichts mehr, nur dass es vorbei ist. Ich werde nicht mit jemandem zusammen sein, der mich wie Dreck behandelt.«

»Was ist mit deinem Job?«

»Ich werde noch ein Event fertig planen, dann werde ich kündigen.«

»Das tut mir so leid, Süße«, flüstert Grace. Sie drückt mich noch einmal fest, und dann weine ich erneut. So lange, bis ich das Gefühl habe, keine Tränen mehr zu haben. Das Shooting für DKNY zwei Tage später erlebe ich wie in Watte gepackt. Ich gebe mich zwar professionell, lächle und funktioniere, aber innerlich bin ich tot. Leer.

Danach fühle ich mich zwar stark genug, um wieder zur Arbeit zu gehen, aber mein Herz ist noch immer gebrochen, schmerzt in meiner Brust wie noch nie zuvor in meinem Leben. Jeder Schritt ist eine Qual, und doch spreche ich mir innerlich Mut zu. Als ich das Büro betrete, höre ich Rose, Tawny und Seth gleichzeitig aufatmen. »Da bist du endlich«, sagt Rose und sieht wieder hoffnungsvoll aus.

»Was ist denn hier los?«, frage ich, als ich das Chaos auf den Tischen sehe.

»Drake ist seit Tagen nicht mehr im Büro gewesen, sein Bruder war nur kurz da, um uns mitzuteilen, dass er es diese Woche nicht ins Büro schaffen wird und dass du vielleicht gar nicht mehr kommen wirst.« Er war nicht hier? Das ist untypisch für Drake, egal in welcher Verfassung er auch ist. »Habt ihr versucht ihn zu erreichen?«

»Ja, haben wir, aber er geht nicht ans Telefon. Wir sind verzweifelt, wir haben versucht den Laden alleine zu schmeißen, sind aber etwas überfordert, weil wir nicht jeden Lieferanten und Kunden gut genug kennen.«

»Ich werde euch heute helfen. Ich muss selbst noch die Bar Mizwa eines Kunden planen, ehe ich gehe.«

»Gehst du wirklich?«, fragt Seth traurig.

»Ja, das werde ich, aber seid nicht traurig. Ihr macht einen tollen Job und werdet noch sehr erfolgreich sein.«

»Aber wir werden dich vermissen.«

»Ich euch auch, ihr Lieben. Ich euch auch.«

Ein paar Stunden später habe ich alle Mails beantwortet und Clint zurückgerufen, weil dieser die Eröffnung einer neuen Fabrik hier in New York mit einer Feier einläuten will. Auf die Frage, wie es Drake geht, erwidere ich, dass es uns beiden blendend geht. Es muss keiner wissen, dass mein Liebesleben ein einziger Scherbenhaufen ist. Es ist zwanzig Uhr, als wir fertig sind mit der Arbeit. Das Team hat mir bis zum Schluss zur Seite gestanden, ehe wir uns in den Feierabend verabschiedet haben.

Ich funktioniere so gut ich kann in den nächsten Tagen. Wie ein Roboter stehe ich jeden Morgen auf, ohne eine Stunde Schlaf zu finden, und tue alles, um nur nicht nachzudenken. Ich räume die Möbel in meinem Zimmer so lange um, bis Daniel mir ein Möbelschiebverbot erteilt. Die ganze Zeit sind meine Rollläden geschlossen, sodass ich nicht in Versuchung komme, in Drakes Wohnung zu starren.

Immer und immer wieder gehe ich unseren letzten Streit durch, denke über das Ende unserer Beziehung nach, und vor allem vermisse ich ihn schrecklich. Auch wenn er mir das Herz gebrochen und mich innerlich zerstört hat, kann ich nicht anders als seine Berührungen, seine Stimme, einfach alles an ihm zu vermissen. Es ist immer wieder dasselbe bei mir. Mein Kopf will immer etwas anderes als mein Herz. Das blutet und schreit doch nach Drake.

Es ist Freitagmorgen, als mein Telefon klingelt, während ich mal wieder an die Decke starre. Ohne aufs Display zu sehen hebe ich ab, weil mir sowieso alles egal geworden ist. Weil in meinen Augen nichts mehr Sinn ergibt.

»Celeste Brown vom Rikers hier. Spreche ich mit Miss Grant?«

»Rikers wie das Gefängnis Rikers?«

»Ja, Ma'am. Spreche ich nun mit Miss Addison Grant?« Mein Puls schnellt in die Höhe, als ich »Gefängnis« höre, und ich rechne automatisch mit dem Schlimmsten.

»Ja, das tun Sie. Wie kann ich Ihnen weiterhelfen?«

»Ihr Freund, Drake O'Hara, hat letzte Woche seinen Ausweis vergessen, als er seinen Vater besucht hat. Wir können ihn nicht erreichen, aber er hat Sie als Kontaktperson angegeben. Könnten Sie ihm ausrichten, dass er sein Dokument in unserem Fundbüro abholen kann?«

»Ja. Das mache ich«, antworte ich mechanisch, auch wenn ich noch immer nicht fassen kann, was ich gerade gehört habe. Drake ist letzte Woche bei seinem Vater gewesen? Kann es sein, dass er der Auslöser für sein Verhalten gewesen ist? Ich verstehe nun gar nichts mehr. Da ich aber weiß, dass Drake seinen Ausweis braucht, rufe ich ihn an, aber auch bei mir geht nur die Mailbox dran. Ich stehe auf und fahre die Rollläden hoch, aber Drakes sind heruntergelassen, also beschließe ich, selbst zum Gefängnis zu fahren und das Dokument abzuholen, vielleicht finde ich dort ja Antworten auf die vielen Fragen, die mir keine Ruhe lassen.

Kapitel 39

Mood Song: Anna Clendening – Boys like you

Als ich das Gefängnis betrete, bekomme ich augenblicklich Bauchschmerzen. Alles hier drin schreit nach Gefahr, nach Isolation und Trostlosigkeit. Also senke ich den Blick und gehe direkt zum Fundbüro, wo mir eine freundliche Mitarbeiterin Drakes Ausweis überreicht. Ich will gerade gehen, weil ich hier so schnell wie möglich wieder raus will, als ich auf dem Absatz kehrtmache und frage: »Dürfte ich kurz meinen Schwiegervater besuchen?«

Ich bin selbst überrascht, als mir ein Formular überreicht wird, das ich ausfülle und unterschreibe. Ich habe nicht erwartet, dass ich Drakes Vater besuchen darf, aber anscheinend habe ich Glück – oder auch Pech, je nachdem, ob er meine Fragen beantworten wird oder nicht. Nervös sitze ich im Besucherraum und warte ungeduldig, dass sein Vater reinkommt, und als er es endlich tut, bekomme ich eine Gänsehaut, denn er sieht Drake trotz seiner hellen Haut und den rötlichen Haaren unglaublich ähnlich. Sein Gesicht und auch seine Arme sind übersät von Blutergüssen, die sich langsam gelb gefärbt haben.

»Na, wen haben wir denn da? Hast du dich verirrt, Schätzchen?«

»Was haben Sie Drake letzte Woche gesagt?«

»Drake?«, fragt er mit gerunzelter Stirn, bis er es endlich schnallt.

»Du bist seine Freundin, oder?«

»Ja, das bin ich. Und ich bitte Sie, mir zu sagen, um was es in Ihrem letzten Gespräch mit Ihrem Sohn gegangen ist.«

»Wieso fragst du ihn nicht selbst?« Ich beiße mir auf die Lippe und blicke zur Seite, was für ihn wohl schon Antwort genug ist.

»Er hat dich abserviert.«

»Bitte«, höre ich mich selbst verzweifelt sagen. »Sie waren doch nicht schon immer so verbittert und hasserfüllt. Es hat sicher auch eine Zeit gegeben, in der Sie sich um jemanden Sorgen gemacht haben, den sie geliebt haben, auch wenn es nicht Ihre Familie gewesen ist, aber ich flehe Sie an. Bitte sagen Sie mir, was Sie gesagt haben, um den Mann, den ich liebe, so zu zerstören.«

Sein Lächeln verblasst, als hätten meine Worte tatsächlich etwas bewirkt. Und ich denke, er ist selbst überrascht, als er mir endlich erzählt, was vorgefallen ist. Tränen rollen über meine Wangen, als ich die grausamen Worte höre, die man niemals seinem Kind sagen sollte. Kann nicht fassen, dass Drake alleine hierhergefahren ist und es ihn vielleicht für immer verändert hat. Das Gesicht von Drakes Vater wird nachdenklich, nachdem er verstummt ist, als würde er erst jetzt realisieren, wie schlimm seine Worte gewesen sind und wie verkorkst er in Wirklichkeit ist. Ohne ein weiteres Wort zu sagen, steht er auf, lässt sich vom Wärter in seine Zelle bringen und lässt mich alleine.

Auf dem Nachhauseweg ergibt plötzlich alles Sinn. Die Tränen, das Demolieren der Wohnung, der Whiskey und sein geschocktes Gesicht, als ich gesagt habe, dass ich Angst vor ihm habe. Er hat die Worte geglaubt, die sein Vater ihm voller Hass entgegengeworfen hat, auch wenn sie völliger Schwachsinn sind, doch es hat gereicht, um Drake zu verändern. Nun bin ich mir auch sicher, dass er mich nie betrogen hat und dass er das nur gesagt hat, damit ich gehe. Weil er gewusst hat, dass ich ihn sonst nie aufgeben würde.

Ich rufe ihn erneut an, doch wieder ertönt die Mailbox, also beschließe ich zu ihm zu fahren. Ich brauche eine Aussprache, weil ich ohne sie keine ruhige Minute finde. Doch auch zu Hause ist er nicht. Wo ist er bloß? Ich bin sogar so verzweifelt, dass ich ins Geschoss darunter laufe und bei Harlow, Drakes Mutter, klingele. Als ich schon glaube, dass ich hier auch kein Glück habe, öffnet sich endlich eine Tür.

»Addison? Da bist du ja endlich, Kind.« Sie nimmt mich fest in die Arme, ehe sie mich mit feuchten Augen mustert.

»Du hast ja auch abgenommen.« Auch? Geht es Drake etwa genauso dreckig wie mir?

»Komm rein. Ich mache uns einen Tee.« Geduldig warte ich, bis sie sich zu mir setzt.

»Du siehst auch nicht besser aus als Drake. Der Arme leidet schrecklich unter eurer Trennung.«

»Weißt du den genauen Grund, wieso wir uns getrennt haben?« Meine Frage lässt sie die Stirn runzeln.

»Er meinte, dass ihr euch auseinandergelebt habt, aber an deinem Blick merke ich schon, dass da mehr im Busch ist.«

»Viel mehr, aber ich weiß nicht, wie du darauf reagieren wirst.«

»Wieso?«

»Weil dein Ex-Mann eine große Rolle darin spielt.« Dann erzähle ich ihr alles, was ich weiß und lasse nichts aus. »Oh, wie ich diesen Mann verabscheue«, flüstert sie schließlich und wischt sich die Tränen von den Wagen. Ich reiche ihr ein Taschentuch, das sie dankend entgegennimmt.

»Weißt du, wo Drake gerade ist und wieso ihn niemand erreichen kann?«

»So wie ich meinen Jungen kenne, wird er eure Nummern blockiert haben, bis er so weit ist, euch entgegenzutreten. Er geht mit Trauer anders um, als wir es gewohnt sind.« Wir blicken beide aus dem Küchenfenster, wo das Schneetreiben endlich abgenommen hat, sodass man mehr von der Umgebung erkennen kann.

»Ich werde ihn mal anrufen und fragen, wo er …« Sie bricht ab, als ihr Telefon zu klingeln beginnt. Meine Hoffnung, dass es Drake ist, erstirbt, als sie mir Brodys Nummer im Display zeigt. Sie hebt ab und lauscht ihrem Sohn mit besorgter Miene. Innerlich sterbe ich tausend Tode, weil mir plötzlich in den Sinn kommt, dass Drake auch etwas passiert sein könnte.

»Addison ist schon bei mir. Okay, ich werde es ihr sagen.« Kaum hat sie aufgelegt, stehe ich auf. »Bitte sag, dass es Drake gut geht.«

»Ihm ist nichts passiert, aber ob es ihm gut gehen wird, kommt auf Serena an.«

»Wieso das?«

»Weil sich Brodys Flug aufgrund des Schneefalls etwas verzögern wird und Serena gerade das Baby bekommt. Drake ist bei ihr.«

»Okay, dann lass uns fahren.«

»Serena hat den Wunsch geäußert, dass alle erst dann ins Krankenhaus kommen sollen, wenn das Baby da ist.«

»Ach ja?« Das klingt ungewöhnlich.

»So eine Geburt kann manchmal Tage dauern, deshalb will sie es uns so einfach wie möglich machen.«

Wir essen etwas und sehen zusammen fern, doch ich schaffe nicht mal die ersten zehn Minuten, denn ich schlafe vor Erschöpfung und Erleichterung, dass es Drake gut geht, ein. Es ist dunkel, als ich die Augen öffne und mich umsehe. Ich bin immer noch bei Drakes Mom und anscheinend auf der Couch eingeschlafen. Sie hat mich zugedeckt, und ich höre sie in der Küche hantieren, was den herrlichen Keksduft in der Luft erklärt. Ich lege die Decke zusammen und folge ihr in die Küche, wo sie gerade ein Backblech aus dem Ofen nimmt und auf den Kochplatten abstellt.

»Wie spät ist es?«, frage ich noch schläfrig.

»Fast einundzwanzig Uhr.«

»Wow.«

»Wie lange hast du nicht mehr geschlafen?«

»Na ja, sagen wir mal, es ist eine Weile her.« Darauf schüttelt sie traurig lächelnd den Kopf.

»Du und Drake ähnelt euch mehr, als ihr denkt.«

Wieder klingelt ihr Telefon, wieder bin ich enttäuscht, als es nur Brody ist. Mir ist gar nicht bewusst gewesen, wie sehr ich Drakes Stimme vermisse.

»Tatsächlich? Oh. Sie ist ja ein Brocken.«

»Wie geht's Serena?«

»Ach, okay, und wie geht's Drake und dir?« Dann plötzlich beginnt sie schallend zu lachen.

»Ist nicht wahr?!«

»Entschuldige. Wir werden uns gleich auf den Weg machen, mein armes Baby.« Als sie auflegt, kann sie noch immer nicht aufhören zu kichern.

»Was ist passiert?«

»Die kleine Zoe ist da. Mama und Baby geht es gut, aber Drake hat eine Quetschung, und Brody ist in Ohnmacht gefallen, als das Baby kam.«

Kapitel 40

Mood Song: Dean Lewis – Half a man

Ich habe noch immer einen Kater der Superlative, und das Klingeln in meinen Ohren will einfach nicht abnehmen, bis ich dann endlich schnalle, dass es mein Smartphone ist, das klingelt. Ich muss wohl mehr getrunken haben, als mir lieb ist. Es ist Serena, und da ich weiß, dass Brody kurz zu einem Klienten seiner Kanzlei nach Bosten fliegen musste, hebe ich sofort ab – und bereue es augenblicklich, weil Serena plötzlich anfängt zu schreien und es in meinen Ohren zu klingen beginnt.

»Was zur Hölle?«, keuche ich, denn ich bin definitiv nicht auf Geschrei vor dem Frühstück vorbereitet gewesen.

»Das Baby kommt!«

»Was? Jetzt?«

»Nein, in einem Jahr! Natürlich jetzt. Beweg deinen feigen Arsch ins Mount Sinai Hospital. Dein Bruder ist noch nicht da, und ich brauche jemanden, den ich beschimpfen und anschreien kann.« Den Part mit dem Schreien haben wir wohl schon hinter uns.

»Ich komme sofort«, sage ich, doch sie hat schon aufgelegt. Ich bin so aufgeregt, geschockt und durcheinander, dass ich mich in der Bettdecke verheddere und aus dem Bett falle. Seufzend fahre ich mir mit den Handflächen übers Gesicht und schließe meine Augen, aber egal wie viel ich auch trinke, ich sehe immer nur Addison in dem wunderschönen Brautjungfernkleid vor mir, wie sie mich anlächelt, als wäre ich ihr Ein und Alles. Ich schüttle den Kopf, um die Bilder aus dem Kopf zu bekommen, da ich den Schmerz nicht ertragen kann, der darauf folgt.

Da ich aufgrund des gefallenen Schnees nicht mit dem Oldtimer fahren will, schnappe ich mir ein Taxi und schaffe es relativ schnell zum Krankenhaus. Trotz allem habe ich über eine Stunde gebraucht, um zu meiner Schwägerin zu kommen, was sie mir natürlich sofort übel nimmt. Anfangs weiß sie nicht, ob sie sich freuen oder weinen soll, als sie mich sieht. Sie hat schlimme Schmerzen, liegt in einem unvorteilhaften Kittel auf einem komischen Tisch und sieht schrecklich aus.

»Wo ist dein verdammter Bruder?«

»Er ist eingeschneit gewesen, sitzt aber schon im Flieger und wartet auf den Start.«

»Ich will, dass er da ist«, wimmert sie und verzieht vor Schmerzen das Gesicht. Ich greife nach ihrer Hand und tätschle sie unbeholfen.

»Das weiß ich, aber egal, was für Schimpftiraden du von dir lässt, sei dir sicher, ich werde sie ihm ausrichten. Also leg los. Ich bin da und lasse dich nicht allein.« Und dann beginnt die Hölle erneut über sie hereinzubrechen. Alle fünf Minuten wird Serena von Qualen heimgesucht, die ich mir nicht mal vorstellen kann. Kaum zu glauben, dass sich Menschen völlig freiwillig auf das hier einlassen. Ich versuche sie abzulenken, erzähle ihr etwas über das Eventmanagement, über Welpen und schließlich über meinen Vater und den Besuch beim ihm. Ich habe niemandem erzählt, dass ich im Gefängnis gewesen bin, weil das eine Sache ist, die nur mich etwas angeht. Weil ich gedacht habe, dass ich dieses Geheimnis hüten muss, aber langsam sehe ich die Dinge klarer. Er hat mich bewusst manipuliert, um sich zu rächen. Als ich aufgehört habe zu erzählen, ist Serena still. Sie atmet schwer, sagt aber kein Wort, sondern sieht mich einfach nur an.

»Ist das der Grund, wieso du dich von Addison getrennt hast?« Sie ist ein kluges Köpfchen und zählt eins und eins zusammen. »Ja, das ist er. Ich wollte einfach, dass der Schmerz und alles verschwindet, ich wollte einfach nur alleine sein.«

»Na, das mit dem Alleine-Sein hast du geschafft, nur scheint es dich nicht glücklich zu machen.« Ich habe mir in den letzten Tagen das Hirn in Bars vernebeln lassen und habe so gehofft, den Schmerz betäuben zu können, aber es hat es nur schlimmer gemacht, denn ich vermisse Addison mit jeder Faser meines Körpers. Niemals hätte ich gedacht, dass ich eine Frau so sehr lieben könnte, wie ich es jetzt tue.

»Nein. Ich bin alles andere als glücklich.«

»Du weißt, dass das völliger Blödsinn ist, was dein Arschloch von Vater von sich gegeben hat, oder?«

»Ich weiß es nicht, Serena. Ja, aber auch nein. Außer der Hautfarbe sehe ich ihm total ähnlich, und das hat mich bis ins Mark erschüttert. Ich habe Angst gehabt, dass ich so enden würde wie er, schon mein ganzes Leben lang, und als er mir das auch noch bei meinem Besuch entgegengebrüllt hat, war es leicht, daran zu glauben. Addison will heiraten und Kinder, aber was, wenn ich ihr das nicht geben kann? Wenn ich genauso bin wie er und meine Familie zerstöre?«

»Das würdest du niemals tun.« Ich schüttle den Kopf und starre auf meine Schuhe. Dann höre ich ein schmerzhaftes Keuchen, gefolgt von einem Knurren. »Sieh mich an, Drake.« Nur widerwillig tue ich, was sie sagt, auch wenn es mir sehr schwerfällt. »Brody hat mir alles erzählt. Ich weiß, was du für ihn getan hast. Du hast Qualen auf dich genommen, um ihn zu schützen, das würde nur ein guter Mensch tun, denn das bist du, und ich sage das nicht einfach so.« Eine neue Welle aus Schmerz lässt sie kurz verstummen, ehe sie ihren verschwitzen Kopf wieder in meine Richtung dreht.

»Hast du Addy betrogen?«

»Nein. Das würde ich niemals tun.«

»Liebst du sie?«

»Mehr als alles andere.«

»Dann gib euch eine Chance. Du wirst es nicht bereuen.« Danach nehmen Serenas Schmerzen ein Ende, zumindest für eine kurze Weile. Als sie erschöpft einschläft, hole ich mir einen Becher Kaffee und blicke nachdenklich aus dem Fenster. Ich sehe hinaus auf den glitzernden Schnee und fühle mich, als würde ich gerade einen Schneesturm durchqueren. Meine Sicht auf viele Dinge scheint nicht klar. Natürlich sehe ich ein, dass es weit hergeholt ist, wenn ich mich direkt mit meinem Erzeuger vergleiche, aber seine Worte haben bleibenden Eindruck hinterlassen. Ich habe immer gehofft, dass ich ihm meinen Kontoauszug zeige, er einsieht, dass er einen Fehler gemacht hat und sich bei mir entschuldigt. Auch wenn mich das Leben hätte lehren sollen, dass man von ihm nicht viel erwarten sollte.

Ich bin am Boden zerstört gewesen, dass er keine einzige Emotion gezeigt hat, als er mich gesehen hat. Als wäre ich nicht sein eigenes Fleisch und Blut, sondern ein Fremder. Natürlich habe ich nicht erwartet, dass wir uns weinend in die Arme fallen und uns vertragen, weil ich ihm nie verzeihen könnte, was er uns angetan hat. Aber mit den hasserfüllten Worten, die gefallen sind, habe ich nicht gerechnet. Diese haben mich innerlich aufgewühlt und völlig verwirrt. Ich habe keinen anderen Ausweg als die Trennung von Addy gesehen, weil ich etwas so Reines und Schönes wie sie nicht verdient habe. Sie soll nicht in den Albtraum meiner Kindheit gezogen werden.

Plötzlich erklingt wieder ein Schrei, also stelle ich den Kaffeebecher ab und eile zu meiner Schwägerin, um ihre Hand zu halten und ihr beizustehen, wenn ich es bei Addison schon nicht konnte und bereits bei der ersten Hürde in unserer Beziehung geflohen bin. Es ist schon dunkel, als immer mehr Schwestern und Ärzte sich um den Unterleib von Serena versammeln. Ihre Wehen kommen nun in häufigeren Abständen, und selbst ich merke, dass es nicht mehr lange dauern kann.

Als Serena die Anweisung bekommt zu pressen, wird ihr Druck um meine Hand noch schlimmer, ich leide sprichwörtlich mit ihr. Plötzlich geht die Tür auf und Brody kommt herein, doch als er sieht, was hier vor sich geht, kippt er augenblicklich zur Seite weg und fällt ohnmächtig zu Boden. Eine Schwester eilt zu ihm, doch ich bin nur für meine Schwägerin da, die die Augen zusammengekniffen hat und immer wieder presst. Dann höre ich es. Ein blubberndes Kreischen, und dann sehe ich, wie eine Schwester das kleine, blutige, käsige Bündel wegträgt.

»Oh mein Gott.«

»Was?!«, fragt Serena ängstlich und versteift sich.

»Dein Baby ist aus Käse.« Dann beginnt sie zu lachen, ob nun aufgrund meiner Aussage, aus Erleichterung oder aus Verzweiflung, weiß ich beim besten Willen nicht. Da Serena noch genäht werden muss, steht plötzlich die Schwester vor mir und legt mir das weinende Baby in den Arm. Es passiert so schnell, dass ich nicht einmal protestieren kann. Ich blicke zweifelnd zu Serena, die mich mit einem seligen Lächeln ansieht. Dann senke ich den Blick und die Welt bleibt stehen.

In meiner Panik habe ich nicht einmal gemerkt, dass Zoe aufgehört hat zu weinen und mich nun mit großen Augen ansieht. Von einer käsigen Spur ist nichts mehr zu sehen. Also rede ich mit ihr, damit sie sich an meine Stimme gewöhnt, und weil ich auch das Bedürfnis habe zu reden. »Da bist du ja«, flüstere ich und bin völlig fasziniert, dass dieses wunderschöne Kind vor ein paar Minuten noch nicht da gewesen ist.

»Du bist so schön. So vollkommen.« Serena wird auf einen Rollstuhl gesetzt, da sie viel zu geschwächt ist, selbst ins Zimmer zu gehen. Ich folge der Schwester mit Zoe im Arm den Krankenhausflur entlang, und während alle geschäftig um uns herumschwirren, kann ich nicht aufhören, Zoe anzusehen und mit ihr zu sprechen.

»Darf ich nun auch endlich mein Baby halten?«, fragt meine Schwägerin ungeduldig. Ich hauche einen Kuss auf Zoes Wange und lasse sie mir nur widerwillig von einer verständnisvoll lächelnden Schwester abnehmen. Während Serena sich von ihrem Baby verzaubern lässt, spüre ich immer noch den pochenden Schmerz in meiner Hand. Serena muss mir wohl die Hand gequetscht haben. Während ich meine Schwägerin kurz beobachte, wie sie vor Freude weinend ihr Baby im Arm hält, denke ich erneut an Addison. Weil ich das in den letzten Tagen ständig getan habe, es hat nie aufhören wollen. Ich stelle mir kurz vor, wie es wohl wäre, wenn sie anstatt Serena im Bett liegen würde, mit unserem Baby auf dem Arm. Diese Vorstellung hat Panikattacken bei mir ausgelöst, als wir noch zusammen gewesen sind, aber jetzt fühlt es sich anders an. Ich entschuldige mich bei Serena, um nach draußen zu gehen, da wird auch schon die Tür geöffnet, und Brody kommt mit einer fetten Beule auf der Stirn ins Zimmer. »Danke dir, Mann, dass du für sie da warst.« Er reicht mir die Hand, die ich schüttle, und ich schreie kurz auf. Ich habe ihm tatsächlich meine gequetschte Hand gegeben.

»Sie hat dich ganz schön in die Mangel genommen, was?«

»Sie ist unglaublich stark. Aber das war es wert. Warte mal, bis du die Kleine siehst. Sie ist das alles wert.« Ich klopfe ihm auf die Schulter. »Für euch würde ich alles tun und jeden Schmerz in Kauf nehmen.«

»Danke, großer Bruder«, sagt er, ehe er seine Frau küsst und einen Blick auf seine wunderschöne Tochter wirft. Zoe schafft es wie keine andere, jemanden mit einem Blick in ihren Bann zu ziehen. Obwohl ich hoffe, dass diese Gabe aufhören wird, bevor sie in die Pubertät kommt und ich so nicht gezwungen sein werde, jeden Jungen von ihr fernzuhalten, der ihr auch nur ansatzweise das Herz brechen könnte.

Ich erlebe, wie sich mein Bruder auf den ersten Blick in seine kleine Tochter verliebt. Der Anblick solchen Glücks hat für mich einen bitteren Beigeschmack, denn ich bin alleine. Wenn ich später in die Wohnung komme, wartet Addison nicht auf mich. Weil ich es versaut habe, weil ich sie belogen und von mir gestoßen habe, obwohl ich sie stattdessen noch fester hätte halten sollen.

Kapitel 41

Mood Song: James TW – Please keep loving me

Nachdem Harlow und ich ein Taxi zum Krankenhaus ergattern konnten, sitzen wir nun im Wartezimmer und warten darauf, dass uns jemand abholt. Da Serena mehr als zehn Stunden in den Wehen gelegen hat, wollen wir nicht stören oder sie überfordern. Es dauert nicht lange, bis Brody mit einem Lächeln und einer riesigen Beule auf der Stirn im Raum erscheint. »Das sieht übel aus«, meint seine Mutter, doch er macht eine wegwerfende Geste. »Das ist nichts im Gegensatz zu den Schmerzen, die Serena durchmachen musste.«

»Bei mir war es vielleicht noch schlimmer. Denn du, mein Lieber, warst eine Steißgeburt, und ich will es mal so sagen: Es hat schon einen Grund gehabt, wieso nach dir kein weiteres Baby mehr gekommen ist.« Sie tätschelt ihm liebevoll die Wange.

»Nun geh zu deiner Frau. Ich komme gleich nach.«

»Okay, Drake ist noch bei ihr, aber er wird dann auch gleich herkommen.« Dabei sieht er mich besorgt an, womit diese letzten Worte wohl an mich gerichtet waren. Plötzlich werde ich nervös, sodass meine Hände zu zittern beginnen. Drakes Mutter sieht es und nimmt sie in ihre.

»Alles wird gut, meine Liebe. Drake ist nicht immer ein

Idiot, manchmal merkt er es auch, wenn er einen Fehler gemacht hat.«

»Danke«, sage ich, weil ich sonst kein Wort rausbringe. Sie geht ebenfalls und lässt mich alleine. Das fluoreszierende Licht über mir flackert, als ich den Kopf in Richtung Decke strecke und auf eine göttliche Eingebung warte. Ein Zeichen, dass alles gut werden würde, aber es kommt natürlich nicht. Wie sollte es auch anders sein. Ich muss selbst entscheiden, ob ich Drake verzeihen kann, sollte er sich entschuldigen. Natürlich hat er mich verletzt, mir unnötig Leid zugefügt, aber ich verstehe seine Beweggründe, auch wenn sie völlig blödsinnig erscheinen. Aber manchmal muss man den anderen nicht verstehen, manchmal reicht es aus, wenn man ihm vertraut, und das tue ich. Ich vertraue Drake, auch wenn er mich verletzt hat.

Ich verlasse den Warteraum, nachdem ich mir Mut zugesprochen habe und erstarre, als ich Drake entdecke, der sich mit der Stirn an die Wand gelehnt hat und sich das Telefon ans Ohr hält. Plötzlich vibriert mein Handy. Er ruft mich an, also hebe ich ab, gespannt, was er zu sagen hat.

»Hallo Drake.« Er hält kurz inne und atmet tief ein und aus, was höllisch sexy klingt.

»Hey. Ich weiß, ich bin der Letzte, mit dem du gerade sprechen möchtest, aber bitte hör mir zu, bevor du auflegst. Ich bin ein Idiot, ein dummer Junge, der sich wieder von seinem Vater hat manipulieren lassen, und ich habe ihm jeden Bullshit geglaubt, den er von sich gegeben hat. Ich habe dich nie betrogen, das musst du mir glauben. Das könnte ich niemals tun, weil ich niemanden will außer dich. Ich war verzweifelt, verletzt und völlig am Ende, deshalb habe ich dich von mir gestoßen, aber du wolltest einfach nicht gehen. Du hast so eisern an mich geglaubt, hast zu mir gestanden und um uns – um mich – gekämpft, sodass ich den Betrug erfunden habe. Es tut mir so leid, dass ich dir wehgetan habe, Addison. Das wollte ich nicht, denn ich liebe dich, das habe ich immer schon getan, und ich will Kinder. Nicht jetzt sofort, aber irgendwann, wenn wir beide dafür bereit sein werden, du sollst nur wissen: Ich bin an deiner Seite, wenn du mich lässt.«

»Ich bin auch an deiner Seite«, sage ich, weil ich es nicht mehr aushalte und sein Gesicht sehen muss. Er lässt die Hand sinken und dreht sich zu mir um. Ich gehe auf ihn zu, und er sieht mich einfach nur an.

»Es tut mir so leid, Babe. Ich wollte dich niemals belügen.«

Ohne zu zögern, werfen wir uns einander in die Arme, küssen und halten uns fest, holen die Berührungen nach, die wir aufgrund dieses blöden Streits verloren haben.

»Tu das nie wieder«, flüstere ich schwer atmend an seinen Lippen.

»Dich küssen?«, zieht er mich auf, doch ich boxe ihm verspielt gegen die Brust.

»Nein. Mich von dir stoßen.«

»Ich verspreche es, Babe, denn wenn mich diese Trennung eines gelehrt hat, dann das, dass ich ohne dich nicht mehr leben könnte. Du bist alles, was ich will, alles was ich brauche, um glücklich zu sein.« Drake haucht mir einen Kuss auf die Stirn, ehe er mich bei der Hand nimmt und wir ins Zimmer von Serena gehen. Wir bleiben im Türrahmen stehen und betrachten seine Mom, die mit Tränen in den Augen auf Zoe blickt und ihr etwas vorsingt. Brody küsst Serenas Hand und umarmt sie. Es ist ein herrlicher Anblick, beinahe zu intim, aber anstatt dass Serena uns wegscheucht, winkt sie uns zu sich.

»Da bist du ja«, sagt sie zu mir. Ich küsse sie auf die Wange und gratuliere beiden. »Sie ist so wunderschön.«

»Möchtest du sie halten?«, fragt Serena.

»Es wäre mir eine Ehre.« Ich bin überrascht, dass ich sie gleich halten darf und auch sehr dankbar. Sie sieht aus wie Serena, hat aber die Hautfarbe von Brody und Drake. Vorsichtig nehme ich das kleine Bündel in meinen Arm und seufze verliebt auf. Sie ist vollkommen. Von der Nase bis zu den Lippen, der dunklen Haut, und selbst die Haare sind zauberhaft. Ich bin hin und weg. Drake stellt sich neben mich und legt den Arm um mich. Den Blick auf seine Nichte gerichtet bleiben wir in dieser Position eine Weile stehen und genießen diesen wunderbaren Moment, der uns alle für immer zusammenschweißen wird.

Da wir die frischgebackenen Eltern nicht mehr stören wollen, lässt Drake Bruno vorfahren, der uns und seine Mom sicher nach Hause bringt. Drakes Mom verabschiedet sich von uns und geht in ihr Wohnhaus. Drake und ich gehen zu mir nach Hause. Es ist schon längst Mitternacht, sodass wir leise sind und gleich in mein Zimmer gehen. Sobald die Tür ins Schloss fällt, fallen alle Hemmungen und die Zurückhaltung. Wir küssen uns, bis wir glauben, wahnsinnig zu werden, weil wir den anderen so sehr brauchen. Wir schlafen miteinander, sanft, zärtlich, kosten alles bis zum Maximum aus, vielleicht weil wir beide geglaubt haben, dass wir den anderen nie wieder berühren würden.

Kaum dass wir uns frisch gemacht haben, legen wir uns wieder ins Bett und halten einander fest. Wir müssen den anderen berühren. »Wie habe ich jemals glauben können, dass ich auf das hier verzichten könnte«, flüstert Drake und küsst mein Haar.

»Ich habe dich auch vermisst«, murmle ich und schlafe überglücklich an seiner nackten Brust ein.

Es ist mitten in der Nacht, als ich in Drakes Armen aufwache. Ich löse mich etwas von ihm, um in sein Gesicht sehen zu können. Wie hat dieser liebevolle Mann bloß denken können, dass er wie sein gewalttätiger Vater ist, dass er jemals so sein könnte. Aber ich werde ihn mein Leben lang daran erinnern, dass er ein guter Mann ist, einer, dem für immer mein Herz gehören wird.

Als ich später aufwache und auf die Toilette muss, stehe ich langsam auf, um ihn nicht zu wecken. Ich tapse leise zum Bad, als ich plötzlich Grace in ihrem Zimmer etwas murmeln höre. Da ich glaube, sie redet mit mir, betrete ich ihr Zimmer, aber sie scheint tatsächlich noch zu schlafen und im Traum zu sprechen. Ich will schon rausgehen, als ich sie plötzlich Zayns Namen seufzen höre. Ich sehe ungläubig zu meiner besten Freundin, die anscheinend einen heißen Traum von unserem Casanova persönlich zu haben scheint.

Grace und Zayn? Das kann doch nur interessant werden.

Danksagung

Noch nie ist mir eine Danksagung schwerer gefallen als diese hier. Denn dieses Buch zu schreiben war ein Segen und ein Fluch. Ich habe eine hartnäckige Schreibblockade gehabt und mehrmals gedacht, dass dieses Buch niemals fertig werden wird. Aber durch die Hilfe meiner wunderbaren Lektorin Katharina habe ich es doch geschafft, und jetzt liebe ich das Ergebnis. Es hat unglaublichen Spaß gemacht, die Geschichte von Addy und Drake zu schreiben, auch wenn sie mich teilweise in den Wahnsinn getrieben haben. Dieses Buch bedeutet mir so viel. Weil ich mich noch nie besser mit jemandem identifizieren konnte als mit Addison. Ich hoffe, dass euch mein ewiges Herzensbuch gefallen wird.

Ich möchte meiner lieben Nina Frost danken, der dieses Buch gewidmet ist. Ohne deine Hilfe wäre dieses Buch niemals so gut geworden. Ich danke dir für deinen Input, deine Kritik und deine Freundschaft. Niemals war ich stolzer darauf, dich meine Bloggerin und Kollegin nennen zu dürfen. Ich freue mich auf jedes Einzelne deiner Bücher, weil ich weiß, dass sie gut sind.

Mein Bloggerteam <3 – ihr seid mein Herz, meine ständige Motivation und auch Inspiration. Ohne euch wüsste ich nicht, was wahrer Zusammenhalt in der Bookstagram-Welt ist. Ich liebe jede Einzelne von euch.

Großes Danke an Isabell Burmeister, die dieses Buch durch ihr Feedback als Sensitivity-Leserin noch besser gemacht hat.

Ich danke meinem Mann, der mich noch nie so oft entbehren musste wie bei diesem Buch. Danke dafür, dass du nie gemeckert hast, weder darüber, dass du die Kinder jeden Abend ins Bett bringen musstest, noch über die unzähligen Eisbecher, die ich zum Schreiben gebraucht habe. Ich liebe dich für immer.

Und wie immer möchte ich mich beim wunderbaren LYX-Team bedanken, denn ohne euch könnte ich meinen Traum nicht leben. Danke, dass ihr einer kleinen Autorin aus Österreich eine Chance gegeben habt und dafür, dass ihr mich durch eure wunderbaren Bücher vom Schreiben abhaltet, weil ich sie alle lesen muss ☺

Und zu guter Letzt ein großes Dankeschön an dich, liebe*r Leser*in. Es bedeutet mir sehr viel, dass du diese Geschichte gelesen hast, und danke für deine Zeit, die du mit meinen Figuren verbracht hast. Ich liebe euch und bin dankbar, dass es euch gibt.

Dann möchte ich noch Dean Lewis danken, der mich durch sein Album *A Place We Knew* inspiriert und verzaubert hat. Thank you!

Keep on Shining

x April

Wie weit würdest du für deine große Liebe gehen?

April Dawson
UP ALL NIGHT
416 Seiten
ISBN 978-3-7363-0967-8

Als Taylor Jensen an ein und demselben Tag nicht nur ihren Job an einen Kollegen verliert, sondern auch ihren Freund beim Fremdgehen erwischt, hat sie von Männern erst einmal genug. Völlig verzweifelt läuft sie Daniel Grant in die Arme, der ihr ein Zimmer in seiner WG anbietet. Einst waren sie beste Freunde, aber ein männlicher Mitbewohner mit sexy Tattoos und einem unwiderstehlichen Lächeln ist das Letzte, was Tae jetzt gebrauchen kann. Doch Dan steht schon lange auf Männer, weshalb das heiße Prickeln zwischen ihnen nichts zu bedeuten hat – oder etwa doch?

»Eine Geschichte, die Mut macht und zeigt, dass jedes Ende ein neuer Anfang sein kann.« LOVINBOOKSWORLD

LYX

Die Community für alle, die Bücher lieben

Das Gefühl, wenn man ein Buch in einer einzigen Nacht verschlingt – teile es mit der Community

In der Lesejury kannst du
- ★ Bücher lesen und rezensieren, die noch nicht erschienen sind
- ★ Gemeinsam mit anderen buchbegeisterten Menschen in Leserunden diskutieren
- ★ Autoren persönlich kennenlernen
- ★ An exklusiven Gewinnspielen und Aktionen teilnehmen
- ★ Bonuspunkte sammeln und diese gegen tolle Prämien eintauschen

Jetzt kostenlos registrieren: www.lesejury.de

Folge uns auf Instagram & Facebook:
www.instagram.com/lesejury
www.facebook.com/lesejury